KB047693

그들의 광주

광주항쟁과 유월항쟁을 잇다

일러두기

이 책에 인용한 각 인물의 글이나 신문 기사, 책의 문구 등은 오자나 띄어쓰기 등을 고려하지 않고 원문대로 실었다.

그들의 광주

김철원 지음

광주항쟁과 유월항쟁을 잇다

The 10 Sacrificed Martyrs for Korean Democracy

차례

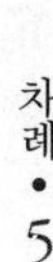

책을 펴내며

"영웅적 행위나 낭만적 해결책처럼 포장하는 것을 피할 것."

한국기자협회의 '자살보도 윤리강령' 첫머리에 나오는 실천 요강이다. 또 다른 자살자를 내지 않기 위해서다. 자살할 의도가 있는 사람이 모두 실행에 옮기는 것은 아니지만, 언론의 자살 보도가 계기가 될 수도 있으므로 신중해야 한다는 의미다.

그런데 이 책에서 소개하는 인물 대부분은 스스로 목숨을 끊은 사람들이다. 1980년대에 "광주학살 진상규명"과 "책임자 처벌"을 외치며 스스로를 희생한 이들이다. 몸에 불을 붙이는 붙이거나(분신, 焚身) 건물에서 던짐으로써(투신, 投身) 자신의 주장을 알렸다. 그러나 그들의 죽음은 주목받지 못했다. 당시 신문과 방송이 그들의 자살을 보도하는 데 소극적이었던 것은, 한국기자협회의 실천 요강과 같은 상식적 이유 때문은 아니었다. 군사정권의 협박에 굴복했거나 순치(馴致)된 기자의 자기 검열에서 나온 결과였다. 군사독재정권의 언론탄압에 길들여진 언론들은 그들의 죽음을 변사 사건으로 취급하며 사회면 구석에 처박았고, 그나마 보도라도 하면 다행이었다.

널리 알려야 할 임무가 있는 언론이 제 역할을 하지 않으니 죽음을 통해서라도 알려야겠다고 생각하고 또 그 생각을 실천한 이들이 바로 이 책에서 소개하고 있는 인물들이다. 1980년 5월 광주를 목격한 대학생(김의기)과 노동자(김종태)는 그 어떤 기자보다 사실을 정확히 파악해냈고 광주학살과 광주항쟁의 진실을 알리는 기록을 남겼다. 그들이 작성한 「동포에게 드리는 글」(김의기)과 「광주 시민·학생들의 넋을 위로하며」(김종태)의 기록은 그 시절 어떤 신문이나 방송도 감히 전하지 못했던, 혹은 전하지 않았던 광주의 진실을 담고 있었다.

무언가를 '알리기 위해' 자신의 목숨을 던지려면 어느 정도의 각오가 필요한 것일까. 그것도 자신의 억울함이나 서러움이 아닌 다른 사람을 위해 자신의 목숨을 버리는 일이란 얼마만큼의 다짐을 하고 나서야 실행에 옮길 수 있는 것일까. '몸 어느 한 군데 상처만 나도 따갑고 아프고 견딜 수가 없는데, 온몸의 거즈를 떼어내고 딱지를 뜯어내서 속살이 다 터진 상처투성이 몸뚱이를 온통 소독액에 담갔다가 끄집어내는 일'(송광영)을 견뎌야 하는 화상 치료를 받다가 끝내 죽어갔음에도 그들은 왜 광주를 위해 목숨을 던져야 했는가.

시인이 시를 통해 아름다움을 노래하는 대신 "광주학살 진상규명"을 부르짖으며 죽어갔는가 하면(박래전), 전태일보다 더 전태일 같은 삶을 살다 "전두환은 물러가라"며 분신해 숨진 노동자(송광영)도 있었다. 변변한 기록이나 추모 단체가 없어 죽음 이후에도 더 쓸쓸한 세월을 보내야 했던 이들이 대부분이었다(김태훈, 홍기일, 장이기, 황보영국, 김병구).

그렇다면 그들의 죽음은 아무런 반향도 일으키지 못했을까. 전두환 군사독재정권은 끄덕도 않는데 치기 어린 극단적 선택으로 젊은이들의 아까운 목숨만 버린 것이었을까. 당시에는 그런 듯 보였다. 전두환 정권은 이들의 시신을 빼돌리고 서둘러 화장(火葬)시키고 언론을 통제하면서 그들의 죽음이 알려지는 것을 효과적으로 막아냈다고 생각하고 있었다.

하지만 철벽같은 전두환 정권은 조금씩 무너지고 있었다. 광주 시민을 짓밟고 권력을 차지한 전두환은 1980년 9월 1일 대통령에 취임한 그날부터 권력에 금이 가고 있었다. 여기에 그들의 투쟁이 가해지면서 틈은 더 벌어졌다. 그들의 싸움은 계란으로 바위 치기인 듯 보였지만 실상은 반대였다. 정통성이 없는 전두환 정권이 계란이라면 그들의 투쟁은 단단한 돌멩이었던 셈이다.

1980년 5월의 광주항쟁과 1987년 6월항쟁은 한국 민주주의 역사를 구성하는 중요한 두 가지 사건이다. 오랜 시간이 흐르고 기념식이 각각 치러지는 탓에 지금은 별개의 사건처럼 여겨지고 있지만 실은 하나로 이어져 있다. "광주학살 진상규명"과 "책임자 처벌" 요구가 7년 동안 끊임없이 이어진 결과가 6월항쟁으로 수렴됐기 때문이다. 김의기와 김종태, 김태훈, 홍기일과 송광영, 장이기와 표정두, 황보영국과 박래전, 김병구가 자신의 목숨을 걸며 싸워낸 결과 대통령 직선제를 내용으로 하는 헌법 개정을 이끌어낸 것이다.

우리는 1987년 6월항쟁으로 헌법을 바꿔낸 이후 30년 만에 또 한 번의 혁명과 개헌 논의를 목도하고 있다. 불의한 권력을 합법적이고도 평화적인 시민혁명으로 끌어내린 2017년의 촛불혁명을 이룬 것이다. 혁명을 성공적으로 완수한 배경에는 광주항쟁과 6월항쟁이 자리하고 있다. 거리로 나선 시민들을 진압하기 위해 군대를 동원하고자 하는 유혹을 정권이 느끼더라도 실행에 옮기지 못한 것은 광주 시민들의 희생과 6월항쟁의 시민들, 그리고 그들을 이어준 열사들이 있었기 때문이다.

하지만 우리는 그들의 이름을 알지 못한다. 경찰의 물고문으로 숨진 박종철은 알아도 김의기와 김종태, 김태훈, 홍기일과 송광영은 모른다. 최루탄에 피격돼 숨진 이한열은 알아도 장이기와 표정두, 황보영국과 박래전, 김병구의 이름은 낯설기만 하다.

잘 알려져 있지 않은 이름이기 때문에 앞으로도 계속 몰라야 하는 것일까. 잘 알려지지 않은 죽음이므로 5·18 역사와 한국 민주주의 역사가 생략하고 넘어가도 되는 것인가. 그들의 이름을 모두가 잊었지만 시인 김남주는 잊지 않고 있었다.

그들의 죽음은 지나간 추억이 아니다

•

김남주

"그대가 끝내지 못한, 그것이 그대를 위대하게 하리라"–괴테

눈이 내린다
하얀 눈이 내린다
눈 위에 눈이 내리고
눈 위에 눈이 내리고
발밑까지 발목까지 내리고
길가의 솔밭의 무덤가에 내리고
하염없이 내리고

그러나 그들의 죽음은
지나간 추억이 아니다
그러나 그들의 죽음은
부질없는 눈물이 아니다
그들은 오로지
굶주림의 한계를 알고 싶었을 뿐
그들은 오로지

김남주(金南柱, 1946~1994)는 대한민국의 시인이다. 인혁당, 남민전 사건 등으로 투옥되었다. 이 시는 수감 중이던 1984년 출간한 첫 시집 『진혼가』에 실렸다.

어둠의 깊이를 알고 싶었을 뿐
결코 죽음으로 간 것은 아니다
결코 죽음으로 간 것은 아니다
그렇듯이 모든 것이 혁명도 그렇듯이
한 나무의 열매가
한 종자의 묻힘에서 비롯되듯이
그들의 죽음 또한
그들의 죽음 또한
한 나무의 열매를 위하여
하나의 씨앗이 되고자 했을 뿐
한 나무의 생명을 키워 주는
재가 되고 거름이 되고자 했을 뿐
한 나무의 성장을 지속시켜주는
피가 되고 살이 되고자 했을 뿐
뿌리가 되고자 했을 뿐

그렇다
그들의 분신(焚身)은
존재로 향한 모험이었고
그들의 할복(割腹)은
칼로 깎아 세운 자유의 성채였다.

5 · 18, 열흘의 항쟁

5·18 광주민주화운동은 1980년 5월 18일부터 27일까지 열흘에 걸쳐 광주에서 일어난 사건이다. 군대가 민주화를 요구하는 자국민에게 총칼을 휘둘러 무고한 시민 165명이 숨지고, 3000여 명이 다쳤다. 광주 시민들은 이런 희생에도 불구하고 전두환 신군부에 굴복하지 않았다. 불의한 권력과 잔인한 군대에 맞서 불굴의 의지로 싸웠고, 이 때문에 5·18은 한국 민주주의 역사에서 등대와 같은 위치에 서게 됐다.

1980년대 민주화운동은 광주에서 시작해 광주에서 끝났다고 해도 과언이 아니다. 노동 현장과 학원에서 다양한 투쟁 요구가 터져 나왔지만, '광주학살의 진상을 규명하라'는 요구는 빠지지 않고 등장했다.

권력에 포섭된 신문과 방송이 5·18을 끊임없이 왜곡했지만, 국민들은 이에 굴하지 않고 "광주학살 진상규명"과 "책임자 처벌"을 요구했다. 거리로 뛰쳐나와 민주화를 부르짖은 학생과 노동자 중에는 분신과 투신 등의 극단적 방법을 선택한 이들이 있었다. 이 책은 그들의 투쟁을 기록한 것이다.

열흘간의 항쟁인 5·18은 발단, 전개, 절정, 결말의 서사 구조를 갖추고 있다. 각 날짜마다 일어난 주요 사건을 정리하고, 그 사건들이 한국 민주주의에서 갖는 의미를 정리했다.

1일 차: 1980년 5월 18일, 일요일

광주 날씨: 구름 많음. 낮 최고기온 25.1도

왜 광주였나

5·18 민주화운동은 전남대 앞에서 광주 시민과 계엄군이 충돌한 데서 처음 시작됐다. 이틀 전 전남도청 앞 광장에서 열린 민족민주화성회에서 '비상계엄이 확대되면 시내에서 만나자'고 약속한 대로 전남대 학생들이 시내로 나간 것이 발단이 됐다.

바로 며칠 전까지 금남로에서 경찰의 안내에 따라 질서 있게 가두시위를 펼친 기억이 있는 시민들은 얼룩무늬 군복의 계엄군을 보고 이전과

전남대 앞 5·18 기간에 계엄군과 광주 시민 사이에 최초로 충돌이 일어난 곳이다.

는 다른 분위기를 감지했다. 시민들은 늘 하던 대로 "비상계엄 해제하라", "휴교령 철폐하라" 등의 구호를 외쳤지만, 계엄군은 경찰과 다르게 무차별 진압에 나섰다.

전두환 신군부는 5월 17일 쿠데타를 감행하며 자정을 기해 비상계엄을 전국으로 확대하고 전국에 공수부대를 보내 시국 인사 3000명을 체포했다. 광주에도 7공수여단 계엄군 900명을 투입해 시국 인사 여덟 명과 전남대와 조선대 등에서 학생 112명을 잡아둔 상태였다.

7공수여단 계엄군들은 닥치는 대로 곤봉을 휘둘렀고, 도망가는 시민들을 끝까지 쫓아가 붙잡았다. 바로 며칠 전의 평화 집회를 기억하고 나온 학생들과 시민들은 깜짝 놀랄 수밖에 없었다. 진압이 이전과 다르게 너무도 공격적이었기 때문이다. 시민들은 '비상시 금남로에 모이자'는 약속대로 전남도청 쪽으로 몰려갔지만, 거기서도 길을 막아선 건 경찰이 아닌 얼룩무늬 군복의 계엄군이었다.

계엄군의 만행으로 광주 시내는 쑥대밭이 됐고, 이날 하루만 400명 넘는 시민이 체포됐다. 계엄군은 위력을 보이면 사람들이 거리로 나오지 못할 것이라고 생각했지만, 시위대에 합류하는 광주 시민은 오히려 불어났다. 이날 밤 9시 광주 시내로 나온 시위대는 어림잡아 2000명에 달했다.

계엄 확대에 따라 공수부대는 전국을 장악했지만, 이에 맞서 시민이 들고 일어난 지역은 광주가 유일했다. 5·18이 왜 광주에서 일어났는지에 대한 연구와 해석은 다양하지만, 불의에 맞서 싸운 광주 시민들의 '특별한 용기'가 5·18 민주화운동의 시작이고 끝이었다는 점은 분명하다.

2일 차: 1980년 5월 19일, 월요일

광주 날씨: 밤부터 비(5.6mm). 낮 최고기온 22도

잔인한 계엄군

ⓒ 나경택

끌려가는 광주 시민

계엄군에게 맞아 피를 흘리고 있다.

광주 시내는 더욱 아수라장으로 변했다. 광주 시민들은 '도대체 어느 나라 군대가 자국민을 이렇게 때려잡느냐'며 흥분해 거리로 나왔지만, 계엄군 역시 병력을 보강해가며 한층 강경한 진압을 펼쳤다.

구타나 폭행이라는 단어로는 계엄군의 행동을 설명하기 부족할 정도였다. 시위대 해산이 목적이 아니었던 계엄군들은 시민들을 무차별 폭행했고, 남녀 할 것 없이 옷을 벗겼다.

소총에 대검을 장착해 휘둘렀고, 일반 진압봉보다 20센티미터 더 길게 특수 제작한 박달나무 곤봉으로 사람들의 머리를 후려쳤다. 광주전남 지역 향토 사단인 31사단 사단장이자 광주에 배속된 공수특전부대 지휘권자인 정웅 소장은 '진압이 너무 잔혹하다'며 자제를 명령했지만, 계엄군은 지휘권자의 말을 듣지 않았다. 오히려 7공수에 이어 11공수가 광주로 증파돼 배치됐다.

5·18의 최초 사망자도 이날 오후에 발생했다. 청각장애인 김경철은 5월 18일 서울 사는 처남을 배웅하고 돌아오는 길에 금남로에서 7공수 부대원들에게 붙들려 구타당했다. 어려서 농아가 된 김 씨는 항변 한마디 못한 채 뭇매를 맞고 광주 적십자병원으로 옮겨져 이날 새벽 3시에 숨을 거뒀다.

5월 19일은 계엄군이 시민에게 처음으로 총을 쏜 날이기도 하다. 오후 4시 30분쯤 광주 계림파출소 근처에서 시위대에 포위된 계엄군 장갑차가 발포해 조선대부속고등학교 3학년생 김영찬이 총상을 입었다. 이 사실이 알려지자 분노한 시민들이 광주 시내로 더 많이 몰려들었다.

광주 시민들은 계엄군의 살인 진압에 처음에는 놀라워했고 두려워했지만, 이런 감정은 자국민에게 총칼을 겨눈 전두환 신군부에 대한 분노로 번져갔다. 이날 밤 8시 광주 금남로에는 수만 명의 광주 시민들이 모여 "전두환 타도"를 외쳤다.

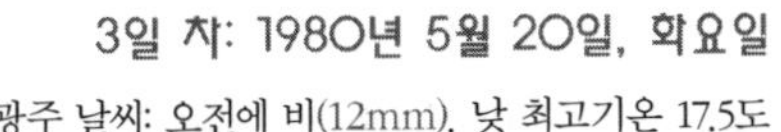
3일 차: 1980년 5월 20일, 화요일

광주 날씨: 오전에 비(12mm). 낮 최고기온 17.5도

언론은 어디에

19일 밤부터 이날 오전까지 비가 오면서 광주 도심의 분위기는 더욱 을씨년스러웠다. 보통 때 같았으면 비 때문에 행인이 뜸했겠지만, 이날은 빗속을 뚫고 더 많은 시민들이 거리로 쏟아져 나왔다. 지난 이틀 동안은 계엄군이 일방적으로 우세했다면, 이날은 시민들이 전세를 역전시킨 날로 기록된다.

이틀 전 전남대 앞에서 충돌할 때만 하더라도 시위대는 수백 명에 불과했지만, 이제는 10만 명을 훌쩍 넘길 정도로 많은 시민이 금남로로 쏟아져 나왔다. 그 많은 사람들이 한꺼번에 거리로 나선 것은 광주라는 도시가 생긴 이래 처음 있는 일이었다.

© 5·18 기념재단

불에 탄 광주MBC
왜곡 보도에 분노한 광주 시민들이 광주MBC에 불을 질렀다.

날이 저무는 저녁 6시 30분쯤 시민들에게 천군만마 같은 지원군이 가세했다. 수십 대의 버스와 택시가 대열을 지어 나타난 것이다. 버스 기사들과 택시 기사들은 전조등을 켜고 일제히 경적을 울리며 계엄군을 전남도청 쪽으로 밀어붙였다. 시민들은 환호했다. 일부는 버스에 올라가 태극기를 흔들며 비상계엄 해제와 계엄군 철수를 요구했다.

저녁 8시쯤에는 광주 시민들이 금남로와 충장로, 노동청 등 전남도청으로 통하는 모든 길목을 차지하고 계엄군을 압박했다. 시민들은 광주시 궁동에 있는 광주문화방송을 찾아가 공정 보도를 요구하며 항의하기 시작했다.

시민들이 죽어나가는데도 이를 전혀 보도하지 않는 방송과 신문에 불만이 폭발한 것이다. 광주문화방송에 불길이 치솟았다. 금남로 근처에 위치한 방송사에서 치솟은 불기둥은 광주 시내 어디서나 다 볼 수 있을 정도로 거대했다. 광주 시민들은 이어 KBS광주방송총국에도 몰려가 불을 놓았다. 시민을 위해 복무하지 않은 언론이 시민에 의해 응징된 이 사건은 이후 두고두고 회자된다.

신군부에 장악된 언론을 쫓아낸 뒤 광주 시민들은 스스로 언론이 됐다. 육필로 쓴 대자보와 성명서로 투쟁 상황을 알렸고, 대학생수습대책위원회는 가두방송을 통해 뉴스를 알렸다. 들불야학 강사들이 모여 만든 ≪투사회보≫는 대안 언론 중에서도 단연 신뢰를 받았다.

한편 계엄군은 이날 저녁부터 시민들에게 본격적으로 총구를 겨누기 시작했다. 밤 11시 광주역에서 3공수여단 계엄군이 총을 난사해 시민 네 명이 죽고 수십 명이 다쳤다. 성난 시민들이 발포에도 도망가지 않고 저항하자 계엄군은 시신을 수습하지 않고 그대로 달아나 버렸다. 광주 시민들은 이날 밤 발포 때 숨진 이들의 시신을 손수레에 싣고 다니며 다른 시민들의 동참을 호소했다.

4일 차: 1980년 5월 21일, 수요일

광주 날씨: 맑음. 낮 최고기온 26.1도

누가 시민을 쏘았나

평일이었지만 이날은 부처님오신날, 즉 휴일이었다. 국민들이 휴일의 편안함을 즐기고 전국 각지의 사찰에서 부처님의 자비가 온 세상에 퍼지기를 기원하고 있을 때, 광주에서는 생지옥이 펼쳐지고 있었다.

7공수여단과 11공수여단 등 3000명이 넘는 무장 계엄군이 전남도청에 있었지만 그보다 30배나 많은 10만 명의 시민들이 이들을 에워싸며 압박하고 있었다. 밤샘 시위에도 피곤한 줄 몰랐던 것은 불의한 군대를 조금만 더 밀어붙이면 몰아낼 수 있다는 자신감 때문이었다. 계엄군의 저지선은 가톨릭센터에서 전일빌딩, 전남도청 쪽으로 점점 후퇴했다.

계엄군과 일진일퇴의 공방을 벌이던 오후 1시쯤, 5·18 중 최대 비극인 계엄군의 집단 발포가 시작됐다. 콩 볶는 듯한 총소리가 울리기 시작할 때 전남도청 옥상에 설치된 스피커에서 역설적이게도 애국가가 퍼져나왔다.

사격은 확성기로 중지 명령이 내려질 때까지 약 10분간 계속됐다. 10만 명

ⓒ 나경택

전남도청 앞 집단 발포 직전

1980년 5월 21일 오후 12시에서 1시 사이 11공수와 광주 시민들이 대치하고 있다.

이 넘는 인파로 들끓던 금남로는 정적만이 감돌았고, 아스팔트는 피바다로 변했다. 이 집단 발포로 최소 30명 이상이 숨지고 수백 명이 총상을 입은 것으로 추정되지만, 몇 명의 사상자가 발생했는지는 지금도 정확한 피해 규모가 집계되지 않고 있다.

사상자 파악도 안 되고 있지만, 누가 시민들을 향해 총을 쏘라고 명령했는지가 아직도 밝혀지지 않고 있다. 집단 발포가 있은 지 8년 만에 이뤄진 국회 광주청문회와 15년이 지나 1995년 실시된 검찰 수사, 25년 뒤 2005년에 시작된 국방부 군과거사진상규명위원회의 조사 때 각각 발포 명령자를 밝혀내려 했지만 모두 실패했다.

전두환을 비롯한 계엄군들은 스스로를 보호하기 위해 취한 자위권 차원의 우발적 발포였다고 주장한다. 이희성 당시 계엄사령관은 1988년 국회 광주청문회에서 자신은 발포 명령을 내린 적이 없으며, 도청 앞 집단 발포는 자신이 파악할 수 없는 말단 부대에 일어난 사소한 사건이라 답하기도 했다. 전두환은 2017년 4월 발간한 회고록에서 자신은 발포 명령자가 아닐뿐더러 5·18에 관여한 바가 전혀 없다고 주장하기도 했다.

나라를 지키고 국민의 생명을 보호해야 할 군대가 자국민에게 총을 쏴 학살한 사실에 광주 시민들은 경악했다. 그때까지는 각목과 돌 등으로 계엄군에 맞섰지만 이제부터는 무장을 하지 않을 수 없었다. 뿔뿔이 흩어진 시민들은 경찰서와 관공서를 습격해 소총 등 무기를 확보했고 스스로를 시민군이라 불렀다.

분노한 시민들은 아시아자동차 공장에서 군용 트럭과 장갑차 수십 대를 끌고 나왔고, 지원동 탄약고에서는 TNT 폭약을 확보했다. 나주와 화순 등 경찰서의 무기고에서 탈취한 소총으로 무장한 시민군은 다시 전남도청으로 향했다. 시민들의 무장 저항에 맞닥뜨린 계엄군은 결국 도청 앞 집단 발포가 끝난 지 4시간 만인 오후 5시 30분, 거점인 전남도청을 버리고 조선대로 철수한다. 부처님오신날의 비극이었다.

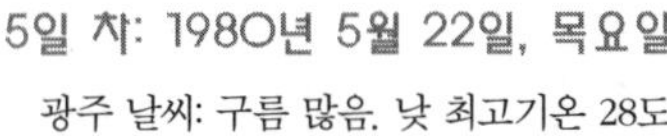

5일 차: 1980년 5월 22일, 목요일

광주 날씨: 구름 많음. 낮 최고기온 28도

시민공동체의 등장

ⓒ 나경택

밥을 짓고 있는 여성들 시민군에게 나눠줄 주먹밥을 만들기 위해 밥을 짓고 있다.

여름이 성큼 다가온 5월 22일, 광주 도심은 오랜만에 공포에서 벗어난 아침을 맞고 있었다. 얼룩무늬 군복의 계엄군이 사라진 금남로는 오랜만에 활기가 넘쳤다. 자국민에게 총을 쏜 패륜의 군인들을 몰아냈다는 기쁨이 가져다준 활기였다. 그러나 그 기쁨은 오래가지 못했다. 집단 발포로 숨진 이들의 시신을 모아놓은 도청 옆 상무관에서는 가족의 죽음을 확인한 뒤 오열하는 유족들이 점차 늘어나고 있었다.

살아남은 시민들은 그 모습을 옆에서 지켜보며 착잡한 마음으로 저마다 수습책을 생각하고 있었다. 계엄군이 물러가긴 했지만 언제 다시 돌아올지 모를 일이었다. 계엄군이 다시 쳐들어오는 날에는 지금보다 훨씬 더 많은 희생자가 생길 것이 뻔했다. 시민들은 5·18 이전 '민족민주화성회' 때 그랬던 것처럼 도청 앞 분수대에 둥그렇게 모여 앉아 머리를 맞대고 대책을 논의했다. 한 사람씩 나와 교활한 전두환 보안사령관과 무능한 최규하 대통령을 규탄했다. 광주 시민들은 이미 이때부터 전두환 보안사령관이 이 나라를 주무르는 실권자이고 광주학살을 주도한 책임자라는 사실을 알고 있었다.

서로 질서를 지키자고 목소리를 높였고, 하나가 되어 어려움을 이겨내자고 격려했다. 고립무원의 도시였지만 시민들은 스스로 질서를 유지했고, 어려울 때일수록 서로 돕겠다며 서로에게 다짐했다. 광주 외곽으로 나가는 교통이 두절됐고 시외전화도 끊겼지만, 담배와 라면 등 식료품 사재기가 없었다. 무엇보다 식량과 의약품이 끊기면 끝장이라는 위기감이 73만 시민을 하나로 묶었다.

트럭을 타고 시내를 질주하는 시민군에게 시민들은 음식과 음료수, 과일을 건네며 응원했다. 기독병원과 적십자병원, 전남대병원 등 병원에는 자발적 헌혈자들이 크게 몰려 남는 혈액을 다른 병원에 보내줄 정도였다. 양동시장과 남광주시장, 대인시장 상인들은 장사를 중단하고 주먹밥을 만들어 시민군과 학생들에게 먹였다. 공권력 공백 상태였지만, 강절도 범죄율은 평소보다 낮았다. 파출소 등지에서 수천 정의 총기가 탈취돼 비전문가들에게 넘어가 있었지만 오발 등 총기 사고가 없었고, 금은방이나 은행 등에서는 단 한 건의 사고도 발생하지 않았다.

주먹밥과 헌혈, 완벽한 치안을 보여준 시민들의 헌신과 시민정신은 이후 5·18의 상징으로 자리잡게 된다. 그리고 5·18의 대동정신을 일컫는 '광주정신'이라는 말이 생겨나 사람들 사이에서 쓰이게 됐는데, 도시 이름에 정신이라는 단어가 붙어 말이 만들어진 독특한 경우였다.

6일 차: 1980년 5월 23일, 금요일

광주 날씨: 구름 많음. 낮 최고기온 25.8도

미궁에 빠진 민간인 학살

5·18 때 계엄군은 수많은 민간인 학살을 자행했다. 도청 앞 집단 발포가 대표적이지만, 그 밖에도 광주 시내와 외곽 곳곳에서 무기를 들고 있지 않은 광주 시민들을 향해 발포해 사살했다. 광주 동구 주남마을에서 일어난 미니버스 사격 사건은 대표적인 민간인 학살 사건 중 하나다.

ⓒ 광주MBC

주남마을 학살 사건의 유일한 생존자 홍금숙 씨가 1995년 방송 인터뷰에 응하고 있다.

전남도청 집단 발포 이후 도청에서 철수한 7공수여단과 11공수여단은 광주시 동구 지원동 주남마을과 녹동마을에 주둔하며 광주와 화순을 오가는 차량을 통제했다. 5월 23일 오후 1시쯤 18명이 타고 있던 미니버스가 지나가자 11공수 계엄군들이 미니버스를 향해 집중사격을 가해 18명 중 15명이 현장에서 즉사했고, 남성 두 명을 포함해 세 명이 다쳤다. 11공수는 이 중 남성 두 명을 야산으로 끌고 가 총살했다. 유일한 생존자 홍금숙이 1988년 9월 1일 국회에서 열린 광주청문회에서 이를 증언하면서 계엄군의 민간인 학살이 세상에 처음으로 공개됐다.

무장하지 않은 민간인에게 공수부대가 총을 난사한 민간인 학살은 23일과 24일에 집중되었지만, 계엄군은 21일과 22일에도 광주 교도소와 광주 화정동 시내 일대에서 총을 난사했다. 계엄군의 민간인 학살은 최소 네 곳 이상에서 진행된 것으로 알려지고 있지만, 시신 처리도 제대로 되지 않아 피해 규모가 어느 정도인지 정확히 밝혀지지 않은 상태다. 민간인 학살을 자행한 계엄군은 당시 상부에 보고하지 않았고 기록을 남기지도 않았기 때문에 지금껏 통계치가 없다. 민간인 학살의 정확한 규모와 경위를 밝히는 것은 5·18의 핵심 과제 중 하나로 꼽히고 있다.

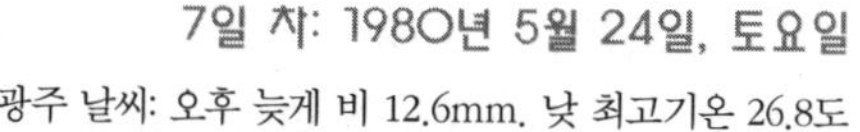

7일 차: 1980년 5월 24일, 토요일

광주 날씨: 오후 늦게 비 12.6mm. 낮 최고기온 26.8도

실제 지휘권자는 누구인가

5·18 당시 시민들 중에서 165명의 사망자와 3000명에 달하는 부상자가 발생한 가운데 군인과 경찰 중에서도 사상자가 발생했다. 22명의 군인과 네 명의 경찰이 숨진 것이다.

하지만 군경 사상자 모두가 광주 시민들과의 충돌이나 교전 과정에서 숨진 것은 아니다. 군인 사망자의 절반 이상이 군인끼리의 오인 사격과 오발 사고로 숨졌다. 특히 5월 24일은 5·18 기간 중 군인들이 가장 많이 숨진 날이다.

주남마을 학살 사건을 일으킨 11공수는 이날 오후 1시 30분쯤 주둔지를 옮겨 주남마을에서 송암동으로 이동하는 과정에서 효덕국민학교 삼거리를 지나던 중 주변을 향해 일제사격을 가했다. 놀이터에서 놀던 효덕국민학교 4학년 전재수 군과 전남중학교 1학년 방광범 군이 이 총격으로 숨졌다.

ⓒ 방두형

방광범(사망 당시 13세, 전남중학교 1학년)
1980년 5월 24일 11공수의 무차별 발포로 숨졌다.

이렇듯 민간인 학살을 자행한 11공수는 효덕동을 지나 오후 1시 55분쯤 효천역에 이른다. 그런데 이곳에는 전투교육사령부(이하 전교사) 보병학교 병력이 매복해 있었다. 보병학교 병력들은 11공수를 향해 사격을 시작했다. 90mm 무반동총을 발사해 11공수의 장갑차와 트럭을 명중시켜 아홉 명의 11공수 부대원들이 숨졌고, 40여 명이 다쳤다. 아군끼리 교전이 일어난 것은 보병학교 군인들이 11공수를 시민군으로 오인했기 때문이었다. 역시 시민군으로부터 공격을 받았다고 오인한 11공수는 동료를 잃고 이성을 잃은 상태에서 근처를 수색해 집에 있던 마을 주민 네 명을 끌어내 총살했다.

이보다 4시간 앞선 오전 10시쯤에도 아군끼리의 오인 사격이 있었다. 호남고속도로 광주 나들목 부근에서 계엄군 사이에 오인 사격이 발생한 것이다. 부대로 복귀하던 31사단 병력과 전교사 기갑학교 병력 사이에 총격전이 벌어져 31사단 장병 세 명이 총에 맞아 숨졌다.

1980년 5월 24일 하루 동안 5·18 기간의 군인 사망자 22명 중 12명이 오인 사격으로 숨진 것이다. 같은 지휘 라인에 있는 군인들끼리 광주라는 좁은 작전 지역에서 하루에 두 차례나 오인 사격을 한 것은 계엄군의 지휘권이 일원화되지 않았기 때문으로 의심된다.

5·18 기념재단 전 상임이사 송선태는 외부에서 투입된 3공수와 7공수, 11공수, 20사단 등은 향토 사단인 31사단이나 전교사와는 통신 체계가 서로 달랐다고 말한다. 사용한 통신기기나 주파수, 호출 번호가 부대마다 달랐기 때문에 서로를 알아보지 못하고 오인 사격을 했다는 것이다.

5·18 당시 계엄군의 지휘권은 소준열 전투교육사령부 사령관에게 있었다. 그러나 공식 지휘 라인에 있지 않은 정호용 특전사령관과 황영시 육군참모차장 등 전두환 신군부의 실세들이 수시로 광주에 내려와 진압 작전에 개입했다. 황영시의 경우 계엄군 지휘 라인에 있지 않았는데도 탱크를 동원해 시위대를 진압하라는 지시를 이구호 기갑학교장에게 내렸다가 "계통을 밟아서 지시하라"는 하급자인 이구호 학교장의 반발을 사기도 했다.

5·18 때 계엄군에 의해 자행된 발포 행위를 분석해보면 불분명한 것 투성이다. 발포 명령을 해놓고도 관련 자료가 인멸되거나 발포 이후 사후 보고가 되지 않은 사례가 허다했다. 1995년 당시 12·12와 5·17 쿠데타를 수사한 서울지검 한부환 차장검사는 "심지어 시위 현장 부근에서 구경하기 위해 나타난 시민들에게까지 발포가 이루어진 사실을 인정할 수 있어 실탄과 사격 통제에 상당한 문제점이 있었음이 확인됐다"라고 기자들에게 브리핑하기도 했다. 하지만 당시 특전사 군인들을 움직인 실체가 누구였는지를 정확히 특정하는 데는 실패했다. 당시 광주에 배속된 공수부대를 지휘하는 공식 지휘 라인을 확인해보면, 3개 공수여단장들은 31사단장(정웅)의 지시를 받아야 했고, 31사단장은 전투교육사령부 사령관(소준열)의 지휘를 받아야 했다. 전투교육사령부 사령관의 지휘권은 2군사령관(진종채), 그리고 계엄사령관(이희성)에게 있었다. 그러나 지휘권이 없는 보안사령관(전두환)과 특전사령관(정호용)이 공수부대를 움직인 실제 지휘권자였다는 의심이 가시지 않고 있다.

대법원은 계엄군 지휘 라인에 있지 않은 정호용 특전사령관이 공수부대 증파 결정과 전교사령관 교체 등 중요 사안 결정에 직접 관여하고, 수시로 광주 현지에 내려가 공수여단장 세 명과 만나 진압 대책을 논의한 사실은 인정했다. 그러나 정호용을 비롯한 전두환 등이 실질적인 지휘권자라는 사실은 인정하지 않았다. 3공수, 7공수, 11공수 부대를 실질적으로 움직인 실제 지휘권자가 누구인지는 5·18의 핵심 진상규명 대상 중 하나로 남아 있다.

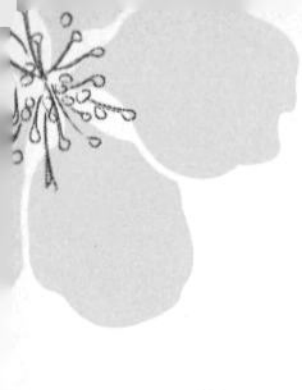

8일 차: 1980년 5월 25일, 일요일

광주 날씨: 비 26.1mm, 낮 최고기온 23.3도

미국을 믿었지만

한국의 반미운동은 사실상 5·18을 기점으로 시작됐다. 그러나 정작 1980년 5월 광주에서는 반미 감정이 없었다. 오히려 정의의 나라 미국이 전두환 신군부를 응징할 것이라는 기대가 광주 시민들에게 있었다. 그러나 미국이 기대와는 정반대로 움직였다는 사실이 드러나면서 반미 감정은 급속도로 확산됐다.

광주항쟁 8일 차인 5월 25일 오후 3시, 전남도청 앞 분수대에는 시민 5만 명이 모인 가운데 '제3차 민주수호 범시민궐기대회'가 열렸다. 이 자리에서 시민들은 "최후까지 죽음으로 투쟁할 것과 과도 정부 즉각 퇴진" 등을 내용으로 하는 선언문 「우리의 결의」를 낭독했다. 궐기대회에서는 미국 7함대 소속 항공모함 코럴시호가 필리핀을 출발해 부산항을 향하고 있다는 사실이 공개됐고, 광주 시민들은 정의의 수호자 미국이 우리들을 구출하러 오고 있다며 환호했다. 민주주의의 수호자라 여겨진 미국이고, 인권과 도덕주의를 내세우는 민주당의 지미 카터(Jimmy Carter) 대통령이 집권하고 있던 터라 기대는 더욱 컸다.

미국은 그 시각 전두환 신군부와 진압 작전을 협의하고 있었다. 5·18 직전 윌리엄 글라이스틴(William H. Gleysteen) 대사가 워렌 크리스토퍼(Warren Christopher) 미 국무부 차관과 주고받은 전문을 보면 미국 카터 정부는 전두환 신군부가 시위 진압을 위해 공수부대를 동원할 것이라는 사

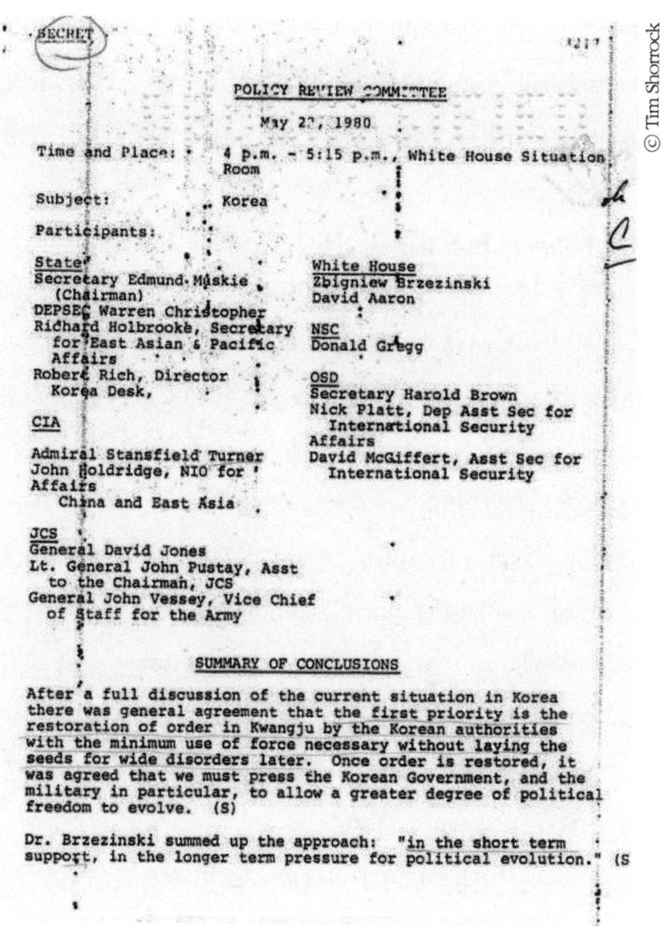

SECRET

POLICY REVIEW COMMITTEE

May 22, 1980

Time and Place: 4 p.m. - 5:15 p.m., White House Situation Room

Subject: Korea

Participants:

State
Secretary Edmund Muskie (Chairman)
DEPSEC Warren Christopher
Richard Holbrooke, Secretary for East Asian & Pacific Affairs
Robert Rich, Director Korea Desk,

CIA
Admiral Stansfield Turner
John Holdridge, NIO for Affairs China and East Asia

JCS
General David Jones
Lt. General John Pustay, Asst to the Chairman, JCS
General John Vessey, Vice Chief of Staff for the Army

White House
Zbigniew Brzezinski
David Aaron

NSC
Donald Gregg

OSD
Secretary Harold Brown
Nick Platt, Dep Asst Sec for International Security Affairs
David McGiffert, Asst Sec for International Security

SUMMARY OF CONCLUSIONS

After a full discussion of the current situation in Korea there was general agreement that the first priority is the restoration of order in Kwangju by the Korean authorities with the minimum use of force necessary without laying the seeds for wide disorders later. Once order is restored, it was agreed that we must press the Korean Government, and the military in particular, to allow a greater degree of political freedom to evolve. (S)

Dr. Brzezinski summed up the approach: "in the short term support, in the longer term pressure for political evolution." (S

© Tim Shorrock

1980년 5월 22일 광주대책회의 내용을 정리한 미국 백악관 비밀 전문
팀 셔록(Tim Shorrock) 기자가 폭로한 체로키 파일이다.

실을 알고 있었다. 미국 정부의 관료들은 심지어 전두환 신군부에 지지 의사를 보여야 한다고 말하기도 했다.

이뿐만이 아니었다. 미국은 전두환 신군부가 사용할 수 있도록 20사단의 작전통제권을 넘겨줬고, 5월 27일 전남도청 진압을 함께 논의했다. 미국 행정부는 전두환 신군부의 쿠데타와 광주항쟁 유혈 진압을 묵인하고 방조하는 데 그치지 않고 그들을 지지하고 지원한 셈이었다.

이 같은 사실이 알려지면서 광주 시민들을 중심으로 반미 정서는 급속히 퍼져나갔다. 5·18이 진압된 직후부터 광주와 부산 등의 미 문화원에는 5·18 진상규명과 미국의 책임을 묻는 대학생들의 점거 농성과 방화가 잇따랐다.

그러나 미국은 시종일관 자신들은 간여한 바가 없다고 주장하고 있다. 당시 주한 미국 대사였던 글라이스틴은 생전 한 언론과의 인터뷰에서 "5·18은 한국인에 의해 발생한 사건이고, 시위를 하던 학생들도 미국 사람이 아닌 한국 사람이었고, 한국인을 상대로 사용된 군대도 미국인이 아닌 한국인이었다"라고 말해 미국의 책임을 전면 부인했다. 미국은 지금껏 이 입장을 고수하고 있다.

한편 이날 새벽 4시, 이희성 계엄사령관은 김재명 작전참모부장에게 "광주 재진입 작전 계획을 수립하라"라고 지시한다. 오후 12시 15분에는 5월 27일 자정을 지나 전교사 사령관 책임하에 전남도청의 시민군을 진압하는 상무충정작전 개시가 최종 결정되었다. 이 회의에는 주영복 국방부 장관과 이희성 계엄사령관, 황영시 육군참모차장, 전두환 보안사령관, 노태우 수경사령관 등이 참석했다.

그 시각, 전남도청에 무기를 반납해 사태를 수습할 것을 주장하던 학생수습위원회 김창길이 위원장직을 사퇴하면서 김종배, 정상용 등이 밤 10시쯤 민주시민투쟁위원회를 새로 구성했다. 새로 출범한 위원회는 계엄군의 재진입에 대비해 무기를 재분배하고 외곽 경비를 강화하는 등 무장투쟁 준비에 들어갔다.

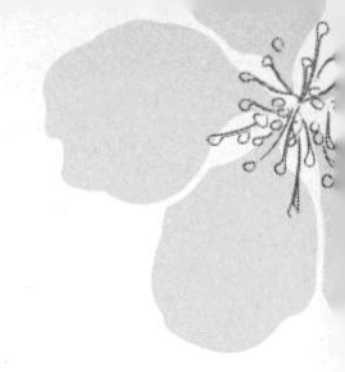

9일 차: 1980년 5월 26일, 월요일

광주 날씨: 맑음. 낮 최고기온 19.1도

도청 진압 D-1

광주 시민들은 계엄군을 몰아낸 5월 23일부터 매일 시민궐기대회를 열었다. 매일 3만 명에서 5만 명의 시민들이 전남도청 앞 분수대에 모여 앉아 전두환을 몰아내고 광주를 지키겠다는 목소리를 높였지만, 계엄군이 언제 다시 쳐들어올지 모른다는 불안감 역시 커져만 갔다. 이날 새벽 6시쯤 광주시 화정동에 계엄군 탱크가 나타났다는 소식이 전해지면서 전남도청에 마련된 수습대책위원회가 발칵 뒤집혔다. 진압이 시작됐다는 소문이 돌면서 일찍부터 시내가 소란했다. 그러자 홍남순 변호사와 김성용 신부 등 광주에서 신망받는 인사들이 탱크 앞에 드러누워서라도 진압을 막겠다며 나섰다. 이른바 '죽음의 행진'이었다.

계엄군은 탱크를 돌려 돌아갔지만 광주 시민들의 동요는 더욱 거세졌다. 오전 11시 30분 3만여 명의 학생과 시민이 모여 4차 민주수호 범시민궐기대회를 열었고, 오후 3시쯤 5차 민주수호 범시민궐기대회를 다시 열었다. 시민들은 「전국 언론인에게 드리는 글」, 「대한민국 국군에게 보내는 글」, 「대통령 각하께 드리는 글」 등을 채택하고, 시가행진을 벌였다.

항쟁 지도부는 처음이자 마지막으로 외신 기자 브리핑을 진행했다. 국내 언론이 외면하는 상황에서 외신으로나마 기록을 남겨야 했다. 윤상원 대변인이 외신들 앞에 섰다. 당시 기자회견 통역을 맡은 인요한 연세의료원 국제진료소장은 윤상원 대변인이 "북을 향하고 있어야 할 총이 왜 남

© 광주MBC

1980년 5월 26일 밤, 항쟁 지도부 대변인 윤상원(오른쪽)은 정상용 당시 항쟁 지도부 외무 담당 부위원장(왼쪽)과 마지막 대화를 나눴다.

을 향하고 있는지 모르겠다. 상황이 어렵다. 식량이 떨어져 가고 있고 물도 바닥나고 있다. 광주 시민은 빨갱이가 아니다. 우리는 집회를 할 때 매일 반공 구호를 외치고 시작한다. 억울하다"라고 말한 것으로 당시를 기억한다.

한편 소준열 전교사 사령관은 오전 10시 30분 진압 작전 지휘관 회의를 열고, 공수 여단장들에게 "5월 27일 0시 01분부로 작전을 개시할 것"을 지시했다.

도청을 사수(死守)하기로 한 200여 명의 시민군은 박남선 상황실장의 지휘 아래 YWCA에 대기했다가 전남도청으로 들어가 무장한 다음, 전일빌딩·YWCA·계림국민학교 쪽에 배치됐다. 항쟁 지도부는 여성과 학생, 노약자를 도청 밖으로 내보냈지만, 집에 갔다가 다시 돌아오는 젊은이들이 있었다.

윤상원 대변인은 글라이스틴 주한 미국 대사에게 전화를 걸어 마지막 중재를 요청했지만, 대사는 요청을 거부했다. 항쟁 지도부는 밤 11시쯤 상황실장 지휘로 시민군 배치 현황을 점검하면서 최후의 항전을 준비하기 시작했다. 부모, 형제의 울부짖는 목소리가 들려왔지만 도청에 남은 이들은 발길을 돌리지 않았다. 자정을 기해 광주 시내의 전화가 두절됐다.

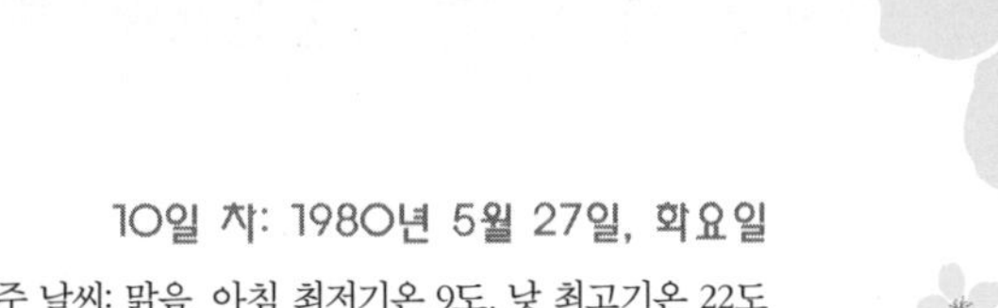

10일 차: 1980년 5월 27일, 화요일

광주 날씨: 맑음. 아침 최저기온 9도, 낮 최고기온 22도

죽음으로 광주를 지키다

5월 말이면 이미 여름이나 다름없지만, 이날은 유독 서늘했다. 총을 들고 전남도청 안에서 창밖을 주시하며 경계를 서고 있던 이들의 팔에는 소름이 돋았다. 새벽 2시쯤 홍보부의 여성들인 박영순과 이경희가 도청 스피커를 통해 마지막 방송을 했다. 계엄군이 지금 쳐들어오고 있으니 우리를 지켜달라는 내용이었다. 새벽 4시를 기해 전남도청 내의 모든 전등이 꺼졌다. 계엄군 공격이 임박했다는 것을 시민군 모두 느낄 수 있었다.

3공수가 전남도청 후문에 도착한 시각은 새벽 4시였다. 그들은 5시 21분에 전남도청 점령을 완료했다. 11공수는 새벽 4시 46분 전일빌딩을 점령하고, 새벽 6시 20분 YWCA 건물을 점령했다. 20사단과 31사단 역시 책임 지역의 작전을 모두 끝내면서 이른바 '폭도소탕작전'은 끝났다. 겨우

소년 시민군
전남도청 2층에서 계엄군에 맞서 경계 근무를 서고 있다.

200명 남짓한 시민군이 백배나 더 많은 2만 명의 정규군, 그것도 특전사 군인들에 맞서 싸운다는 것 자체가 상대가 되지 않는 싸움이었다.

이날 도청에서는 양동선(남, 27세, 광주고 직원), 오세현(남, 25세, 회사원), 박용준(남, 24세, 신협 직원), 유영선(남, 27세, 회사원), 김동수(남, 22세, 회사원), 김종연(남, 19세, 재수생), 이강수(남, 19세, 금호고 2년), 박성용(남, 17세, 조대부고 3년), 유동운(남, 19세, 한신대 2년), 안종필(남, 16세, 광주상고 1년), 문재학(남, 16세, 광주상고 1년), 민병대(남, 20세, 부화장 종업원), 김명숙(여, 14세, 서광여중 3년), 이금재(남, 28세, 상업), 문용동(남, 26세 호신대 4년), 이정연(남, 20세, 전남대 1년), 김성근(남, 23세, 목공) 등이 총상을 입고 숨졌다.

전남도청을 진압한 계엄군은 승전가를 불렀다. 전두환 보안사령관이자 중앙정보부장 서리는 그로부터 넉 달 뒤인 9월 1일 대한민국의 제11대 대통령에 취임했다. 1979년 12월 12일에 시작해 10개월에 걸친 쿠데타를 완성한 순간이었다. 광주를 진압한 이들이 정권을 차지하고 대통령이 되고 훈장을 챙기면서 광주는 영원히 패배한 것처럼 보였고, 광주 시민들을 비롯한 국민들은 이제 다 끝났다고 생각했다.

그러나 그게 끝이 아니었다. 광주가 진압된 직후부터 자신의 몸을 바쳐 광주학살을 알리는 이들이 나타나기 시작했다. 광주항쟁의 역사는 1980년 5월 27일부터 다시 쓰이기 시작했다.

김의기

우리는 무엇을 하고 있는가?

•

1980년 5월

● '김의기 편'의 글과 사진은 김의기열사추모사업회에서 2010년 발간한 『5월 하늘 아래 바보 청년 김의기: 광주를 목격하고 산화한 김의기 열사 30주기 추모집』를 참고했다.

김의기

•

고은

네가 너인 줄도 모르게
공포에 질린 그때
계엄령의 공수부대의 그때
학살과 고문과 약탈로 얼어붙은 그때
온통 이 강산
패배주의에 빠져버린 그때
그 공포의 아가리에서
한 이름 없는 학도
종로 5가 6층 옥상에서 떨어져 죽어 부르짖었다

동포여 우리는 지금 무엇을 하고 있는가 ……
동포여 일어나자 마지막 한 사람까지 일어나자 ……
우리의 힘 모은 싸움 역사의 정방향에 서 있다 우리는 이긴다

고은(高銀, 1933~)은 대한민국의 시인이자 소설가다. 우리 민족사에 등장하는 인물 5600명을 다룬 연작시 '만인보'를 1986년부터 2010년까지 발표했다. 이 책에서 소개하고 있는 인물 10명 중 여덟 명이 『만인보 별편』에 소개됐다.

그 절망의 아가리
하나의 섬광으로 빛나며
무덤과 노예의 그때
오직 그대가 승리를 일컬었다
김의기!
그대가 유신잔당과의 싸움을 일컬었다
죽어
피투성이 몸뚱어리로

그날, 1980년 5월 30일 오후 5시

© 김주숙

김의기(1959~1980)

오후 5시, 서울 종로 기독교회관 6층에서 사람이 떨어졌다. "쿵" 하는 소리에 이어 사람들의 비명이 들려왔다. 바닥에 떨어진 이는 서강대 무역학과에 다니는 22살 대학생 김의기였다. 그가 스스로 몸을 던진 것인지, 누군가에 의해 떠밀려 떨어진 것인지는 분명치 않았다. 그와 함께 6층에서 떨어진 전단지 수십 장이 공중에서 아직 펄럭이고 있었다. 김의기가 전단지를 뿌린 것인지, 아니면 갖고 있던 전단지를 뺏기지 않으려다 떨어진 것인지 역시 분명치 않았다.

모든 것이 분명하지 않았지만, 하나 분명한 것은 김의기가 떨어지고 난 다음 계엄군이 취한 조치였다. 계엄군은 김의기가 떨어지기 무섭게 현장을 에워싸 시민들의 시선을 막았다. 김의기가 떨어진 곳이 장갑차와 장갑차 사이였기 때문에 앞뒤만 막으면 구경꾼들의 시선쯤이야 간단히 차단할 수 있었다.

기독교회관 앞에 장갑차가 진주한 이유는 전두환 신군부가 2주 전인 5월 17일 자정을 기해 확대한 비상계엄(이때 전국으로 확대된 비상계엄은 다음 해인 1981년 1월 24일, 8개월 만에 풀린다) 때문이었다. 기독교회관에는 기독교방송사가 있었는데 전두환 세력은 비상계엄을 선포하면서 모든 언론사에 계엄군을 배치해 보도를 통제하고 검열했다.

길 가던 사람들이 웅성대며 모여들었지만 계엄군은 행인들을 몰아냈다. 행인 몇 명이 바닥에 떨어진 유인물을 집어 들었다. 바람에 흩어진 한 장짜리 전단지에는 「동포에게 드리는 글」이라는 제목의 글이 타자되어 있었다. 느낌표가 유난히 많이 들어 있는 글이었다. 계엄군은 사람들을 위협해 전단지를 빼앗았다. 사람들이 전단지를 자세히 들여다볼 틈을 주지 않았다. 계엄군이 전단지를 주우러 동분서주하던 그 시각, 김의기의 몸은 길바닥에서 움찔거리고 있었다. 아직 숨이 붙어 있었지만 어느 누구도 그를 병원으로 옮겨주지 않았다. 30분가량 지났을까. 전단지를 다 확보했다고 판단한 계엄군은 그때서야 김의기를 들것에 실어 병원으로 옮겼다.

경상북도 영주가 고향인 김의기는 서강대 무역학과 졸업을 앞두고 있었다. 원래는 그해 2월 졸업을 했어야 하지만, 형편이 어려운 친구에게 등록금을 준 탓에 정작 본인의 졸업은 한 학기 미뤄둔 상태였다. 22살의 청년에게 도대체 무슨 일이 일어난 것일까. 그의 죽음은 자살인가, 타살인가, 실족사인가. 그가 전단지를 통해 말하려 했던 것은 무엇인가.

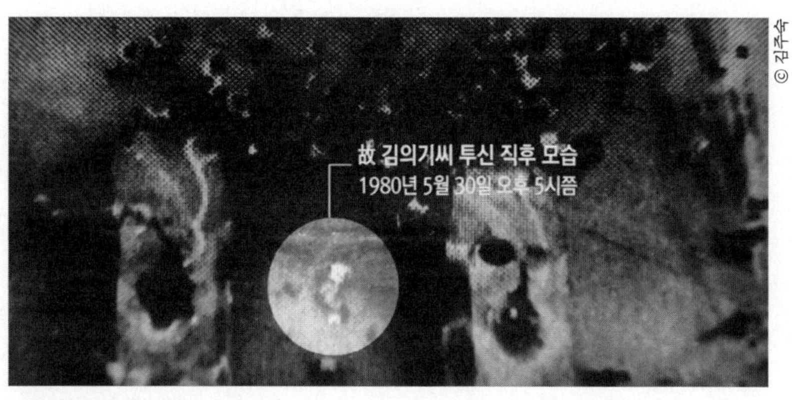

건물에서 떨어진 직후
기독교회관에서 아래를 보고 찍은 사진, 장갑차 사이로 김의기가 쓰러져 있다.

© 김주숙

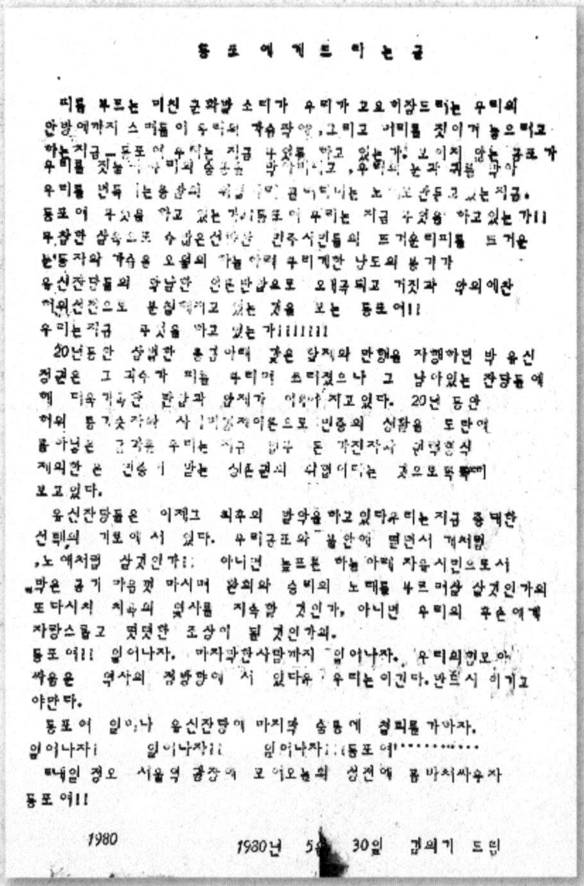

동포에게 드리는 글

피를 부르는 미친 군화발 소리가 우리가 고요히 잠드려는 우리의 안방에까지 스며들어 우리의 가슴팍에, 그리고 머리를 짓이겨 놓으려고 하는 지금 — 동포여 우리는 지금 무엇을 하고 있는가! 보이지 않는 공포가 우리를 짓눌러 우리의 숨구멍을 막아버리고, 우리의 눈과 귀를 막아 우리를 [illegible] 총칼의 위협 [illegible] 노예로 만들고 있는 지금. 동포여 무엇을 하고 있는가! 동포여 우리는 지금 무엇을 하고 있는가!! 무참한 살육으로 수많은 선량한 광주시민들의 뜨거운 피를 뜨거운 눈물과 가슴을 오월의 하늘 아래 [illegible] 남도의 봉기가 유신잔당들의 악랄한 언론탄압으로 왜곡되고 거짓과 악의에 찬 허위선전으로 분칠되어지고 있는 것을 보는 동포여!! 우리는 지금 무엇을 하고 있는가!!!!!!!

20년동안 잔인한 흡혈귀 같은 압제와 만행을 자행하던 박 유신정권은 그 괴수가 피를 뿌리며 쓰러졌으나 그 남아있는 잔당들에 의해 더욱 가혹한 탄압과 압제가 이루어지고 있다. 20년 동안 허위 통계숫자와 사기적 경제이론으로 민중의 생활을 도탄에 몰아넣은 그 결과 우리는 지금 [illegible] 가진자의 권력형 [illegible] 것으로 똑똑히 보고 있다.

유신잔당들은 이제 그 최후의 발악을 하고 있다. 우리는 지금 중대한 선택의 기로에 서 있다. 우리 공포와 불안에 떨면서 개처럼, 노예처럼 살것인가!! 아니면 높푸른 하늘 아래 자유시민으로서 맑은 공기 마음껏 마시며 환희와 승리의 노래를 부르며 살 것인가와 또다시 치욕의 역사를 지속할 것인가, 아니면 우리의 후손에게 자랑스럽고 떳떳한 조상이 될 것인가와.
동포여!! 일어나자. 마지막 한사람까지 일어나자. 우리의 민주화 싸움은 역사의 정방향에 서 있다. 우리는 이긴다. 반드시 이기고야 만다.

동포여 일어나 유신잔당의 마지막 숨통에 철퇴를 가하자.
일어나자! 일어나자!! 일어나자!!! 동포여…………

내일 정오 서울역 광장에 모여 오늘의 성전에 몸바쳐 싸우자 동포여!!

1980

1980년 5월 30일 김의기 드림

유족이 보관 중인 「동포에게 드리는 글」 원본

동포에게 드리는 글

피를 부르는 미친 군화발 소리가 고요히잠드려는 우리의
안방에까지 스며들어 우리의 가슴팍에 그리고 머리를 짓이겨 놓으려고
하는 지금_동포여 우리는 지금 무엇을 하고 있는가! 보이지 않는 공포가
우리를 짓눌러 우리의 숨통을 막아버리고, 우리의 눈과 귀를 막아
우리를 번득이는 총칼의 위협아래 끌려다니는 노예로 만들고 있는 지금.
동포여 무엇을 하고 있는가! 동포여, 우리는 지금 무엇을 하고 있는가!!
무참한 살육으로 수많은선량한 민주시민들의 뜨거운리피를 뜨거운
눈동자와 가슴을 오월의 하늘 아래 뿌리게한 남도의 봉기가
유신잔당들의 악날한 언론탄압으로 왜곡되고 거짓과 악의에찬
허위선전으로 분칠해지고 있는 것을 보는 동포여!!
우리는지금 무엇을 하고 있는가!!!!!!!
20년 동안 살벌한 총검아래 갖은 압제와 만행을 자행하던 박 유신
정권은 그 괴수가 피를 뿌리며 쓰러졌으나 그 남아있는 잔당들에
해 더욱 가혹한 탄압과 압제가 이루어지고 있다. 20년 동안
허위 통계숫자와 사이비경제이론으로 민중의 생활을 도탄에
몰아넣은 결과를 우리는 지금 일부 돈 가진자와 권력형식
제외한 온 민중이 받는 생존권의 위협이라는 것으로 똑똑히
보고 있다.
유신 잔당들은 이제그 최후의 발악을 하고 있다.우리는 지금 중대한
선택의 기로에 서 있다. 우리공포와 불안에 떨면서 개처럼
, 노예처럼 살 것인가!! 아니면 높프른 하늘 아래 자유시민으로서
맑은 공기 마음껏 마시며 환희와 승리의 노래를 부르며살 살것인가의
또다시치 치욕의 역사를 지속할 것인가, 아니면 우리의 후손에게
자랑스롭고 떳떳한 조상이 될 것인가의.
동포여!! 일어나자. 마지막한사람까지 일어나자. 우리의힘모아
싸움은 역사의 정방향에 서있다.우 우리는 이긴다. 반드시 이기고
야만다.
동포여 일어나 유신잔당에 마지막 숨통에 철퇴를 가하자.
일어나자!   일어나자!!   일어나자!!! 동포여…………
내일 정오 서울역 광장에 모여오늘의 성전에 몸바쳐싸우자
동포여!!

1980

1980년 5월 30일 김의기 드림

김의기가 근처 서울대병원에 도착했을 때는 이미 숨이 멎은 상태였다. 비슷한 시각 경찰은 서울 마장동 김의기 집에 들어서고 있었다. 경찰은 김의기의 집에 도착했을 때 그가 이미 숨진 것을 알고 있었지만, 집에 있던 어머니에게 아들의 죽음을 알리지 않은 채 함부로 그의 방에 들어가 샅샅이 훑어갔다. 김의기가 요주의 인물이어서 이미 몇차례 수색을 받은 탓에 더 가져갈 것도 없는 상태였지만, 경찰은 입대 예정 일자가 7월 7일로 찍혀 있는 김의기의 군대 소집영장까지 모조리 가져갔다.

5월 30일은 5·18이 진압된 지 만 사흘이 되는 날이었다. 모든 신문과 방송은 계엄사가 요구하는 대로 광주에서 폭도들에 의해 유혈 사태가 일어났다고 보도할 뿐, 광주에서의 학살 혹은 광주에서의 항쟁 소식을 알지도 못했고 알리지도 못하고 있었다.

그런 상황에서 김의기가 작성한 전단지 내용을 확인한 계엄군 지도부는 깜짝 놀라지 않을 수 없었다. 김의기가 쓴 「동포에게 드리는 글」이 광주의 진실을 정확히 꿰뚫어보고 있었기 때문이었다. 계엄 당국은 김의기가 어떻게 그 사실을 알아냈는지 미치도록 궁금해했지만, 집 수색에서는 아무 단서도 찾지 못했다. 경찰은 수색 세 시간이 지난 뒤 다시 마장동 김의기 집을 찾아 비로소 그가 숨진 사실을 가족들에게 알렸다.

운명 22년 전
1959년 4월 20일, 김의기 태어나다

김의기는 경북 영주군에서 아버지 김억, 어머니 권채봉 슬하의 4남 2녀 중 막내로 태어났다. 형, 누나들과 함께 넉넉하지는 않았지만 행복한 어린 시절을 보냈다. 김의기는 키는 작았지만 밝고 맑은 성품으로 친구들과 사이가 좋았다.

경북 영주중학교를 다니던 김의기는 중학교 2학년 때 서울 배명중학교로 학교를 옮긴다. 경찰관이던 아버지가 일을 그만두고 사업을 위해 서울 마장동에 집을 얻은 것이다. 퇴직금을 가지고 사업을 일으켜 6남매를 키워보려 했지만 뜻대로 되지 않았다.

김의기의 형제들은 이른 나이에 생활 전선에 뛰어들었다. 큰형은 고향에서 농사를 짓다가 광산노동자로 일했고, 셋째 형도 상경해 철공소에서 일했다. 집안 형편은 어려웠지만 김의기는 공부에 열중했다. 장학생으로 배명고에 입학했고 1976년 서강대 무역학과에 합격하면서 6남매 중 유일하게 대학생이 됐다.

김의기는 진학 대신 생업에 뛰어든 형제들에게 늘 미안해했다. 공부도 잘했고 자기보다 머리 좋은 형들과 누나들이 가지 못한 길을 자신만 가고 있기 때문이었다. 김의기가 부채감을 덜기 위해 할 수 있는 것이라고는 대학 생활에 최선을 다해 입신양명하는 길이었겠지만, 김의기는 그 길을 선택하지 않았다. 선조들과 식구들이 걷고 또 걸어왔던 농민의 길을 김의기는 유심히 바라보고 있었다.

운명 1년 6개월 전
1978년 12월 5일 아침

김의기는 대학교 2학년인 1977년 강원도 농활(농촌활동)에 처음으로 참석한다. 이때는 농활대원 자격이었지만, 다음 해부터는 농활대장으로 학생들을 이끌었다.

농활대장 김의기는 1978년 봄과 여름, 가을은 물론 겨울에도 농활을 이끌었다. 농한기인 겨울에 농촌에 내려가 봤자 할 일이 있을 리 만무했지만, 그래도 가야 한다며 친구와 후배를 설득했다. 농한기에 농민들이 하는 고민이 무엇인지 알아야 한다는 게 그의 논리였다.

한겨울인 1978년 12월 5일에도 김의기는 농촌활동을 하고 있었다. 이 날 김의기는 이례적으로 아침과 저녁, 하루 두 차례 일기장을 펼쳐들어 기록을 남겼다. 농촌 활동의 소회를 넘어 농민 운동가를 꿈꾸는 그의 고민이 일기에 절절히 배어 있다.

12월 5일 아침

합숙

농촌활동

잡념을 털어버리고

확신은 장차 의문을 불러일으키게 되고 의문은 장차 확신을 가져오게 된다.

농업문제의 본질이해

앞으로 제3세계는 어떻게 되고 민족주의는 어떻게 펼쳐질 것인가. 선진 자본주의 국가는 살아남을 것인가.

남북문제는 어떻게 되어질 것인가.

민주주의는 유지될 수 있는가.

한국 경제는 어디에 와 있고 장차 어떻게 될 것인가.

농촌운동의 장래는 어떻게 될 것이고 한국에도 혁명이 일어나겠는가.

통일은?

12월 5일 저녁

할 일이 있다. 많다.

신(神).

농민, 국가독점 자본주의하의 소농(小農)문제.

어떻게 해결되어져야 하는가.

정치적 범주에 속하는 농민문제.

경제적 범주에 속하는 농업문제.

이 모든 것을 다 포함하는 사회적 차원에서의 농촌문제.

이 엄청나게 큰 문제를 앞에 놓고 내 힘 미력함 느끼지 않을 도리가 없다.

1300만의 농민, 천삼백만의 농민을 관심대상으로 삼는, 아니 3500만의, 아니 5000만의 우리 배달민족의 문제에 관심을 기울인다는 일의 어려움.

세계사와 민족사의 맥락 속에서 오늘의 세계와 우리 민족과 앞으로의 세계와 우리.

그러나 이 문제에 대한 인식을 가졌음은 이미 의무가 주어진 것이다.

회피할 수도 외면할 수도 없다. 혹 그럴 수 있다 해도 절대 그럴 수 없다.

김의기는 12월 5일 일기 말미에 자작시(自作詩) 한 편을 써둔다. 「갑오년, 기미년 사람들이 힘을 준다」라는 제목의 시다. 갑오년 사람, 기미년 사람이 무엇을 의미하는가. 갑오년인 1894년에 일어난 동학농민운동과 기미년인 1919년에 일어난 삼일독립운동의 저항정신과 분노가 자신에게 힘을 준다는 뜻이리라.

갑오년, 기미년 사람들이 힘을 준다

어머니의 땅에 묻혔어도
편히 돌아누워볼 한 치 땅도 가지지 못하고
그날도 오늘도
날선 칼로 죽창 깎고 있는
갑오년 사람들아
장성 갈재 뜨거운 피로 피 도배하고

황룡강 피눈물로 홍수내고도
아직도 못다 울은 서러운 울음.

서러운 황토 밑에 길게 누워서
그날도 오늘도
날선 칼로 죽창 깎고 있는
갑오년 사람들아

날선 칼끝 타는 울음소리처럼
그렇게 서럽게
울어봤을 턱이 있겠느냐

사천년 묵은 분노 터지니 폭풍이고
사천년 삭힌 억울 터뜨리니 노도구나.
갑오년 사람들아.
갑오년 사람들아.
오적육적 날뛰는 꼴 지켜보고 있느냐.

오늘부터 담당이 바뀌었다. 당분간은 좀 괴롭겠다. 담당을 떨쳐버릴 마땅한 좋은 방법이 잘 생각 안난다. ……

시의 제목은 갑오년, 기미년인데 정작 내용은 갑오년밖에 다루지 못한 미완의 시가 되고 말았다. 그 대신 김의기는 경찰의 감시 대상인 자신의 신세를 한탄하고 있다. 자신을 미행하고 감시하는 담당 경찰이 바뀌었다는 푸념에서 감시에서 벗어날 수 없는 삶의 고단함이 묻어난다. 옳은 일을 하고 있는데도 도망 다녀야 하는 자신의 신세가 구한말과 일제강점기에

핍박받던 농민이나 독립운동가와 다를 바 없다고 느꼈을 것이다.

김의기는 그로부터 열흘 뒤 또 다른 농촌의 단상을 일기에 남긴다. 농사를 지으면 지을수록 손해 보는 구조를 방치하는 박정희 정권을 향한 날선 분노가 드러나 있다.

1978년 12월 16일 토요일, 집

그리 따뜻하지도 않고 그리 안락하지도 아니하지만
날 생각하고 걱정해 주는 부모형제가 있는 집.
그런데로 便安한 房이 있고 아랫목이 있고.

九老洞(구로동)과 馬場洞(마장동-김의기 자택)

촌놈 — 나까지 포함해서 — 들에게 너무 했다. 정말 너무들 했다.
참기 너무 어렵다. 쌀 한 가마 팔 때마다 만 오천원씩 손해 보라는 건
정말 너무하다. 정말 너무하다. 해도 너무한다.
그러면서 막대한 양의 외곡(外穀) 도입까지 한다는 건
해도 너무하는 짓이다. 곡식뿐 아니고 고기와 양념마저도.

우리 農民들 어디로 가란 말이냐 어떻게 살란 말이냐.
양적 축적은 질적 변화를 일으킨다. 불만과 불안의 누적은 결국 革命을 불러 일으킨다. 이 사람들아.
우리 농사꾼들 농민들 너무 그렇게 심하게 제멋대로 다루지 마라.
이 놈들아. 이 망할 놈들아.
농민들이 죽창을 다듬고 있다.

농민들에게 미안한 감정이 커지면 커질수록, 농촌문제에 무관심하고 해결 의지가 없는 정권에 대한 분노 역시 커졌다. 하지만 농촌문제를 해결하기에 김의기 개인의 힘은 너무나 미약할 뿐이었다. 농활을 열심히 하는 것으로 농민문제가 해결될 수 있다면 10번이고 100번이고 가겠다고 다짐한 그였지만, 농활을 다니면 다닐수록 좌절과 분노만 쌓여갔다.

농민들에게 느끼는 부채 의식, 정권을 향한 불만을 김의기는 자신의 옷차림으로 드러냈다. 검소하다는 표현으로는 설명이 부족한 옷차림이었다. 모르는 사람이 당시의 김의기를 보면 대학생으로 보기 어려운 차림새였다.

수수하다 못해 허름한 옷을 일부러 입고 다니는 김의기는 또래 친구들 사이에서 '일부러 외모에 신경 쓰지 않는 남자'였다. 김의기는 대학 졸업사진도 티셔츠 차림으로 찍을 정도였다. 친구들이 수군거려도 가족들이 사정을 해도 소용이 없었다. 농촌 사람들이 힘들게 사는 걸 아는데, 이른바 농촌운동을 하면서 좋은 옷을 입고 다닐 수가 없다는 것이었다.

김의기의 누나 김주숙은 고무신에 허름한 예비군복 바지만 입고 다니는 대학생 동생을 위해 양복을 사줬다. 집안의 유일한 대학생인 막냇동생, 그것도 남들은 되고 싶어도 될 수 없는 명문대생이 되고도 티를 내지 않는 의기가 못마땅했던 것이다. "학교 갈 때 이 옷 입고 다니는 게 누나의 소원"이라며 양복을 건넸다.

김주숙(김의기 누나) 1980년 5월 초에는 서울에서 데모를 많이 했었죠. 데모를 많이 했을 때 걔가 집에 왔을 때 몸에 최루탄 때문에 그 냄새가 많이 났고, 4월 달부터 많이 바빴던 것 같아요. 그리고 그 전에는 새벽에 형사들이 집에 와서 자는 애를 깨워서 데리고 나갔어요. 추운 날씨에 양말도 안 신고 고무신 신고 형사들에게 끌려가는 모습에 마음이 너무 아프더라고요. 의기가 항상 고무신 신고, 점퍼를 입고 다녔어요. 저는 깔끔한 대학생 동생을 원했는데 항상 허름하게 입고 다녀서 이렇게 다니지 말라고 말했는데,

걔는 행동하는 데 이게 편하다고 그렇게 입고 다니더라고요. 그래서 보다 못한 제가 양복을 한 벌 사줬는데 안 입고 다니더라고요. 그래서 왜 양복을 안 입고 다니냐고 했더니 사람이 편하면 점점 더 편하고 싶어져서 '도둑 같은' 마음이 생긴다고 자기는 그걸 입고 다닐 수가 없다고 그렇게 얘기를 하더라고요. 그래서 그 양복을 안 입고 다니고 옷장에 보관만 했죠. 결국 그 양복을 의기 관 속에 넣어줬어요.

고무신과 군복 바지와 같은 옷차림뿐이 아니었다. 김의기의 친구들은 식당에 가서 음식을 고를 때 조금이라도 맛있고 비싼 음식을 선택한다 싶으면 여지없이 김의기로부터 싫은 소리를 들어야 했다. 김의기의 선배 최병천은 김의기와 식당에 갈 때면 항상 그의 눈치를 봤노라고 고백한다.

최병천(김의기 선배, 출판사 '신앙과 지성사' 대표) 늘 군복 바지에다 고무신을 신고 다녔어요. 농민의 모습으로 다닌 것이죠. 집회하다가 식사를 하고 그래도 300원(한국은행에 따르면 1978년의 300원은 2016년 현재 가치로 2000원 정도 된다)짜리 이상을 먹으면 김의기가 우리한테 막 화를 내는 거예요. 돈을 절약해야지. 우리가 이런 것 가지고 우리가 이런 게 몸에 배면 안 된다. 최대한 절약하고 근면해야 한다고 말했죠.

김의기의 이 같은 금욕적 생활 태도는 농활을 가서도 마찬가지였다. 결코 농활 가는 것을 대학생의 낭만으로 여기지 않았다. 함께 가는 후배와 동료에게 김의기가 가장 강조한 것은 '민폐 근절'이었다. 김의기는 농촌활동을 하면서 지켜야 할 생활 수칙과 활동 규칙을 만들어 선후배들에게 돌렸다. 옷차림과 행동이 농민들에게 위화감을 주어서는 안 된다는 것이었는데 말투와 표정, 심지어 발음 하나까지도 농민들 앞에서 조심할 것을 요구하고 있다.

농촌활동 안내 수칙

1. 화려하지 않고 활동에 편할 뿐 아니라 세탁이 간편한 옷을 입을 것.
2. 남자의 경우 단정한 머리. 장발금지, 혐오감 주는 머리스타일 하지 말 것.
3. 여자의 경우 속 비치거나, 소매 없거나 홈 파인 옷 등 노출이 심한 옷 삼가.
4. 색깔이 지나치게 화려하거나 몸에 달라붙는 바지나 짧은 치마 입지 말 것.
5. 액세서리 착용하지 말 것.
6. 작업화는 고무신을 신는 게 좋다.
7. 쌀 씻을 때는 한 톨도 흘리지 말고 먹고 남은 음식이 절대 없도록 할 것.
8. 밥은 쌀보리 적정한 혼식으로 마을 평균 수준과 일치.
9. 식사 준비는 최소한의 인원으로 최대한 조용히. 식사는 함께 시작해서 함께 끝낼 것.
10. 간식은 절대 삼가.
11. 활동목적상 필요한 경우(청년반의 경우)를 제외하고 음주는 절대로 삼갈 것. 마실 때는 절대로 취하지 않도록 할 것.
12. 합숙소 주변은 항상 청결하게 정돈된 상태를 유지할 것.
13. 실내에 있을 때는 신발을 항상 가지런히 놓을 것.
14. 생활은 최대한 조용히 하고 웃음소리를 크게 내거나 유행가를 부르는 일이 없도록 할 것.
15. 마을 사람을 만나면 남녀노소를 불문하고 먼저 공손하게 인사할 것.
16. 영어나 서양풍속, 은어는 사용하지 말 것. 특히 남녀 대원 간의 호칭에 주의.
17. 남녀관계를 특히 주의.
18. 길을 가면서 껌, 음식, 담배 피우는 일을 삼가. 칫솔을 입에 물고 다니거나 수건을 목에 걸고 다니지 않도록.
19. 마을 사람 앞에서 귓속말을 절대 삼가.

20. 활동대장이나 책임자의 지시는 일단 따르고 대원들끼리 모였을 때 이의를 제기하도록.
21. 노래나 박수는 가능한 한 삼가고 지나친 농담과 음담패설에 주의.
22. 담배는 끝까지 피우고 마을의 연장자 앞에서는 삼가.
23. 농민들과 함께 있을 때는 농민의 생활방식과 수준에 맞추도록.
24. 농민들과 만날 때는 필기도구를 지참하지 말 것.
25. 쉬는 시간이라도 지나치게 자세를 흩트리지 말 것.
26. 농민들과 대화 시 겸허하게 배우려는 자세를 취하고 섣불리 앞질러 말하거나 가르치겠다는 생각을 피할 것.
27. 대화는 자연스러우면서도 쉬운 말을 사용하고 어설픈 흉내를 내지 말 것.
28. 존댓말을 쓸 때는 존칭어미를 확실히 발음할 것.

농민들에게 위화감을 줄 수 있으니 필기도구도 지참하지 말고 귓속말도 하지 말라는 행동 수칙. 지금의 시각으로 보면 성인들의 일거수일투족을 이렇게까지 통제해도 되나 싶을 정도다. 선후배, 동료에게 말투 하나 표정 하나까지 주의를 준 것은 지나친 간섭이라는 불만도 있었고 김의기도 이를 몰랐을 리 없다. 하지만 '우리들의 만족과 낭만'을 위해 농활을 온 것이 아니라며 농민과 농촌을 위해 생활 수칙을 따라달라는 김의기의 요구에 누구도 반박하지 못했다.

운명 20일 전
1980년 5월 10일 서울

농활대원에서 농활대장까지, 농활을 거듭할수록 김의기의 농업·농민·농촌 문제를 향한 고민은 더 깊어졌다. 구한말과 일제강점기 그리고

ⓒ 김주숙

「금강」을 낭독한 김의기의 육성이
녹음된 테이프
현재 유족이 보관 중이다.

해방 이후까지도 개선되지 않은 농민들의 토지 문제는 김의기의 최우선 관심사가 됐다. 그러던 중 접하게 된 신동엽 시인의 서사시 「금강」은 김의기가 좋아할 수밖에 없는 시였다.

금강(錦江)

신동엽

1

우리들의 어렸을 적
황토 벗은 고갯마을
할머니 등에 업혀
누님과 난, 곧잘
파랑새 노랠 배웠다.

울타리마다 담쟁이넌출 익어가고
밭머리에 수수모감 보일 때면

어디서라 없이 새 보는 소리가 들린다.

우이여! 훠어이!

쇠방울 소리 뿌리면서
순사의 자전거가 아득한 길을 사라지고
그럴 때면 우리들은 흙토방 아래
가슴 두근거리며
노래 배워주던 그 양품장수 할머닐 기다렸다.

새야 새야 파랑새야
녹두밭에 앉지 마라
녹두꽃 떨어지면
청포장수 울고 간다.
……

신동엽이 1967년에 쓴 「금강」은 26장 4800여 행이나 되는 장문의 서사시다. 1894년 3월에 일어난 동학농민운동과 1919년 3월에 일어난 삼일운동, 1960년 4·19 혁명을 노래하고 있다. 「금강」의 시 구절, 행 하나하나는 김의기에게 벅찬 감동으로 다가왔다. 김의기는 「금강」을 자신의 육성으로 남겨야겠다고 생각했다. 테이프에 담긴 김의기의 육성을 들어보면 모든 문장 하나하나에 정성을 담아 읽었다는 것을 알 수 있다. 17장, 농민이 혁명에서 승리하는 순간은 김의기에게 더욱 감격스러운 대목이었다.

제17장

전봉준이 영솔하는
5천 농민이

동학농민혁명의 깃발
높이 나부끼며
고부 군청을 향해 진격했다,

머리마다 휘날리는
노랑 수건,
질서 정연한 대열,
여기저기 높이 펄럭이는 깃발,

『물리치자 학정
구제하자 백성』

……

백성은 나라의 근본이요 근본이 허약하면
나라가 쇠약해지는 법이라.
보국안민을 생각지 아니하고 사병을 두어
오직 혼자 잘살기만 도모하고 녹위를
도둑질하니 어찌 그럴 수 있으랴.

우리 일당은 비록 초야의 농민이나
나라의 땅으로 먹고 살고 나라의 옷을
입고 사는지라, 나라의 위망을 좌시할 수
없어 팔도가 마음을 함께하고
억조(億兆)가 의논을 거듭하여 이제 의로운
깃발 들고 보공(報公)과 안민을 목숨 걸고

맹세하노니, 오늘의 이 광경이 비록
놀라운 일이라 하나 결코 두려워하지 말고
각자 생업에 안온하여, 함께 강산의 태평세월
을 축하하며 다 함께 성스런 혜택 누리게 되면
천만다행으로 아노라.

1894년 3월 21일
동학농민혁명 본부

김의기는 5·18이 일어나기 일주일 전인 1980년 5월 10일, 「금강」 전문을 낭독해 녹음했다. 농활 현장에 가서 농민들과 함께 듣기 위해서였을까, 서강대 농활 친구들에게 들려주고 싶어서였을까. 그러나 그 목적을 이루지 못한 채 20일 뒤 숨졌고, 결국 이 녹음테이프는 김의기의 얼마 되지 않은 유품이 되었다.

전두환 신군부는 5월 17일 24시를 기해 비상계엄을 확대하면서 전국의 대학생들을 잡아들였다. 서강대 학생운동의 핵심이던 김의기 역시 계엄군의 검거 대상이었을 것으로 보인다.

그러나 김의기는 잡히지 않았다. 주변 인물과 가족의 이야기를 종합해보면 김의기는 5월 18일 낮에 서울 우이동에서 마지막으로 목격됐다. 등산을 가장해 친구들과 만난 다음 김의기는 그 길로 전남 광주로 향한다. 광주에 가서 해야 할 일이 있었기 때문이다.

광주에서 시민들이 계엄군에 맞서 싸우기 시작하던 토요일 오후, 그는 광주행 차를 타고 있었다. 김의기는 이번 광주행이 자신의 운명을 바꿔놓을 것이라는 사실을 꿈에도 알지 못했다.

운명 12일 전

1980년 5월 18일 광주 금남로

5월 18일 밤 광주에 도착한 김의기는 이제까지와는 사뭇 다른 광주의 분위기에 소름이 돋았다. 광주 도심은 아수라장으로 변해 있었다. 방금 전까지 투석전이 있었던 듯 도로 여기저기에 돌이 흩어져 있었다. 거리에 나와 있는 시민들은 불안한 눈빛으로 눈치를 살피고 있었다. 수백 명의 사람들이 광주 시내 거리를 뛰어다니며 비상계엄 해제 등을 외치며 사라졌는데, 그 뒤를 공수부대 계엄군들이 뒤쫓고 있었다.

흔히 볼 수 있는 가두시위와는 분위기가 사뭇 달랐다. 공수부대원들은 닥치는 대로 시민들을 두들겨 팼고 젊은이들을 붙잡았다. 공수부대원들은 M16 소총을 등 뒤로 비껴 메고, 손에는 진압봉을 든 상태에서 진압 대형을 유지하며 시위대를 노려보다가 돌격 명령이 떨어지면 함성을 지르며 시위대를 향해 돌진했다.

김의기는 광주에서 일이 벌어지고 있다는 것을 알고 온 것일까, 아니면 다른 일로 들렀다 5·18을 목격하게 된 것일까.

신형원의 노래 「개똥벌레」의 원작자인 동화작가 윤기현은 1980년 5월 광주에서 김의기를 본 목격자 중 한 사람이다. 당시 31살로 기독교농민회 해남군지회 총무이던 윤기현은 원래부터 김의기와 알고 지내던 사이였다. 한국 농촌을 개혁하자는 데 뜻을 같이하고 있었기에 나이 차는 많이 났지만 김의기를 농민운동 동지로 여겨온 터였다. 윤기현은 광주에서 열릴 '함평 고구마 농민 투쟁 사건(이하 함평 고구마 사건)' 3주기 기념식 때 김의기를 만날 계획이었다.

윤기현(김의기 지인, 당시 기독교농민회 해남군지회 총무) 가톨릭농민회는 1974년에 조직이 돼 활동을 하고 있는데 기독교농민회도 조직해보자는 이런 움직임이 있었거든요. 그 일 때문에 김의기는 1978년 전남 광주 기독병원에 내려왔는데 저는 거기서 처음 의기를 만났습니다. 이후 기독병원을 중심으로 한 2년 정도 만나고 활동을 하면서 잘 아는 후배가 됐죠. 굉장히 성실하고, 사회를 변화시켜야 한다는 소명의식, 신앙이 독실했습니다. 의기는 사회운동 하는 자체를 자기 신앙 활동으로 받아들였습니다. 그 당시에 농민들 살기가 어려웠잖아요. 어떻게든 사회가 변해 농민들이 대접받고 사는 세상을 만드는 데 자기도 일정 부분 기여하겠다, 이런 각오를 가지고 있었죠.

5월 19일이 함평 고구마 사건 3주기 기념식이 있던 날이었어요. 1977년도에 함평 고구마 사건이 터지기 시작해서 싸워가지고 78년도에 우리가 승리를 하죠. 농민운동이 최초로 승리를 해요. 광주 북동성당에서 우리가 집회를 했었잖아요. 2년 동안. 그래서 거기서(북동성당에서) 기념식을 하자고 전국사람들이 다 모이기로 한 거죠. 농민운동 했던 사람들이. 80년 5월 19일 날. 그날 의기도 거기 참석하려고 내려왔고. 나도 거기 참석하려고 올라갔고. 그래서 아침에 거기서 다 만난 거죠.

19일 날 아침에. 9시 정도에 만났죠. 농민들이 빨리 움직이니까. 그런데 10시 되니까 벌써 광주 시내가 아수라장이었습니다. 그때 농민회 집행부들이 어떻게 했냐면 상황이 좋지 않으니까 해산 결의를 합니다. 비상계엄 시

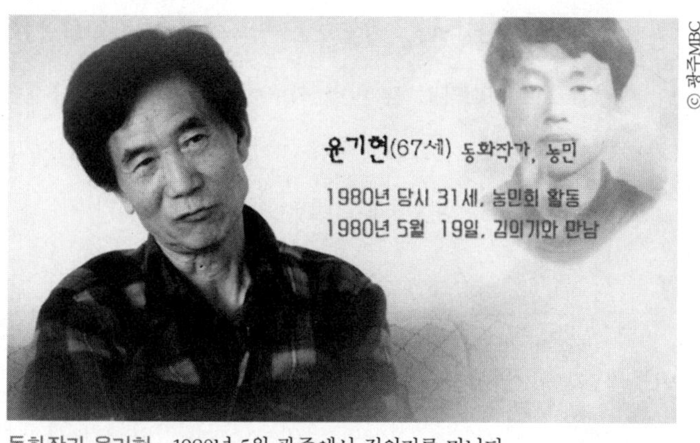

동화작가 윤기현 1980년 5월 광주에서 김의기를 만났다.

국이고 밖의 상황이 좋지 않으니까 농민회 조직을 일단 보전하자. 다시 만나 농민운동을 하자고 일단 해산을 했습니다.

그날 모임을 해산하는데 저 같은 사람들, 현장에 있는 사람들이 지도부에 항의를 많이 했습니다. 의기도 그랬고요. 계엄군이 광주 시민들을 유혈 진압하는 상황에서 우리가 다 도망가면 되겠냐. 하지만 그 주장이 받아들여지지는 않아서 시위에 개개인이 참여를 했습니다. 그래서 저도 시위에 참여를 했는데 상황은 점점 격화됐습니다. 그날 오후 3시가 넘으니까 이미 상황은 엄청나게 커졌습니다. 민중들이 들고 일어나고 계엄군의 진압은 더 강경해졌습니다.

농민회 사람들도 시위에 참여를 했습니다. 자기 호신을 위해서 돌멩이를 든다든지 몽둥이를 든다든지 하는 식이죠. 일단 자기 호신을 위해서 뭔가 손에 들고 나오는 거예요. 시민들이 이렇게 뭔가 하나씩을 들고 나오기 시작하니까 이제는 공수부대가 한곳으로 모이더군요. 공수부대들이 부분 부분 나눠서 모이니까 시민들에게 역으로 포위당하는 상황이 발생했고, 그걸 피하기 위해 한곳으로 모이더라고요.

전체적으로 가서 보면 당시 항쟁 지도부하고 민중들하고 연결고리가 없는 상태였습니다. 광주 시민들은 시민들대로 자기를 지키기 위해 스스로 모였는데 그들을 이끌 지도부라고 할 만한 인사들은 도망갔거나 잡혀간 상태여서 아무도 없었잖아요. 책임질 수 있는 지도부들은 현재 피신했거나 해서 실질적으로 리더라고 할 만한 사람이 전면으로 나타나지 않았다는 거죠. 그래서 시위가 조직화되지 못한 것이고, 통제가 되지 않고 엄청나게 격렬해지면서 희생자가 엄청나게 많이 나오게 됐던 겁니다.

함평 고구마 사건의 투쟁과 승리의 기억을 떠올리며 윤기현은 광주 시민들과 함께 가두시위에 참여했다. 윤기현의 말에 따르면 김의기도 시위에 동참했다. 윤기현은 경상도 말씨를 쓰는 김의기가 서서히 걱정되기 시작했다. 오해를 사서 봉변을 당하지나 않을까 해서였다.

윤기현 저희들은 1974년 기독교 농민회 조직을 만들 때 농민운동을 하면서 공부를 해왔잖아요. 세계 역사에서 혁명이 일어났을 때 첫 번째 도시가 희생을 당한 것을 알거든요. 시위 초반에 이제는 광주가 고립될 것이다. 분명히 광주를 고립시킬 것이다. 그런 생각을 했습니다. 정부에서 이제는 광주를 고립시킬 것이니까 광주를 빨리 빠져나가서 광주가 고립되지 않게 이 상황들을 알려야 한다. 그래서 올라가라고 그랬죠. 의기를.

의기도 빨리 이 상황을 그렇게 보더라고요. "내일쯤이면 교통이 두절돼 광주가 다 고립당하겠네요"라고 의기가 말했습니다. 그때부터 상황이 악화되니까 19일부터는 광주 외곽에서 버스라든지 자동차가 광주 시내까지 안 들어오고 있었어요. 광주 도심을 봐도 차가 운행이 안 되니까. 곧 그렇게 광주가 고립되는 수순으로 갈 거라고 의기도 생각을 한 거죠.

김의기는 피신할 마음이 없었다. 광주 시민과 함께 싸울 것이라며 의지를 불태우고 있었다. 그러나 윤기현을 비롯한 농민회 사람들의 걱정은 더 커졌다. 윤기현은 주변 사람들과 합세해 김의기를 설득하기 시작했다.

윤기현 의기를 광주에서 탈출시켜 서울 집으로 보내려고 마음을 먹고 설득했습니다. 그런데 의기가 순순히 가려고 하지 않는 거예요. 의기는 현장에 남아서 광주 시민들과 함께 더 투쟁을 하고 싶어 했습니다. "저도 같이 싸우고 싶습니다." 그러는데 제가 그랬습니다. "광주는 이미 광주 시민 모두가 나왔는데 한두 사람 더 보태진다고 해서 상황이 크게 달라지지 않을 것이다. 그리고 광주 시민들이 경상도 사람에 대해 반감을 가지고 있다. 혹시 혼자 떨어져 있을 때 상당히 어려움도 있을 테니까 너는 서울에 올라가서 광주와 광주 시민들의 상황을 알려다오. 현재 광주가 고립돼가고 있는 상황

© 나경택

피범벅인 광주 시민을 구타하는 계엄군
1980년 5월 19일, 위생병 완장을 찬 공수부대원이 피 흘리고 있는 시민을 곤봉으로 내리치고 있다.

에서 광주가 고립되지 않게 하는 게 훨씬 더 중요한 일이다"라고 제가 얘기하니까 그때야 비로소 수긍을 했습니다. 동의하면서 그러면 자기가 올라가겠다고 해서 올라갔죠. 그때가 5월 19일 저녁 6시쯤 됐을 겁니다.

윤기현은 장성까지만 가면 거기서부터는 서울행 버스를 탈 수 있을 것이라고 조언했다. 시위가 격렬해지던 19일 저녁이었으므로 김의기가 차를 타는 데까지 배웅을 해줄 수도 없었다. 김의기가 광주를 떠났을 것이라 생각한 윤기현은 며칠을 더 싸우다가 계엄군이 전남도청에서 일시적으로 퇴각한 다음 전남도청에 꾸려진 항쟁 지도부에 합류해 전남도청 사수 투쟁에 돌입한다.

윤기현 의기를 그렇게 보내고 나서 항쟁 지도부에 들어갔습니다. 그래서 싸

우다가 계엄군이 전남도청에서 물러간 뒤로는 도청 앞 분수대에서 매일같이 열렸던 궐기대회에 참여해 사회도 보고, 발언도 하고 그랬죠. 당시 김태종 씨가 사회를 많이 봤습니다. 나는 농민회 소속이어서 농민 대표로도 참여했고 종교인 대표로 참여했어요. 그리고 대자보도 쓰고 그랬습니다. 함평 고구마 사건 때 제가 조직적으로 사회운동을 해봤잖아요. 그렇게 항쟁 지도부에 들어가 조직을 추스르고 산만하지 않게 질서를 잡는 그런 부분들을 담당했습니다. 우리가 고구마 사건 때 경험한 투쟁의 노하우 그걸 그대로 전남도청으로 가지고 들어왔습니다. 함평 고구마 사건 때 광주 북동성당에서 5000명 정도가 20여 일 동안 투쟁을 했거든요. 20일 동안 투쟁을 했을 때는 무작정 그냥 하는 게 아닙니다. 거기서 여러 분야로 나누어 일을 하고 투쟁을 했습니다. 지도부가 있고 홍보부가 있고 그렇잖아요. 5·18이 일어나고 전남도청에 들어가 보니까 그런 사회운동을 경험해본 사람이 없더라고요.

항쟁 지도부에 들어간 저는 각 부서들의 연락과 협력을 이끌어내는 역할을 했어요. 저 같은 경우는 광주에 연고가 없잖아요. 아는 사람도 없고 학력도 변변찮았어요. 그래도 운동권에서 만난 사람들은 제가 많이 알았습니다. 다행히 서른 한 살이었던 내가 나이가 제일 많더라고요. 저를 비롯한 일단의 사람들은 처음에는 1차 지도부에 못 들어갔었습니다. 나중에 2차 지도부에 들어갔죠. 1차 지도부와 2차 지도부를 교체하는데 윤상원 대변인이 엄청난 노력을 했습니다. 그렇게 하지 않았으면 전남도청의 항쟁 지도부는 5월 25일(5·18 광주항쟁은 5월 27일 새벽 계엄군에 진압되면서 항쟁은 끝이 났다)을 버티지 못했을 겁니다. 2차 지도부가 들어갔으니까 다만 며칠이라도 버텼지, 그렇지 않았으면 23일이나 24일쯤 진압군에 의해 끝났을 거라고 봅니다. _2016년 3월 21일 인터뷰

항쟁 지도부에 들어간 윤기현은 김의기의 소식을 까맣게 잊고 있었다. 김의기가 19일 저녁 그 길로 광주를 탈출해 서울로 갔을 것이라 생각했

고, 그 후로도 오랫동안 그렇게 믿어왔다. 하지만 김의기는 윤기현의 생각대로 곧바로 서울로 간 것이 아니었다. 김의기가 5월 19일이 아닌 닷새를 더 광주에서 보낸 다음 서울로 올라왔음을 밝히는 새로운 증언이 36년 만인 2016년에 공개됐다.

운명 5일 전
1980년 5월 25일 서울

서강대 선배로 연극반에서 김의기를 만나 함께 연극을 하기도 했던 유재철은 2016년 ≪오마이뉴스≫를 통해 1980년 5월 25일, 김의기가 자신의 집에 다녀갔고 편지도 남겼다는 사실을 공개했다. 편지에 따르면 김의기는 5월 18일 광주에 내려왔다가 23일까지 6일 동안 광주에 머물렀다.

후배의 충격적 투신자살, 그가 '동포에게 드리는 글' _유재철

나는 현재 오스트리아 빈에서 33년째 살고 있습니다. 1982년 9월, 서른 살 때 한국을 떠났는데, 왜 떠났는지 그 이유를 말씀드리겠습니다.

서강대학교 국문과 대학원생이었던 1980년 5월 15일, 전 서울역 '10만 전두환 타도' 학생시위대 속에 있었습니다. 5월 18일 새벽, 형사들에 의해 '집시법(집회와 시위에 관한 법률)' 위반으로 구치소에 수감됐다가 누군가의 도움으로 10일 만에 풀려났습니다.

풀려나 집으로 가니 어머니께서 '사흘 전(5월 25일)에 후배가 널 찾아왔는데 네가 그리됐다 하니 여기서 쓴 편지를 봉투 안에 넣어 놓고 갔다'고 했습니다. 봉투 뒷면에 '김의기 올림'이라고 적혀 있었습니다.

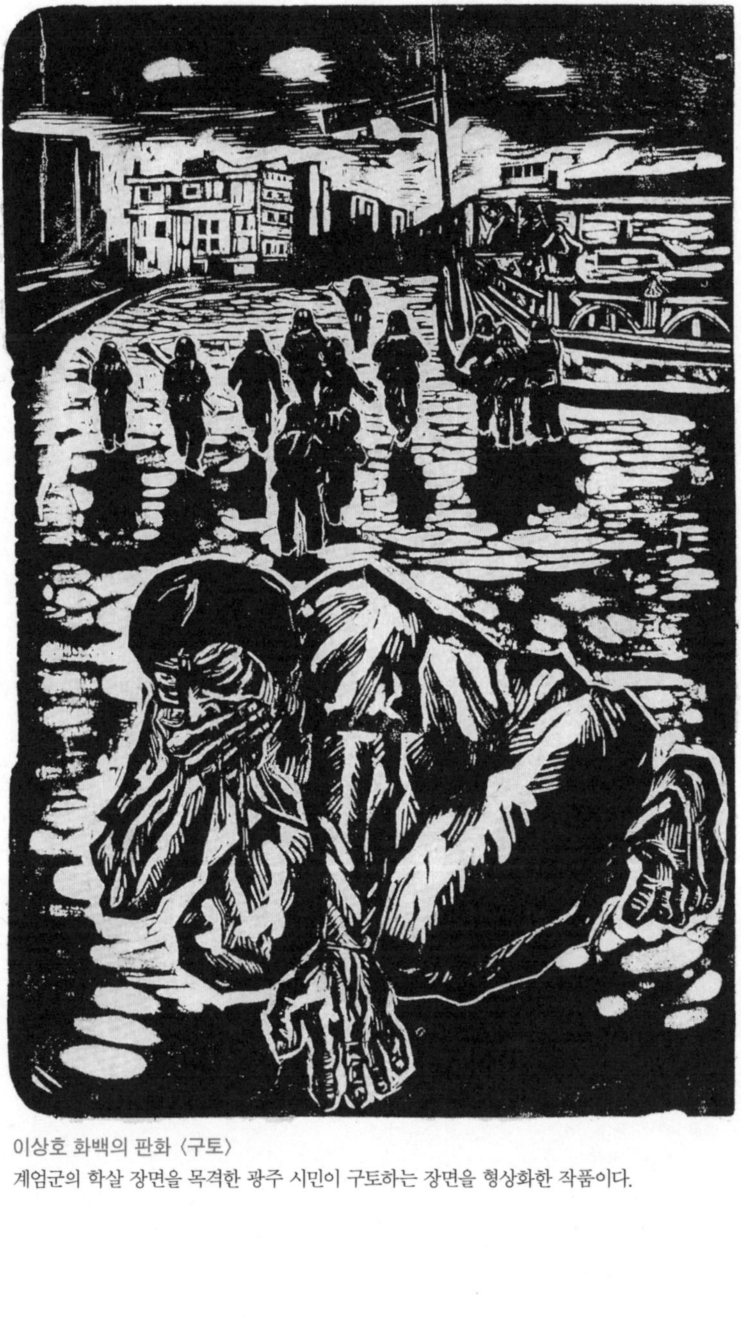

© 이상호

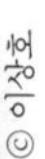

이상호 화백의 판화 〈구토〉
계엄군의 학살 장면을 목격한 광주 시민이 구토하는 장면을 형상화한 작품이다.

© 나경택

광주 시내에 투입되고 있는 공수부대원들
1980년 5월 19일, 광주 금남로

봉투 속에는 여러 장의 사진이 들어 있어 사진부터 꺼내 보았습니다. 군인 세 명이 쓰러진 사람을 곤봉으로 때리는 장면, 피 흘리며 쓰러진 여학생의 머리채를 잡고 있는 군인, 얼굴에서 피 흘리는 남자 목덜미를 군홧발로 밟는 군인, 서너 명의 시체 주변에 서서 담배를 피우는 대여섯 명의 군인들, 한 청년의 가슴에 총검을 찌른 군인.

서너 장의 사진이 더 있었으나 보지 않고 '도대체 이게 뭔가' 생각하며 편지를 꺼내 읽었습니다. 다음은 그의 편지 내용입니다.

후배가 남긴 편지와 사진, 5 · 18의 참상

형, 오랜만이야. 손이 떨리고 가슴이 떨려 글을 쓸 수 있을지 모르겠네. KUSA(한국유네스코학생회) 이번 여름 농촌활동 토의 전국 지역 간부모임 차 광주에 갔다가 우연히 5월 18일부터 23일까지 내가 광주의 참상(慘狀)을 목격하고 직접 찍은 사진들의 일부야. 그 군인들은 먹이를 쫓는 맹수처럼 남

녀노소 상관없이 눈에 보이는 대로 때리고 차고 찌르고. 그들은 인간이 아니었어. 마치 정신병자들 같았어.

급기야 21일에는 시위대를 향해 무차별 총기 난사를 자행했어. 눈물 때문에 사진 못 찍고 사진기 옆에 놓고 펑펑 울었어. 거리는 피바다, 비명과 아수라장. 난 지금도 숨이 제대로 쉬어지지 않아. 형이 그 장면을 목격했더라면 아마 기절했을 거야. 난 지금 어찌할 바를 모르겠어. 가슴이 터질 것 같아. 광주의 실상을 알리는 언론 매체는 한 군데도 없어. '북의 지령을 받아 시위를 하는 거고 죽어가는 자들이 다 폭도며 남파 공작원들'이라 떠들고 있어 …….

나라도 서울 시민들에게 알려야 것 같아서, 24일 서울로 올라와서 사진 현상하고 전단지 초고를 만들자마자 형에게 달려온 거야. 형의 조언 듣고 수정하고 많은 얘기 나누고 싶었는데 …… 지금 생각하면 형과 나를 연결한 연극이 고맙고, 형이 연극할 때 만나 나눈 우리들의 시간이 그래도 제일 행복했던 것 같아 …… 어떤 누구도 형만큼 내 얘기를 진지하게 들어주고 이해하려고 노력해준 사람은 없었어 …… 형을 언제나 만날 수 있을지 …….

5월 25일, 형과 이 나라를 걱정하는 의기가.

또 한 장의 종이는 그가 쓴 전단지 초고였습니다.

동포에게 드리는 글

피를 부르는 미친 군홧발 소리가 우리가 고요히 잠들려는 우리의 안방까지 스며들어 우리의 가슴팍과 머리를 짓이겨 놓으려고 하는 지금. 동포여, 무엇을 하고 있는가? ……

≪오마이뉴스≫, 2016년 2월 26일 자

유재철의 기록은 김의기와 관련해 그동안 알려지지 않았던 여러 가지 사실을 말해준다. 김의기가 광주에 언제 왔고 언제 탈출했는지, 그가 광주에서 보고 들은 바가 무엇인지, 그리고 그가 쓴 「동포에게 드리는 글」이 언제쯤 작성됐는지 등을 말이다.

앞서 윤기현의 기억대로라면 김의기는 19일 광주를 탈출해 서울로 갔어야 했지만, 김의기는 23일까지 최소 닷새를 더 광주에 머물며 광주 시민들과 함께 싸웠다. 김의기는 광주학살 최대 비극인 전남도청 집단 발포를 현장에서 목격했고, 「동포에게 드리는 글」의 초안은 유재철의 집을 다녀가기 전인 5월 25일 전에 작성해두고 있었다.

김의기가 광주에서 본 것

5월 18일 당일, 부상자 대부분은 20대 혹은 30대 초반에 집중돼 있었다. 계엄군은 차를 타고 가던 승객들도 젊은 사람이면 무조건 가격하며 끌고 갔고, 이에 항의하는 이들은 누구든지 폭행했다.

40~50대 장년층 혹은 노년층 부상자들은 집으로 난입한 공수부대원들에게 무차별 구타를 당해야 했다. 여학생, 주부 등 여성도 예외가 없었다. 계엄군은 여학생들의 상의를 벗기고 구타하는 능욕을 저질렀다.

공수부대원들은 진압봉으로 머리부터 발끝까지 때리고 군홧발로 짓밟았다. 가히 살인적인 구타라 할 만했다. 계엄군들에게 구타당한 5·18 부상자 가운데 상당수는 이후 정신 질환에 시달렸고 후유증으로 자살하는 이들이 속출했다.

공수부대원들은 진압봉뿐만 아니라 대검을 사용하기 시작해 이날 저녁부터 자상을 입은 피해자들이 생기기 시작했다. 공수부대원들은 계통을 밟지 않고 총을 쏘기 시작했다. 20일 밤 3공수에는 실탄이 일제히 지급됐고, 밤 11시 광주역에서 3공수가 시민에게 발포를 해 네 명이 죽었다.

1980년 5월 20일의 금남로 차량 시위

그동안 일방적으로 몰렸던 광주 시민들은 이날 차량 시위를 거치면서 계엄군과의 전세를 역전시켜나간다.

계엄군의 첫 집단 발포였다.

계엄군의 살인적 폭행은 급기야 자국민을 향한 대규모 학살로 이어진다. 김의기는 5월 21일 일어난 전남도청 앞 집단 발포도 목격했다. 그는 국민의 군대가 국민에게 총을 쏘는 기막힌 현장을 숨어서 보다가 목놓아 울 수밖에 없었다. 김의기는 이 모든 과정을 현장에서 지켜봤다. 김의기가 보기에 광주는 생지옥이었다.

국민의 군대가 자국민에게 총을 쏴 죽이는 비극을 보며 김의기는 다른 지역 사람들에게 이 상황을 정확히 알리는 게 더 중요하다는 윤기현의 말이 그때서야 실감 나기 시작했다. 고립된 광주를 탈출해 광주학살의 진실을 국민들에게 정확히 알리는 것이 무엇보다 중요했다. 김의기는 5월 23일 광주를 탈출하는 데 성공한다.

김의기가 광주를 탈출해 서울에 올라온 뒤 세상을 떠난 5월 30일까지 엿새 동안의 행적은 제대로 알려져 있지 않다. 김의기의 선배 유제철에 의해 5월 19일부터 25일까지의 행적이 비로소 밝혀지기는 했지만, 그 이후 숨질 때까지 닷새간의 행적은 기록이 없다. 유재철에게 보낸 편지에 따르면 광주에서 찍은 사진을 현상·인화하고, 「동포에게 드리는 글」 전단지를 썼을 것이다. 그리고 친구와 선후배를 찾아다니며 광주에서 보고 들은 것을 알리고 다니느라 무척 바빴을 것으로 추정할 뿐이다.

김의기가 광주를 떠난 이후 광주에서는 계엄군이 진압에 나섰고, 27일 새벽 이른바 '폭도소탕작전'인 상무충정작전을 펼쳐 광주 시민들을 학살하고 진압에 성공한다. 윤기현의 걱정대로, 또 김의기의 예상대로 광주는 폭도들이 점령한 무법천지의 도시로 보도됐고, 대다수 국민들도 그렇게 알았다. 5월 30일 김의기가 기독교회관에서 떨어져 숨지면서 「동포에게 드리는 글」로 광주의 진실과 남도의 봉기를 알리려 애쓴 김의기의 노력은 서울 종로 기독교회관을 벗어나지 못하고 끝난 것처럼 보였다.

자살인가, 타살인가, 사고사인가?

김의기는 건물에서 떨어져 사망했다. 하지만 본인의 의지에 의한 투신인지 누군가에 의한 타살인지, 혹은 사고사인지 아직까지도 사망 원인이 명확하지 않다. 지금까지 가장 널리 알려진 그의 사망 경위는 '투신자살'이다. 전단지 「동포에게 드리는 글」을 허공에 뿌리고 광주의 참상을 알리기 위해 스스로 몸을 던졌다는 것이다. 경찰도 당시 김의기의 사망 경위에 대해 같은 결론을 내렸다.

하지만 그가 작성한 「동포에게 드리는 글」로 미루어보아 투신자살을 계획했다고 보기 어려운 게 사실이다. 김의기는 유신 잔당의 숨통에 철퇴를 가하자며 서울역 광장으로 모일 것을 호소하고 있다. 「동포에게 드리는 글」은 결과적으로 유서가 됐지만, 내용으로 보자면 시민들에게 동참을 호소하는 전단지다. 동참을 호소하면서 스스로 몸을 던졌다는 주장은 설득력이 떨어진다.

김의기의 죽음과 관련해 사고사나 추락사 가능성도 배제할 수 없다. 지인 중에서 김의기의 마지막 모습을 본 변광순의 말에 따르면 그는 「동포에게 드리는 글」을 손수 타자를 쳐서 제작하고 있었다. 그때 기독교회관 사무실로 계엄군이 들이닥쳤다는 것이다.

계엄군에게 잡히지 않기 위해 창문까지 내몰린 김의기가 계엄군과 승강이를 벌이던 중 첫째, 계엄군이 밀어 추락시켰을 가능성, 둘째, 발을 헛디뎌 실족했을 가능성, 셋째, 자포자기 상태에서 스스로 투신했을 가능성이 거론되어왔다. 그러나 무엇이 진실인지를 증언하는 목격자는 지금껏 나타나지 않고 있다.

김의기의 사망 경위가 정확히 정리되지 않았는데도 불구하고 그의 죽음은 어째서 투신자살로 결론이 난 것일까. 이와 관련해 당시 김의기의 선배였던 최병천은 김의기의 죽음을 투신자살로 결론 낼 수밖에 없었던 나름의 이유가 있었다고 말한다.

최병천(김의기 선배, 당시 감리교청년회 총무) 당시에 우리는 김의기의 죽음을 투신자살로 마무리를 해서 앞으로 벌어질 민주화운동의 사태에 뭔가 동력이 되도록 김의기는 장렬히 죽었다 이렇게 했어요. 그런데 사실은 밝히지 못한, 우리가 너무 경황이 없어서 정리하고 말았지만 계엄군과의 옥신각신한 과정 속에서 뿌리고 뛰어내렸다고 하는 주장도 있었지만 정확한 진상을 밝힐 수가 없었어요. 그건 밝힐 수가 없었고, 정확하게 본 친구도 없고. 뿌리고 뛰어내린 것만 가지고 우리는 김의기가 그렇게 (투신자살로) 죽었다고 정리했습니다. _2016년 1월 22일 인터뷰

1980년 5월 30일 김의기 집

어머니 권채봉 여사와 누나 김주숙에게 소식이 전해진 건 김의기가 투신한 지 세 시간이 지난 저녁 8시쯤이었다. 경찰이 한 차례 집을 다녀갔을 때만 하더라도 의기가 죽었을 것이라곤 꿈에도 생각하지 못했다.

김주숙 5월 30일 날 퇴근을 하고 집을 갔는데 엄마가 얼굴이 하얘가지고 있고, 형사 두 명이 있더라고요. 무슨 일이냐니까 애가 죽었다고 그래요. 형사들이 와서 엄마한테 의기가 죽었다고 얘기를 했나 봐요. 저희 엄마가 놀라가지고 어떻게 된 것이냐고 그러고 있을 때 제가 집에 온 거에요. 엄마가 얼굴이 사색이 되어 있어서 물었더니 "이 형사들이 와서 의기가 죽었다고 말했다"는 겁니다. 그런데 그 얘기하기 전에 형사들이 와서 의기 방을 다 뒤져서 가져갔다는 거예요. 그때만 하더라도 형사들이 늘 집을 들락날락하니까 으레 그러려니 했죠.

그런데 두 시간쯤 뒤에 다시 와서 의기가 죽었다고 하니까 너무 놀랐습니다. 다시 집에 온 형사들이 빨리 서울대병원으로 가자고 해서 택시를 타고 병원에 갔죠. 도착해서 간호사들에게 기독교회관에서 떨어진 학생이 있다고 하던데 어디 있냐고 물었어요. 그랬더니 지금 영안실에 있다고 하더라고요. 영안실로 갔는데 겁도 나고 못 들어가겠는 거예요. 아버지도 안 계시고 엄마랑 둘이서 어떻게 해야 할지 모르겠더라고요.

병원 측에 의기 시신을 볼 수 있냐고 처음 물었을 때는 된다고 했는데 다시 말하니까 안 된다고 하더라고요. 너무 기막히고 해서 교회 목사님에게 전화를 했어요. 목사님이 병원에 따졌더니 의기 시신을 보여주더라고요. 그래서 봤더니 얼굴이 까지고, 손톱이 새까맣고 이마를 다친 것 같더라고요. 손톱이 새까맸는데 그걸 보고 이 사람들이 의기를 고문해서 이렇게 된 게 아닌가 처음에는 그 생각이 들었어요. 같이 들어간 엄마는 놀라서 주저앉으셨죠.

김의기의 장례식은 숨진 지 나흘 만인 6월 3일 서울대병원에서 형제교회 김동완 목사 주관으로 치러졌다. 그러나 경찰은 장례를 제대로 치르는 것마저 허락하지 않았다. 장례식장에 출입하는 이들을 일일이 확인했고 감시하는 통에 장례식장에 오는 이들이 없었다.

김주숙 영안실에 있는 동안 예배를 치렀어요. 교회 청년들은 밖을 지키고 있었습니다. 혹시 동생 시신을 어디로 빼돌릴까 봐 걱정됐어요. 그때 너무 정신이 없는 상황이라 의기가 5월 30일에 죽은 나흘 만인 6월 2일에 장례 예배를 드렸는데. 이게 우리를 감시하고 담당하는 사람들이 장례식장을 지키고 있으니까 그게 겁이 나서 못 온 사람들이 많았습니다. 김홍기 목사님 같은 경우는 장례식에서 동생 약력만 읽고 피신을 할 정도로 분위기가 살벌했어요. 어떤 청년은 동생 장례 예배가 있다고 알렸다는 사실만 가지고도 감옥살이를 했습니다.

이 장례식에 참석하지 못한 것이 평생의 미안함으로 남은 사람이 있다. 당시 인하대생으로 노동운동을 하다가 경찰의 수배를 받던 하종강 성공회대 노동아카데미 교수다. 하종강은 농민운동의 꿈을 품었던 김의기와 원래부터 서로 알고 지낸 사이였다. 학생운동을 하는 이들끼리는 학교나 관심을 두는 학생운동의 성격이 달라도 친하게 지내던 터였다. 그렇게 알고 지냈던 김의기가 갑작스레 죽었다는 소식은 수배 중이던 하종강에게 큰 충격이었다. 김의기 사망 소식도 충격적이었지만 하종강의 마음이 더 아팠던 건 김의기 장례식이 더 없이 초라하게 치러졌다는 소식을 뒤에 듣고 나서였다.

하종강(성공회대 교수, 김의기의 학생운동 동지) 기독교 운동 오래하신 김동완 목사가 계십니다. 그분이 인천 도시산업 선교회 총무로 있을 때 제가 거기서 활동을 했거든요. 그런데 어느 자리에서 김 목사님이 김의기 열사를 소개해주시더라고요. 저보고는 "노동운동 할 사람이다"고 소개하시고 김의기 보고는 "이 친구는 농민운동 할 사람이다"고 소개하셨습니다. 그 후 몇 차례 만났습니다. 그때마다 보면 고무신 신고 나오고 작업복 차림으로 나오고 그랬습니다.

그때 왜 김의기가 주목을 받았냐면요, 학생운동 하다가 노동운동 하는 사람은 굉장히 많습니다. 근데 농민운동 쪽 하는 사람은 상당히 적거든요. 농민운동이 노동운동보다 100배쯤 힘들어요. 왜냐면 도시에서 태어난 사람들이 농촌에 가서 알짜배기 농사꾼처럼 농사꾼 되는 게 우선 어렵습니다. 농민운동 하는 분들이 토박이 농사꾼의 70% 정도의 실력으로 농사지을 줄 모르면 아예 그 지역에서 인정받지 못한다고 하더라고요. 제가 노동운동 한다고 노동 현장으로 갈 때 농민운동 하겠다고 농촌으로 간 사람들은 거의 대부분 실패했습니다. 흔히 맨땅에 헤딩한다는 말은 왔다가 고생만 하고 가는 사람들을 말하는데 학생운동을 하던 기독교 청년들 대부분이 노동운동을 선택하고 하는데 농민운동 한다고 선택한 소수의 사람 중 한 명이 김의기여서 기억에 남았습니다.

그러다 1980년 초 5·18이 일어난 직후 저는 수배가 됐습니다. 저는 경기도 부천시에 있는 원미동으로 도망을 갔었어요. 석유 가게에 운 좋게 취업이 돼서 은신하면서 석유 배달을 하고 있었는데 그때 김의기가 죽었다는 얘기를 들었습니다. 석유 배달하면서 만화책 쌓아놓고 키득거리고 있을 때였거든요. 그러던 찰나에 김의기 소식을 들었을 때 '아, 김의기가 자기 몸을 꽃잎처럼 날리고 있을 때 내가 만화책 보고 키득거리고 있었구나' 이런 생각을 했습니다.

그런 생활을 하다가 수배가 해제되고 한참 뒤에 제게 김의기를 소개시켜준 김동완 목사님을 만났습니다. 그런데 그러시는 거예요. "김의기 장례식을 치르는데 그때 똑똑한 놈들은 다 도망가버리고 멍청한 놈들 남아서 김의기

하종강 김의기 장례식에 가지 못한 것이 평생의 한으로 남았다.

장례를 치렀다. 얼마나 다 도망을 갔는지 의기 관을 운구할 사람이 없는 거야. 너희 나쁜 놈이야." 근데 할 말이 없는 거예요 제가(울음).

그 후에 이제 저도 민주화운동이나 노동운동을 계속하게 됐는데 그때는 생각이 그렇습니다. 제가 언젠가는 저세상 가서 김의기를 만날 것 아니에요. 그러면 네가 그렇게 꽃잎처럼 떨어져 죽을 때 나는 그때 숨어 있었구나. 근데 김의기 유인물에 보면 거기 계속 나오는 문장이 있어요. "동포여 무엇을 하고 있는가?" 계속 이게 나오잖아요. 지금 광주에서 수백 명이 학살당하고 있는데 동포여 당신은 무엇을 하고 있습니까 계속 묻잖아요. 그러면 저는 '나 그때 숨어 있었다. 만화책 보고 다방 종업원하고 농담 따먹기 하면서 나 숨어 있었다.' 내가 이렇게 말할 수는 없지 않겠나. 그러니까 제가 김의기를 나중에 만나면 "내가 그때는 숨어 있었는데 그 뒤로는 열심히 살았다, 그래도. 내가 너 만나서 부끄럽지 않으려고 내가 그다음에 열심히 살았어"(울음). 이렇게 말할 수 있어야 되잖아요. 저뿐만 아니라 많은 사람이 힘들 때마다 그걸 기억하면서 자기를 다질 수 있었던 게 김의기가 우리한테 남긴 큰 흔적이라고 생각합니다. _2016년 3월 23일 인터뷰

김의기의 어머니 권채봉은 가족을 데리고 서울로 올라온 뒤 철공소의

© 박철

문익환 목사와 함께한 김의기 가족
서강대에서 열린 13주기 추모제, 오른쪽에서 세 번째가 권채봉 여사다.

부엌살림을 맡았다. 자식들을 먹이고 살아가기 위해 온갖 일을 마다하지 않았다. 하도 고생을 많이 해서 지문이 닳을 정도로 가족밖에 모르는 그녀였지만, 아들의 죽음 이후 사회 문제에 목소리를 내는 등 그녀의 삶에도 변화가 생긴다.

민가협(민주화실천가족운동협의회)과 유가협(전국민주화운동유가족협의회) 회원으로 민주화 요구 시위가 있을 때마다 빠지지 않았다. 늙은 시어머니와 남편이 치매에 걸려 차례로 몸져눕자 4년 동안 간병 생활을 하면서도 유가협 활동을 이어나갔다. 2005년 8월, 권채봉 여사는 막내아들을 가슴에 품고 뇌출혈로 세상을 떠나기 전까지 많은 이들에게 울림을 줬다.

김의기 죽음의 의미

한국기독교교회협의회 총무 김영주 목사는 김의기가 5·18 민주화운동을 알리려다 숨진 최초의 인물이라는 사실에 주목해야 한다고 말한다. 그의 용기가 아니었으면 5·18 민주화운동의 진상규명과 역사에서의 제자리 찾기는 더 늦어졌을 것이라는 말이다.

김영주(목사, 한국기독교교회협의회 총무) 광주 시민들이 그렇게 고통을 당한 건 역사의 책임이고 또 그 당시를 살아간 대한민국 모든 사람의 책임입니다. 그 시대를 살아갔던 모든 사람들이 광주 시민들에게 빚진 거죠. 우리 한국의 역사에서 광주는 기억돼야 하고 그런 부분에서 광주는 또 자신들이 갈고 닦아서 광주의 정신을 이어가야 한다고 생각합니다.

그런데 한편으로는 광주를 보고 가슴앓이를 하고 또 자기 몸을 던져서 했던 사람들 또한 정의거든요. 그 당시에 우리 언론이 광주 시민들을 폭도라고 했습니다. 그리고 고정간첩에 의해서 조종당하는 용공 좌경분자라고 했거든요. 그때 그것 아니다. 이 사람들 이렇게 자기 군대에 의해서 무참하게 죽어가고 있다고 증언했다는 것은 굉장히 귀중한 증언이라고 생각합니다.

김의기는 우리가 기억해야 할 시대의 고발자라고 생각합니다. 숨조차 제대로 쉴 수 없는 엄중한 시기였잖습니까. 당시 최규하 대통령이 광주 시민들이 폭도다. 정부에서 광주는 고정간첩에 의해서 조종되고 있다고 발표하는 무서운 그 와중에 서슬이 시퍼럴 때 그게 아니라고 하면서 죽었잖습니까.

한 젊은이가 자기가 목도한 것을, 정의에 대한 길이 보이지 않아서 아무도 쳐다보지 않고 있을 때였잖아요. 젊은이들이나 그 당시의 지식인들, 그 당시의 종교인들까지 다들 너무 황당한 나머지 입을 다물고 있을 때, 다 입 다물고 있었잖아요. 그런 때 한 젊은이가 자기 몸으로 그걸 증언하고자 던졌다는 것은 아무리 생각해도 귀중하고 숭고한 것이고 그런 정신을 지켜줘야 된다고 생각합니다.

그런 부분에서 유대인들이 신들러(Oskar Schindler: 체코 태생의 사업가로 나치 정권 당시 수감된 수많은 유대인을 구출했다)를 기억하면서 경의를 표하듯이 또 우리도 이 시대를 살아가는 사람들이 자기 몸을 던져서 역사의 증인이 된 사람들을 향해서 존경과 사랑을 표현해야 합니다.

특히 광주 시민들이 그런 부분에서 김의기를 좀 기억해서 늦었지만 돼 있는지도 모르겠지만, 명예 광주 시민 같은 것을 김의기에 주고 그래서 이렇게 광주 시민들이 자기 일처럼 끌어안아 주면 그게 살아 있는 가족들이나 자손의 자손들이 얼마나 자부심이 있겠습니까? 그런 부분을 광주 시민들이 우리 김의기를 좀 기억해주셨으면 좋겠습니다. _2016년 1월 22일 인터뷰

김의기가 숨질 당시 감리교 청년회 총무였던 최병천 역시 김의기의 죽음의 의미는 아무도 나서지 않을 때 홀로 나섰던 용기에서 찾는다.

최병천('신앙과지성사' 대표, 김의기 선배) 1980년 5·18 그 당시에 상당히 다들 절망할 수밖에 없었죠. 우리나라가 이렇게 끝나는구나. 세계 유례가 없는 동족학살의 만행 앞에 역사가 멈춰 서는구나. 그렇게 절망하고 있었는데 김의기가 투신하면서 이것을 계기로 웅성웅성해지기 시작한 거예요. 여기서 웅성, 저기서 웅성 그래서 그렇게 알려지기 시작한 것입니다. 그래 가지고 전두환 정권 퇴진 운동을 비로소 시작하게 됐고 그 이후에 간헐적인 저항을 이어나간 것이죠.

저는 김의기의 힘이라고 보는 겁니다. 그렇게 김의기가 해줬기 때문에 뭔가 이래서는 안 되겠다, 저 젊은 죽음에 답하는 것이 있어야 되지 않느냐 그래서 이후의 이런저런 움직임이 있었던 것으로 보고 있습니다.

김의기를 광주에서 탈출시킨 윤기현은 1980년 5월 19일을 아직도 생생히 기억하고 있다. 만약 그때 김의기를 서울로 보내지 않았다면 그는 죽지 않고 살 수 있었을까. 게다가 윤기현은 김의기뿐만 아니라 김종태의 죽음과도 관련을 맺게 된다(이 책 2장 참조). 5·18을 알리기 위해 자신의 목숨

을 던진 두 젊은이들 죽음에 간여한 윤기현의 인생은 미안함과 후회로 점철돼 있다. 이런 윤기현을 더 속상하게 하는 사람들은 따로 있었다. 김의기 죽음의 의미를 외면하거나 간과하는 사람들이었다.

윤기현 그 사람들이 몸을 던지지 않았으면 그 당시에는 사회적 파문을 일으킬 수 없었습니다. 김의기나 김종태는 자기 몸을 던져서 사회적 파문을 일으킨 거 아닙니까. 군인이 자기 나라 국민에게 총을 겨눈다는 것은 세계 어딜 가도 있을 수 없는 일입니다. 그 상황이 적군들에게 했던 것보다 더 무자비했던 것 아닙니까. 그런데 김의기와 김종태처럼 자기라도 이걸 알려야겠다는 절박함, 그런 자기 결단이 있었기 때문에 오늘날 우리나라가 민주주의를 이룬 게 사실이거든요. 나 때문에 김의기와 김종태가 죽었다는 나름대로의 책임감이 있습니다. 나는 어떻게든 살았지만 대신 젊은 애들이 죽었다는 것에 대해 마음이 엄청 무겁습니다. 그래서 내가 올바르게 잘 살아야 한다는 강박관념이 심합니다. 이런 것 때문에 내 인생이 고달프기도 하고요.

그런데 어느 날 봤더니 김의기와 김종태, 두 사람이 5·18 유공자 신청을 했는데 정작 결과적으로는 안 됐더라고요. 이유를 들어보니 김의기가 우연히 5·18 현장을 보고 죽어서 유공자 인정이 안 됐다는 거예요. 그 얘기를 듣고 화가 났습니다. 광주가 고립되지 않도록 올라갔던 사람인데 빠진다는 것은 말도 안 된다 생각해서 다시 신청하라고 했어요. 다시 신청할 때는 제가 보증을 섰습니다. 현장에서 있었던 일에 대해 장문의 글을 쓰고, 5·18 유공자 심사할 때 또 가서 직접 증언했어요. 이런 사람들이 5·18 유공자에서 빠지면 안 된다. 이런 사람들 때문에 광주가 알려졌다. 그래서 결국에는 나중에 유공자 인정을 받았죠.

하지만 그 뒤로도 김의기와 김종태 이름은 널리 알려지지 못했습니다. 우리나라 정치인과 지도자들이 김의기와 김종태의 이름을 발전시키고 지켜내는 것이 아니라 자기들 기득권에 치중하다 보니 그들의 정신을 발전시키고 고양시키지 못했다고 봅니다. 김의기나 김종태 정신을 널리 알리지 못했던 이유는 제가 생각하기에 1980년 당시 지식인들이나 운동권 지도자들이 자기들 먼저 피신했다는 약점이 있잖아요. 그 문제를 거론하면 자기 양심이 찔리니까 김의기나 김종태 문제를 널리 알리는 문제에 대해 방관했다고 생각합니다.

그런 사람들이 널리 알려지지 못했던 것은 운동판의 지도자들이 그때 자리를 지키지 못하고 도망갔다는 약점이랄까 트라우마랄까 이런 것이 있으니까 되도록 그런 얘기를 안 하려고 하는 것이고, 그 결과 지금 이런 게 알려지지 못한 게 아닌가 하는 생각이 들어요.

내로라하는 운동판에 있던 사람들이 다 피신을 했는데 김종태나 김의기는 자기를 희생했잖아요. 피신했던 사람들이 보기에 김의기나 김종태를 공론화하기가 상당히 곤란하지 않았겠어요. 자기하고 비교가 되고 자기 양심이 꺼림칙하단 말이에요. 그런 사람들이 입을 다물어버리는 거예요. 말을 안 해버리는 거죠.

우리는 무엇을 하고 있는가

역사에서 2017년은 1960년 4·19, 1987년 6·10 항쟁과 비견할 만한 어쩌면 그것을 뛰어넘는 정치혁명이 일어난 해로 기록될 것이다. 국민에게 위임받은 권력을 최순실 등 비선(秘線)에 의지해 농단한 박근혜 대통령을 국회가 탄핵 의결했고, 헌법재판소가 2017년 3월 10일 탄핵심판 청구를 인용해 박근혜 대통령을 파면시킨 것이다. 세계 민주주의 역사에 유례없는 사건이었다.

서울 광화문, 광주 금남로를 비롯한 전국의 길거리에서 매주 토요일

연인원 1600만 명이 넘는 시민들이 모여 평화적 촛불집회를 열어 대통령 퇴진을 요구한 결과였다. 정권이 제 아무리 막강한 권력을 손에 쥐고 있다 하더라도 국민을 위해 행사되지 않은 권력은 회수될 수밖에 없다는 사실을 대한민국 시민들이 행동으로 보여준 것이다. 한국 민주주의 역사에 이 같은 명예시민혁명이 가능할 수 있었던 배경은 무엇인가?

1987년 6월항쟁과 1980년 5월항쟁의 역사가 있었기 때문이다. 박근혜 정권이 시민의 촛불을 감히 끄지 못했던 것은, 감히 군대와 경찰력을 동원할 수 없었던 것은, 1980년 5월과 1980년대를 이어 1987년 6월항쟁까지 스스로를 희생한 민주주의의 순교자들이 있었기 때문이다. 그 순교자들의 첫 인물이 김의기였다. 아무도 나서지 않았던 바로 그해 5월, 그는 가장 처음 광주의 진실을 알리고 산화(散華)했다.

한국의 민주주의는 김의기가 자신의 몸을 바쳐 고발한 광주학살의 진실이 밝혀진 만큼만 앞으로 전진해왔다. 김의기가 던진 "동포여 우리는 무엇을 하고 있는가"라는 질문이 37년이 지난 지금(2017)에도 유효한 것은 아직도 밝혀내야 할 광주의 진실이 남아 있기 때문이다. 37년이 지나도록 5·18의 발포 명령자를 밝히지 못하고 있는 것은 우리 민주주의가 그만큼 가야 할 길이 아직 많이 남아 있다는 것을 뜻한다. 더불어 그것은 우리의 민주주의가 제대로 작동하고 있는지를 묻는 질문임과 동시에 자신이 목숨을 바쳐 이룩한 민주주의가 후퇴하지 않도록 최선을 다하고 있느냐는 김의기가 내리는 죽비(竹篦)이기도 하다. 김의기가 묻는다. 우리는 지금 무엇을 하고 있는가.

김의기 약력

1959년 4월 20일	경북 영주에서 4남 2녀 중 막내로 출생
1964년 3월	6세의 나이로 재산국민학교 입학
1970년 2월	영주 중부국민학교 졸업
1970년 3월	영주중학교 입학
1971년	서울 배명중학교 전학
1973년	배명중학교 졸업, 배명고등학교 입학
1976년	배명고등학교 졸업, 서강대학교 무역학과 입학
1977년	서강대학교 KUSA(유네스코 학생회) 하계 농촌활동
1978년	농업문제연구모임 참여, 서강대학교 하계 농촌활동 대장
1978년 9월	감리교청년회 전국연합회(M.Y.F) 참여
1979년 3월	감리교청년회 전국연합회 농촌선교위원회 위원장
1979년 6월	서강대학교 하계 농촌활동(고문 및 규율부장)
1979년 8월	서강대학교 근대사연구모임
1979년 10월	서강대학교 교내 시위 계획했지만, 10·26 사태로 무산
1979년 12월	서강대학교 민속문화연구반 농촌활동
1980년 2월	감리교청년회전국연합회 겨울 선교 진행위원장
1980년 3월	전남 지역 농촌 다니며 농촌 문제 정리
1980년 4월	'농촌활동 안내서' 기획 제작
1980년 5월	광주항쟁 목격
1980년 5월 30일	종로 기독교회관 6층에서 떨어져 운명
1980년 6월 2일	서울대병원 영결식, 경기도 파주 금촌기독교묘지 안장
1990년	서강대학교 명예졸업장 수여
1991년 5월	5·18 시민상 수상
1999년	광주민주화운동 유공자 인정, 국립5·18민주묘지 이장(4묘역 12번)

처남, 김의기 보시게

박철

김의기 매형

한 번도 만난 적이 없는 자네에게 이렇게 편지를 쓰게 되었다네. 그리고 처음으로 처남이라고 부르니 여간 쑥스러운 게 아니구만그려. 자네 누나하고 1985년 봄 혼인하고 부부가 되었지. 어쩌면 자네가 우리 부부를 맺어준 인연이기도 하지. 그리고 처남 자네가 죽음으로 알리고자 했던 그 정신이, 우리 두 사람을 30년이 넘도록 더욱 단단하게 만들어주었고 서로를 동지로 생각하며 살도록 해주었다는 생각도 드네. 자네 누나 김주숙은 자네를 몹시도 사랑했더군. 자네는 그걸 아셨는가? 자네 누나 김주숙은 지금도 5월이 되면 많이 운다네. 언젠가 아내가 그러더군. 자네를 살릴 수만 있었다면, 자기 목숨을 버릴 수도 있었다고. 동생 의기가 자기 인생의 절반이었노라고. 그만큼 자네를 아끼고 사랑했다네.

자네가 세상을 떠난 지 어언 37년이 되었군. 그동안 세월은 강물처럼 흘러 그때 1980년 5월 광주에서 있었던 일을 기억하는 사람이 얼마나 되겠는가. 광주의 아픔은 지금도 현재 진행형인데 많은 사람들의 기억 속에 5월 광주가 잊혀가고 있으니 안타까울 뿐이네. 아픈 역사를 기억하고 반추하는 노력보다 망각하는 것이 쉬운 것이겠지.

자네 부모님도 세상을 떠나신 지 오래되었다네. 장인 어르신은 18년 전, 장모님은 12년 전 돌아가셨지. 두 분 다 좋은 분이셨지. 나는 장모님의 사랑을 많이 받았다네. 내가 우리 집안의 맏이로 무뚝뚝하고 사교성이 떨어지는 사람인데, 장모님께 자네를 대신해서 가끔 어리광도 부리곤 했었지. 그러면 장모님은 싫어하는 기색도 없이 나를 철없는 아들쯤으로 생각하고 귀엽게 대해주시곤 하셨지. 체구는 작으셨지만 큰 나무 같은 기품을 지녔던 분이셨지. 그래서 내가 한없이 존경하고 사랑하고 따랐던 분이었다네. 장모님의 유해는 몇 년 전 이곳 부산에 모셨다네. 가끔 장모님이 계신 납골공원묘지에 찾아가서 "장모님, 저 왔습니다. 많이 보고 싶습니다. 많이 사랑합니다"고 포스트잇을 남겨놓고 오곤 한다네.

처남! 자네가 살아 있었다면 나와 좋은 친구가 되었을 텐데, 그런 생각을 가끔 한다네. 나는 여행과 걷기를 좋아한다네. 아마 내 여행길에 자네도 동반하고 지는 해를 바라보고 가끔 술잔도 기울이고 함께 길을 걷는 상상을 해본다네.

자네 누나를 만난 것은 참으로 큰 행운이었다네. 장모님 비슷한 사람이지. 체구는 작지만 언제나 당당하고 밝고, 인생을 낙관적으로 생각하는 사람이지. 엄마를 10분의 일만 닮았으면 좋겠다고 입버릇처럼 말하곤 했었는데, 어느새 장모님처럼 되었다네. 역시 그 어머니의 그 딸이라고 할까? 내 생애에 그렇게 아름다운 두 여인을 마음에 품고 살고 있으니 이 얼마나 큰 복이겠는가?

처남! 자네가 세상을 떠나고 이 나라는 많은 부침이 있었다네. 자네의 유서 "동포여, 우리는 지금 무엇을 하는가?"에 나오는 대로 유신 잔당들이 정권을 장악하여 한동안 군부독재 정권이 유지되다가 1987년 6월항쟁을 거쳐 드디어 1993년 군부가 물러가고 문민정부가 등장했지만, 정권욕에 눈이 먼 자들이 야합과 부당한 거래 등으로 이 나라의 민주주의는 많이 휘둘렸고 노동자, 농민들은 천덕꾸러기 신세였다네.

지난 37년 동안 제도적 민주주의가 어느 정도 틀을 갖추고, 노동조합이 합법화되고 경제가 발전한 것은 사실이지만, 아직도 어두운 구석이 많다네. 그런 혼란 속에서 살다가 처음으로 대통령이 파면되고 구속되는 사태가 발생했지. 그 자가 누구인지 아시는가? 자네도 잘 아는 독재자 박정희의 딸 박근혜였다네. 이름만 들어도 징글징글하지. 지나놓고 생각하면 역사란, 민주주의란 정반합(正反合)의 과정을 통해서 천천히 역사의 정방향(丁方向)으로 나아가게 되어 있더군. 깨어 있는 시민, 대자적(對自的) 민중들로 인해서 그렇게 되더군. 그러니 긴 호흡으로 볼 필요도 있지. 그런데 그때마다 많은 아픔과 상처가 동반된다네. 그것이 역사의 필연인지도 모르지.

처남! 자네 기억하시는가? 1980년 5월 광주를 붉은 피로 물들인 전두환 일당들을! 그 전두환이 지금도 건강하게 살고 있다네. 며칠 전 회고록을 냈는데 광주 만행의 발포 명령자는 자기가 절대 아니었다고, 광주민중항쟁에 참여한 시민들을 무장 폭도 세력으로 묘사했다는구먼. 인간 말종이지. 자네가 37년 전 죽음으로 항거했던 광주학살 만행의 수괴 전두환을 처단하지 못한 것이 천추의 한으로 남는다네. 이 세상에는 자신의 잘못을 반성하고 참회할 줄 모르는 인간의 탈을 쓴 이리 같은 자들이 있지. 그들에겐 용서가 필요 없다네. 이 땅에는 억울하게 죽어간 사람들 투성이지. 그들의 죽음, 아픔, 상처, 원혼을 무엇으로 다 진혼(鎭魂)하겠는가?

2008년 이명박과 2013년 박근혜가 이 나라의 대통령 짓을 하는 동안 이 나라는 막장 드라마 수준으로 떨어졌다네. 민주주의는 후퇴했고, 부정부패가 만연했고, 경제는 절단 났고, 대규모 토목공사로 사대강은 죽음의 강이 되었고, 사회적 양극화는 심화되었다네. 남북의 적대적 정책으로 대화는 단절되었고, 평화는 실종되었고, 통일의 문은 굳게 닫혀 있고, 미국은 걸핏하면 북한을 선제공격할 수도 있다고 하고, 계속해서 북한을 자극하고 전쟁을 부추기는 발언을 쏟아내고 있다네. 요즘 미국이 하는 짓을 보면 조폭 우두머리와 같다네. '평화와 통일을 여는 사람들'을 세운 홍근수 목사님은 미군 철수 없이는 한반도의 통일을 불가능하다고 하셨지. 그 말이 실감 나는 요즘이라네. 그러니 이명박, 박근혜가 저질러놓은 적폐들을 청산하고 잘못된 것을 바로잡는 일이 남아 있겠지.

처남! 나는 30년 목사 노릇하다 3년 전 제도권 교회에 안녕을 고하고 나왔다네. 그곳에 예수가 없다는 생각이 들었고, 그곳에서의 삶이 더 이상 의미가 없다는 판단이 들었지. 그곳을 나오면서 가난해지기로, 작아지기로, 자유하기로 마음을 먹었다네. 지금 생각해도 내가 결정한 것 중 제일 잘한 것 같네. 그런데 그 길이 좁은 길이라 조금 쓸쓸하다네. 자네가 있었으면 참 좋았을 텐데, 그런 생각이 간절하구먼.

참, '오월 걸상'이 만들어진다는 소식 들으셨는가? 5·18 항쟁 이후, 5·18 진상규명 과정에서 희생당한 이들을 기리기 위해서 잠시 걸상에 앉아 1980년 5월 광주를 떠올리도록 '오월 걸상'을 설치하기로 했는군. 전국에 100여 개를 설치하는데 자네가 투신한 종로 5가 기독교회관 앞에 '오월 걸상' '제1호'를 설치한다고 하네. 참으로 고마운 일이지. 그리 오래된 일을 잊지 않고 기억해준다고 하니.

ⓒ 박철

박철 목사 김의기의 매형이다. 왼쪽은 누나 김주숙이다.

처남! 이 글을 쓰고 있는 이 시간, 밝은 햇살이 내 서재에 가득하다네. 마치 자네가 이곳에 와 있다는 느낌이 드는군. 37년 전 세상을 떠난 김의기와 2017년을 살고 있는 내가 이렇게라도 조우할 수 있다니, 오늘은 참으로 의미 있는 날이네. 5월이 되면 자네가 남긴 일기를 가끔 꺼내어 읽어보곤 하지. 자네의 읽기를 읽을 때마다 자네가 많이 고맙고, 자랑스럽네. 그리고 많이 부끄럽다네. 나는 자네처럼 치열하게 살지 못했거든. 그러나 적어도 힘을 가진 기득권자들, 현실과 타협하지는 않으려고 노력했다네. 그것만 알아주시게.

처남, 처음으로 편지를 쓰다 보니 주절주절 이야기가 길어졌구먼. 예전에 자네를 생각하면서 쓴 「내일이 오면」이란 시가 있는데, 그게 노래로 만들어졌지. 지금 그 노래를 틀어놓고 이 편지를 쓰고 있다네. 들려줄 테니 한번 들어보시게. 이 노래를 끝으로 오늘 편지를 마치려고 하네. 천국에서 만나 막걸리 한잔했으면 좋겠네. 잘 계시게.

내일이 오면
언제 간다는 말 한 마디
언제 오리란 기약 없이
청청한 세월 묻고
역사 속에 몸을 불사른
깊고 높고 크신 님들
찢어지게 파란 하늘 아래
어깨동무하고 고향의 봄을 부르며 오려나
내일이 오면 내일이 오면
잘 있으라는 인사도 없이
삼천리강산에 녹두꽃 피우시다
한 알의 씨앗으로 이 땅에 묻혀

겨레의 가슴에 꺼지지 않는 횃불로 피어난
깊고 높고 크신 님들에
넋이라도 오려나
내일이 오면
내일이 오면
햇살이 아침이슬에 입 맞추면

2017년 4월 19일

언제나 걷기를 좋아하는 자유인 박철 씀

김종태

광주 시민 · 학생들의
넋을 위로하며

•

1980년 6월

● 김종태 편의 글과 사진은 1990년 6월 9일 발간된 『영원한 노동자 김종태열사 10주기 추모집』과 다큐멘터리 영화 〈김종태의 꿈〉을 참고했다.

김종태

•

고은

산 자 모두 다 숨어버리고
갇혀버리고
큰 거리란 거리 다 공수부대에게 내주고
모두 골목으로 스며들어
악수조차 잊어버리고
총구멍만이
기만만이
전두환 일당만이 홍청대던 날
김종태
그대 분연히 불붙은 몸 솟구쳐
광주학살을 규탄하였노라
갇힌 자 석방을 부르짖었노라

노동자 김종태

부산 초량리에서 태어난 목수의 아들
가난의 아들
서울의 변두리 달동네 살다가
광주대단지로 쫓겨나
아이를 낳은 어미가
제 아이를 강아지로 헛보아 삶아먹은
그 굶주림의 대단지로 쫓겨나
판잣집 지어 자라난
이 땅의 아들

나이 스물세살의 몸 불질러
그 침묵의 날 불질러
1980년 6월 9일 신촌 네거리
그대 홀로 쓰러져
이 땅의 암흑의 진실들 깨어났노라
그 누구누구도 아닌
노동자 김종태
그대가 80년대를 시작하였노라
탄압과 변혁의 시대를
민중의 시대를

분신

김종태(1958~1980)

1980년 6월 9일 서울시 서대문구 대현동 고성약국 건물 2층 화장실에서 김종태가 몸에 석유를 끼얹고 있었다. 석유를 다 뿌리고 불을 붙일까 말까 망설이던 김종태의 눈앞에 많은 이들의 얼굴이 스쳐 갔다. 어릴 때 돌아가신 아버지, 제일실업학교 야학 친구들, 형제단 친구들, 조나단독서회 친구들, 이해학 목사님, 어머니 그리고 동생 종수 …….

동생 종수가 며칠 전 찾아왔었다. 김종태가 종로와 신촌 등지를 돌며 광주학살을 알리는 전단지를 돌리고 있을 때였다. 종수는 전단지 돌리는 데 쓰라며 돈을 주고 갔다. 어디서 돈이 생겼냐고 묻자 좀 있으면 6월 7일이 형 생일이지 않냐며 미리 선물한 셈 치자며 주는 돈이라고 했다. 주머니에 남은 돈을 보며 김종태는 생각했다. '이제 생일이라고 누가 챙겨주는 일도 없겠지. 오늘 죽는다면 이제부터는 오늘이 내 기일이 되겠구나.'

김종태가 분신 장소로 신촌을 택한 것은 그동안 다녀본 곳 중에 사람들이 제일 많아서였다. '공부를 더 했다면 대학생이 됐을지도 모를 텐데 …….' 몸에서 석유 냄새가 펄펄 나는 상태로 김종태는 계단에 앉아 잠시 생각에 잠겼다. 이화여대에서 열리는 예술제를 보러 동생들과 함께 성남에서 신촌까지 왔던 추억이 떠올랐다. 여자 친구와 함께 신촌 거리를 거니는 꿈을 꾸기도 했지만, 이제는 다 부질없는 일이다. 이틀 전 성명서를 쓸 때만 해도 진짜 분신을 할까 싶었는데 이제 선택을 해야 할 순간이 다가왔다. 다른 선택은 없었다.

저녁으로 접어드는 오후 6시가 조금 안 된 시각이었지만, 저녁이라기보다는 대낮처럼 환했다. 몸에 불이 붙은 채 뛰쳐나간 김종태가 목청껏 외치기 시작했다. 행인들이 저마다 난생처음 보는 분신 광경을 놀란 표정으로 바라보았다.

"유신잔당 물러가라."

"노동삼권 보장하라."

"비상계엄 해제하라."

아직은 환한 시간이라 김종태 몸에 붙은 불은 잘 보이지 않았다. 그러나 고성약국 실내에 앉아 있던 이계신 약사에게는 김종태의 몸에 붙은 불이 선명하게 보였다. 목청껏 구호를 외치던 것도 잠시, 뜨거움을 견디지 못하고 푹 쓰러지는 김종태의 모습이 보였다. 다시 일어나 구호를 외치는 김종태에게 이계신이 소화기를 분사했다.

이계신(김종태 분신 목격자) 아주 깜짝 놀랐지. 마침 약국에 소화기가 있어가지고 꺼줬어요. 몸이 막 퉁퉁 부어오르더라고. 옷에 인화 물질을 뿌리고 불을 붙였기 때문에 아주 치명적이었죠. 불이 그렇게 잘 보이지 않았어요. 대낮이어서 그랬는지 활활 보이지는 않았어요. 그러나 온몸이 인화 물질로 덮여 있기 때문에 불을 끄는 데 지장이 있었죠. 내가 볼 때는 그 사람이 이미 쓰러진 상태였어요. 유인물을 뿌리면서 쓰러졌죠. 쓰러진 상태에서 불을 껐는데 불을 끄고 보니까 온몸이 너무 부어오르더라고. 인화 물질 때문에 불이 빨리 꺼지지 않아서 그랬을 겁니다. _2016년 4월 8일 인터뷰

김종태 몸에 붙은 불이 가까스로 꺼지자 경찰은 근처에 있던 계엄군 트럭을 불러 김종태를 근처 연세대 세브란스 병원으로 후송했다. 김종태가 병원으로 후송되고 유인물이 수거되자 행인들은 가던 길을 재촉했다. 신촌은 무슨 일이 있었냐는 듯 평소의 활기를 되찾았다. 누가 분신했다더라는 소문이 상가 상인들 사이에 돌았지만 더는 확산되지는 못했고, 길바닥에 남은 분신의 흔적도 조용히 사라졌다.

경찰이 미처 수거하지 못한 김종태의 전단지가 바람에 날렸다.

유서

김종태가 분신하면서 뿌린 전단지는 두 가지 종류였다. 하나는 「광주 시민·학생들의 넋을 위로하며」라는 제목의 세 장짜리 긴 글이었고, 다른 하나는 「성명서」라는 제목의 한 장짜리 짧은 글이었다. 김종태의 단정하고 정성스러운 글씨가 인상적인데 철필로 써 내려간 것을 등사해 만든 것이었다. 전국에 수만, 수십만 명의 기자와 대학생, 지식인이 있었지만, 광주에서의 참상을 알지 못했던 혹은 알고 있어도 말 한마디 못하고 있던 1980년 6월이었다.

광주학살 소식도 제대로 전하지 않은 언론이 김종태의 분신 소식을 전할 리 만무했다. 김종태가 따르고 존경했던 주민교회 이해학 전도사도 김종태의 분신 소식을 아내를 통해 겨우 들을 수 있었다.

이해학 나는 그때 제가 징역을 사느라고 다른 사람들보다 목사 되는 게 8년이 늦었어요. 감옥을 두 번을 들락날락하고 목사 시험 볼 시간이 없어서 준비를 못했거든요. 5·18 무렵에 저는 기도원에 들어가서 목사 시험 준비를 하고 있었을 때입니다. 그리고 6월 9일이 한신대에서 목사 고사를 치르는 날이에요. 내가 거기서 목사 고사를 치르면서 우연히 창밖을 바라보니까 우리 집 사람이 와서 이렇게 창문으로 나를 쳐다보는 거예요.

그걸 보자 섬뜩했어요. 무슨 사고가 있으니까 여기까지 왔지, 올 사람이 아니거든요. 그래서 시험 대충 끝내고 나와서 무슨 일이냐 했더니 봉투를 내미는 거예요. 근데 그 봉투 안에 김종태 유서가 들어 있는 거예요. 그래서 제가 너무도 심장이 멎는 듯한 그런 충격을 받았습니다.

김종태가 남긴 나한테 보낸 글은 두 개였습니다. 우선 「이해학 전도사에게 보내는 글」 그리고 국민들에게 보낸 「성명서」. 그것을 제가 누구한테 뺏기지 않기 위해 이것을 특별히 잘 보관해야겠다는 걸 느꼈고, 그리고 곧장 현장에 달려갔을 때는 김종태는 이미 병원에 있었던 상태였죠.

이해학 주민교회 원로목사

연세대학교 측에 김종태를 병원에서 잘 보살필 수 있도록 했고요. EYC라고 하는 기독교연합청년회 있어요. 그 단체가 함께 이 문제를 도와줄 수 있도록 했는데 첫 번째 조처가 청년들이 매일 와서 김종태를 지킨다 하는 것으로 매일 불침번을 섰습니다. 운명하더라도 저 정권이 시신을 탈취하지 못하도록 거기를 지켰죠.

세브란스 병원에 후송된 김종태는 혼수상태에 빠졌다. 어머니 허두측과 동생 김종수, 주민교회 이해학 전도사가 병원을 찾았지만 의식을 차리지 못했다. 입술은 완전히 뒤집어졌고 눈동자는 불에 타서 흰 눈동자가 눈 밖으로 튀어나와 있었다. 퉁퉁 부은 온몸에서는 진물이 흘러나왔다. 화기(火氣)가 기도를 타고 들어가 말을 하기는커녕 숨을 쉬기도 여의치 않았다. 의료진은 김종태가 호흡할 수 있도록 목젖을 도려내 인공 호스를 삽입했다.

몸을 소독할 때 고통을 못 이겨 어쩌다 의식이 돌아왔지만, 김종태는 치료를 받지 않겠다며 몸부림쳤다. 그때마다 사람들이 달려들어 손발을 침대에 묶고 나서야 겨우 치료할 수 있었다. 의료진이 김종태가 살아날 가능성은 희박하다고 말했고, 잘생긴 그의 얼굴을 기억하는 가족과 친구

광주 시민·학생들의 넋을 위로하며

오늘날 한국의 이 암울한 상황을 타개해나가고자 분연히 일어났던 용기
있는 한국인들이여! 그대들이 피를 흘리면서 성토하던 그 안개
정국들은 이제 완전히 그 마각을 들어내어 뻔뻔스럽게도 그
음모와 책략들을 표면화 했읍니다 소위 국가보위 비상 대책위가
군장성들로 구성되었으며 행정부의 전기능을 장악하고 그 우두머리
에 전두환 중장이 상임 위원장이란 감투를 쓰고 올라 앉았읍니다
허수아비 같은 최규하대통령을 뒤에서 조종 하며 순한 민중
의 지도자들을 법의 이름으로 잡아 들이고 있읍니다
순한 학생들을 포고령의 이름으로 발가 벗기고 있읍니다.
한 마디로 이 땅엔 또 다시 군사정권이 들어섰읍니다.
지울수 없는 역사적과오 5.16 쿠데타. 그후 19년간 장기독재
아 한국의 앞날이 먹구름으로 덮히고 있읍니다. 박 정권
20년간의 좋은 시절을 좀 처럼 청산 할수 없다는 듯이 독재
밑에서 부정부패로 치부해 오던 유신 체재의 잔당들이
지금 이 나라를 이 국민들을 손아귀에 넣으려 하고 있읍
니다. 진실은 유언비어가 되고 유언비어가 진실이 되 버리는
이 어지러운 시국은 국민들에게 입을 막고 귀도 막을것을
강요하고 있읍니다 국민들은 입이 있어도 말 못하는체 귀가
있어도 못들은체 눈이 있어도 못 본채 해야. 겨우 목숨을

김종태가 작성한 「광주 시민·학생들의 넋을 위로하며」

광주 시민·학생들의 넋을 위로하며

오늘날 한국의 이 암울한 상황을 타개해나가고자 분연히 일어났던 용기 있는 한국인들이여! 그대들이 피를 흘리면서 성토하던 그 안개 정국들은 이제 완전히 그 마각을 들어내어 뻔뻔스럽게도 그 음모와 책략들을 표면화 했읍니다 소위 국가보위비상대책위가 군장성들로 구성되었으며 행정부의 전기능을 장악하고 그 우두머리에 전두환 중장이 상임위원장이란 감투를 쓰고 올라 앉았읍니다.
허수아비 같은 최규하대통령을 뒤에서 조종 하며 숱한 민중의 지도자들을 법의 이름으로 잡아들이고 있읍니다.
숱한 학생들을 포고령의 이름으로 발가 벗기고 있읍니다.
한 마디로 이 땅엔 또다시 군사정권이 들어섰읍니다.
지울수 없는 역사적과오 5. 16쿠데타. 그후 19년간 장기독재아 한국의 앞날이 먹구름으로 덮히고 있읍니다. 박 정권 20년간의 좋은 시절을 좀 처럼 청산할수 없다는 듯이 독재밑에서 부정부패로 치부해오던 유신 체재의 잔당들이 지금 이 나라를 이 국민들을 손아귀에 넣으려 하고 있읍니다. 진실은 유언비어가 되고 유언비어가 진실이 되 버리는 이 어지러운 시국은 국민들에게 입을 막고 귀도 막을것을 강요하고 있읍니다 국민들은 입이 있어도 말 못하는체 귀가 있어도 못들은체 눈이 있어도 못 본채 해야 겨우 목숨을 부지하는 세상이 되었읍니다.
요컨대 국민들이 수근거려선 안 되는 무서운 음모 계략들로 가득찬 정권야욕에 불타는 무리들, 민주가 어떻고 민족이 어떤지 안중에도 없는 무리들이 지금 이땅에서 활개를 치고 있읍니다
악이 선보다 강한 세상 정의가 불의한테 눌리는 세상 이런세상이야 말로 우리가 분노해야 하고 고쳐 나가야할 세상입니다.
법과 질서라는 미명하에 행해지는 조직적인 폭력 몽둥이와 포승줄아래 우리들의 모든 자유는 빼앗기고 눌린채 한국의 밤은 깊어지고 있읍니다. 기다림에 지친 다수에 국민들은 저마다 모두 불신을 품고 앉아 점점 무기력 해 가고 있읍니다 용기를 잃어가고 있읍니다. 아니 그 보다도 무관심 해 지고 있읍니다. 몽둥이와 포승줄 아래 두려움을 느끼고 있읍니다.

국민 여러분.
과연 무엇이 산것이고 무엇이 죽은것입니까
하루 삼시 새끼 끼니만 이어가면 사는것입니까
도대체 한 나라 안에서 자기나라 군인들 한테 어린 학생부터 노인에 이르기까지 수백수천명이 피를 흘리고 쓰러지며 죽어 가는데 나만 우리 식구만 무사하면 된다는 생각들은 어디서 부터 온것입니까. 지금 유신잔당들은 광주 시민 학생들의 의거를 지역 감정으로 몰아 치며 <전라도 것들> 이라는 식의 민심교란 작전을 펴고 있읍니다.

김종태가 작성한 「광주 시민·학생들의 넋을 위로하며」

부지하는 세상이 되었읍니다.

요컨대 국민들이 수군거려선 안 되는 무서운 음모 계략들로 가득찬 정권야욕에 불타는 무리들. 민주가 어떻고 민족이 어떤지 안중에도 없는 무리들이 지금 이 땅에서 활개를 치고 있읍니다.

악이 선보다 강한세상 정의가 불의한테 눌리는 세상 이런세상 이야 말로 우리가 분노해야 하고 고쳐 나가야할 세상입니다.

법과 질서라는 미명하에 행해지는 조직적인 폭력 몽둥이와 포승줄아래 우리들의 모든 자유는 빼앗기고 눌린채 한국의 밤은 깊어지고 있읍니다. 기다림에 지친 다수에 국민들은 저마다 모두 불신을 품고앉아 점점 무기력 해 가고 있읍니다 용기를 잃어가고 있읍니다. 아니 그 보다도 무관심 해 지고 있읍니다. 몽둥이와 포승줄 아래 두려움을 느끼고 있읍니다.

국민 여러분.

과연 무엇이 산것이고 무엇이 죽은것입니까

하루 삼시새끼 끼니만 이어가면 사는것입니까

도대체 한 나라 안에서 자기나라 군인들한테 어린학생부터 노인에 이르기까지 수백수천명이 피를 흘리고 쓰러지며 죽어 가는데 나만 우리 식구만 무사하면 된다는 생각들은 어디서 부터 온것입니까 지금 유신잔당들은 광주 시민 학생들의 의거를 지역감정으로 몰아치며 〈전라도 것들〉 이라는 식의 민심교란 작전을 펴고 있읍니다.

국민의 의사를 몽둥이로 진압하려다 실패하자 칼과 총으로 진압
하고서 그 책임을 순전히 불순세력의 유언비어 운운하며 국민을 기만하고
우롱하고 있읍니다 국민들이 계엄철폐를 주장하면 계엄을 더 확대
시키고 과도기간 단축을 요구하면 더욱 늘리려고 혈안이 되어
있으면서 학생들에게 자제와 대화를 호소한다니 정말 정부
에서 말하는 대화의 자세란 어떤것인지 궁금하기만 합니다.
안보를 그렇게 강조하면서도 계엄령 확대와 시민의 감시등을 위하
서 전방의 병력들을 빼돌려 서울로 집결시키는 조치는 정말
이해가 안 갑니다. 사리사욕이라는 것이 그렇게 무서운 것인가를
새삼 느꼈으며 권력이 그렇게도 잡고 싶은것인줄 새삼 느꼈읍니다.
한 마디로 한국 국민들을 무시하고 있읍니다.
국민의 저력을 우습게 보고 있는 저들에게 따끔한 경고를 해주고
싶읍니다. 독재자 박정희의 말로가 어떻게 끝났는가 하는 물음
을 던지고 싶읍니다. 내 작은 몸둥이를 불 사질러서
국민 몇사람이라도 용기를 얻을수있게 된다면 저는 몸을 던지겠읍니다
내 작은 몸둥이를 불 사질러 광주시민 학생들의 의로운 넋을
위로 해 드리고 싶읍니다. 아무댓가 없이 이 민족을 위하여
몸을 던진다는 생각은 해 보지 않았읍니다. 너무 과분한 너무
거룩한 말이기에 가까이 할수도 없지만 도저히 이 의분
을 진정할 힘이 없어 몸을 던집니다.

김종태가 작성한 「광주 시민·학생들의 넋을 위로하며」

국민의 의사를 몽둥이로 진압하려다 실패하자 칼과 총으로 진압하고서 그 책임을 순전히 불순세력의 유언비어 운운하며 국민을 기만하고 우롱하고 있습니다 국민들이 계엄철폐를 주장하면 계엄을 더확대시키고 과도기간 단축을 요구하면 더욱 늘리려고 혈안이 되어 있으면서 학생들에겐 자제와 대화를 호소한다니 정말 정부에서 말하는 대화의 자세란 어떤것인지 궁금하기만 합니다.

안보를 그렇게 강조하면서도 계엄령 확대와 시민의 감시등을 위해서 전방의 병력들을 빼돌려 서울로 집결시키는 조치는 정말 이해가 안 갑니다. 사리사욕이라는 것이 그렇게 무서운 것인가를 새삼 느꼈으며 권력이 그렇게도 잡고 싶은것인줄 새삼 느꼈읍니다.

한마디로 한국 국민들을 무시하고 있읍니다.

국민의 저력을 우습게 보고 있는 저들에게 따끔한 경고를 해주고 싶읍니다. 독재자 박정희의 말로가 어떻게 끝났는가 하는 물음을 던지고 싶읍니다. 내 작은 몸둥이를 불 사질러서

국민 몇사람이라도 용기를 얻을수있게 된다면 저는 몸을 던지겠읍니다

내 작은 몸둥이를 불 사질러 광주시민 학생들의 의로운 넋을 위로 해 드리고 싶읍니다. 아무댓가 없이 이 민족을 위하여 몸을 던진다는 생각을 해 보지 않았읍니다. 너무 과분한 너무 거룩한 말이기에 가까이 할수도 없지만 도저히 이 의분을 진정할 힘이 없어 몸을 던집니다.

성 명 서

10·26 사태 이후 우리 국민은 19년 간의 일당 독재를 청산하고 민주화를 꽃피울것을 꿈꾸며 말없이 정국을 지켜 보았으나 일당독재의 연장을 꿈꾸며 정권을 탈취하려는 유신체제의 잔당들의 음모와 계략으로 국민들의 기대는 무산되었으며 작금 소위 국가보위비상대책위의 구성등 군사정권이 그 마각을 드러내고야 말았을때 모든국민과 더불어 경악과 분노를 금치 못하는 바이며 광주사태의 책임전가와 왜곡보도는 국민을 우롱하는 처사임을 재 확인한다. 우리는 어떠한 비민주적 책동이나 정권을 전면 거부한다. 어떠한 형태의 독재도 부정하며 목숨을 바쳐 항거할것임을 분명히 밝혀둔다.

그러므로 유신체제를 존속시키려는 구체제의 잔존 세력들의 어떠한 책동도 결코 용납될수 없음을 경고한다.

1. 유신 잔당들은 전원 퇴진하라!
1. 계엄령은 즉각해제하고 군은 본연의 자세로 돌아가라!
1. 김대중씨를 포함한 민주인사와 학생들을 전원 석방하라!

1980년 6월 7일.

성남에서 김종태.

김종태가 작성한 성명서

성 명 서

10·26 사태 이후 우리 국민은 19년간의 일당독재를 청산하고 민주화를 꽃피울것을 꿈꾸며 말없이 정국을 지켜보았으나 일당독재의 연장을 꿈꾸며 정권을 탈취하려는 유신체제의 잔당들의 음모와 계략으로 국민들의 기대는 무산되었으며 작금 소위 국가보위비상대책위의 구성등 군사정권이 그 마각을 드러내고야 말았을때 모든국민과 더불어 경악과 분노를 금치 못하는 바이며 광주사태의 책임전가와 왜곡보도는 국민을 우롱하는 처사임을 재확인한다. 우리는 어떠한 비민주적 책동이나 정권을 전면 거부한다. 어떠한 형태의 독재도 부정하며 목숨을 바쳐 항거할것임을 분명히 밝혀둔다.

그러므로 유신체제를 존속시키려는 구체제의 잔존 세력들의 어떻한 책동도 결코 용납될수 없음을 경고한다.

1. 유신 잔당은 전원 퇴진 하라!

1. 계엄령은 즉각해제하고 군은 본연의 자세로 돌아가라!

1. 김대중씨를 포함한 민주인사와 학생들을 전원 석방하라!

1980년 6월 7일.

성남 에서 김 종태.

© 김종수

사망진단서

80-3144

1	성명	김종태	2	성별	남 · 여	3 생년월일 및 만년령 1958년 6월 17일생
4	직업	가. 본인의 직업 봉제(견)		나. 가구주의 직업		
5	본적	서울 용산구 원효3가			번지	호
6	주소	서울 성북구 길음3동			번지	호
7	발병년월일	1980년 6월 9일 오후 6시경 추정				
8	사망년월일시분	1980년 6월 14일 오후 4시 50분				
9	사망장소	1. 자가 2. 병원 3. 의원 4. 산원 5. 기타 의료기관 6. 기타				
10	사망의종류	1. 병사 2. 외인사				
11	사망의원인	(가) 직접사인 심장박 호흡 마비		발병부터 사망까지의 기간 약 5일		
		(다) 선행사인 전신화상 3도 90%				
12	외인사의 추가사항	상해발생년월일시분 1980년 6월 9일 오후 6시 경분				
		수단 및 상황 전신화상				
		상해발생의 장소 분상				
		신체적 상해장소명 전신피부 및 기도				

위와 같이 진단(검안)함.

1980년 6월 14일

주소 서울특별시 서대문구 신촌동 134번지

명칭 연세대학교 의과대학 부속세브란스병원

자격

면허번호 제 성명 김

연세대 세브란스 병원이 작성한 김종태 사망진단서

들은 오열했다. 간혹 의식이 돌아올 때가 있었는데 그때마다 흰자위밖에 남지 않은 김종태의 눈에서는 눈물이 흘렀다. 23살의 청년 노동자 김종태는 결국 분신 엿새 만인 6월 14일 오후 4시 50분 숨을 거둔다.

철거민의 아들(1970년, 13세)

노동자 출신 시인이나 작가가 되었을까, IMF 때 다니던 회사를 그만두고 작은 가게라도 꾸리고 있을까, 정년퇴직을 앞둔 고령의 노동자일까, 아니면 노동자 출신의 야무진 지방의원이 되어 있을지도 모르겠다. 국립

방위로 복무하던 김종태
분신 당시에도 복무 중이었다.

5·18민주묘지 영안봉안소에 있는 김종태의 젊디젊은 영정 사진을 보면서 '지금 살아 있다면?'이라는 부질없는 질문을 던져본다. 2017년 살아 있다면 회갑을 바라볼 60세의 장년이 되었을 김종태.

김종태는 1958년 6월 7일 부산시 초량동에 사는 목수 김윤배의 아들로 태어났다. 김윤배는 가난에 찌든 생활에서 벗어나기 위해 김종태를 낳은 직후 가족을 이끌고 서울의 대표적인 서민촌 미아리로 상경했다. 가난과 재개발의 시대, 서울의 미아국민학교에 입학한 김종태는 머리 좋고 공부 잘하는 학생이었다. 국민학교 4학년 때는 학교를 대표해 전국 미술경연대회에 나가 상을 받기도 했다.

하지만 서울 생활은 오래가지 못했다. 박정희 정권이 도시 미관 정리 계획을 실시하면서 그가 살던 미아리를 비롯해 청계천, 종로 5가와 6가, 하일동, 상계동 등의 빈민촌을 대대적으로 정리하기 시작한 것이다. 서울시가 내건 명분은 광주대단지에 새 서울, 남서울을 세운다는 것이었지만, 본질은 서울의 산동네·달동네 주민들을 서울 밖으로 쫓아내는 일이었다.

미아국민학교 5학년, 졸업을 1년 앞둔 김종태는 가족과 함께 생활 터전에서 쫓겨나 광주대단지(지금의 경기도 성남시)로 강제 이주를 당한다. 이 과정에서 아버지의 결정에 따라 김종태는 국민학교를 그만둬야 했다. 식구들이 살기 위해선 국민학생인 김종태까지도 나서 한 푼이라도 더 벌어야 했기 때문이다. 김종태는 성남 수진리고개에 마련된 이주민 천막촌 철물 가게에서 아버지와 일을 시작했다. 김종태가 학교를 그만두는 게 안타까웠던 담임교사가 성남까지 찾아와 성적도 좋고 공부하고 싶은 종태를 졸업은 시키자고 설득했지만, 아버지의 마음을 돌리지 못했다.

서울의 달동네에서 쫓겨나온 이들이 성남으로 넘어오면서 광주대단지는 팽창을 거듭했고, 천막촌은 남한산성 아래인 은행동까지 밀려났다. 준비되지 않은 상태에서 사람들이 밀려들다 보니 생활환경은 엉망이었다. 도로가 제대로 만들어지지 않아 비만 오면 집 주변은 진흙탕으로 변하기 일쑤였다. 하루 끼니를 제대로 해결하는 집이 드물어 자기가 낳은 자식을 강아지로 착각해 삶아 먹었다는 비극적인 소문이 떠돌기도 했다.

그렇게 3년이 지나갔다. 눈물과 설움의 시간을 보낸 김종태는 15살의 나이로 성남 수진국민학교에 복학한다. 국민학교 졸업이라도 하게 해달라고 아버지를 끊임없이 조른 덕분이었다. 뒤늦은 나이에 국민학교에 다니게 된 김종태는 졸업할 때까지 1등을 놓치지 않을 정도로 성적도 좋았다. 언젠가는 경기도지사 배 공작대회에 참여해 도지사상인 금메달을 따기도 했다. 하지만 행복한 시간은 길지 않았다. 아버지가 중풍으로 갑자기 쓰러진 것이다.

학교를 더 다니고 싶어도 다닐 수 없는 처지여서 김종태는 중학교 진학을 포기했다. 이제는 김종태가 가장으로서 가족의 생계를 책임져야 했다. 16살의 김종태는 병든 아버지와 어린 동생을 위해 무엇이든 돈 되는 일을 할 수밖에 없었다. 김종태는 성남시 은행동에 있는 플라스틱 목걸이 조립 공장에 들어가 일을 시작했다. 김종태는 '엑기생'이라 불리는 탁상용 프레스 기계에 앉아 바퀴를 돌리며 목걸이 부속품을 만들었다. 새벽부터 밤까지 하루 16시간씩 일을 해야 했다. 언젠가 다시 책을 보게 될 날을 기다리며 니퍼를 이용해 구슬을 깎아냈지만 손만 부르텄을 뿐, 그 월급으로는 학비는커녕 식구들의 식비를 대기도 힘들었다. 김종태에게 배고픔, 목마름보다 더 간절했던 것은 배움의 갈증을 푸는 것이었다.

하루 16시간 일하는 16살(1973년)

김종태는 하루 16시간의 목걸이 공장 생활을 8개월 만에 청산하고 서울 신당동에 있는 삼진특수칠에 도장공 견습생으로 들어간다. 목걸이 만드는 일은 일이 너무 고되기도 했지만, 수입도 적었고 장차 생업을 위해 기술을 써먹기에도 좋은 일이 아니라고 판단했기 때문이다. 새 직장은 그나마 쉴 수 있는 시간을 보장해줬을 뿐만 아니라 기술을 배울 수 있어 좋았다. 그러나 압축공기로 페인트칠을 해야 하는 환경은 김종태를 곧 질리게 만들었다. 형형색색의 페인트 물질이 작업장에 떠나녔는데 그걸 10시간 이상 마시면서 일을 해야 했다. 공장 직원들은 늘 약을 끼고 살았다. 김종태는 페인트 도장공장을 포함해 청소년 노동자들이 직면해 있던 처참한 노동 실태를 직접 쓴 르포르타주를 통해 고발했다.

(르뽀) **근로청소년**

칠공장

칠공장은 이름 그대로 칠하는 공장이다. 근처의 철공장, 전기제품 공장 등에서 물건을 보내오면 칠을 해주고 돈을 받는 공장이다. 이 공장 역시 좁은 작업 환경이 작업자들을 찌들게 한다. 콤프레샤의 압축 공기로 칠을 뿜어내서 칠을 하므로 칠이 공기 중에 날린다. 칠을 한창 할 때는 작업실이 안개 낀 듯 뿌옇고 작업자들은 그것을 모두 마시게 된다.

콧구멍에 칠이 가득 묻고 침을 뱉으면서 칠이 막 섞여나와 보는 사람 스스로도 놀라게 된다. 기관지가 나빠지는 것은 물론이지만 업주는 위생관리에 대해 100% 관심이 없다. 소방시설이 전혀 없는 것 또한 문제이다. 좁은 작업실 안에는 건조로, 칠 창고 등이 있고 구석에서 칠 배합을 한다. 구석에는 신나통, 휘발통이 있고 밖에는 휘발유가 배어있다. 건조로는 칠한 물건을 넣고 석유 버너는 가열하여 150도 정도로 구워낸다. 그러므로 불과 기름이 같이 있는 작업장에서 항상 불조심을 하지 않으면 안된다.
8시 반부터 오후 8시, 9시까지 일을 하는데 일을 끝내면 휘발유로 손, 얼굴의 칠을 닦고 기숙사 방에 앉아 반드시 소주를 마신다. 매일 같이 허무한 나날을 보낸다. 한 달에 두 번 쉬는 일요일은 황금같이 여긴다. 초봉 12,000원선. 야근 수당은 없다.

서울 청계천변의 철공장

성남에서 출퇴근 하기에 가깝고 성남보다 기술 배우기가 낫다고 생각되므로 서울에 나가는 14세에서 18세의 청소년들이 많다.
아침 저녁 출퇴근의 고통스러움은 모두 아랑곳하지 않는다. 소년공들은 처음 들어가면 무조건 반말하는 기술자들의 사적인 심부름까지도 모두 한다. 그리고 무거운 철제물건을 이리 나르고 저리 옮기고 하는 힘든 일을 한다. 좁은 점포를 이용해 프레스, 절곡기 용접기 등을 놓고 일하기 때문에 좁다.

가죽 제품 공장

철공장이나 칠공장보다는 깨끗하고 환하지만 가죽냄새 또한 코를 찌른다. 미싱이 10대나 있다. 인원은 20-30명 등 미싱사들은 20-24세의 남녀. 시다들은 14-18세로 10,000원에서 14,000원. 출근하자마자 퇴근을 기다리는 지겨운 시간들. 무념의 생활은 남의 생활을 대신해주는 것 같고 잃어버린 자신을 찾으려 하나 마음에 정리가 안된다. 그러다보면 자연적 허무한 마음을 자제하지 못하는 사람이 많다. 인격의 황폐는 물론 밤거리를 방황하고 술 담배를 먹고 음화를 본다.
소년공들의 대부분의 꿈은 기술자가 된다는 것이다. 그리고 자기 동생들만큼은 공부를 가르치겠다는 것이다. 지금 고생하고 월급이 작은 것은 기술을 배우기 위한 것이라고 생각하며 3년 정도 공장을 다니다 보면 나는 인간 기형아가 아닌가 하고 생각하게 된다. 그러나 개중엔 저금도 해서 돈을 모은 사람도 많지만 대부분이 이렇게 청년시절을 맞게 되는 것이다. 청년시절을 맞이하면 그 청년시절까지도 불신하게 되는 것은 명약관화한 일이다.

인간의 기계화에서 오는 비리이다. 그렇다고 공장이 없어서도 아니 된다. 공원들의 후생복리와 탈 저임금, 주5일 근무제. 이것이 꿈같은 소리만은 아니다. 실제로 서구에서는 효과를 거두고 있지 아니한가. 업주들이 이들 젊은이의 젊음을 이용하는 합리적인 방법은 젊음을 지켜주면서 이용해야 할 것이다.

『영원한 노동자 김종태열사 10주기 추모집』

삼진특수칠의 판잣집 같은 기숙사에서 한 달에 겨우 두 번 쉬는 일요일 일터를 나와 성남으로 돌아가던 그 시절, 김종태는 제일실업학교의 학생 모집 포스터를 보게 된다. 제일실업학교에서 만난 사람들과의 인연이 죽을 때까지 이어지기에 김종태로서는 운명적인 순간이었다. 가족들은 김종태를 말렸다. 하루 벌어 하루 먹고살기도 힘든데 야학까지 감당할 수 있겠냐는 것이었다. '왜 나는 항상 가난 혹은 가족 때문에 내가 하고 싶은 걸 미뤄야 하는가.' 김종태는 잠시 고민했지만 이번만큼은 내가 하고 싶은 걸 하겠노라고 마음을 다잡았다. 일도 하면서 야학도 하겠다고 말이다. 김종태는 1974년 6월 제일실업학교에 입학한다.

하지만 서울에서 일하고 돌아와 성남에서 야학을 다녀야 하는 현실은 아무리 김종태가 배움에 목말라 있다 할지라도 힘든 일이었다. 삼진특수칠 견습공 처지에 회사가 요구하는 연장 근로와 특근을 거부할 수도 없었다. 막상 제일실업학교에 등록은 했지만 결석을 밥 먹듯 해야 했고, 일주일이나 한 달씩 공부를 건너뛰어야만 했다. 일을 그만두든지 야학을 그만두든지 둘 중 하나는 그만둬야 살 것 같았다. 지금까지 그랬던 것처럼 학업을 포기할 것인가 아니면 배움의 길을 선택할 것인가. 김종태의 선택은 제일실업학교였다. 더는 다른 사람들 손에 자신의 인생을 맡기고 싶지 않았다.

제일실업학교에서 야학하다(1974년, 17세)

제일실업학교는 김종태처럼 공부하고 싶어도 기회를 박탈당한 청소년 노동자들을 위해 세워진 야학이었다. 노동 현장에 관심이 많았던 대학생 자원봉사자들이 강의를 맡았다. 학교는 성장을 거듭해 주간과 야간을 포함해 학생 수가 수백 명에 이를 정도로 커졌다. 드디어 하고 싶은 공부를 하게 돼 가슴이 벅찼지만 고민거리는 계속 생겨났다. 일손을 내려놓긴 했지만 학비는 커녕 숙식 해결책도 없는 상태였다. 김종태는 제일실업학교 교무실에서 잠을 자며 학교생활을 이어갔다. 끼니는 대학생 강사들이 의료봉사를 하는 곳에 따라가 얻어먹거나 얻어 오는 음식으로 해결했다.

비록 더부살이 생활이었지만, 김종태는 대학생 강사들과 함께 생활하며 그동안 알고 싶었던 사회에 새롭게 눈을 떴다. ≪학생과 사회정의≫, ≪월간 대화≫, ≪노동자의 길잡이≫ 등을 읽고 함께 토론했고, 1974년 12월

라면신경

구수하사 배고픈 자를 배부르게 하여주시는 라면님이여

라면님을 내가 믿사오며 그의 자매품 소고기 라면을

믿사오니 이는 공장에서 생산되어 상인들의

손을 거쳐 식순이의 손에 들어가 고난을 당하사

끓는 물에 죽으시고 끓으신지 3분만에 상에 오르사

유능하신 젓가락 우편에 앉아계시다가 저리로써

배고픈자를 배 부르게 하심이라.

입속으로 들어가는것과 위속에서 소화되는것과

항문을 통해 나와 거름이 되는 것을

영원히 믿사옵나이다

라면~

75.

-종태-

≪동아일보≫ 백지 광고 사태에도 참여했다.

백지 광고 사태는 박정희 유신 정권이 ≪동아일보≫ 기자들의 자유언론실천선언을 탄압하면서 광고를 내기로 했던 회사들이 무더기로 해약한 사건을 말한다. 박정희 정권의 압력으로 백지가 된 광고 지면을 시민들이 보내준 격려 광고로 채운 이 사건에 김종태도 참여한 것이다. 김종태는 자신이 번 돈 3000원을 ≪동아일보≫에 보냈다.

제일실업학교 시절의 김종태는 그야말로 스펀지 같았다. 원래 배움에 대한 갈증이 컸던 데다 공부 실력도 좋아서 보고 듣는 대로 빨아들였다. 그 결과 김종태는 1975년 8월 중학교 졸업 인정 검정고시에 합격한다. 야학을 시작한 지 1년 만에 이뤄낸 성과였다. 제일실업학교가 생긴 이래 최초의 합격생이었다.

김종태는 성적만 뛰어난 게 아니었다. 글을 쓰고 그림을 그리는 데도 소질이 뛰어났다. 「라면신경」은 기도문 '사도신경'을 변행해 만든 일종의 개사시다.

김종석(제일실업학교 동료) 성남 제일실업 야학을 하다 종태가 들어오게 되서 그때 종태를 처음 만났습니다. 그때 수업하기 전에 시간이 좀 남으니까 이제 라면을 끓여놓고 라면을 먹다가 "야, 기도해야 할 것 아냐. 배웠으니까 기도해야지." 그러더니 조금 생각하더니 '사도신경'이 아니라 라면 먹으니까 우리 '라면신경'이라고 하자 '사도신경' 내용을 라면 이름을 넣어서 개사해서 웃고, 상당히 낙천적이고 눈물이 많은 만큼 그 이상으로 웃음도 많았어요.

다큐멘터리 〈김종태의 꿈〉에서

김종태는 고등학교 졸업 인정 검정고시에 도전하는 것을 포기했다. 대학생의 꿈도 자연스레 접었다. 제일실업학교에 다니면서 고입 검정고시에 합격한 것만 해도 감사한 일이었다. 김종태는 생각했다. '이제 식구들

도 챙겨야지.'

19살 되던 해인 1976년 1월, 김종태는 서울 신당동에 있는 현대특수칠에서 도장공으로 다시 일을 시작한다. 이곳에서도 3년 전 일했던 삼진특수칠에서처럼 역한 페인트 냄새와 하루 종일 싸워야 했다.

이 무렵 제일실업학교에서는 학생과 강사를 중심으로 형제단과 애록회 같은 이름의 소모임 네 개가 만들어진다. 김종태는 그중 '형제단' 소모임에 들어갔다. 비록 더는 공부를 하지 못했지만, 형제단 회원들과 함께 야학과 봉사활동을 하며 인연을 이어나간다.

기독교 공동체의 이상을 품고 출발한 형제단은 성남시 창곡동을 터전으로 삼았다. 창곡동은 성남 내에서도 저소득층 가구가 많았는데 형제단은 이곳에서 탁아소(지금의 어린이집)를 운영했다. 맞벌이 가정의 부모들이 안심하고 아이를 맡길 수 있을 때 삶의 질이 높아지고 아이들도 행복할 수 있을 것이라는 뜻으로 시작했는데 당시로서는 획기적인 시도로 주민들의 환영을 받았다. 김종태는 시간이 날 때마다 창곡동 탁아소에 들러 아이들과 그림 그리기를 해주며 함께 놀았다.

이해학(주민교회 목사, 김종태 스승) 김종태는 또 친구들하고 야학을 열어서 노동법을 학습하고 그런 역할을 했고요. 그리고 협동조합이라고 하는 것이 우리 사회를 살아가는 데 가장 건강한 삶의 모델이라고 인식하고 실현했어요. 나도 협동조합을 해봐서 알지만 그건 쉬운 일이 아니거든요. 사람과 자금이 뒷받침돼야 하는데 노동자들이 협동조합을 하기에는 불가능했는데도 김종태는 그걸 실행해냈어요.

뿐만 아니라 그 바쁘고 어려운 시간에도 저녁에는 야학에 가서 공부하고 노동하고 또 청년들하고 친구들하고 토론했습니다. 김종태가 또, 늘 건강한 삶을 모색했는데 창곡동에 있는 어린아이들을 모아서 탁아소를 실현했어요. 탁아소를 맞벌이 부부들이 일 못 나가는 것을 애를 봐주고 일을 나가게 해주고 그런 일들을 벌인 것이죠. 지금 어린이집에 비하면 너무 초라한 단계지만 그래도 그런 걸 해보려고 하는 열정 보상이 있는 것도 아니고 급료가 나오는 것도 아닌데도 불구하고 자기 시간을 쪼개서 이웃의 아픔을 함께하려고 하는 그런 노력이 김종태한테는 있었어요.

김종태는 얼굴에도 맑은 인성이 나타나 있었는데 그의 마음도 진리를 추구하고 근본을 찾고, 인간의 참뜻을 좇는 수도사의 열정이 있었다. 나는 그렇게 보는 거죠.

김종태, 노동문제에 눈뜨다(1977년, 20세)

그 자신도 어려운 처지에 있으면서 여성과 청소년 노동자들이 당하는 불의를 그냥 넘어가지 않았다. 1977년 5월 봉제 완구를 만드는 금마실업에 입사한 김종태는 어느 날 회사의 상급자가 여직원을 성추행하는 장면을 보게 된다. 울먹이는 여직원을 대신해 상급자에 맞서 주먹다짐을 벌였지만 김종태에게 돌아온 것은 해고였다.

장현성(형제단 동료) 잘릴까 봐 말도 못하고 그런 광경을 종태가 아마 목격을 한 거지. 종태가 무지하게 맞고 왔어요. 또 화가 나가지고 때려주러 갔었거든요. 화가 나가지고 때려주러 갔는데 그 사건으로 인해 가지고 종태 형이 그만두게 되고. 쫓겨난 거죠. 그 여공도 마찬가지로 쫓겨나고 …….

다큐멘터리 〈김종태의 꿈〉에서

이즈음 김종태는 인천에 있는 도시산업선교회 사람들과도 인연을 쌓아가며 노동자로서의 정체성을 서서히 깨달아간다. 인천도시산업선교회는 1961년 동일방직과 한국기계공업주식회사 직원들을 대상으로 산업 전도를 하기 위해 출발한 교회로 영세민과 노동자 등 억압받는 사람들에게는 일종의 '성소(聖所)'와도 같은 곳이었다. 20살의 김종태는 인천도시산업선교회 조화순 목사와 교인들과 만나면서 노동운동에 눈을 뜨게 된다.

조화순(인천도시산업선교회 목사) '참 애가 성실하구나' 생각했습니다. 김종태가 좀 자주 왔던 것 같아요. 그래서 내가 '얘는 직장에 안 다니나?' 그런 생각을 좀 했던 것 같기도 하고요. (당시 김종태가 말하기를) 노동문제는 노동의 문제만이 아니더라고 하더라고요. 성남이란 데가 그래요. 조그마한 기업 다니다가 시원치 않으면 나와야 되고 회사가 망하면 나와야 되고 그러니까 소위 조직적인 노동운동을 할 수가 없었어요. 그런 걸 얘기하는데 실제적으로 자기는 그런 여건이 안 되니까 그렇다고 나는 그것 못하니까 적당히 살아야 되나 이런 고민이 ……. 어느 날 와서 진지하게 "나는 어떻게 살아야 됩니까?" 고민하고 그랬습니다.

다큐멘터리 〈김종태의 꿈〉에서

이 무렵 김종태가 쓴 '어느 환자의 기도'라는 시다. 노동자와 빈민, 가진 것 없는 자들의 고통을 김종태가 자신의 고통으로 여기고 있음이 나타나 있다.

어느 환자의 기도

주님! 세계의 모든 형제들과 함께 진실한 마음으로 당신의 제대 앞에 갑니다.
병원에서 치료 받는 형제 뿐 아니라
오막살이 빈민굴에 사는 형제들,
공장에서 자유를 빼앗기며 일하는 형제들까지 하나가 되어
당신의 제대 앞에 갑니다.
이 가난하고 버림받은 이들이야말로

당신이 보여 주시던 기적의 행렬이 아니겠습니까,
주여, 이들을 가엾게 여기소서,
이들은 미약한 인간이오니 온갖 고통을 맛보신 주님!
위로해 주소서.
주님, 건강한 몸을 가진 이들도 하등의 삶을 보장하지 못하는
불안한 이 현실 속에 … 병중에 누렇게 뜬 얼굴과 얼굴들.
주님! 불쌍히 여기소서.
진리의 빛으로 이 어둠을 비추소서.
모든 고통을 당하는 나의 형제들을 위해
나의 고통을 주님께 바치옵니다.

제일실업학교와 형제단 모임을 통해 틈틈이 익혔던 '노동법'은 어느덧 김종태의 가장 큰 관심사가 됐다. 김종태는 '근로기준법'을 준수하라며 분신해 숨진 전태일의 삶과 죽음을 유심히 살펴보고 있었다. "내 죽음을 헛되이 하지 말라"며 전태일이 분신해 숨진 지도 10년이었다. 그러나 김종태가 보기에 10년 전이나 지금이나 달라진 것은 하나도 없었다. 김종태는 산문 「이 어둠을 어찌할 것인가」에서 최저임금 제도가 있음에도 무시되는 노동자들의 초저임금 실태와 쉬는 날에도 제대로 쉬지 못하고 일해야 하는 노동 실태를 고발했다.

ⓒ 김종수

김종태 자화상 1977년 7월 20일에 그렸다고 쓰여 있다.

이 어둠을 어찌할 것인가

요즘 세상은 날로 악이 활개를 치고 어둠이 짙어가고 있습니다.

말 한 번 잘못해도 끌려가고 없이 산다는 이유만으로 부당한 대우를 받고 있습니다.

인플레가 어떠니 박동선이가 저떠니 하는 문제도 악이지만 우리에게 밀접한 저임금 문제는 물가상승에 비하면 너무나 뒤떨어지고 있지만 개선되어지지는 않고 있습니다.

우리 주변의 저임금 실태를 보면 일일 8시간 기준하여 시중 통상은 평균 390원~450원꼴이며(주 평균 80시간 근무에 2만 3천원) 제 2공단의 S전기(주)는 초봉이 5천 원(숙식 제공) 1년 이상 근속자가 겨우 일당 8백 원을 받고 있습니다. 저임금에 대한 임시방편으로 1975년 11월 2만원 이상 주라는 대통령의 특별지시에 울며 겨자먹기로 2만원 최저 임금을 주고 있으나 구석구석에 1만 5천원짜리 월급이 수두룩하고 그 때의 명령을 지금까지 이용해서 요즘도 공장에 가보면 667원짜리 노동자들이 수두룩합니다. 그간 물가는 두 배 가까이 올랐읍니다. 이러니 기업주들은 잔업을 마구 시킵니다. 그 월급타서는 생활이 어려우니까 노동자들은 기계가 되건 노예가 되건 일일 최고 19시간 노동까지 불사하고(주 105~66시간, 콘티빵 2주에 169시간-근로기준법에는 주 48시간으로 못박고 있으나 법을 무시하고 일을 시킨다), 한 달 내내 휴일이 없어 과로는 물론 생각할 틈을 주지 않지만 먹고 살기 위해 할 수 없지요. 우리 노동자들은 생각 같은 것은 하지도 말고 그날 그날 빵만으로 살아라 이 소리입니까. 우리가 인간답게 살 수 있는 길은 단체로 뭉쳐서 임금투쟁을 하고 생계비를 보장받고 모든 정치, 문화, 사회에 실정에 맞게 참여하는 것입니다. 이 어둠에 잠긴 한국 노동사회의 빛이 됩시다.

『영원한 노동자 김종태열사 10주기 추모집』

야학에서 잔뼈가 굵어진 김종태는 동료들과 함께 '한울야학'을 결성해 강사로 활동한다. 그가 맡은 과목은 한문과 노동법이었다. 이 무렵 김종태는 성남 주민교회를 다니기 시작한다. 이곳에서 김종태는 평생의 멘토이자 스승 이해학 목사를 만난다. 김종태가 주민교회에 교인으로 등록할 때 이해학은 아직 목사가 되기 전 전도사 신분이었다. 김종태는 이해학 전도사를 친형처럼 따랐다. 이해학 전도사는 서슬 퍼런 박정희 정권에 맞서 싸우는 종교계의 재야인사로 명성이 높았다.

이해학 제가 1974년 긴급조치 1호 때 전국에서 제일 먼저 긴급조치를 비판해서 15년 징역을 받고 1년 뒤에 나왔어요. 그리고 1976년 3월 민주구국 선언문이 명동성당에서 발표되는데 그것을 복사하다 내가 또 감옥에 가서 1978년 8월 15일에 나왔어요.

그런데 내가 그때 출소해서 막 나오는데 나를 환영 나온 사람 중에 김종태가 있었어요. 모르는 청년인데, 알고 보니까 내가 감옥에 있는 사이에 청년회에 등록하고 교회 출석을 하고 있었더라고요.

그 이후 김종태를 비롯해 노동자 청년들과 함께 교회에서 밥도 먹고 토론도 하고 지냈는데요. 김종태가 우리 집에 와서 내 책을 유심히 보고 책을 빌려 달라고 하고 책을 빌려 가고 읽고 와서 나하고 책에 대한 이야기를 하고. 내 집에서 잠을 자기도 하고 그랬어요.

그리고 또 지나가다 불쑥 나타나서 밥 달라고 그래서 밥 먹기도 하고 어떨 때는 차비가 없다고 차비 달라고 해서 차비도 주고 그랬습니다. 그런 것들 때문에 김종태보다 오래 알고 지낸 청년들보다 더 김종태와의 관계를 내가 애착하고 있었고, 김종태에 대한 신뢰 이런 것들이 생겼죠.

김종태의 인상은 대단히 맑았어요. 맑고 청아한 그런 모습이었어요. 웃는 모습은 꼭 여자 모습 비슷하게 그려지는데 아주 참 깨끗한 영혼을 가진 사람의 모습이었어요. 김종태는 가난의 바닥, 밑바닥 생활을 했던 사람입니다. 먹고살기 위해서 어릴 때부터 학교보다는 노동 현장에 가서 노동을 했던 사람이었습니다. 그런데도 그냥 거기서 먹고살기 위해서 돈을 버는 것으로 그치는 사람이 아니라 질문하고, 의문하고, 고민하고 그러면서도 그 노동 현장의 부당함에 분노했어요. 힘 있는 자들의 횡포 특히 여성 노동자에 대한 남성들의 횡포, 이런 것들에 대해서 굉장히 분노하면서 거기에 맞섰던 정의로운 사람이었습니다.

독서회를 만들다(1979년, 22세)

1979년 4월 22살의 나이에 방위로 소집된 김종태는 3주간의 훈련을 마치고 서울 미아리에서 복무를 시작한다. 격일로 24시간 복무하는 방위병 근무의 특성 때문에 야학활동이 여의치 않았지만, 김종태는 한걸음 더 나아가 '조나단독서회'를 만들었다. 철거민 자녀들과 공고생들이 주축이 된 '조나단독서회'는 사회를 관찰하는 눈이 여느 대학생들 못지않게 날카로웠다.

박신행(조나단독서회 회원) 「갈매기의 꿈」, 이게 내용이 좋다고 그래서 그 책을 읽고 해보자 했던 것 같고 그리고 오래는 안 됐기 때문에 「난장이가 쏘아올린 작은 공」인가? 조세희 씨 그 책을 읽고 얘기해보자 했던 것 같고 그 책을 내가 읽은 기억이 납니다.

박대흡(조나단독서회 회원) 책만 읽은 게 아니라 후배들을 데리고 이대에 예술제가 있다거나 시대 풍자하는 양반과 천민에 대한 그런 연극이 있었는데 그 연극을 보러 갔거든요. 그런 간접적인 문화에도 참여했었거든, 관람이지만. 대학 갈 꿈도 못 꾸는 공고생들이 대학교에 가서 최후에 명문대를 가가지고 신촌골도 가보고 했는데, 또래의 젊은이들이 함께 어우러지는 모습을 보면서 새로운 경험을 했던 것 같습니다.

다큐멘터리 영화 〈김종태의 꿈〉

방위병 신분이었지만 김종태는 '조나단독서회'를 만들고 '한울야학' 강사로 뛰면서 바쁜 시간을 보냈다. 김종태가 특히 한울야학 학생들에게 정성을 들였다. 김지하의 시 「타는 목마름으로」를 대자보로 만들어 붙이는가 하면, 시국 만평을 그려 야학 자료로 활용해가면서 사회와 노동 현실을 제대로 알아야 한다며 학생들에게 호소했다. 박정희 정권이 수명을 다해가던 1979년 8월, YH 사건이 터졌을 때 김종태는 한울야학 강의실에 신문을 오려서 붙여놓고는 "당신들은 어떻게 생각합니까?"라고 써서 토론을 유도하기도 했다.

박정희 정권에게 야학 활동에 나선 대학생들은 눈엣가시였다. 야학을 반정부 세력으로 취급해 꼬투리 잡기에 혈안이었다. 김종태의 야학도 예외는 아니었는데 1979년 9월 경찰의 습격으로 '한울야학'이 폐쇄되기에 이른다. 한울야학에서 발견된 학습 자료를 압수한 경찰이 김종태를 주목한 건 당연했다. 군 복무 중인 김종태가 야학에 가담한 것 자체가 불법인 데다 야학 교재에 정권을 비판하는 위험한 내용이 가득했기 때문이다. 김종태는 안양에 있는 군기교육대로 끌려가 고문을 받았다.

구타와 고문에 만신창이가 된 몸으로 나온 지 한 달 만에 맞게 된 박정희 대통령 암살 사건 10·26. 그토록 바라던 유신 독재정권의 종말이 느닷없이 온 그날, 김종태는 뛸 듯이 기뻐했다.

박대흡(조난단독서회, 김종태 후배) 일요일 아침이었습니다. 그때가 1979년 10·26이 일어난 지 이틀 된 10월 28일이었는데 아침에 내가 자고 있는데 종태 형이 헐레벌떡 뛰어왔어요. "야, 대흡아." 웃으면서 얼굴에 기쁨이 만연해서 "박통이 갔어, 갔어, 이젠 됐어" 하며 기쁨을 감추지 못하더군요.

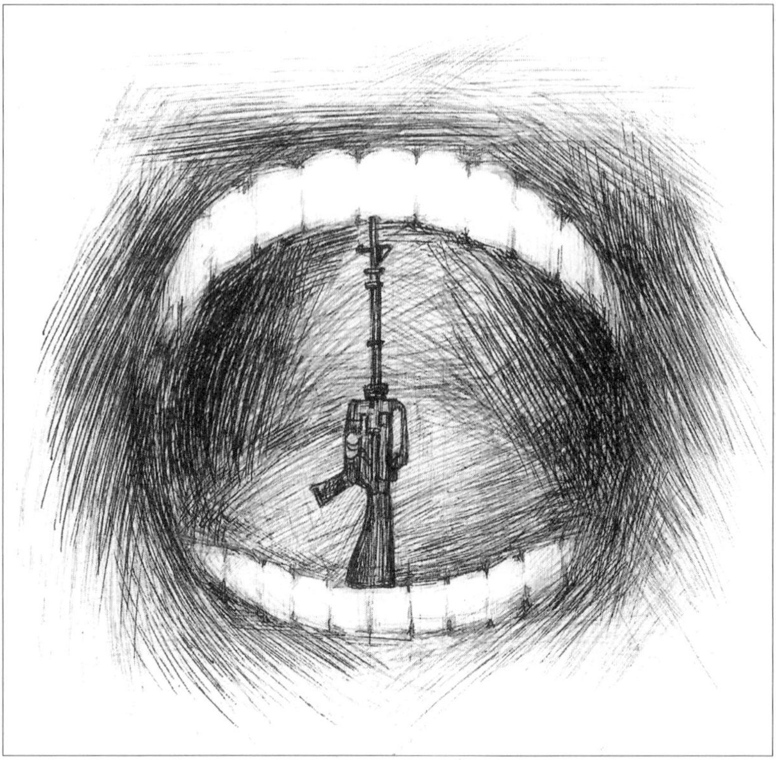

이상호 화백의 판화 〈억압〉
전두환 군사독재정권이 총칼로 국민들을 억압하는 상황을 묘사했다.

광주학살 소식을 듣다(1980년 5월, 23세)

박정희 대통령이 죽고 유신정권은 몰락했지만, 정세는 국민들이 기대하는 대로 흘러가지 않았다. 1980년이 되고 민주화를 열망하는 국민들의 기대가 높았지만, 또 다른 군사정권이 들어설지도 모른다는 불안감은 여전했다.

박정희 대통령 시해 사건의 수사 책임자인 전두환 합동수사본부장이 10·26 한 달 반 만인 12월 12일 군사정변을 일으키면서 군권을 장악한 상태였다. 최규하 대통령이 있었지만 국민들은 전두환 합동수사본부장이자 보안사령관이자 중앙정보부장 서리가 대한민국의 실권자라는 것을 알고 있었다. 전두환 신군부는 1980년 서울의 봄을 짓밟고 5·17 비상계엄을 전국으로 확대해 정치권력까지 확보했다. 저항하는 광주 시민들을 짓밟으면서.

방위병 신분의 김종태는 광주에서 일어난 비극을 어떻게 알게 됐을까. 성남 주민교회에서 만난 윤기현의(이 책의 김의기 편 참고) 광주에 관한 증언이 결정적 계기가 됐다.

윤기현(광주항쟁 지도부 활동, 주민교회에서 광주항쟁 증언) 1980년 5월 27일 광주에서 화순으로 탈출해서 순천으로 가는 버스로 갈아탔어요. 순천 가서 기차타고 부산을 갔어요. 그러고는 부산에서 다시 서울 가는 기차를 탔죠. 그렇게 해서 1980년 5월 29일에 서울에 도착했습니다. 광주에서 탈출한 사람들이 피신해 있는 곳에 있다가 나 같은 경우는 수녀원으로 피신했습니다. 광주에서 피신을 오는 사람들이 많아서 활동하기가 더 어려워졌는데 누군가 경기도 성남시 주민교회 이해학 목사를 만나보라고 하더라고요. 그래서 주민교회를 갔습니다. 그랬더니 목사님이 다른 교인들 앞에서 광주에서 있었던 일을 증언을 하라고 해요. 그래서 예배 끝나고 증언을 했어요. 그때 교인들 중에 김종태가 있었습니다. 증언을 마치고 나왔는데 그 사람이 저를 나무라요. 내가 선동을 한다고 공개적으로 비판하더라고요.

어떻게 한국 군인이 우리나라 국민을 무자비하게 죽일 수 있고, 악하게 행동할 수 있느냐. 이것은 다 날조된 것이다, 이걸 선동해서 어떻게 책임지려고 그러냐. 막 항의를 하더라고요.

그래서 내가 그랬습니다. "자, 내가 이야기하는 것은 아무것도 아니다." 그랬더니 김종태가 다시 그걸 어떻게 증명할 거냐고 따져요. 그래서 제가 "증명하는 건 쉽다. 지금 현재 광주 가봐라. 나는 지금 못 가는 처지니까. 같이 갔으면 좋겠는데 같이 못 가니까, 당신이 광주에 내려가서 다른 곳 말고 병원만 둘러봐라. 전남도청은 다 청소했을 테니까 일단 병원을 가봐라, 그러면 될 것 아니냐." 그랬죠. _2016년 3월 21일 인터뷰

광주 시민·학생들의 넋을 위로하며

윤기현의 증언대로라면 김종태는 윤기현의 말을 믿지 않았다. 그랬던 김종태가 「광주 시민·학생의 넋을 위로하며」라는 글을 남기고 분신까지 한 이유는 무엇일까. 윤기현은 그의 증언을 들은 이후 실제로 김종태가 광주로 직접 내려가 눈으로 확인했기 때문일 것이라고 믿는다. 그렇지 않고 남으로부터 들은 이야기만 가지고 어떻게 분신이라는 극단적 선택을 할 수 있겠느냐는 말이다.

그러나 김종태의 가족과 동료들의 생각은 다르다. 방위병 신분으로 근무지를 이탈할 수 없었기 때문에 김종태가 광주에 가지 않았다는 것이다. 그 대신 김종태의 사회를 보는 눈이 정확하고 정세를 꿰뚫고 있었기 때문에 광주에 직접 가지 않고서도 분신을 결심할 의지가 충분했다고 보고 있다.

김종수(김종태 동생) 종태 형이 매일 5·18 유인물을 만들었어요. 매일 유인물을 만들어가지고 직접 쓴 유인물이죠. 등사기 있는 데 가서 밤을 새워서 등사기를 이용해서 그걸 종로서적 이런 데 가서 사람들이 많이 보는 책에다가 유인물을 계속 혼자서 뿌리고 다녔는데 아무도 안 들어줬죠.

유인물을 돌리는 것으로는 광주학살의 진실을 사람들에게 알리는 게 부족했다고 생각했을까. 김종태는 이해학 전도사에게 보내는 유서를 작성하며 최후의 선택을 준비하기에 이른다.

유서

이 전도사님!

몇 일을 두고 고민했읍니다.

전단을 제작해서 살포도 해보았읍니다.

술을 마시고 목이 터져라 고함을 쳐보았읍니다.

그러나 우리들 앞에 가로막힌 벽은 꿈적도 안했읍니다.

꽉 막힌 가슴은 너무나 답답했읍니다.

질식해 버릴 것 같은 이 체제에 의분을 느껴 자제의 힘을 잃었읍니다.

이 세계에 환멸을 느낄대로 느꼈읍니다.

이상이 제 심경입니다.

제가 무슨 말을 드려도 전도사님은 못난 놈이라고 나무라시겠지요.

무의미한 죽음이라고 비판하시겠지요.

하지만 저는 저의 죽음에 어떤 의미를 부여하고 싶지는 않읍니다.

계산된 죽음은 하고 싶지 않읍니다.

의분을 느껴 몸을 던지지 않고는 못배길 것 같은 나의 가슴, 지금 고동치고 있읍니다.

무례한 제자, 용서를 빕니다.

80년 6월 7일

종태 올림

김종태가 만든 전단지를 통해 동생과 동료들이 그의 분신 계획을 눈치챘다. 김종태는 일단 부대에 복귀하겠노라고 안심을 시킨 뒤, 서울 미아리에 있는 후배 박대흡의 집으로 향했다. 6월 8일 밤을 박대흡 집에서 보낸 김종태는 6월 9일 새벽 전단지를 들고 성남 종합시장으로 갔다. 사람이 별로 없었던 것일까. 김종태는 발길을 돌려 '조나단독서회' 회원들과 공연을 보러 다녔던 서울 신촌으로 갔다. 김종태는 박대흡에게 전화를 걸어 유서와 「성명서」 등을 이해학 목사께 전달해줄 것을 당부한다. 그러고는 오후 5시 50분, 몸에 불을 붙였다.

이해학 김종태의 글을 읽어보면 또 주변에 깔린 맺힌 한이 있어요. 이렇게 당했는데, 이렇게 죽었는데, 이렇게 억울한데 왜 신문은 가만히 있냐. 알량한 언론들은 왜 이것을 보도를 못하는가. 보도하기 위해서 왜 학자들 내로라하는 사람들 텔레비전에 나와서 오만 정책을 얘기하는 사람들이 왜 이것을 알릴 수 있도록 하지 않는가. 이런 것이 김종태의 더 큰 한이었어요. 거기에 저도 포함됐겠죠. 소위 종교인들이라고 하는 것 이 사람들 뭐하는 거냐. 김종태는 광주의 그 아픔을 자기 몸으로 느끼는 아픔이 있었고, 그리고 이 시대 병든 시대, 잠자는 시대, 슬픔을 봐도 슬퍼할 줄도 모르고 분노할 일을 당해도 분노하지도 못하는 이 꿈쩍도 안 하는 마비된 시대에 대한 분노가 있었습니다. 그 분노가 종태를 죽음으로 몰아넣었다. 그렇게 생각합니다.

김종태 죽음 이후에 내가 어디에서든지 얘기를 할 때는 그럽니다. 내 한 손은 가난한 민중들의 손을 잡고 십자가 예수에게 붙잡혔고 또 한 손은 김종태 노동자, 바닥 사람 광주의 아픔을 위해서 죽은 사람에게 내가 붙잡혔다. 그래서 나는 내가 가고자 하는 것으로 가는 게 아니라 이 둘이 끌어주는 대로 가고 있다 그렇게 얘기합니다.

김종태는 자기의 불길이 주변에 불길을 일으킬 것을 염원했을 것이라고 생각합니다. 그리고 그 불길은 가장 크게 받은 것은 단체로 하는 교회고요. 주민교회가 김종태를 기리고 추모하고 또 주민교회만큼 해마다 김종태 추모회를 거창하게 하는 데가 없습니다. 토요일 추모회를 하면 부평·평택·안산·인천 노동자들이 많았습니다. 노동자들이 많이 와서 추모회 참석했고 성남 시민들이 왔고 교회 쪽에서 오고 해서 주민교회가 발 디딜 자리가 없을 정도로 넘치게 추모회를 했고요. 그리고 추모회 끝나고는 또 여기저기 노동자들이 모여서 밤을 새서 김종태 노동문제에 대한 토론을 했습니다. 그러면서 김종태 정신이 이제는 좀 더 조직적이고 노동운동의 부활로 이어져야 되겠다라고 하는 그런 노력을 했습니다. _2016년 4월 15일 인터뷰

풀포기 같은 나의 삶

김종태는 1992년 5·18 유족회가 주는 제2회 5·18 시민상을 수상했다. '5·18 시민상'은 5·18 유족회에서 5·18의 전국화를 목적으로 1991년 만든 상으로, 5·18 민주화운동의 진상을 규명하기 위해 노력한 단체나 개인들에게 줘왔다.

그러나 그뿐이었다. 광주 시민들의 넋을 위로하며 숨져간 김종태지만 광주 시민들 중에서 그의 이름을 기억하고 기리는 이들을 오늘날 찾아볼 수 없을 정도다. 의로운 죽음이었지만 죽음 이후에도 주목받지 못할 것이라는 걸 예감이라도 한 것일까. 김종태는 스스로의 삶을 풀포기라 비유

연도	윤상원상	5·18 시민상
1991	농민문제연구소, 전남민주주의청년연합, 홍성담	고 김의기, 고 김태훈, 고 이동수
1992	전국농민총연맹전남도연맹, 정해숙	문익환, 고 김종태, 고 송광영
1993	광주전남민가협, 반민족연구소, 정향자	고 이한열, 고 최덕수
1994	극단 토박이, 정광훈	고 박관현, 윤점순
1995	광주여성노동자회, 전교조 전남 지부, 황석영	안성례
1996	김상근(목사)	황인성, 강연균, 정웅태
1997	권영길(전국민주노동조합총연맹 위원장)	곽노현, 박연철
1998	고영구(변호사, 전 민주사회를위한변호사모임 회장)	광주전남미술인공동체

한 시와 산문을 남겼다.

풀포기 같이 자라난 나의 삶

풀포기 같이 자라난 나의 삶
마음대로 베어내도 좋다 짓밟아도 좋다
하지만 나의 뿌리는 광야
우리의 대지 위에서 숨쉴지니 속살이라도 좋다
현재의 것을 거부한다
하지만 나는 작은 풀포기
너무나 가련하다
현실은 강하고 차가워
아프게 한다 흩어지게 한다
그래서 나는 숨쉰다
그래서 나는

나의 가슴을 움켜쥐고

대지 위에 슬픔을 토한다

나의 인생, 나의 20년

1979년 11월 30일

나는 온 몸이 꿈으로 덮여 쌓여 항상 추상적인 언어로만 살아왔다. 추상적인, 거의 원형적인 언어로만 살아왔다.

멋, 삶, 광야, 하늘(신), 자유, 평화, 별, 바람, 바다, 비, 그런 것들 그런 것들을 사랑하고 살아왔다.

그 외에는 머리 속에 있지도 않았으며 떠올리지도 않았다.

내 마음은 광야, 검푸른 하늘아래 언덕, 비바람이 불고 별이 빛나는 곳.

넓고 거칠다. 아무도 지나지 않은 아무도 다가오지 않는 광야.

풀포기 같이 자라난 나의 삶.

마음대로 베어내도 좋다. 짓밟아도 좋다.

하지만 나의 뿌리는 나의 광야. 우리의 대지위에서 숨 쉴지니 속살이라도 좋다. 현재의 것을 거부한다.

하지만 나는 작은 풀포기, 너무나 가련하다.

현실은 강하고 차가워 아프게 한다. 흩어지게 한다.

그래서 나는 숨 쉰다. 그래서 나는 나의 가슴을 움켜쥐고 대지위에 슬픔을 토한다.

속세란 인간의 장, 인간의 피조물, 곧 신의 피조물이다.

이 모든 것이 천륜을 갖고 이 땅위에 주어져 인간을 쓰라리게 하여 닦아내고 추하게 하여 아름답게 하는 것, 하나님의 뜻대로 움직여가고 있으므로 해서.

산다는 것이 우리에게 무엇을 주는가.

우리가 우리만의 마음대로 살아갈 수 있을까.

너무도 사색의 빈곤이 우리를 엄습하고 있다.

복제된 사고방식, 그 틀에 사로잡혀 나는 맹인이 되었다.

나는 구체적인 실상보다는 환상적으로 조화된 예술성을 모방한 비예술성의 삶속에서 갈피를 잡지 못하고 쫓아가는, 쫓기는 입장에서 따라가는, 비통한 삶을 영위하고 있다.

우리가 우리만의 마음대로 살아갈 수 있을까.

그것이 곧 죄악이고 모순이다.

그것은 우리가 아니고 자기다.

소유다.

소유를 위한, 전시를 위한 삶이 나를 몰아 부치고 있다.

나를 소외시키고 있다. 따돌리고 있다. 그래서 나는 그것을 원망하고 분노하여 나 자신을 위로하고 있다.

이것이 나의 삶이고, 아니 나의 죽음이고, 나의 육신이요, 나의 죄악이다.

나 자신이 나를 밀어버리고 있다.

신이여! 나를 구하소서, 나를 구하소서.

내주위에서 일어나는 갖가지 소유를 위한 투쟁, 기만, 음란이 우리를 소유하려 들고 있어, 나 역시 그것에 소유되어 버렸어.

나의 존재는 파괴되어 있어 나의 그 파괴되어 버린 조각들은 그 아픔을 몰라 망각해 버리고 있어. 그 조각들은 왜 파괴되었는 줄도 몰라, 그리고 다시 모이려고 하지도 않아. 그러나 신은 마지막까지도 나를 버리진 않았어. 그 속에서 저항력을 가지고 싸우고 있어. 말리고 있어. 다른 조각들과 의견차이를 줄일려고 하고 있어. 그 한 조각.

신이여! 불쌍한 나의 영을 돌보아 주소서.

나의 영을 붙들어 주소서.

나를 불쌍히 여기소서.

그 작은 한 조각에 힘을 불어 넣어 다른 조각들을 통일하게 하소서.

주여!

김종태 약력

1958년 6월 7일	부산시 초량동에서 3남 2녀 중 둘째로 출생
1973년	서울 삼진특수칠 입사
1974년	야학 제일실업학교 입학
1975년	고입검정고시 합격
1976년	제일실업학교 탈퇴, 형제단 가입
1977년	금마실업 입사
1979년	방위병 입대
1979년	조나단독서회 조직
1980년 6월 9일	오후 5시 50분 서울 신촌에서 분신
1980년 6월 14일	연세대 세브란스 병원에서 운명
1980년 6월	경기도 파주시 금촌 기독교 묘역 안장
1992년	제2회 5·18시민상 수상
1995년	광주 망월동 묘역으로 이장
1999년	광주민주화운동 유공자 인정, 국립5·18민주묘지로 이장(4묘역 13번)

형이 살아 있다면

김종수

김종태 동생

최근에 치과 치료를 받는데 무척이나 아팠지만 잘 참아냈어. 언제나 고통이 심할 때면 형을 떠올려. 분신한 이후 고통을 이겨내며 소리치던 형을 생각하면 이까짓 고통들은 아무것도 아니겠지.

형이 돌아가신 지 올해(2017년)로 37년이야. 형을 생각하면 마지막 병상에서의 모습이 가장 기억에 많이 남지만 평소에 그 맑은 웃음 또한 잊히지 않아. 제일실업학교에서 밤늦게 천막 귀퉁이에서 손을 호호 불며 공부하던 모습이 떠오르네. 여름날 늦은 밤 비가 갑자기 많이 오자 학교 천막이 떠내려갈까 봐 잠든 나를 깨웠었지. 여러 사람들과 삽을 들고 학교로 가서 천막 주변에 물길을 내고 모래주머니를 쌓던 모습도 기억난다. 의과대생들의 봉사활동에 같이 참여해 약 봉지를 싸주던 형의 모습도 생각난다. 일은 또 얼마나 힘들었는지 인형공장과 칠공장을 전전하던 형이 얼마나 힘들었을까를 생각하면 가슴이 뭉클해진다.

제일실업학생들 중심으로 만들어졌던 형제단과 애록회, 청무회, 화랑회 등 소모임 체육대회 프로그램과 대진표를 짜고 사람들과 머리를 맞대고 논의하며 즐거워하던 모습도 생각나. 가난을 극복할 방안으로 만든 신협운동 창립대회를 앞두고 재중 형님을 도와주겠다며 늦은 밤까지 온갖 준비물을 손수 제작하던 모습, 노동 야학을 만들자는 제안에 늦은 밤까지 선배들과 토론에 토론을 거듭했던 종태 형. 야학방을 만들 기금 마련을 위한 바자회에 낼 작품을 밤새 만들던 종태 형. 솜씨 좋은 종태 형이 만든 작품이 바자회에서 가장 비싼 값에 팔리기도 했었지.

강제 추행당한 여공을 대변하며 공장 반장과 피 터지게 싸웠던 형은 정말 의로운 사람이었어. 내가 금강유리에서 다친 얼굴을 싸매고 어쩔 수 없이 일을 해야 했을 때 병원에 나를 데리고 가 치료도 시켜주고 나를 대신해 공장에 쳐들어가 항의해주던 종태 형. 번득이는 아이디어로 항상 무언가를 만들었고 글을 잘 썼고 여러 사람과 공동으로 하는 게임도 참 많이 알았던 종태 형.

아 꿈만 같다, 이 모든 일이. 스무 살 이전에 형이 겪으며 보낸 세월이라니. 지금 생각해보면 참 의협심 강하고 정도 많고 웃음 많고 밝고 똑똑했던 종태 형, 형이 살아 있었으면 얼마나 좋을까.

김태훈

전두환은
물러가라!

•

1981년 5월

김태훈

•

고은

1981년 5월 27일 오후 두시
서울대 아크로폴리스
광주항쟁 1주년의 침묵시위 한창인데
도서관 6층
전두환 물러가라
전두환 물러가라
전두환 물러가라
세 번 외치고 허공을 가르고 몸을 던졌다
그가 누구인 줄 아무도 몰랐다
핸드마이크도 없이
그 목소리 가는 금 긋고 없어졌다
그가 김태훈
도수 높은 안경 쓴
사회대 김태훈
그가 씨멘트 바닥에 떨어져
피투성이인데
거기에 최루탄 쏘아
죽어가는 생명의 마지막에도
살아 있는 생명에도
최루탄가스 터져

학우들에게 뿌려줄 피맺힌 유서도
한 장의 성명서도 없이
침묵시위
침묵의 죽음으로 외친 것

서울대학이 전경대학 짭새대학이던 시절
세상은 어느 곳에서도
불빛 하나 보이지 않던 시절
그렇다 김태훈의 피조차
최루탄가스에 파묻힌 시절

오직 그의 어머니가
죽은 아들에게 보내는 편지가 있다

너는 이 세상에 있는 22년 동안
정말 고마운 자식이었다 ……
눈을 높이 들어
자랑스런 마음으로 세상을 본다 ……
내가 항상 광주에서 오면 기다리듯이
미소로 맞으며
나를 기다려다오

이 외로운 아크로폴리스의 죽음으로 하여금
그때부터 학살원흉 천천히 물러가기 시작했다
그때부터 학살도당 슬금슬금 물러가기 시작했다

항소이유서와 김태훈

『거꾸로 읽는 세계사』, 『유시민의 경제학 카페』, 『후불제 민주주의』 등 여러 권의 책을 펴낸 작가 유시민의 직함은 다양하다. MBC 〈백분토론〉의 사회자, JTBC 〈썰전〉의 패널, 재선 국회의원이었고 참여정부에서는 보건복지부 장관을 역임하기도 했다. 설득력 있고 개성 넘치는 글을 쓰는 그의 능력이 오늘날 그를 만들었다. 유시민이 세상에 자신의 이름을 처음 알리게 된 것도 서울대 재학 시절 재판을 받으면서 본인이 직접 쓴 「항소이유서」를 통해서였다. 작가로서의 재능을 재판 문서를 통해 대중에게 알린 특이한 경우다.

유시민이 수감 생활 중에 직접 작성한 「항소이유서」는 '서울대 프락치 사건'을 배경으로 하고 있다. 서울대 운동권 학생들이 잠입 경찰로 의심되는 민간인을 붙잡아 폭행한 이 사건에서 당시 서울대 복학생협의회 대표였던 유시민은 1985년 1심에서 1년 6월을 선고받는다. 재판 결과에 불복한 유시민이 항소장을 직접 작성했는데 이 내용이 국민들에게 알려지면서 주목을 받게 된 것이다.

200자 원고지 100장, 2만 자가 넘는 방대한 분량의 「항소이유서」는 해박한 지식을 바탕으로 한 유려한 문장과 정통성 없는 전두환 정권을 꾸짖는 논리로 시민들의 입에 오르내렸다. 아직 민주화운동 세력이 본격적으로 거리로 나오지 못하고 있던 1985년, 독재정권 아래서 숨 막히는 삶을 살아가는 이에게 글로나마 통쾌함을 준 것이다. 유시민은 전두환 정권을 총칼로 자국민을 학살해 권력을 얻은 '피 묻은 권력'으로 규정하며 「항소이유서」를 시작한다.

> 지금 우리 사회의 경제적 모순·사회적 갈등·정치적 비리·문화적 타락은 모두가 지난 날 유신독재 아래에서 배태·발전하여 현 정권하에서 더욱 고

도성장을 이룩한 것들입니다. 현 정권은 유신독재의 마수에서 가까스로 빠져나와 민주회복을 낙관하고 있던 온 국민의 희망을 군홧발로 짓밟고, 5·17 폭거에 항의하는 광주 시민을 국민이 낸 세금과 방위성금으로 무장한 '국민의 군대'를 사용하여 무차별 학살하는 과정에서 출현한 피묻은 권력입니다.

유시민의 「항소이유서」 중에서

'피 묻은 권력'에 굴복할 수 없어 싸웠고, 그 결과 법정에 서게 됐다는 유시민은 전두환 정권 아래에서 학생운동을 할 수밖에 없는 이유를 "슬픔도 노여움도 없이 살아가는 자는 조국을 사랑하고 있지 않다"라는 니콜라이 네크라소프(Nikolai Alekseevich Nekra'sov)의 독백을 인용해 설명하고 있다. 그런데 유시민이 「항소이유서」를 쓴 날인 5월 27일은 여러 의미에서 특별한 날이었다.

본 피고인이 지난 7년간 거쳐온 삶의 여정은 결코 특수한 예외가 아니라 이 시대의 모든 학생들이 공유하는 보편적 경험입니다. 본 피고인은 이 시대의 모든 양심과 함께하는 '민주주의에 대한 믿음'에 비추어, 정통성도 효율성도 갖지 못한 군사 독재정권에 저항하여 민주 제도의 회복을 요구하는 학생운동이야말로 가위눌린 민중의 혼을 흔들어 깨우는 새벽 종소리임을 확신하는 바입니다.

오늘은(5월 27일은 _필자) 군사 독재에 맞서 용감하게 투쟁한 위대한 광주민중항쟁의 횃불이 마지막으로 타올랐던 날이며, 벗이요 동지인 故 김태훈 열사가 아크로폴리스의 잿빛 계단을 순결한 피로 적신 채 꽃잎처럼 떨어져 간 바로 그날이며, 번뇌에 허덕이는 인간을 구원하기 위해 부처님께서 세상에 오신 날입니다.

이 성스러운 날에 인간 해방을 위한 투쟁에 몸 바치고 가신 숱한 넋들을 기리면서 작으나마 정성들여 적은 이 글이 감추어진 진실을 드러내는데 조금 이라도 보탬이 될 것을 기원해봅니다. 모순투성이이기 때문에 더욱더 내 나라를 사랑하는 본 피고인은 불의가 횡행하는 시대라면 언제 어디서나 타당한 격언인 네크라소프의 시구로 이 보잘 것 없는 독백을 마치고자 합니다. "슬픔도 노여움도 없이 살아가는 자는 조국을 사랑하고 있지 않다.

1985년 5월 27일 성명 류시민

서울 형사 지방 법원 항소 제5부 재판장님 귀하

© 김진곤

김태훈(1959~1981)

유시민에게 5월 27일은 5년 전, 계엄군에 맞선 광주 시민들이 전남도청에 장렬히 산화한 날이요, 인간 구원을 위해 부처님이 세상에 온 날임과 동시에 벗이요 동지인 김태훈 열사가 4년 전, 서울대 아크로폴리스 계단을 피로 적시며 숨져간 날이었다.

유시민의 「항소이유서」에 등장하는 김태훈은 누구인가. 무슨 이유로 서울대에서 꽃잎처럼 떨어져 숨져갔는가. 김태훈은 1981년 5월 27일, 서울대 도서관에서 추락해 숨졌다. 그때 유시민을 비롯해 현장을 목격한 학생과 경찰 교직원이 수천 명에 달했다. 그날 그곳에 있던 이들의 증언을 바탕으로 그날을 재구성한다.

그날, 김태훈을 본 사람들

● **이원영**(서울대 수학과 81학번, 현재 서울대 한국정치연구소 연구원)

문 **김태훈 투신을 직접 목격했습니까?**

답 사람들이 비명을 지르고 몰려오고 하는 걸 봤죠. 광주항쟁 1주기니까 당연히 민주화를 요구하는, 그리고 군부 독재를 반대하는 시위를 학생들이 했고 그리고 나서 주동자가 잡혀가고 이러면서 잠시 소강상태였어요. 소강상태가 돼서 저도 학생회관에 가서 워낙 최루탄을 많이 맞고 했으니까 눈도 좀 씻고 담배를 피우고 있었는데 갑자기 밖에서 비명소리가 나가지고 뭔가 하고 뛰어나갔더니 여기서 투신을 했다고 하더라고요. 저는 투신 장면은 보지 못하고 투신 직후를 본 것이죠.

문 투신 직후 상황은 어땠습니까?

답 가보니까 사람들이 김태훈 열사를 에워싸고 있어서 제가 바로 보지는 못했습니다. 사람들에 다 둘러싸여 있었고 그때 아마 전경들이 덮쳤던가 그랬어요, 사람들이 둘러싸고 있으니까. 어쨌든 당시 경찰 입장에서는 학생들이 모이는 것 자체를 무조건 일단 해산시켜야 했던 때였으니까. _2016년 3월 25일 인터뷰

● **신형식**(서울대 사회학과 79학번, 현재 민주화운동기념사업회 연구소장)

문 1981년 5월, 서울대 5·18 1주기 추모 집회를 준비했다고 들었습니다.

답 1980년 5월 15일경에는 서울 시내 사회학과 다섯 개 대학(서울대, 연세대, 고려대, 성균관대, 이화여대) 학생들이 서울대 운동장에 모여서 1년 전에 있었던 광주항쟁에 대한 이야기를 나누면서 독재정권 타도를 위한 결의를 다졌습니다. 국민의 세금으로 운영되고 있는 군인이 어떻게 시민들과 학생들에게 총격을 하면서 무자비하게 살육을 할 수 있는지 그런 부분에 대해서는 저는 엄청난 분노를 느꼈습니다. 그러다 1981년 5월 27일, 5·18 1주기 추모 집회를 서울대에서 진행하기로 한 겁니다.

문 김태훈의 투신을 목격했습니까?

© 광주MBC

답 당시에 서울대 사회학과 3학년인 저는 사회학과 과대표였는데 정치학과, 경제학과, 신문학과 등 10여 개 학과 대표들을 비롯해 약 1000여 명의 학생들이 1년 전에 일어났던 광주항쟁 희생자들에 대한 추모 집회를 개최하기 위해서 아크로폴리스에서 모여들었던 것이죠. 그러자 그 당시 교내에 상주하고 있던 백골단들이 최루탄을 던지면서 저희들을 체포하기 시작했습니다.

학생들이 도서관 등지로 이렇게 몰려다니면서 산발적인 시위를 하고 있었는데, 그 시위 당시 저희와는 전혀 사전 연락이 없었는데 당시 경제학과 4학년이었던 김태훈 학생이 도서관에서 "전두환 물러가라", "전두환 물러가라", "전두환 물러가라"를 세 번 외치며 투신했습니다.

그때 당시 도서관 근처에 있던 학생들이 특히 여학생들이 엄청난 비명을 질렀죠. 그런데도 불구하고 이러한 전투경찰 백골단은 시신 위로 최루탄을 쏘면서 학생들의 접근을 막았습니다. 그날 저희는 교내 추모 집회만 계획을 했었는데, 그 김태훈 학생의 투신을 바라본 이후에 격렬하게 교문 밖으로 진출하게 되었던 것이죠. 수백 명의 학생들이 진출하게 되었고 그날 밤부터 5월 28일, 5월 29일까지 사흘 연속 집회를 계속했습니다.

김태훈 열사의 상황은 저희와 사전에 전혀 연락이 안 돼 있었습니다. 김태훈 열사는 1년 전에 있었던 광주항쟁의 유혈 진압에 대해서, 당시에 친구들이 희생되었던 부분에 대한 뭐랄까 부채 의식이랄지 그런 책임감 그리고 함께하지 못한 부분에 대한 양심의 가책 이런 것들이 복합적으로 작용해서 투신(身投)한 게 아닐까 생각했습니다.

1981년 5월 27일 김태훈 열사의 투신과 희생으로 인해서 많은 서울대학교 학생들이 광주항쟁을 다시 생각하게 되었습니다. 그러면서 광주항쟁을 유혈 진압한 전두환 군사 독재정권 타도 투쟁에 더욱더 가열하게 나설 수 있었습니다.

문 **김태훈의 죽음을 목격한 이후 무엇이 어떻게 바뀌었습니까?**

답 부산 출신인 제가 광주항쟁 희생자들 그리고 광주항쟁의 진상 이런 부분을 인식한 이후 서울대학교 학생으로서의 기득권을 포기하고 학생운동에 매진하게 되었습니다. 당시에는 감옥을 간다는 것이 굉장히 두려운 일이었는데 김태훈 열사가 숨진 81년도 5월 27일 침묵시위 추모 집회를 주도하고 난 이후에 집회 및 시위에 관한 법률 위반으로 저는 구속이 되었고 징역 6개월의 실형을 선고받았습니다. 그 이후에는 저는 사회과학 출판사 녹두출판사를 만들어 보다 많은 학생들에게 운동의 이론과 서구나 선진국에서 발행되었던 여러 가지 학생운동, 노동운동, 혁명운동에 관한 서적들을 출판하게 됐습니다.

이후에 저는 '국가보안법'으로 1987년, 1990년, 1991년 세 차례 더 징역을 살게 되었고 그러한 부분을 통해서 현재 민주화운동 기념사업회에서 연구소장으로 일을 하게 되었던 것입니다. 1980년의 광주의 희생자들과 김태훈 열사 때문에 저의 인생은 민주화운동 한길로 매진하게 됐던 것 같습니다. _2016년 4월 7일 인터뷰

● **이종현**(서울대 원자핵공학과 75학번, 현재 웰컴소프트 대표이사)

문 **1980년 5·18 때 어디서 무엇을 했습니까?**

답 저는 광주항쟁 때 서울에 있었습니다. 그 당시에 소식 듣고 광주에 내려가려고 용산역에 갔어요. 그런데 장사하는 사람들이 열차를 못 타고 있더라고

요. 전남 장성까지밖에 못 가니 어쩌니 하면서 기차를 못 탄다고 그래요. 젊은 사람은 더 안 된다고 그래서 다시 돌아왔죠. 광주에서의 학살을 나중에 알고서는 허무함을 가지고 한 몇 년 동안 살았던 것 같습니다. 광주에서 죽었어야 되는 목숨인데 살아가지고 공짜로 산다는 생각으로 그때는 살았죠. 그런 상태로 살고 있는데 그 당시, 전두환 정권 때의 우리 학생운동이라고 하는 것이 교문 앞에 가가지고 가방 들고 뭔가 생각하고 있으면 사복 경찰들이 와서 "너 뭐 생각해?" 이럴 정도로 뭐 하나를 할 수가 없는 상황이에요. 숨 쉬기도 어려운 그때 그 당시에 광주에 가니까 서광주 인터체인지에 뭐라고 써 있냐면 플래카드에 "상식이 통하는 사회" 이렇게 써 있더라고요. 상식 없는 정권이 내건 역설적인 구호 때문에 헛웃음이 나왔죠.

문 1981년 김태훈 투신 상황을 설명해주세요.

답 그런 상황에서 1년이 됐잖아요. 1981년도 5월이 됐어요. 그러니까 각 서클이라든가 몰래몰래 얘기를 나눠가지고 침묵시위를 하기로 합니다. 그래서 도서관 앞에 학과별로 모였어요. 제가 속해 있던 공과대는 침묵시위에 참여한 사람이 별로 없었던 기억이 납니다. 그래도 사회학과나 경제학과 같은 사회대 쪽은 각 과의 학생들 대부분이 거의 다 나왔습니다. 어쨌든 용감했으니까 모여들었죠.

ⓒ 광주MBC

사람들이 모여드는 상황인데 경찰이 그렇다고 최루탄을 쏘지는 않았어요. 학생들이 침묵시위 하고 있으니까. 시위는 시위인데 우리가 뭔가 시끄럽게 시위를 하고 있는 것은 아니었거든요. 단지 모였을 뿐인 것이었어요. 그리고 그 학생들 사이사이에는 사복 경찰들이 있었습니다. 이미 현장에 들어와 있었어요. 그래서 학생들 무리가 어디로 몰려가면 경찰이 따라오고 그러면 학생들이 그만큼 피하는 그런 상황이었습니다. 학생들 무리가 이동하면 또 사복 경찰들 무리도 이리 왔다 저리 왔다 하는 장면이었는데요, 어떻게 보면 무료한 것처럼 보일 수도 있었겠습니다. 무엇인가 할 말이 있는 사람들인데 정작 할 말은 못하는 그런 상황이 꽤 오랫동안 지속됐던 것 같아요. 사람들은 수백, 수천 명이 있었지만 조용하다 보니 시위도 할 수도 없었죠. 시위라는 건 누구한테 알리는 것인데 알리는 것도 아니고 뭣도 아닌 상태였어요. 그러면서 어쨌든 모였으니까 모인 우리 학생들끼리 말 없는 분노를 표출하고 있었던 것이죠.

문 김태훈 투신 현장 바로 근처에 있었다면서요?

답 그렇게 학생과 경찰들이 이러 저리 왔다 갔다 하는 사이에 "퍽" 소리가 났습니다. 그때 저는 도서관 앞에 있었는데요. 그때 떨어지는 소리가 났어요. 아, "퍽" 하고 떨어지는 소리 이전에 외마디소리가 들려왔어요. 마이크를 잡고 하는 소리는 아니었고, 육성으로 외치는 소리였습니다. 큰 소리는 아니었지만 그때 저희가 조용히 침묵시위 하고 있었잖아요. 그렇기 때문에 그 외마디소리가 선명히 들렸죠.

처음에 학생들은 그 외마디 구호를 그냥 듣고만 있었습니다. 지나칠 수도 있었죠. 그런데 사람이 떨어지니까 놀란 겁니다. 사람이 높은 건물에서 붕 떨어져서 바닥에 떨어졌다가 다시 튀어 올랐어요. 피를 흘리고 그랬습니다. 그때 그걸 본 사람들이 흥분이 돼 "와-" 소리를 질렀어요. 그 소리에 이제 경찰들이 본격적으로 학생들을 잡으러 뛰어왔습니다. 사람이 다쳤으니 조치를 취하러 오는 게 아니라 놀라서 비명을 지르는 학생들을 잡으러 간 거예요. 경찰들이 그렇게 학생들 잡고 다니는데 그때 저는 도망을 가지 않고 쓰러져 있던 김태훈에게 달려갔습니다. 본능적으로 뛰어간 것이죠.

도서관에서 떨어진 김태훈을 두 명인가 세 명인가 함께 몸을 들었습니다. 학생회관 건물 옆에 의무실이 있는데 그리 들고 갔죠. 그리고 다른 나머지 사람들은 다 경찰들에 쫓겨서 가고 이런 상황이었습니다. 그랬는데 상당히 의외였어요. 처음 보는 사람이었거든요. 보통 우리 학생운동 하면 누구인지 대개 알거든요. 전혀 이름이 알려지지도 않았고 어찌 보면 평범한 학생인 거예요. 그걸 알고 다들 놀랐습니다. 의외였던 것이죠.

문 왜 의외였습니까?

답 그 당시 김태훈이 4학년이었는데 그 정도면 학생회 활동을 한다거나 서클 활동을 한다거나 동아리 활동 했으면 우리 학생운동 하는 친구들이 어느 정도는 알거든요. 그런데 전혀 모르는 사람이었어요. 그래서 의외였죠.

그 당시에 제가 듣기로는 도서관에 공부하러 갔어요. 김태훈이 일부러 거기에 떨어지기 위해서 올라간 것은 아니고 우발적인 분노라고 들었어요. 공부하다가 내다봤는데 이게 우리는 그 현장에 있지만 보는 사람이 갑갑하고 화가 나지 않았겠습니까? 분노가 치밀었겠죠. 그 많은 학생들이 5·18 1주기 추모 집회를 한다고 하는데 아무도 말을 못하고 있고 하니까 화가 난 본인이 부르짖었던 것이 아니었겠나 생각해봅니다.

문 김태훈의 죽음이 5·18 진상규명 과정에서 갖는 의미는 무엇이라고 생각하십니까?

답 어떤 정신이 나오는 것은 말입니다, 그 정신이 살아남기 위해서는 그 이후 그걸 계승하는 사람들이 있어야 합니다. 희생한 사람들은 불씨만, 씨앗을 던졌을 뿐이잖아요. 그 이후 그것을 가꾸고 키우고, 그 정신을 실질적으로 이 사회의 정신으로 만드는 것은 그 이후 싸우는 사람들의 몫입니다. 하지만 정신 계승 과정에서 희생된 대부분의 사람들은 이름이 남지 않죠.

유관순으로 대표되는 3·1 운동을 볼까요? 거기에 「3·1 독립선언문」을 쓴 몇 분들, 그분들 이름을 드높였던 그분들이 쓴 것을 우리가 교과서를 통해 읽고 하고 있죠. 그분들도 훌륭하지만 독립운동 과정에서 3·1 정신을 계승하기 위해 스스로를 희생했던 분들은 어떻습니까? 민족의 독립운동을 펼쳤던 분들의 희생이 컸고, 그 가족과 후손들까지 이후로 엄청나게 고통받지 않았습니까?

부마항쟁도 마찬가지입니다. 부마항쟁 이후 계속 불을 살리는 그런 행위가 없었다면 광주의 5·18 정신이 가능했을까요? 저는 부마항쟁의 정신을 광주가 이어받았다고 보는데요. 마찬가지로 광주정신이라고 하면 독재라든가 불의에 저항하는 용기를 가지고 저항할 줄 아는 것, 희생되더라도 저항해서 그 사회를 올바르게 바꾸는 정신이라고 생각합니다.

그런데 그것이 억눌리고, 무찔러지고, 묻혀버리고 도리어 그것을 이때까지 불의로 억눌렀던 사람들이 득세하는 세상에서 자기 목숨을 던져서라도 그 정신을 기어이 잇겠다라고 하는 것이 김태훈과 같은 희생이라고 생각합니다. 5·18 이후 광주를 알리기 위해 희생한 사람들은 말하자면 죽어가는 광주의 저항정신을 살리는 사람, 계속 불꽃이 죽으려고 하니까 불꽃을 계속 살리는 사람들이라고 생각합니다.

그 사람들이 그런 항거를 통해 목숨으로 죽음으로 항거했기 때문에 그런 사람들에 의해서 오늘의 광주 정신이, 지금까지 광주항쟁 정신이 지금까지 살아 있는 것이지 그 사람들 아니었으면 광주항쟁 정신이 죽을 수밖에 없죠.

우리가 오늘날 광주민주화운동을 기념하는 데 있어서는 1980년 5월에 있었던 열흘간의 싸움만을 기억해서는 안 됩니다. 그 이후 우리 국민들의 심금을 울리면서 광주 정신을 기어이 이어받으려고 자기 목숨을 던지고 했던 사람들 있잖습니까. 그 사람들하고 같이 기억했을 때 정말 광주민주화운동의 정신이 더 발전하고 시민들의 가슴에, 우리 국민들 정신에 건강하게 제대로 심어지지 않겠는가 생각합니다. _2016년 4월 8일 인터뷰

● **안재훈**(서울대 철학과 78학번, 김태훈 투신 목격)

문 대학생활을 하면서 5·18 이야기를 접하셨죠.

답 광주는 말 그대로 저희 학창 시절을 지배한 운명이었죠. 저 같은 경우도 광주 얘기를 들으면서 앞으로 내가 어떻게 살아가야 할 것인가, 일종의 좌표랄까 그런 것들이 잡혔다고 생각합니다. 저뿐만 아니라 주위 동료라든지 후배라든지 우리 시대에서 하나의 피할 수 없는 운명이었다, 그런 생각을 해서 광주 문제를 책임져야 한다 이런 생각이 굉장히 강했습니다.

문 1981년 김태훈의 죽음을 목격하셨다고요.

답 그때는 보통 학교에서 시위를 하게 되면 주동자가 준비해가지고 유인물 뿌리고 학생들이 그 주위로 몰려와 가지고 일종의 형식화된 뭔가 행사를 진행하는 게 일반적이었는데 그날은 달랐어요. 모든 단과대학 모든 과 학생들이 5·18 1주기가 됐으니까 모든 학생이 다 참여를 해야 된다고 얘기해서 주동자 없이 전원이 서울대 아크로폴리스에 모이자고 했습니다. 그때 과 단위로 동원된 학생들이 그때 인문대 학생 다 모였으니까 최소한 3000명에서 5000명 정도 되는 많은 인파가 아크로폴리스 부근에서 아무 이야기 없이 말 그대로 침묵을 유지한 상태로 시위에 참여했었던 것이죠.

침묵시위 할 때 경찰이 함께 있었습니다. 진압이 들어오고 최루탄도 터지고 학생들이 여기저기 많이 분산돼 있었는데 그때 이제 갑작스럽게 비명소

리가 들리고 학생이 투신했다 이런 얘기가 전해진 거예요. 김태훈이 떨어진 주위로 저희들이 몰려갔습니다. 그러니까 그때 경찰들이 제압을 하러 같이 몰려들었습니다.

문 김태훈의 투신을 목격한 1년 뒤 다시 5·18 추모 집회를 준비했다고요.

답 그 광경을 목격한 뒤로 그로부터 1년 뒤인 1982년 5·18 2주기 때 다시 모이게 됐습니다. 사회대 두 명, 인문대 두 명, 이렇게 네 명이었습니다. 통상적으로 인문대에서 하면 인문대에서 팀이 만들어지고 사회대에서 하면 사회대에서 팀이 만들고 그런데 그 전에 여러 가지 조직 사건으로 많은 문제들이 사전에 많이 학교를 떠나게 되면서 여러 학과 사람들이 5·18 2주기를 준비하게 됐습니다. 사람들이 또 어떻게 학생운동을 재건할 것인지 이런 것들에 대해서 고민하고 고민하는 과정에서 저희들이 만나게 됐습니다.

1982년도 그 당시 서울대에서는 데모가 한 번도 없었습니다. 주변에서 왜 서울대는 유독 침묵을 지키냐 이런 말을 할 정도였어요. 그런 와중에 5·18 2주기를 맞아가지고 때가 됐다 하면서 저희도 마음의 준비를 했죠. 광주 문제를 다시 한번 이슈화시켜서 사회에 널리 알리고 우리 학생운동의 새로운 동력을 만들어보자며 저희들이 준비하게 됐습니다. 아마 논의는 두세 달 정도 했던 것 같아요.

문 그런데 5·18 2주기 집회를 해보지도 못하고 붙잡혔다는데 이유가 무엇입니까.

답 저희가 대략 아마 열흘 전쯤 최종적으로 디테일랄까, 누가 어떤 식으로 할지에 대해 그림을 만들었던 것 같습니다. 그리고 작업을 위해서 자취방을 하나 구했고요. 그리고 필요한 여러 가지 물건이라든지를 준비했습니다.

문건의 초안은 고광재 씨가 만들었고 저는 그걸 받아서 등사기 원판에다가 필사를 했습니다. 당시에는 처음부터 끝까지 모든 내용들이 제 머릿속에 다 있었는데요. 맨 앞에 내용은 그거였을 겁니다. "광주 민중 봉기 2주년을 맞이하여" 아마 이렇게 제목을 썼던 것 같습니다. 광주의 2년 전 상황을 다시 한번 회상하는 내용을 앞부분에 적었고, 그 원흉 전두환 정권을 타도하기 위해서 일어났다 이런 내용으로 선언문을 만들었는데 아쉽게도 그걸 현장에 뿌리지 못해 유감스러웠죠.

일단은 경찰에서도 아주 집요하게 저희 행방을 추적하고 있었어요. 서울대생들이 뭔가 준비하고 있는 것 같은데 누군지 모르겠다, 그랬던 것 같습니다. 그런데 그런 엄혹한 상황에서 만약에 몇몇 사람이 집에 안 들어가면 그것이 빌미가 될 수 있다고 해서 거사일에 만나기로 하고 일단 각자 집으로 흩어졌죠. 새벽에 다시 만나자 했는데 그사이 저희들이 검거가 된 겁니다.

저는 집에서 잡혔습니다. 저뿐만 아니라 다른 사람들도 마찬가지인데 집에 있었는데 아마 새벽 1시인가 2시인가 갑자기 경찰이 온 거예요. 굉장히 당황했어요, 저는. 그때 내가 잡혔다는 사실을 다른 사람들에게 빨리 알려야 되겠다는 생각밖에 들지 않았어요.

그런데 경찰서에 잡혀가 보니까 나머지 세 명이 다 와 있더라고요. 몇 달 동안 거의 잠을 못 자고 항상 긴장 속에서 살고 있다가 결말이 이렇게 되다 보니까 허무하다 이런 느낌이 오더라고요. _2016년 5월 2일 인터뷰

안재훈(철학과 4학년)을 비롯해 5·18 광주 민중 봉기 2주년 교내 시위를 계획하다 잡힌 서울대생 김학묵(사회학과 4학년), 차호정(국문과 3학년), 고광재(사회학과 4학년) 등 네 명은 무죄를 주장했지만, 모두 징역 1년형을 선고받았다. 단지 시위를 준비했다는 이유만으로 1년씩 옥고를 치른 이들의 삶은 처참히 망가졌다. 네 명 가운데 세 명에게서 정신병이 생긴 것이다.

김학묵은 여러 차례 자살을 시도하다가 결국 한강에서 숨진 채 발견됐다. 차호정도 환청과 환영, 우울증에 시달렸다. 차호정은 1994년 사법시험에 합격해 정상적인 생활을 하나 싶었지만, 자신을 고문한 수사 기관에 대한 적대감과 공포심에 괴로워하다가 연수원에서 목을 매어 생을 마감했다.

살아남은 두 명 중 고광재도 우울증에 시달리는 등 고통스럽게 살아가고 있다는 사실이 전해지고 있다. 전두환을 비롯한 가해자들은 권력을

차지해 떵떵거리며 살고 있지만, 1980년 광주에서 무자비한 진압에 희생당한 이들과 이들의 아픔에 공감한 대학생들만 끊임없이 고통받고 있는 셈이다.

살아남은 자의 슬픔을 간직하고

● **한홍구**(서울대 국사학과 78학번, 성공회대 교수)

김태훈이 저랑 서울대 입학 동기예요. 솔직히 기억은 안나요. 저랑 동기인 유시민은 김태훈 기억이 나지 않느냐고 하는데 솔직히 기억은 안나요. 뿔테 안경을 쓰고 있었죠. 이 친구는 1981년 5월 27일이 기일입니다. 광주가 진압되고 1주년 되던 해.

서울대에서 데모가 있었어요. 이 친구는 원래 운동권은 아니에요. 도서관에서 공부하고 있는데 데모가 있으니까 한 시간도 안 돼 진압되니까, 도서관 5층에서 "전두환을 물러가라" 세 번 외치고 투신했어요. 유서도 없습니다. 투신하니까 다시 사람들이 몰려들었을 것 아니에요? 사람이 떨어지니까 데모를 하다 흩어졌던 사람들이 최루탄을 하염없이 쐈어요. 시신이 부들부들 떨고 있는데 그 위에 최루탄이 눈처럼 하얗게 쌓였대요. 그걸 안 봤으면 모르겠는데 그걸 본 놈들이 광주의 자식인 거예요. 1980년대 전두환이 얼마나 기세등등하게 굴었

습니까? 요만한 대학생들이 다 맞짱 뜨려고 나왔어요.

1970년대 학생운동은 명문대생만 했습니다. 광주의 힘이 뭐냐면 변방의 중소 도시 읍 단위 2년제 대학까지 대학생들을 운동권으로 만들었어요. 광주의 자식들이 말이죠. 1980년대 그 막강한 군사독재와 싸워서 이겨서 이 험한 세상을 빨리 바꾸는 데 기여한 사람들이라고 생각해요. 감옥 가고 두드려 맞고 패가망신하는데 그 수많은 청년들이왜 감옥을 가겠다고 줄을 서고 위장 취업하고 죽어라고 싸웠을까요? 그게 광주의 힘이라고 생각해요. 감옥 가기 좋아하는 사람 누가 있겠어요. 그 생각 하다가 어느 지점에서 광주를 생각하다 어느 지점에서 작동이 안 되는 거예요. '에이, 죽은 사람도 있는데' 하면서 싸우는 거죠. 그 계산을 못하는 사람들, 그게 광주의 자식들의 특징이에요. 그런 바보들이 많았습니다.

저는 1980년 광주에서 1987년 6월항쟁까지는 한 호흡이라고 생각합니다. 살아남은 자의 슬픔을 간직한 광주의 자식들이 그 살아남은 자의 슬픔을 간직한 사람들이 한 호흡으로 달려온 것이라고 생각합니다. _2016년 3월 7일 천주교광주대교구 정의평화위원회 강의

"아무 일 없었던 듯 살 수 없다"

● **김선혜**(김태훈 누나, 전 세월호 특별조사위원회 지원소위원회위원장)

문 김태훈은 어떤 동생이었습니까?

답 태훈이는 어려서 엄청 예쁜 애였고요. 저희 형제가 아홉인데 그 오빠 세 분하고 제 밑으로 태훈이가 아들로는 네 번째였어요. 저희 아버지가 잘생겼다고 예뻐하셨는데 아주 귀엽게 생겼었던 애였어요.

태훈이는 휴머니스트였어요. 대학 들어가서도 영어회화 클럽 이런 데 가입하고 운동권하고는 거리가 먼 애였어요. 태훈이는 생각이 깊어서 고등학교

때 신부님이 되고 싶다고 했었거든요. 그런데 어머니가 태훈이 신부님 되는 것을 반대해서 대학 들어간 게 서울대 경제학과였습니다. 그래도 워낙 영어 같은 것을 좋아하고, 굉장히 착하고 학생운동 그런 것에 상관없이 살아온 그런 타입 있잖아요.

문 고향이 광주이고 김태훈을 비롯한 식구들이 1980년 5·18도 보거나 들었을 것 같습니다.

답 특히 5·18 겪은 다음에 저희 집이 광주 금남로 가까이 있는 아파트에 있었거든요. 부모님들로부터 여러 가지 험한 이야기 많이 듣고 그랬어요. 그다음에는 태훈이도 5·18 관련한 말을 하더라고요. 저한테 태훈이가 말한 게 있는데 "재밌는 게 재밌어야 되고 음식도 맛있어야 되고 이래야 되는데, 음식을 맛있게 먹고 아무 일 없었던 듯 살 수가 없다." 이렇게 말했어요. 저도 그런가 하면서 워낙 심한 광경들을 많이 전해 들었기 때문에 그런가 했는데 지금 돌이켜보면 태훈이 본인은 5·18을 아주 심각하게 생각했던 것 같습니다. 전두환 대통령이 돼가지고 아무 일도 없었다는 듯이 평화롭게 살아가는 것에 대해서 무척 괴로워했던 것 같아요, 지금 생각하면. 세상 사는 게 그렇게 흘러가는 거잖아요. 그래서 저는 그때는 태훈이의 말을 심각하게 듣지 않았어요. 돌이켜 나중에 생각해보니까 기억이 나는 것이죠.

아무래도 태훈이가 바로 아래 동생이니까 형제들 중에 나이 많은 저 위에

© 광주MBC

있는 형제들하고는 달랐겠죠. 아홉 남매 중에서도 가까운 형제들끼리는 아무래도 가까웠을 테고 그래서 태훈이는 저랑 그런 이야기도 많이 하고 그랬는데 그때는 이런 일이 있을 줄은 전혀 예상을 못했죠.

문 동생의 죽음 소식이 들려온 날, 1981년 5월 27일의 기억은 어떻습니까?

답 그때 이제 1980년, 제가 1977년도에 졸업하고 1978년도에 대학원에 가가지고 대학원생 신분이었습니다. 제가 사법시험 공부하고 그럴 때였습니다. 처음에는 서울대학교에서 사람이 와가지고 무슨 일이, 변고가 생겼다고 했어요. 그래서 저는 태훈이가 데모하다가 붙잡혀간 줄 알았어요. 집에 와서 압수 수색한다고 말을 들어서 집에 있는 책 중에서 사회과학 관련 서적을 골라가지고 가방에다 넣어서 옆집에 "잠깐 놔둡시다" 하고 부탁했어요.

그런데 얼마 후에 전화가 다시 와서 그게 데모한 게 아니고 사망했다고 했죠. 그래서 광주 집에도 알리고 했습니다.

지금도 제 아들딸하고 죽은 삼촌 이야기를 가끔 하고 그럽니다. 그때 왜 태훈이 삼촌이 그렇게까지 죽어야 했느냐 애들이 물어봅니다. 그러면 저는 그때 독재정권을 너희는 경험하지 않아서 모른다고 대답을 하죠. 그렇게 말하면 다시 저희 애들이 "그렇다고 쳐도 아무리 그렇다 하더라도, 그렇다 하더라도, 꼭 그렇게 자신의 목숨까지 버릴 필요가 있었냐" 물어봐요. 사실 지금 저도 그런 생각을 갖고 있습니다. 그렇다 하더라도 그렇게까지 할 필요가 있었을까? 아직도 그 의문이 제 마음속에 조금 남아 있죠.

문 동생이 5·18을 알리기 위해 희생된 김의기 이야기를 생전에 했었다고요.

답 김의기 열사 그분인가요? 기독교회관에서 돌아가셨죠. 그분 이야기를 태훈이가 저한테 했었어요. 본인이 그야말로 자기를 희생해가지고 뭔가를 알렸던 그 이야기를 저한테 강조했던 게 기억납니다. "이야 ~" 하고 놀라는 것 있잖아요, 그런 식으로 말하더라고요. 일종의 감탄 비슷한 느낌으로 제게 말했던 것 같아요. 저 같으면 그렇다 해도 그렇게까지 할 필요가 있냐고 생각하는 사람인데, 태훈이는 그렇게 함으로써 자기를 희생해가지고 세상에 알리고 그런 것에 대해서 의미를 크게 두는 식으로 말을 했습니다. 태훈이가 죽기 상당히 전이죠. 그러기 때문에 그때는 저도 그냥 별생각 없이 아마 '그렇게까지 할 필요 있었냐' 그런 식으로 말하고 말았던 것 같아요.

문 **김태훈의 죽음 이후 식구들이 굉장히 힘들어했을 것 같습니다.**

답 아버님(김용일)과 어머님(이신방)이 태훈이 죽음 때문에 굉장히 힘들어하셨어요. 저희 어머니는 비단에다가 태훈이가 생전에 써놓은 글을 비단에다가 전부 수놓으시고 또 『성경』 구절 그것도 수놓고 그러시면서 마음을 많이 다스리셨던 것 같아요. 나이 들어서 안경 끼고 수놓는 게 쉬운 일이 아닌데 그걸 하시더라고요. 저희 어머니 이신방 여사는 굉장히 활달하신 분이거든요. 그 후에 제가 결혼을 하고 제가 낳은 애 봐주시고 이러면서 바쁘게 생활하시면서 태훈이를 조금씩 잊었다고 생각했는데 ……. 잊을 수는 없었겠죠. 그래도 이겨내신 거라고 봐야죠.

어머니가 돌아가시기 전에 태훈이 묘를 이장했습니다. 경기도 용인인가 묘가 있었는데 거기서 5·18 묘지로 옮겼어요. 이장하는 과정에서 태훈이 유골을 보게 되고 그러잖아요, 처음으로. 나중에 책에다 그런 말씀 써놓으셨더라고요. "유골 그 모습이 눈에서 사라지지 않는구나." 마지막에 책에 써놓으셨더라고요. 바로 그러고서 그해에 돌아가셨어요.

태훈이가 죽은 이후 식구들의 삶에는 큰 변화가 있었다고 해야 맞겠죠. 제 큰오빠가 동아일보 기자였어요. 태훈이 죽음 이후 오빠의 기사가 정부를 비판하는 식으로 상당히 바뀐 것으로 기억납니다.

문 **동생의 죽음이 세월호 특별조사위원 활동에도 영향을 미쳤습니까?**

답 세월호 사건 난 이후 누가 저 보고 세월호 특별조사위원회 상임위원직을 추천하시기에 그때도 태훈이에 대한 생각이 아예 없다고는 할 수 없지만 그냥 그것보다는 대법원이 저로 하면 친정에 해당되기 때문에 제가 23년이나 근무했던 곳이니까, 대법원에서 저를 추천하니까 또 사람이 그런 게 좀 있잖아요. 불러주시니까 가야지 이런 것? 그런 것이 좀 강했던 것 같습니다.

제가 다른 여느 엄마들처럼 세월호 참사 초기에 구조하고 제대로 한 명도 구조 못하고 했을 때 그 답답하고 그야말로 사람들이 전부 슬픔과 분노를 저도 느꼈거든요. 그 마음이 있었기 때문에 제가 세월호 특조위에 들어가면 그래도 유족들의 그런 상실감이나 이런 것을 이해하고 제 경험이 있기 때문에 도움이 될 수 있겠다고 생각해서 수락했습니다.
그러나 저도 김태훈 열사의 유족이니까 그분들의 가족을 잃어버린 마음을 더 잘 헤아릴 수 있겠다 생각하고 그야말로 손이라도 따뜻하게 잡아주면서 그 한 풀어주는 데 일조해야겠다 그런 생각으로 세월호 특별조사위원으로 왔어요. 그런데 세월호 특별조사위원회 이 안은 상당히 구조가 복잡해요. 권력 구조라고 할 수 있을까요? 들어와 보니까 제가 생각했던 것보다는 여러 그룹들이 모여 있기 때문에 상당히 복잡하더라고요. 그런 것에 어려움이 좀 있어서 그만둘까 몇 번 생각도 했었어요. 사실 지금도 그런 생각 있지만 그때마다 제 마음속으로 태훈이와 일종의 대화라고 할까요, 태훈이가 없어서 참 아쉽고 태훈이가 옆에 있었으면 참 많은 도움을 받았겠다(울음).
생각이 깊고 그렇다고 해서 정부에 일방적으로 비판적인 그런 사람도 아니고 제가 말씀드린 것처럼 휴머니스트면서 또 비판할 것은 비판하고 굉장히 생각이 깊기 때문에 참 도움을 많이 받았겠다, 그런 생각이 드는 거예요. 사실 우리가 세월호를 잃은 다음에 좀 나뉘고 서로 생각들이 나뉘면서 굉장히 어려운 상황이잖아요. 그런 상황에서 우리 태훈이가 있었으면 그것을 해결하는 데 참 일조할 수 있었을 텐데 하는 생각이 들었어요. 태훈이 세대가 지금 중심 세력이니까 그 나이 또래가요. 그래서 그런 생각도 했어요. 참 아쉬웠어요. 다시 한번 아쉬웠어요. 태훈이가 먼저 간 것이 참 아쉽다.
현재 세월호 특조위 지원소위원장 직무를 힘겹게나마 이어오는 것 중의 상당 부분, 그걸 100%라고 말할 수는 없지만 태훈이 부분이 상당히 있다라고 봐야 되겠죠. 태훈이는 막판에 자기가 그 결정을 했을 때 무슨 생각을 했을까, 그런 것도 생각해보게 되고. 참 힘들었겠다. 그런저런 생각을 해보죠(울음).

"잊지 않겠습니다"는 세월호와 관련된 말이 있지만 저희 태훈이를 잊고 안 잊고는 자기의 의지는 아닌 것 같아요. 안 잊겠다 해서 안 잊어지고 잊겠다 해서 잊어지는 건 아닌 것 같고 그냥 잊을 수가 없는 것이죠, 사람 마음 속에. 그런데 가족들한테는 그렇지만 세상에서는 사실 태훈이가 잊혀졌잖아요. 이런 기회에 안 잊어주시고 찾아주시니까 이제 저희도 나이가 다 들고 저도 60이 넘고 그랬는데 그야말로 마지막 기회를 주신 것에 대해서 감사한 생각이 들어요.

문 **동생과 기억나는 에피소드가 있다면 무엇입니까?**

답 1981년도에 태훈이가 저한테 사법시험 공부를 오래하는데 다른 것 다 치우고 집중해서 빨리 시험 붙으라고 말한 적이 있거든요. 제가 안타까웠던 것이죠. 결국은 제가 그 말 듣고 열심히 공부해서 태훈이가 숨진 다음 해인 1982년도에 사법시험에 붙었어요.

그때는 제가 집에서 공부하면 그야말로 옆에 있는 것 같은 느낌이 들었어요. 사법시험에서 마지막 과목 볼 때는 요즘도 그런지 모르겠는데 사법시험하면 두루마리가 있어서 문제를 뜯으면 족자처럼 내려와요. 시험문제가 족자처럼 내려오기 전에 옆에서 누가 속삭이는 것 같았습니다. 마치 태훈이가 옆에서 속삭이는 것 같았어요. 한참 후에 저희 동생이 꿈에 나타나서 누나 이제 제가 먼 데로 간다고 그러더라고요. 그러면서 그 뒤로는 꿈에서도 별로 못 봤던 것 같아요. _2016년 3월 24일 인터뷰

● **김신곤**(김태훈 형, 김태훈 사망 당시 전남대병원 외과 조교수)

문 **1981년 5월 27일 동생이 숨졌을 때 상황은 어땠습니까?**

답 우리가 9남매였는데 제가 남자 형제 중에서는 두 번째 되고요, 전체로는 세 번째입니다. 제 위로 형이 있고 누나가 있죠. 제가 미국에만 7년을 있었고 1979년도에 귀국해서 1980년 광주항쟁이 일어났으니까. 제가 당시에 전남대 병원 외과 조교수라 광주항쟁 때 발생한 환자들이 전부 외과 환자잖아요.

제가 총지휘하다시피 했었죠.

그러다 1981년도에 그날 병원에서 외래환자를 보고 있는데 서울 동아일보 사회부장을 하던 형이 저한테 전화를 해서 태훈이 동생의 신상에 변고가 있으니 빨리 올라오라고 했어요. 그래서 서울 성모병원으로 간 것이죠. 그 소리만 듣고 저는 버스를 타고 부랴부랴 가는데 버스에서 뉴스가 나오더라고. 처음으로 서울대 학생이 그때 이름을 김태훈이라고 했던가. 왜 형이 저를 불렀냐 하면 부모한테 차마 얘기할 수 없는데 제가 의사니까 우선 연락을 한 것이었어요.

그렇게 해서 태훈이한테 가서 있는데 어떻게 연락이 닿아서 부모님도 금방 오셨더라고요. 그때 우리 부모님한테 어떻게 자식의 죽음을 전할까 고민을 하다가 그래도 아버지, 어머니한테 알리는 것이 도리다 해서 전화를 한 것이죠.

저야 이제 한참 젊을 때였는데 부모님들한테는 다 큰 자식 아니에요? 졸업반이어서 다 컸고 또 듣는 얘기로는 그 당시 전두환 정권도 우수한 서울대 학생이 그런 선택을 했다 그러니까 상당히 충격을 받았던 것 같아요.

문 **동생 김태훈은 어떤 사람이었습니까?**

답 동생 태훈이는 아주 성실하고 고등학교 때부터 가톨릭 공부를 열심히 해가지고 자기가 고등학교 졸업할 때 신부님이 되기 위해 신학교를 가겠다 그랬어요. 그런데 우리 어머니가 욕심이 많지. 아홉 명이나 되니까 신학교 가도록 했으면 좋았을 텐데 형, 누나들 따라서 서울대에 가거라 해서 서울대를 보냈잖아요. 그런데 태훈이가 그렇게 가고 어머니가 상당히 애통해하셨어요. 저놈은 신학교를 보내서 정의를 위해서 살아야 되는데 다른 길로 갔다

해서 굉장히 애통해하셨죠.

저도 5·18을 직접 겪었고 부모님도 광주 금남로에 집이 있어서 금남로가 바로 보이는 데 계셨거든요. 어머니 이신방 여사 입장에서 본 군인들 하는 짓을 말씀해주셨죠. 태훈이를 비롯한 형제들이 그런 얘기를 듣고 5·18 참상을 실감 나게 얘기를 들었을 것이라고 생각이 듭니다.

당시에는 어려웠지만 그 당시에 광주 시민들이 참고 살았듯이 저희도 인내의 세월을 지냈어요. 제 부모 심정은 형제들도 형제들이지만, 특히 어머니의 심정이 어땠겠습니까. 그런데 태훈이가 5·18 유공자로 인정이 돼서 어머니에게 보상금이 좀 나왔어요. 그때 1억 원인가 되는 돈을 어떻게 쓰실 거냐고 물으니 아들 생명과 바꾼 돈인데 고등학교 장학금으로, 그다음에 화순병원 지을 때 기부하시고, 나머지는 교회 짓는 데 해서 그렇게 모두 기부하셨어요.

저희들이 매년 5월 마지막 토요일이면 집안 아버지 부모님 제사 지낼 때 태훈이랑 같이 제사하고 추도하고 있습니다. _2016년 4월 7일 인터뷰

"너는 정말 고마운 자식이었다"

● **이신방 여사**(김태훈 어머니)

민주열사 김태훈

9남매 중 여덟째로 태어난 태훈이는 잘 생기고 건강하고 공부를 잘해서 누구에게나 귀염받는 아이였다. 광주일고 3학년 가을에 성당에서 주최하는 예술의 밤 행사 때 시낭독을

담당한 태훈이는 하루도 빠짐없이 교회모임에 참석했고 성소일 전후 교육 때도 뛰어난 성적으로 신부님들 총애를 받아 한 때는 신학교로 가서 신부님이 되겠다고 하는 것을 중간에 혹시라도 그만두는 전례가 있었기 때문에 이다음에 대학을 나와서 그때도 변함없다면 그때 신학교에 가도 된다고 하니까 그렇게 하기로 했다.

그런데 서울대학 시험에 떨어졌다. 시험 준비에 소홀했던 것이다. 일 년 재수해서 서울 상대 경제학과에 다니면서 그때부터 동생 요완이에게 저 같은 실수가 있을까 봐 중학교 졸업과 고등학교 3년 동안 내내 1주일에 한번쯤 편지를 써서 제가 우리집 전통에 오점을 남겼다며 다시는 그런 일이 없도록 격려하고 지도했다. 그 후 요완이는 서울 의대에 좋은 성적으로 합격하여 예과에 다녔다. 누이인 선혜가 고시에 실패하자 옆에서 보며 느낀 점을 지적하며 격려했다.

내가 삼남매가 공부하는 여의도 아파트로 가서 선혜 시험 때는 살림 수발을 하는데 여의도는 물가가 최고로 비싸기 때문에 용산시장으로 가서 사오려고 하면 태훈이가 오후 강의 없는 날을 골라 같이 갔는데 이것 저것 사다보면 짐이 많아 둘이서 옮기기가 힘들었다. 그런데도 제 힘껏 고생스럽게 들고 메고 내게는 될 수 있는 데까지 고생을 덜어주었다. 다른 대학생들로 보면 아무도 그런 사람은 없는 것 같았다. 노인이나 어린애는 물론이고 부인들에게도 자리를 양보했다. 처음 본 사람이라도 곤란한 지경이면 선뜻 거들어 주었다.

1981년 5월 27일 운명의 그날, 나는 광주 집에 있었다. 저녁 때 선혜에게서 전화가 와서 태훈이가 큰일났다고 했다. 재차 다그치니 죽었다고 했다. 더 말을 들을 수도 없이 아버지랑 바로 차로 출발했다. 정신없이 몇 시간을 어떻게 지났는지, 서울에 도착하니 성모병원 영안실의 관 속에 누워 있었다. 오뚝한 콧날이며, 자는 것 같이 눈감고 있었다. 만져보니 차돌 같이 차다. 그 때 번뜻 유명이 다른 것을 느꼈다. 이것이 꿈이냐 생시냐.

동아일보 사회부 차장으로 있던 큰 형 재곤이의 얘기로는 그날 오후 3시경

철통같은 경계망 속에 서울대학 내에서 학생 데모가 있었는데 검은 리본을 가슴에 달고 80년 그날 광주 사태 때 죽은 영령을 기리며 데모 중 학생 수보다 많은 경찰이 학생들을 잡아가고 탄압 중에 6층 도서관에서 공부하던 태훈이가 창문을 열고 큰 소리로 "전두환 물러가라!" 세 번 외치고 뛰어내렸다고 한다. 이상하리만큼 외상은 없었고 아직도 죽지 않았는데 그 몸 위에다 얼마나 많은 최루탄을 터뜨려 사람의 접근을 못하게 하고, 병원으로 옮기는 중 차 안에서 숨이 끊겼다고 했다.

몸에 지녔던 수첩에 가족 상황이 상세히 적혀 있었기 때문에 재곤이가 곧 갈 수 있었단다. 재곤이도 졸지에 당한 일이라 의사인 신곤에게만 바로 연락해서 먼저 와 있었다. 군인 부대가 어디서 왔는지 몇 차를 풀어서, 아무도 접근을 못하게 하고 학생은 물론이고 일반 사람도 친척까지도 들어오지 못하게 했다. 병원에 서 있는 동안은 대통령 명령이라고 하며 음료수와 식사 일체를 조달해 주었다.

제가 다니던 여의도 성당 신부님과 교인 일행이 병원으로 와서 교우로서의 절차를 밟고 교회에서의 출상미사도 삼엄한 경계 속에 할 수 있었다. 신부님의 권유로 용인 천주교 묘지로 정하고 출상 날은 연도에 100미터 간격으로 길 양편에 경찰이 배치돼 젊은 사람은 일체 길가에 서 있지도 못하게 했다. 앞뒤로 몇 대의 차로 경계하고 산소에는 어느새 전화 가설까지 돼 있었고 묘지텐트도 가설돼 하룻밤을 경찰이 밤새 지켰다. 심신이 어떻게 지냈는지 기억도 못하겠다.

장사지내고 삼우 때는 학교 친구들이 왔었다. 모두 끝나고 광주로 돌아오니 성당에서 태훈이의 위령 미사랑 수녀님들의 위로 말씀에 큰 위안을 받았다. 천주교에서는 자살은 구원을 못 받는다고 했는데 첫째 그것이 걱정이었다. 수녀님 말씀은 태훈이는 남을 위해서 희생된 것이니 하느님 앞에 공로요, 큰 사랑의 행위라고 했다.

이신방, 『내가 걸어온 좁은 길』 에서

태훈에게

이런 편지를 쓰는 것이 이 세상에서는 처음이자 마지막이다. 너와 나의 이 세상에서 모자의 인연에 연연하여 육신의 어느 기관이 찢어지는 아픔을 느끼며 억제하여도 억제하여도 어느 틈에 쳐드는 슬픔이 나를 허물어트린다. 세상 사람들은 아깝다고 한다. 나도 역시 아깝다. 너의 용모, 학식, 그 위치 앞으로는 좋은 일만 너를 기다리고 있을 장래, 행복한 생활, 보장받을 지위, 부모로서 자식에게서 받을 호강, 그 순간 한번 더 생각해보고 다른 방도로 이 조국에, 사회에 희생하고 봉사할 길을 생각했더라면 부모형제 친지에 뼈에 사무치는 아픔은 없었을 것이다.

그러나 모든 것은 정해졌다. 너와의 이 세상 연은 끝났다. 너는 이 세상에 있는 22년 동안 정말 고마운 자식이었다. 처음부터 너는 우리를 기쁘게 해주었지. 딸만 연거푸 셋이 생겨난 다음에 태어난 너는 정말 이쁘고 잘 생긴 아이였다.

학교 다니면서부터는 항상 우등생에 연속 기쁨만 주던 너, 궂은 일 힘든 일 군말없이 도왔던 너, 이것저것 끝없는 일들이 하나도 미운 기억은 없는 너, 너는 천주님께서 나에게 주신 보배였나 보다. 나는 그 보배를 잠깐 잃었다. 그러나 마음속에서 그 보배는 더욱 빛난다. 과분한 은총에 진실로 감사드린다. 눈을 높이 들어 자랑스런 마음으로 세상을 본다. 부모가 먼저 가도 이 세상 이별의 슬픔은 있을 것이고 그 슬픔을 내가 대신 했다고 자위한다. 영원한 나라를 위해 준비하는 이 세상에서 착하고 바르게만 살아온 너를, 내가 항상 광주에서 오면 고속버스 터미널에서 기다리듯이 미소로 맞으며 천당 문 앞에 나를 기다려다오.

남은 여생을 열심히 살아서 꼭 그 곳으로 나도 가려고 노력하겠다. 거룩하고 공번된 교회와 모든 성인의 통공을 믿으며 육신의 부활을 믿으며 영원한 삶을 믿기 때문에 슬프지만 않다.

네가 그토록 아끼던 동생과 누나의 뒤치다꺼리를 하고 네가 안심하고 떠날

1988년 이신방 여사 고희연 9남매 중 김태훈이 빠진 8남매가 모였다.

수 있었든, 부모의 장래를 맡길 수 있었든, 훌륭한 형제간들을 바라보며 착하게 살다가 천주님 대전에서 환한 얼굴로 만나자.

1981년 6월 5일 엄마 씀

● 김태훈의 죽음 직후 형제들이 각자 김태훈을 향한 추모 편지를 썼는데 그중 어머니 이신방 여사가 직접 쓴 글을 옮겨 적었다.

김태훈 약력

1959년 4월 13일	광주시 불로동에서 9남매 중 여덟째로 출생
1971년	광주 서석국민학교 졸업
1974년	광주 숭일중학교 졸업
1977년	광주 제일고등학교 졸업
1978년	서울대학교 사회 계열 입학
1979년	서울대학교 경제학과 진입
1981년 5월 27일	서울대학교 도서관에서 투신해 운명
1981년 5월	경기도 광주 천주교 공동묘지 안장
1991년	제1회 5·18 시민상 수상
1999년	광주민주화운동 유공자 인정, 국립5·18민주묘지 이장(4묘역 16번)

그리운 친구에게

이홍철 변호사

김태훈 고등학교 · 대학교 동창

"눈이 부시게 그리운 날은 그리운 님을 그리워하자"

어느 시인은 그리움을 그렇게 노래했지. 하지만 나는 '가슴이 아리게 눈부신 날은 그리운 님을 그리워하자'라고 하고 싶네. 눈부신 날이면 나는 문득 가슴이 아리게 자네가 그립기 때문이네.

하늘나라로 가기 한 달 전 자네는 내 사법시험 시험장에서 꼭 합격할 거라며 내 등을 두드려주었지. 나는 자네가 하늘에서 도와주어서 합격한 것이네. 자네가 떠나고 난 뒤 자네가 독실한 가톨릭 신자였다는 것을 알고는 나도 세례를 받았네. 나는 지금까지 살면서 늘 하늘의 자네에게 물어보곤 했지. 혼돈에 휩싸일 때, 그리고 용기가 없을 때 자네는 늘 천진난만하게 웃는 얼굴로 대답해주곤 했네.

효심 덩어리이고 길거리서 나이 지긋한 어르신을 보면 꼭 짐을 들어드리곤 했던 자네. 살면서 자네만큼 착한 사람을 보지 못했네. 그리고 자네 만큼 바르고 용기 있는 사람을 보지 못했네.

자네는 영혼이 참 맑은 사람이었지. 영화 〈애수〉를 좋아하고 비비안 리와 로버트 테일러가 했던 그 가슴 시린 사랑을 꼭 해보고 싶어 했던 사람. 살아 있다면 얼마나 멋진 남자, 자상한 아버지가 되었을까? 그런 상상을 하노라면 눈물 나게 자네가 보고 싶네.

자네가 천국에서 돌아와 단 하루만 지상에서 살 수 있다면 성당에서 함께 미사를 드리고 성가를 부르고 싶네. 영화관에 들러 영화 〈애수〉를 다시 보고 싶네. 그리고 5월에 열리는 고교동창골프대회에 자네를 초대하고 싶네. 자네가 친 공이 푸른 하늘을 날 때 환히 웃는 자네 모습을 꼭 한 번만이라도 볼 수 있다면 …….

홍기일

성냥이 필요합니다

•

1985년 8월

홍기일

•

고은

저 무등 아래
또 하나 생명이 불타버렸다
전남도청 앞 광장
온몸 불길에 휩싸인 채
동구청까지 달려가
모든 사람들에게
싸움에 나설 것을 외쳤다
불지른 것으로도 모자라
쥐약 먹고
그것으로도 모자라
벳구레 찌를 칼 가지고
민주주의 만세
민주주의 만세 외치며 불덩이로 쓰러졌다

경찰만이 상두꾼이었다
경찰만이 무덤 파고 무덤 썼다

그러나 어찌 한 노동자 홍기일이 한 노동자인가
그는 무등 아래
영산강물 갈대강 기러기 떼 솟아오르는
그 겨울의 눈보라였다
1천만 노동자의 마음
광주항쟁을 이어나가는
숨가쁜 불꽃이었다 불덩어리였다

홍기일
1980년 5월항쟁 시민군이던
그 홍기일

폭탄 이전 먼저 성냥이 필요하다는
그 홍기일

그냥 삶의 현장밖에 아무것도 없이 그렇게 잘도 부르짖고 쓰러진 된 사람

뜨거움의 무등산이여

홍기일(1960~1985)

홍기일은 1980년 5·18 때 시민군이었다. 그리고 5년이 지난 1985년 8월 15일, 그는 5·18 최후의 격전지인 전남도청 앞에서 스물여섯의 나이로 분신자살했다. 1980년 김의기와 김종태, 1981년 김태훈 이후 "광주학살 진상규명"을 요구하며 자신의 목숨을 던진 네 번째 죽음이었다. 1985년이면 한국 사회에 아직 민주화 바람은커녕 미풍도 불기 전 모두가 숨죽이고 있을 때, 홍기일이 홀로 횃불이 돼 어둠에 잠긴 광주를 환하게 밝혔다.

홍기일은 1960년 4월 4·19 혁명이 일어나던 바로 그달에, 전라남도 광주시 마륵동(현재 광주광역시 서구 마륵동)에서 태어났다. 4남매 중 셋째로 위로 누나와 형, 아래로 남동생이 있었다. 전남 화순군에서 살던 아버지 홍병희는 아내 조창님과 함께 홍기일을 낳기 전 광주로 이사했다. 육군 장교들의 교육 기관인 상무대 후문 쪽에서 화순양복점을 열어 장교들을 위한 양복을 만들어 식구를 먹여 살렸다. 홍기일이 막 태어났을 때만 하더라도 장사가 그럭저럭 돼서 먹고 살기가 괜찮았지만, 홍기일의 첫돌인 1961년 일어난 5·16 쿠데타 이후부터 주문이 급감해 양복점을 접었다.

홍병희는 자식들을 데리고 광주 도심으로 집을 옮겼다. 금남로에서 멀지 않은 양동시장과 발산교 사이에 집을 짓고 아이들을 길렀다. 하지만 사업은 이후에도 뜻대로 풀리지 않았다. 서민들을 상대로 한 작은 금융회사를 차렸다가 부도를 냈고, 그 이후 가정집에 수도를 놓아주는 사업을 시도했지만 이것도 여의치 않았다. 점점 가세가 기울었고 아내가 양동시장과 공장에 나가 품을 팔아야 하는 날이 늘어갔다.

1974년 광주 양동국민학교를 졸업한 홍기일은 전남중학교에 진학한다. 그사이 동생이 태어나서 4남매가 됐지만, 그때까지도 가정 형편은 조금도 나아지지 않았다. 홍병희와 조창님은 자식들의 학업을 챙길 여력이 없었다. 당장 먹고살기 위해 하루하루 벌이에 바빴다. 홍기일은 중학교 3학년이던 1976년 열여섯의 나이로 첫 번째 가출을 감행했다. 아버지가 사업에 잇따라 실패하면서 어머니가 날품팔이를 하러 열흘 가까이 집을 비웠을 때였다. 형제들끼리 다툼 끝에 홍기일이 나간 것이다. 이 당시 홍기일의 행적은 알려져 있지 않다. 가족들도 홍기일이 서울로 올라가 온갖 허드렛일을 했을 것이라 짐작만 할 뿐이다. 결석이 쌓인 홍기일은 결국 전남중학교를 졸업하지 못한 채 제적 처리됐고, 중학교 중퇴가 홍기일의 최종 학력이 되었다.

가출한 지 2년이 지난 1978년 홍기일은 홀연히 광주 양동 집에 나타났다. 집에 들어서던 어머니 조창님은 광주시 양동 집 앞을 서성이던 홍기일을 발견하고 얼싸안으며 오열했다.

ⓒ 조창님

1985년 7월 광주 양동 집에서 어머니와 함께 분신 한 달 전, 홍기일과 어머니 조창님 어디서 다쳤는지 오른쪽 손목이 퉁퉁 부어 있었다. 손목에 찬 고름을 빼겠다며 밀가루에 사카린을 개어 발라주면서 조창님은 하염없이 눈물을 흘렸다. 죽은 줄로만 알았던 아들이 살아 돌아온 반가움 때문에 나오는 눈물이었지만 못난 부모 때문에 고생하는 아들에 대한 미안함과 서러움 때문에 결국은 통곡하고 말았다. 홍기일은 괜찮은데 왜 자꾸 우냐며 어머니를 달랬다.

"엄니 내가 벌어갖고 호강시켜줄랑께, 걱정마쇼. 글고 나 내일부터 광주 시내 계림동에 있는 뼁기집(페인트)에 나가서 기술을 배울 테니까. 이제 미안하단 말 좀 그만하시랑게요."

가출 기간 동안 몸도 마음도 훌쩍 큰 홍기일은 자신의 장담대로 건축 기술을 열심히 배웠다. 비록 나는 공부로 성공할 인생은 못되겠지만, 건축 기술로도 얼마든지 잘살 수 있다며 식구들에게 큰 소리를 쳤다. 새로 지은 건물이 50년, 100년을 가겠냐며 고장 난 걸 수리하고 보기 좋게 다듬는 일이 앞으로 돈벌이가 될 것이라고, 이 시장을 개척하면 사장님 소리를 들을 수 있을 것이라며 나름의 사업 구상을 친구들에게 늘어놓기도 했다.

학원을 다니며 미장과 도장 등 건축 기술을 배운 홍기일은 대충 일하는 법이 없었다. 건축 기술을 가르치는 학원 강의 시간에 강사가 성의 없이 강의하거나 하면 "인생을 왜 그렇게 살아요"라며 꾸짖고 자리를 박차고 나왔다.

5·18 시민군 홍기일

기술을 어서 배워 가난을 벗고 싶었다. 그래서 열심히 배웠고 성실히 일했다. 홍기일은 스무 살이 되던 1980년 5월 어느 날, 여느 때처럼 일터

ⓒ 이상호

이상호 화백의 판화 〈그만 좀 쫓아와라〉 계엄군에 쫓기는 광주 시민을 묘사했다.

로 향하고 있었다. "비상계엄 해제하라", "전두환은 물러가라"를 외치며 수백 명의 시민들이 뛰어다니고 있었다. 박정희 전 대통령 사망 이후 광주에서 늘 보던 시위 장면이었다. 그런데 그 시위를 진압하는 쪽의 분위기가 이날은 사뭇 달랐다.

그런 건 처음 보는 광경이었다. 계엄군들이 소총에 대검을 장착하고 사람들을 쫓아다니고 있었다. 그들이 쥐고 있는 곤봉은 그냥 위협용이 아니었고 사람들 머리에 내리꽂혔다. 계엄군들은 부동자세로 서 있다가 돌격 명령을 받으면 시위대를 향해 내달렸다. 젊은이들이 안간힘을 쓰며 도망갔지만, 훈련받은 군인들은 그보다 훨씬 더 빨랐다.

"이게 뭔 일이다냐!"

공수부대라고도 하고 특전사라고도 불리는 얼룩무늬 군복을 입은 군인들은 닥치는 대로 광주 시민을 때려잡았다. 해산이 목적이 아니라 마치 적군을 붙잡아 죽이는 게 목적이라도 되는 듯 사람들을 맹렬히 추격했다. 홍기일은 어느새 시위대와 함께 뛰고 있었다. "전두환은 물러가라"를 외치며 계엄군에게 돌을 던졌다.

계엄군에게 쫓기는 하루를 보낸 홍기일은 집에 와서도 분을 삭이지 못했다. 어디서 군인이 국민에게 총을 들이대냐며 분노했고, 다른 형제들에게도 함께 나가 싸우자고 말했다. 식구들은 지금 나가면 생사를 장담할 수 없다며 어디를 나가냐며 말렸지만, 혼자라도 나가서 싸우겠다며 집을 나섰다.

홍기일은 매일 광주 시내로 나갔다. 5월 18일이 지나고 5월 19일부터 21일 오전까지 트럭을 타고 다니며 광주 시민들에게 동참을 호소했다. 홍기일은 "나라도 광주를 지켜야 하지 않겠냐"며 친구와 동료를 불러 모았다. 광주 시민들은 계엄군의 살인적 진압을 피해 숨지 않았다. 계엄군이 증파될수록, 시민들이 곤봉에 맞아 죽어나가고 총에 맞아 숨질수록 더욱더 거리로 쏟아져 나와 한 덩어리처럼 뭉쳤다. 우리는 불의를 보고 참지 않는다는 자부심이 시민들을 하나로 묶었다. 그게 광주가 다른 도시와 다른 점이었다.

"트럭 타고 다니면서 사람들에게 합세하자고 하면, 박수 쳐주고 그럴 때 기분이 진짜로 좋습디다. 사람들이 나를 인정해주니까, 그게 그렇게 기분이 좋더랑께요."

5·18 최대의 비극, 광주 시민을 향한 계엄군의 발포가 시작됐다. 5월 20일 광주역에서 총을 난사해 네 명이 숨지고 수십 명이 다쳤는가 하면, 5월 21일 오후 1시 전남도청 앞 집단 발포로 최소 30명 이상이 숨졌고 수백 명이 총상을 입은 것으로 추정된다.

홍기일도 이 집단 발포 때 총을 맞았다. 20일 밤 광주역에서 맞았는지, 21일 낮 전남도청 앞에서 맞았는지는 정확하지 않다. 홍기일의 어머니 조창님은 홍기일이 금남로에서 총을 맞았다고 말했던 것으로 기억한다. 이 진술에 따르면 21일 오후 전남도청 집단 발포 때 홍기일은 11공수 계엄군이 쏜 총에 맞았다.

콩을 볶는 듯한 총성이 이어지고 사람들이 픽픽 쓰러지는 그 거리에서 홍기일도 총에 맞았다. 왼쪽 종아리를 총알이 스치고 지나간 것이다. 종아리를 관통하지 않은 게 다행이라면 다행이었다. 홍기일은 옷으로 지혈한 다음 광주 양동 자택으로 가는 대신 화순에 사는 고모 집으로 피신했다. 집으로 갔다가는 빨갱이로 몰려 잡혀갈 것이 뻔했다. 겨우겨우 화순에 도착한 홍기일은 그때서야 살아남은 사실에 안도했다.

총상을 입은 다리를 치료하러 병원에 가고 싶었지만 갈 수가 없었다. 계엄군들이 병원마다 돌아다니며 눈에 불을 켜고 총상 환자들을 찾아다니고 있었다. 홍기일의 식구들은 홍기일이 계엄군에게 잡혀갔거나 총에 맞아 죽었을 것이라고 생각했다.

상처는 더디 아물었다. 병원에 가지 않고 집에서 치료하다 보니 다시 움직이는 데 6개월이 걸렸다. 홍기일의 마음은 어지러웠다. 군인들이 시민

© 조창남

사우디아라비아에서의 홍기일

들에게 설마 총을 쏘리라고는 상상도 못했던 것이다. 그날 거리에서 자기 옆과 뒤에서 총을 맞고 죽어간 이름 모를 사람들의 표정이 정지 화면처럼 홍기일의 눈앞에 선명히 떠올랐다.

화순 고모 집에 1년 가까이 은신한 홍기일은 종아리의 상처가 아물자 광주 집으로 돌아왔다. 다른 식구들은 홍기일의 생사를 그때까지 모르고 있었지만, 어머니 조창님은 시누이가 몰래 말을 전해와 아들이 화순에서 치료받고 있다는 사실을 알고 있었다.

집에 돌아왔을 때 홍기일을 기다리고 있었던 것은 군대 소집영장이었다. 자신에게 총을 쏜 군대에 들어가 총을 들어야 하는 역설적 상황이 된 것이다. 홍기일은 광주 송정리에 있는 공군 부대에서 방위병으로 복무하며, 미군들과 함께 2년 가까이 생활했다. 홍기일은 한국민과 한국군을 무시하는 미군들을 보며 괴로워했다. 홍기일이 또 다칠까 봐 어머니 조창님은 안절부절 못했다. 무사히 제대만 해달라고 신신당부했다.

어머니의 간절한 호소 덕분인지 홍기일은 큰 사고 없이 군 복무를 마친다. 1970년부터 불기 시작한 중동 바람이 1980년대까지 이어졌다. 홍기일에게 중동에 일하러 가서 한몫 잡았다는 사람들의 얘기가 들려왔다. 익힌 기술도 있겠다, 중동에 가서 조금만 고생하면 목돈을 쥘 수 있을 것 같았다. 1년 동안 한 달 40만 원을 받는 조건으로 홍기일은 1984년 2월 사우디아라비아로 떠난다(한국은행에서 제시하는 화폐가치로 환산하면 1984년의 40만 원은 2015년 기준으로는 131만 원 정도되는 금액이다).

덥긴 했지만 잡념과 고민, 불면증을 떨칠 수 있어서 좋았다. 사우디아라비아에서 미장공으로 1년을 보낸 홍기일은 1985년 2월에 귀국해 서울과 경기도에서 생활했다. 학원에서 배운 기술과 중동에서 쌓은 경력이 더해지면서 이제는 어떤 현장에 가도 일할 자신이 생겼다. 경기도 화성에 자리 잡은 홍기일은 건설 현장을 돌아다니며 미장공 생활을 이어갔다.

중동에서 목돈을 손에 쥐었지만 홍기일의 마음은 1980년 총을 맞은 그날부터 내내 지옥이었다. 사실 중동에 간 것도 마음을 어지럽히는 생각을 떨쳐내기 위해서였다. 눈을 감아도 그때 그 장면이 떠올랐다. 혼자서 페인트칠을 하거나 인부들하고 밥을 먹거나 친구들하고 술을 한잔할 때도 마찬가지였다. 군인들이 총칼을 들고 날뛰는 모습과 금남로의 시신들이 밤마다 꿈에 나타나 괴로웠다. 홍기일은 아무 일 없다는 듯이 희희낙락하는 사람들이 이상하게 보였다.

형.

장가들기 전과 지금의 심정은 어떠합니까.

형

더럽다면 더럽고 무거운 사회생활에 견디다못한 놈이

라고 생각해도 좋읍니다. 형.

젊음의 불태우던 아무런 의지와 생각이 기성세대이
포로가 돼버리면 고사 되버리지 않습니까.

홍기일이 형에게 남긴 유서 중에서

홍기일의 답답증은 날로 심해졌다. 광주에서 끔찍한 일이 있었는데도 아무 일도 없었다는 듯 웃고 떠들고 일상생활을 이어가는 사람들을 보고 있노라면 소름이 돋았다. 신문과 방송은 학살자 전두환을 찬양하기에 여념이 없었다. 누구도 광주에서 있었던 비극을 입에 올리지 않았다. TV와 신문에서는 전두환 정권이 추진하는 학원안정법이 화면과 지면을 뒤덮고 있었다. 집회나 시위를 준비하거나 시도를 하다 붙잡는 대학생들을 재판 없이도 구금 시설에 보내겠다는 내용이었는데, 골칫거리였던 대학생들을 제압하기 위한 입법이었다. 야당과 시민 단체가 반발했지만 전두환은 아랑곳하지 않았다.

전두환의 '학원안정법'이 세상에 공개된 건 1985년 8월 7일이었다. 철권통치를 휘두르던 전두환이 그나마 비판 세력마저 없애버리려 하자 홍기일은 자신이 성냥이 되기로 결심했다. 분신을 통해 5년 전 광주에서 있었던 의로운 싸움을 다시 일으켜보기로 한 것이다. 1985년 8월 15일을 거사일로 잡았다. 때마침 1985년은 해방 40주년이 되는 해였다.

ⓒ 김철원
홍기일이 어머니와 고모에게 선물한 손목시계

거사를 결심한 홍기일은 주변 정리에 나섰다. 그동안 건축 일로 모아둔 돈을 어머니에게 드렸다. 사우디아라비아와 경기도 화성에서 건설 일을 하며 저축한 돈 62만 원은 당시로서는 거금이었다.

"이 돈 갖다가 맛있는 거랑 사드씨요."

어머니 조창님은 효자 아들이 건네는 목돈에 뿌듯했지만 조창님은 아들이 준 돈을 쓰지 않았다. 자신을 위해 무엇인가를 사는 게 익숙치 않았다. 수중에 돈이 있다는 것만으로도 행복해했다. 어머니가 용돈을 쓰지 않고 버티자 홍기일은 손목시계 두 개를 사서 어머니에게 드렸다. 하나는 어머니를 위한 것이고, 다른 하나는 금남로에서 총상을 입었을 때 자신을 돌봐준 고모를 위한 것이었다.

"이것도 한번 차보시랑께요. 돈을 드려도 엄니 꺼를 안 사니까 내가 사왔소."

아들이 왜 자꾸 이러나 싶었지만, 조창님은 오랫동안 외지 생활을 하고 온 아들이 호강시켜주겠다는 약속을 이제 지키는 것이겠거니 생각할 뿐, 아들로부터 받는 마지막 선물일 것이라는 사실은 상상도 할 수 없었다.

분신 그리고 전진

한여름 땡볕이 내리쬐는 1985년 8월 15일이었다. 5년 전 광주의 비극에도, 언제 그런 일이 있었냐는 듯 웃으며 다니는 광주 시민들을 보며 홍기일은 주먹을 불끈 쥐었다. 시민들에게 전단지를 나눠줬지만 주의를 기울여 읽는 이들은 거의 없었다. 「8·15를 맞이하는 뜨거움의 무등산이여」라는 제목의 전단지는 길바닥에 버려져 있었다.

광주 시민이여!
잠에서 깨어나라!!

— 무등의 아들, 민주투사 홍기일 분신항거 —

8.15를 맞이하는 뜨거움의 무등산이여!

그토록 울부지며 부르짖던 민주가 자유가 뜨거움의 아픔으로 5년이 흐른 이시점에서 아픔이 아픔으로 느끼지 못하는 이현실에 무등을 보기가 부끄러울 뿐입니다

4강의 각축장에서 미국은 미국의 안보를 위한 (한국의 핵기지화와) 일본의 경제적 침략의 한계를 넘어 군사적(문화적) 침략에
우리 민족은 생사의 갈림길에 서 있읍니다
더욱 가증스러운 것은 현 전두환 군사정권은 정권을 유지하기 위하여 일본의 대한침략의 길을 더욱 개방 함으로서 우리들의 思想과 주체성이 서서히 허물어 짐으로서 이 현실의 8.15의 의미가 부끄러울 뿐입니다

현정권의 무책임한 정책으로 인하여 날로 가속화 되어가는 제국주의의 경제적 종속은 농촌과 도시 산업의 파괴로서 서서히 [illegible]하게 말라죽고 있읍니다
우리는 깨어나야 합니다 대오각성을 해야 합니다
온갖 억압의 배고픔보다 우리 스스로 참여하는 (민주의식의 배고픔)에 나아가야 합니다
더욱 무서운 것은 우리들의 주체성이 아주 결여 되어 있읍니다
민주의 아픔이 민족의 아픔이 민족 통일의 아픔이 온갖 허위와 쾌락과 무지와 몽둥이의 두려움속에 잠들고 있읍니다
(저 사랑하는 동생과 어린자식의 눈동자를 보십시오)
침묵에서 깨어나야 합니다 마취에서 깨어나야 합니다
대답 해야 합니다 응 해야 합니다

민주주의 만세! 민족주의 만세! 민족 통일 만세!

무등을 사랑하는 홍기일

민주투사 홍기일 분신 항거 대책위원회

연락처 — 5.18 광주의거 구속자 협의회(회장·홍남순 22-1234)·NCC 전남인권위(524-6507)
전남민주청년운동연합(54-7330)·전남사회운동협의회(56-5525)
천주교 광주대교구 정의평화위원회(27-6009)

홍기일이 분신 직전 작성해 만든 전단지를 토대로 광주 지역 시민 단체들이 다시 만든 유인물이다.

8·15을 맞이하는 뜨거운 무등산이여!

그토록 울부지며 부르짓던 민주가 자유가 뜨거움의 아픔

으로 5년이 흐른 이시점에서 아픔이 아픔으로 느끼

지 못하는 이현실에 무등을 보기가 부끄러울 뿐입니다.

4강의 각축장에서 미국은 미국의 안보를 위한

(한국의 핵기지화와) 일본의 경제적 침략의 한계를

넘어 군사적(문화적) 침략에

우리 민족은 생사의 갈림길에 서 있읍니다.

더욱 가증스러운 것은 현 전두환 군사정권은

정권을 유지하기 위하여 일본의 대한침략의 길을

더욱 개방함으로서 우리들의 思想과 주체성이

서서히 허물어짐으로서 이 현실의 8·15의 의미가

부끄러울 뿐입니다.

현정권의 무책임한 정책으로 인하여 날로 가속화

되어가는 제국주이의 경제적 종속은 농촌과

도시 산업의 파괴로서 서서히 다급하게 말라죽고 있읍니다

우리는 깨어낳야 합니다. 대오각성을 해야 합니다.

온갖 억압의 배고픔보다 우리스스로 참여하는

(민주의속의 배고픔)에 나아가야 합니다

더욱 무서운 것은 우리들의 주체성이 아주 결여되어 있읍니다

민주의 아픔이 민족의 아품이 민족통일의 아픔이

온갖 허위와 쾌락과 무지와 몽둥이의 두려움속에

잠들고있읍니다.

(저 사랑하는 동생과 어린자식의 눈동자를 보십시요)

침묵에서깨어낳야 합니다 마취에서 깨어낳야 합니다

대담 해야 합니다 뭉쳐야 합니다

민주주의 만세! 민족주의 만세! 민족통일 만세!

무등을 사랑하는 홍기일

이상호 화백이 1986년 판화로 제작한 〈홍기일 열사도〉

무등을 사랑하는 홍기일

홍기일은 사람들에게 나눠준 전단지가 길바닥에 버려지는 것을 보며 주머니 속에 넣어둔 식칼과 성냥을 다시금 확인했다. 그러고는 전남도청 정문을 출발해 금남로에서 가장 높은 건물인 전일빌딩 앞쪽으로 걸어갔다. 홍기일 오른쪽 어깨 쪽에 우뚝 솟아 있는 무등산이 따라오는 것처럼 느껴졌다. 전남도청 앞 분수대를 지날 때는 5년 전 이곳을 가득 메웠던 그 풍경이 떠올랐다.

5년 전 계엄군이 총을 쏠 때도 이맘 때처럼 낮 한 시쯤이었다. 홍기일은 식당 화장실에 들어가 극약을 입에 털어 넣었다. 분신에 실패할 경우를 대비해서였다. 생명을 바쳐 알리고 광주 시민들을 일깨우기로 한 결심이 실패로 돌아가서는 안 될 일이었다.

홍기일은 극약 기운이 퍼지기 전 기름집에서 사온 휘발유를 머리에 끼얹었다. 약 기운이 퍼져 구호를 외치기도 전에 쓰러지면 낭패였다. 최대한 많은 사람들에게 알리기 위해서는 서둘러야 했다. 집에 두고 온 유서를 되뇌었다. '8·15를 맞이하는 뜨거움의 무등산이여 …….' 준비는 끝났다. 광주 YMCA와 광주관광호텔 사이 차도에서 무등산 쪽을 향해 섰다. 구호를 외치며 차도를 건너기 시작했다.

"광주 시민이여, 침묵에서 깨어나라."

"학원안정법 반대 투쟁에 결사적으로 나서자."

"뭉칩시다."

구호를 외치자 근처에 있던 경찰들이 홍기일에게 다가왔다. 전일빌딩 앞 차도에서 홍기일은 준비한 식칼을 경찰에게 보이며 "다가오면 자해하겠다"라며 칼을 휘둘렀다.

기름 범벅이 된 홍기일은 성냥 한 개비를 그어 불을 켰다. 금세 불길이 일었다. 홍기일은 팔을 들어 구호를 외치며 무등산이 뒤로 보이는 전일빌딩 쪽으로 행진했다. 불길에 휩싸인 채 홍기일은 전일빌딩을 지나 광주 동구청 방향으로 뚜벅뚜벅 걸어갔다. 열기 때문에 앞이 보이지 않았지만, 무등산만 바라보며 1시 방향으로 걸어나갔다. 홍기일은 있는 힘을 끌어 모아 소리쳤다.

"민주주의 만세!"

방금 전까지 전단지를 돌린 청년이 불덩이가 돼 나타나자 사람들은 깜짝 놀랐다. 몸에 불을 붙이고 100미터쯤 걸어갔을까. 전남도청 분수대 근처에서 쓰러졌다. 홍기일은 다시 한번 목소리를 쥐어짜 외쳤다.

"민주주의 만세!"

홍기일이 쓰러지자 사람들이 근처 약국에서 소화기와 물을 가져와 불을 껐다. 경찰은 그때서야 홍기일에게 다가갔다. 오후 1시 20분이었다. 경찰이 홍기일을 태워 병원으로 옮겨갔는데 이때만 해도 홍기일은 의식이 또렷했고 대화도 할 수 있었다. 소식을 듣고 달려온 시민 단체 사람들에게 자신의 분신 이유를 설명했다.

문 저희는 인권단체에서 나왔습니다. 말씀하실 것 있으면 해주시죠.

답 8·15를 맞이하는 뜨거운 무등산이여 그토록 울부짖으며 부르짖던 …… (당시 뿌렸던 유인물을 외워서 말함)

문 잘 알겠습니다. 지금 직업이 학생이세요?

답 노동자입니다.

문 어디에서 근무하세요?

답 건축 일 하기 때문에 여기저기서 일합니다.

문 학교는 어디까지 나오셨어요?

답 양동국민학교요(전남중학교 중퇴).

문 이렇게 하게 된 각오랄까, 그동안 생각해왔던 것들에 대해서 이야기해주시죠.

답 5·18 때 살아남았다는 것이 부끄럽고 5·18의 의미가 무엇인지 당시 잘은 모르는 상태에서 문제성을 자주 파보니까, 우리의 현실에 커다란 문제성이 많이 있다는 것을 알고서 오늘 희생을 각오했습니다.

문 5·18 때 시민들과 함께 참여하셨습니까?

답 예, 시민군으로 싸웠다기보다 옆에서 도와주는 편이었죠.

문 오늘 이렇게 결행하게 된 심정과 결행하고 난 지금의 심정을 좀 이야기해주십시오.

답 이 현실 자체에서 결혼해가지고 아들딸 낳고, 아무런 의미가 없어요.

문 현실에 불만이 있다면?

답 우리 국민들의 무지, 예, 쾌락과 무지와 온갖 허위와 몽둥이(폭력 지칭)의 두려움 속에 …… 그것뿐입니다.

문 최근에 돌아가는 정국이 배경이 됐을까요?

답 배경이 됐죠. 84년도 가만히 두고 보니까 안 되겠으니까, 막 요새 강경을 하잖아요. 그래서, 여기서도 만약에 국민들이 무릎팍 꿇고 들어간다면 완전히, 참 나라가 뭐가 될지 몰라요. 국민들에게 자극을 일으키기 위해 실행했던 겁니다. 국민들이 산송장이죠.

문 정권이 강경책으로 나오고 있는데 탄압 조치들이 어떠한 것들이 있는 걸로 알고 있어요?

답 첫째로 꼽는 것이 학원안정법이죠. 이거 안 되죠. 이거 학교가 감방이나 똑같죠. 이것이 그리 안 해도 지금 감방이나 마찬가진디 …….

문 경제적으로 어렵습니까?

답 예, 집안 환경이 좀 어렵죠.

문 가족 관계 좀 이야기해주십시오.

답 아버지, 어머니, 누나 시집가고, 우리 형 장개가고, 나하고 동생 하나 있습니다.

문 오늘 상황을 좀 …….

답 상황? 아무래도 사람들이 모이는 시간이 11시부터 오후 1까지가 제일 번화하단 말요. 어느 조그만 식당가 가가지고 화장실에 가서 쥐약 먹고, 쥐약을 안 먹으면 안돼요(분신만으로는 안 죽는다는 의미인 듯). 혹시 막는 자가 있으면 어쩌겠소, 죽여버려야제. 몸에 그것을 …… 변소 가서 휘발유 뿌리고 나 혼자 했습니다.

문 가까운 친구는 없습니까? 얘기 잘 통하는 친구들?

답 있지만 당구나 치고 그런 것이니께 허나 마나 한 것이고, 친구가 있으나 마나 한 친구죠. 먹고살려고 …….

문 8·15를 택해서 하신 것 같은 데 의미가 있습니까?

답 예, 의미가 크죠. 제국주의의 침략 ……(말을 잇지 못함).

문 공부는 혼자서 하셨어요?

답 나, 공부는 허덜 안 했습니다(학교 공부는 안 했다는 말로 추정).

문 성명서 내용이 …….

답 책 보고 한 거죠, 책 보고.

문 현장에서 구호 같은 것 없었습니까?

답 침묵에서 깨어나라 ……(고통 때문에 더 이상 말을 잇지 못함).

홍기일 분신 소식이 알려지자 전남 지역 15개 시민·사회 단체들은 대책위원회를 꾸렸다. 대책위는 소식지 ≪일보전진≫을 만들어 홍기일의 투병 소식과 시민사회의 대응을 알렸다. 매일 1호씩 8호까지 만들어진 ≪일보전진≫은 홍기일이 병상에서 남긴 여러 가지 발언을 전했다.

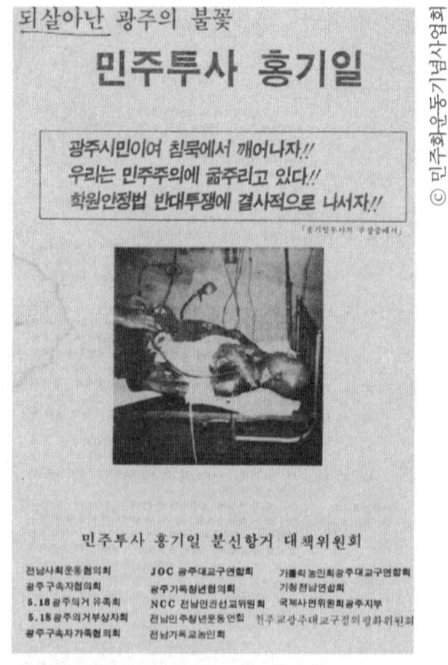

되살아난 광주의 불꽃

민주투사 홍기일

광주시민이여 침묵에서 깨어나자!!
우리는 민주주의에 굶주리고 있다!!
학원안정법 반대투쟁에 결사적으로 나서자!!

민주투사 홍기일 분신항거 대책위원회

전남사회운동협의회
광주구속자협의회
5.18광주의거 유족회
5.18광주의거부상자회
광주구속자가족협의회
JOC 광주대교구연합회
광주기독청년협의회
NCC 전남인권선교위원회
전남민주청년운동연합
전남기독교농민회
가톨릭농민회광주대교구연합회
기청전남연합회
국제사면위원회광주지부
천주교광주대교구정의평화위원회

홍기일 분신 소식지 ≪일보전진≫ 8호까지 발행됐다.

© 민주화운동기념사업회

더 이상 있을 수 없다. 참을 수 없다. 너와 내가 발 벗고 뛰지 않으면 우리는 설 땅이 없다. 현 시국에서 학원안정법은 학생들을 하나의 포로로서 …… 학교는 감옥이다. 이것들을 절대 규탄해야 하고 방치해서는 안 된다. 국민들이 일어서서 대오각성해서 힘차게 힘차게 나아가야 합니다.

≪일보전진≫, 8월 15일 호

내 죽음에 대한 아버지의 자세는 어떤지 모르겠다. (대책위원회의 뜻에 따르기로 했다는 이야기를 듣고) 그러면 죽어도 여한이 없겠다.

≪일보전진≫, 8월 16일 호

나는 나의 뜻대로 일을 하고 간다. 아버지 미워하지 마시고 거룩하게 생각하세요. 12시경에 죽었으면 좋겠다. 왜냐하면 일간지에 나갈 수 있을 것 같으니까. 형 이 일은 결혼 전에 할 일이지, 결혼하면 환경이 바뀌어 할 일도 못해요. 나는 의(義)로서 결정하고 의(義)로서 행동했어요.

≪일보전진≫, 8월 17일 호

끝까지 우리가 추구하는 자유와 민주, 민족통일을 보지 못하고 죽는 것이 한이다. 그러나 꼭 달성하기 바란다.

≪일보전진≫, 8월 18일 호

(아버지) 절대 비굴해지지 마십시오. 저 사람들(경찰)과 타협해서는 안됩니다"라는 마지막 유언을 남기고, 의사가 산소호흡기를 제거하자 사망했다.

≪일보전진≫, 8월 22일 호

No.

존경하고 사랑하는 아버님 어머님.
이불효자식은 무어라고 용서를 빌어야 할지 모르겠읍니다.
처절하게 생계를 유지하고 있는 이 무서운 가정의 현실에
자식의 도리를 못하고 가버린 이놈을 무엇으로 대해야 하나요
아버님. 아버님께서는 알고 계실겁니다.
현재 위에 있는 우리들의 무서운 현실말입니다.
아버님.
누군가 누군가가 우리 모두가 일어서지 않으면
안됩니다. 빈부의 격차를 떠나 산다는 의미의 자체가
이처럼 허무하게 느껴지는 이 현실에
발등에 떨어진 불부터 끄고 봐야 한다는 여러 사람들
의 생각 [illegible]에 [illegible] 폭탄을 떨어뜨리기위해서
설날이 일요일입니다 결국에 떠나서 무의미할것도
같습니다 아버지
저는 세상을 우리 대한민국의 모두의 평안하게
살고 싶은 마음이 절대 없읍니다.
아버님은 알고 계실겁니다.
부디 아버님의 용서를 빌겠읍니다.
불쌍한 어머니 꼭꼭 달래시며. 모시며.
여생을 살아 가십시오.
(서울서 일할 돈이 13일에서 14일날 오기로 되었으
4.24.650 오지않으면 서울 T. [illegible] ~
[illegible] (한남동, 김성명씨) 댁으로 전화 [illegible])

홍기일이 부모에게 남긴 유서

존경하고 사랑스런 아버님, 어머님.

이불효자식은 무어라고 용서를 빌어야 할지 모르겠읍니다.

처절하게 생계를 유지하고 있는 이 무서운 가정의 현실에

자식의 도리를 못하고 가버린 이 죄를 무엇으로 해야 하나요.

어머님 아버님께서는 알고 계실겁니다.

현재 처에 있는 우리들의 무서운 현실 말입니다.

아버님.

누군가 누군가가 우리 모두가 일어서지 않으면

안됩니다. 빈부의 격차을 떠나 산다는 의미의 자체가

이처럼 허무하게 느껴지는 이 현실에

발등에 떨어진 불부터 끄고 봐야 한다는 여러 사람들

의 생각에 폭탄을 떠뜨리기위해선

성냥이 필요합니다 경우에 따라서 무의미 할 것도

같읍니다 아버지

저는 세상을 우리 대한민국의 모두두의 형님처럼

살고 싶은 마음이 젖혀 없읍니다.

아버님은 알고 계실 겁니다.

부듸 아버님의 용서를 빌 뿐입니다.

불쌍한 어머니 꼭꼭 달래시며. 달래시며,

여생을 살아 가십시요.

(서울서 일한 돈이 13일이나 14일일 오기로 되있으

니 24,650 그때 오지 않으면 서울 T. ○○○~

○○○○(한남동, 김○○ 씨 댁으로 전화 하십시오.)

No.

형.
장기를 기 전과 지금의 심정은 어떠합니까.
형
어쨌다면 더럽고 무거운 사회생활에 견디다 못한 놈이
라고 생각해도 좋습니다. 형.
젊음의 불태우던 아무런 의지와 생각이 기성세대의
종으로가 돼버리면 그사 되버리지 않습니까.
저는 그렇게 되기 싫습니다. 이4만 4관 죽은 그날
깍 보다나 내던지고 죽고 싶습니다.
어차피 저는 사회생활의 더러움의 (심장)의 낙오자라
할까요. 형님의 짤평의 죄로서
사회가 아무리 변하더라도 살지 않으렵 안됩니다.
그것이 나의 바램이랄까요
아버님 어머님의 무거운 부담을 안겨준 저에게
저자신이 부끄러울 뿐입니다.
형님
형수님과 조카. 아버님과 어머님 기홍이
아무리 짐이를 되더라도
열심히. 열심히 살아주시길 바랍니다.

MOON HWA

홍기일이 형에게 남긴 유서

형.

장가들기 전과 지금의 심정은 어떠합니까.

형

더럽다면 더럽고 무거운 사회생활에 견디다못한 놈이

라고 생각해도 좋읍니다. 형.

젊음의 불태우던 아무런 의지와 생각이 기성세대이

포로가 돼버리면 고사 되버리지 않읍니까.

저는 그렇게 되기싫읍니다. 이사판사판 죽을판

끽 소리나 내던지고 죽고싶읍니다.

어차피저는 사회생활의 더러움의 (심장)의 낙오자라

할까요. 형님의 맏형의 죄로서

사회가 아무리 벅차더라도 살지않으면 안됩니다.

그것이 나의 바램이랄까요.

아버님 어머님의 무거운 부담을 안겨준 저에게

저 자신이 부끄러울 뿐입니다.

형님

형수님과 조카 아버님과 어머님 기동이

아무리 힘이들더라도

열심히, 열심이 살아주시길 바랍니다.

ⓒ 홍성담

홍성담 작가의 판화 〈홍기일 열사도〉

"성냥이 필요합니다"

홍기일은 분신 8일 만인 1985년 8월 22일 새벽 0시 30분 숨을 거둔다. 홍기일이 사망하자 경찰은 준비해둔 시나리오대로 움직였다. 경찰력 1000여 명을 동원해 병원 주변에 있던 재야인사와 시민, 학생을 강제 연행했다. 홍기일의 동생과 학생들이 "형을 따라 죽겠다", "열사를 두 번 죽일 수 없다"라고 절규했지만, 아랑곳하지 않고 홍기일의 시신을 빼내 장의차에 실었다. 유족이 장의차에 타기를 거부하자 한 사람씩 들어 강제로 승차시켜 미리 마련해둔 전라남도 화순의 장지로 출발했다. 홍기일의 시신은 전남 화순군 벽지리 야산에 강제 매장됐다. 사람들이 찾아가기도 어려운 숲속 한가운데였다. 장례식이 치러지는 틈을 타 경찰이 홍기일의 집을 뒤져 모든 서류를 가져갔다. 홍기일이 가족 앞으로 미리 써둔 유서만이 남아 있었다.

어느 신문이나 방송도 그의 분신과 죽음을 다루진 않았지만, 광주 시민들은 입소문과 전단지를 통해 그의 소식을 알고 있었다. 광주 시민들은 장례식도 제대로 치러주지 못한 죄책감에 눈물을 흘렸다. 예술인들은 입에서 입으로 전해지는 홍기일의 투쟁담을 듣고 판화를 만들었다. 민중화가 홍성담과 이상호가 홍기일의 분신을 주제로 판화를 만들었다.

홍기일의 어머니 조창님과 2016년 4월 1일, 12월 23일 두 차례에 걸쳐 홍기일의 삶과 죽음을 주제로 인터뷰를 진행했다.

문 아들 분신 소식은 언제 어디서 들었습니까?

답 그즈음에 누가 저한테 취직자리를 소개시켜줍디다. 아부레기 공장(어묵 제조공장)에 새벽 일찍 간 것이 흉이제(내 잘못이지). 거기를 댕긴디 새벽에 4시에 나가야 돼. 양동에서 했어라. 거기를 나갔는디 학생들이 와서 그러는 거요. "뭣을 내놓으라고." 그래서 제가 "어째서 그냐." 그런께 "기일이가 지금 사

ⓒ 김철원

조창님 홍기일 어머니

고 났다"고 전대병원에 있다고 그래라. 죽었다는 소리도 안 하고. "뭔 사고 났어?", "가서 보시면 안다"고 그럽디다. 그래서 갔어.

문 병상에 누워 있던 아들이 어머니에게 어떤 말을 하던가요?

답 기일이가 사람들 말을 다 듣고 말을 했어요. 대통령한테 전두환한테 할 말 있으면 하라고. 대통령은 양심을 바르게 할 때가 됐고 우리 가족한테는 죄송하다고 미안하다고 그랬어요. 그리고 대신 저 대신 제 몫까지 어머니, 아버님한테 잘해줬으면 좋겠다고 그렇게 말을 합디다.

병원에 누워 있는 기일이가 그래요. "내가 살면 일주일을 살 것이고, 일주일이 넘어지면 3년을 산다"고 그래요. 분신할 당시에 옷이 다 타지도록 뛰어간디 누가 끄도 못했다 합디다.

문 홍기일이 병원에 누워서도 다른 이들에게 피해를 안 주려 노력했다는데 무슨 말인가요?

답 우리 윗방에 학생 형제가 와서 고등학생, 전남대 다니고 있어요. 그 학생이 경찰에 불려갔어. 그런데 기일이가 경찰한테 "그 학생 아무 죄 없다. 나하고 극장 한 번 데리고 가서 영화 보고 한 것밖에 없다." 이렇게 경찰에 이야기를 해준 것이요. 그래서 그 학생은 암시랑토 안 했어라(아무 피해도 입지 않았어요). 기일이 뒤를 경찰이 캐니라고 노력했는데, 기일이는 그 학생 살릴라고 애를 썼지라. 죽어가면서도 그렇게 학생들 지켜주려고 애를 썼어요.

경찰이 우리 친정, 기일이 외가까지 다 조사를 했대요. 그렇게 철저하게 조사했는데도 뭐 안 나왔었어요. 암 것도 안 나왔어.

문 병상에 누워 있는 아들하고 어떤 이야기를 나눴습니까?

답 기일이가 말을 하기는 해도 숨이 찹디다. 화기(火氣)가 들어서 그런가 숨이

차. 말은 잘 합디다, 잘해. 나는 그걸 보고 우는 것도 그냥 그렇게 심하게 안 울었어. 넋이 나가가지고. 내 자식이 이럴 것이라고는 꿈에도 생각 못했는디 그런 일이 생긴께, 기일이가 그랬어요. 경찰들하고 절대 협상하지 마라고, 부탁한다고. 당당하게 살으셨으면 좋겠다, 지 아버지한테도. 아버님 당당하게 살아줬으면 좋겠다고 말했어요.

문 아드님이 5·18 때 집회에 많이 참가했다면서요?

답 밤낮으로 돌아댕기면서 데모 일으키고 그랬어요. 그때 트럭을 타고 다니면서 일신방직, 전남방직 근처에 가서 합세하자고 하면 사람들이 좋다고 손뼉치고 그럴 때 그렇게 기분이 좋다고 기일이가 그럽디다.

기일이가 분신한 이후 기일이 친구가 병원에 가서 "왜 그렇게 죽냐, 왜 죽어. 살아야제" 그런께 기일이 하는 말이 "그렇게 함부로 말하는 것이 아니다" 그러더라고라. "그리고 5·18 때 희생된 사람들의 고귀한 죽음을 그렇게 말하면 쓰냐" 뭐라고 하더라고요.

5·18에 대해서는 항상 너무 아쉽다고 했지요. 이것을 어떻게 해서 정부에서 사람 하나 죽은 걸 파리 목숨으로 생각하고. 처음에는 나는 그 말이 뭔 말인지도 몰랐어. 조금이라도 살아 계신 양반들이(5·18 부상자들이) 확실하게 됐으면 좋겠다고 그럽디다. 1985년 분신한 뒤에 자기 화순 사는 고모부가 "이 자석, 어째 이런 짓거리를 했냐" 꾸짖으니까, 기일이가 "고숙, 죄송합니다. 저는 아무 후회 없으며 내가 내 뜻을 이루고 죽은께, 나는 아무 후회 없습니다" 그랬어요. 자기 아버지한테도 그랬어요. 당당하니 살으시라고.

문 5·18 때 다리에 총을 맞았다고요?

답 긍께 인자 총 맞아서 그랬는데 병원에도 안 가고 폭도로 몰아가서 잡아먹을란디 어떻게 말하겄어요. 화순에 기일이 둘째 고모가 살거든요. 거기 가서 1년간을 약 사다 먹으면서 그렇게 숨어서 나왔다고 합디다.

총알이 다리 뒤에 이렇게 지나갔더랑께. 껍닥이 할딱 벗어져 불었어. 아들한테 물어보니까 뛰어댕기면서 "싸우다가 쫓기다가 그렇게 되어불었제" 그러더라고요. 자세한 설명은 안 하고 어째서 다쳤다고만 해요. 그때 그래서 다쳤다는 소리도 안 하고 누가 들을까 싶으니까 그냥 쉬쉬하고, 그랬어요.

그랬는데 분신한 뒤에 경찰이 기일이가 거짓으로 노름하다 빚져서 죽었네, 어쨌네 소문을 딱 내놨더란께라. 나는 아무것도 몰라요, 민주가 뭐인지도 몰랐는디. 참말로 제 앞에 이런 일 당할 것이라고는 꿈에도 생각 못했는디 …….

치료를 무서워서 안 했단께라. 그런께 자료가 없응께 소용없어. 병원 자료가 없응께. 나 같은 박복한 복에 너무 과분한 놈이 왔어요.

문 아드님 장례는 어떻게 치렀습니까?

답 우리 아들이 분신해서 죽었는데 경찰이 우리 아들 노름해서 빚져서 죽었다고 소문 딱 내놨어. 그쪽에서 그랬단께라, 경찰서에서. 고향에 가서 들어본께, 노름해서 빚져서 죽었다고. 1985년도에 5·18 지나고 5년 뒤에 전남도청 앞에서 분신했지요. 그래서 간 사람인디.

분신하고 이레 만에 죽었어요, 7일. 다 익어불고 등거리를.

기일이를 아버지 고향인 화순의 아카시아 숲 가운데다 묻어놨거든, 사람들 못 댕기게. 그래서 망월동으로 온다고 해서 전화했더니 (5·18 단체에서) 그러고 그냥 안 되는 쪽으로 반대를 하고 환영도 안 하고 그래요. 그래도 중간 입장에서 '되는 방법으로 합시다' 그럴 줄 알았거든요.

문 당시 경찰로부터 혹독하게 조사를 받으셨다고요?

답 경찰이랑 이런 데서 조사를 받았어요. 분신 이후에도 받았어요. 그때 (당시 여당인) 민정당에서는 어느 뜻으로 조사를 하냐면 어떤 반란군 피를 받아서 나온 새끼이길래 분신을 하냐 그래서 그런 관점에서 조사하고 그랬어요. 또 반대쪽 야당에서는 어떤 피를 받았길래 그렇게 용감한 일을 했을까 이런 뜻으로 진상 조사를 하고 그러대요.

문 처음 장지인 전남 화순에서 이후 광주 망월동 묘역으로 이장(移葬)할 때 많이 서운하셨다고요.

답 5·18 단체에서 망월동으로 들어오면 안 되는 쪽으로만 계속 말을 한께 그것이 서운했지라. 그러고도 오늘날까지 사과 한마디가 없응께, 내가 안 풀어져 마음이. 그 말만 하면 눈물이 쭉쭉 나오면서 떨려. 화순에서 뼈다귀 파다놓고 뒤에서 얼마나 내가 악을 쓰고 울은지 아요?

학생들이 오믄 환영하고 노동자인께 반대하요? 제가 그러면서 악을 썼거든요.

문 **추모사업회는 있습니까?**

답 없어. 무슨 단체 소속이 아니고 1인 노동자라 없어. 추모식만 생각하면 내가 서운해요. 내가 노동 단체에 가서 내 돈 들더라도 추모식 해볼까 가만히 생각해봤어요. 그것은 그것도 뜻이 있제. 그런데 가입해갖고 내가 한 달에 얼마씩 내고 가입할라 했어. ○○노총도 찾아가 봤어요. 그런데 내가 힘들 것 같아서 포기했습니다.

옳은 일을 했지만 어쩔 것이요? 이제껏 그렇게 살았는데. 이제 뭣이 남았냐면 유공자법만 통과가 되면 이제 정부에서 제사는 지내준께, 자식들한테 부담은 안 준께 내가 죽어도 발 뻗고 죽지라. 그것만 바래요, 인자 다른 것 다 포기하고. 이제껏 살았는디.

홍기일은 숨진 지 16년 만인 2001년 김대중 정부가 구성한 민주화운동관련자명예회복 및 보상심의위원회 심의를 거쳐 민주화운동 관련자로 인정됐다. 그로부터 14년이 지난 2014년 그의 유해는 경기도 이천에 조성된 민주화운동기념공원으로 이장됐다.

『민주화운동백서』에 기록된 홍기일

홍기일(60.4.10), 보상, 1985, 전두환정권 반대(사망): 건축노동자로, 군부통치 반대시위의 일환으로 1985.8.15. 온몸에 휘발유를 부은 다음 광주 금남로 전일빌딩 앞에서 "광주 시민이여 잠에서 깨어나라, 민족주의 만세, 민주주의 만세" 등 구호를 외치며 미리 준비한 유인물을 배포하다 진압경찰이 출동하자 성냥불을 그어 분신, 전남대 병원에서 입원 치료 중 8.22. 사망(2001.3.20. 제15차)

홍기일 약력

1960년	광주시 마륵동에서 3남 1녀 중 차남으로 출생
1968년	광주 양동국민학교 입학
1974년	광주 전남중학교 입학
1976년	전남중학교 3학년 중퇴, 2년간 서울로 가출
1978년	광주에서 도장·미장 등 건축 기술 익혀 취직
1980년 5월	5·18 민주화운동 때 시민군으로 참여, 다리에 총상을 입음
1981년	인천에서 "전두환 물러가라"고 외치다 경찰 연행
1981년	광주 미군 부대에서 공군 방위병으로 복무
1982년	방위 소집 해제
1983년	인천 직업훈련원에서 건축 기술을 배움
1984년 2월	사우디아라비아에서 미장공으로 일함
1985년 2월	귀국, 경기도 화성에서 미장공으로 일함
1985년 8월 15일	오후 1시 전남도청 앞 금남로에서 분신
1985년 8월 22일	0시 30분 사망, 전라남도 화순군 도암면 벽지리에 매장
2001년 3월 20일	민주화운동 관련자 인정(15차)
2014년 4월	경기도 이천 민주화운동기념공원 이장

홍기일 열사를 기리며

익명 독자 ○○○

1985년 8월 15일 12시가 넘어 광주YMCA 앞 버스승강장에 서 있었다. 오전 내내 교육을 끝내고 밖으로 나와 뜨거운 햇살을 피해 승강장에 기대고 서 있을 무렵, 버스를 기다리느라 몇 사람이 서 있는데 부스스하고 약간 남루한 차림의 사내가 손에 종이를 주며 재빠르게 지나갔다.

무심결에 받은 종이를 들고만 있을 뿐, 나는 펼쳐볼 생각을 하지 못했다. 덥고 나른한 낮이었다. 그러다가 하얀 연기 덩어리가 무슨 소리를 지르며 도로를 지나갔다. 갑작스러운 놀라움으로 순식간에 휘둥그레해졌는데 주변에서도 소란이 일기 시작했다. 하얗고 빨간 불꽃이었다.

무더운 한 낮, 멍하던 나의 시선은 순간 놀라움과 함께 몇 사람과 하얀 연기의 불꽃을 좇아 뛰어 갔다. 몇 미터도 되지 않은 거리에서 순식간에 벌어진 광경으로 놀라움은 극한 상황이 되었다(옛 도청 앞 분수대에서 광주은행 쪽).

불꽃과 연기는 건너편 약국 앞에서 조금 가다 멈칫하며 쓰러졌다. 약국에서 나온 남자와 몇 사람이 물을 뿌리는 등 급하게 불을 끄던 중, 남자는 경찰차가 도착하고 수습 후 차에 옮겨졌다.

건너편에서 안타까움으로 발만 동동 구르던 사이 차는 유턴하여 내

앞을 지나는데 뒷좌석에 앉은 그와 짧은 순간에 눈이 마주쳤다. 무엇인지 나에게 호소하는 듯 슬프고 아주 강렬한 눈빛이었다.

그는 내 앞에서 분신한 것이었다. 경찰차가 사라진 한참 후에야 정신이 들어 손에 들려 있던 종이를 읽어 보았다. 철자법이 틀리고 서투른 문장으로 삐뚤하게 적힌 종이에는 시민들이 깨어나길, 독재, 착취, 민주주의를 부르짖는 내용이 적혀 있었다. 망연자실한 상태에서 종이에 적혀진 내용을 반복해서 읽고 또 읽었다. 무엇 때문에, 왜, 저 사람이 이래야만 했던 걸까?

며칠 후 …….

슬프고도 강렬한 눈빛을 가진 그 사람이 유명을 달리했다는 소식을 접하고 말았다. 잠깐이었으나 경찰차 뒷좌석에 앉아서 지나치는 나와 눈을 마주쳤던 상태로 봐서는 도저히 믿기지 않았다. 그 당시에 많은 투사들이 민주주의를 부르짖다가 연행되고 독재에 항거하며 분신하여 대신 고통을 감내하던 이들이 많았다. 충격은 오래갔다. 직접 목격한 이 사실에 10개월여를 먹지 못하는 고통으로 지내게 되었다. 알 수 없는 슬픔으로 고통스러웠다.

홍기일!

언제나 여름이 되면, 8월이 되면 그 이름을 떠올린다. 자신을 태워 민주주의를, 민족통일을 전하려던 심정을 헤아려본다. 그가 떠난 지 20여년이 지난 지금, 대한민국의 민주주의가 어떠한지 돌아보게 된다. 진정한 삶을 몸으로 표현한 사람들!

"앗 저게 뭐야"

"저런저런" "아이구야"

"뭐야뭐야 응?" "어쩌냐? 아이구"

"아니, 뭐야" "사람이래"

"아이고 큰일났네"

"사람이야, 사람인디"

"으응? 사람이 왜?"

"아이고 어찐다냐?"

≪나주신문≫, 2009년 8월 17일 자 독자 투고

송광영

대구에는 전태일
광주에는 송광영

•

1985년 9월

● 송광영 편의 글과 사진은 1991년 출간된 『전태일평전』과 송광영열사추모사업회가 발간한 추모집 자료를 참고했다.

송광영

•

고은

차라리 총 쏘아 죽으면
바로 죽기나 하지
석유 끼얹고 불지르면
그 죽음
어찌 그리 더디고 더딘가
병원으로 실려가서도
나는 죽어야 한다 나 깨끗이 죽겠다
치료도 음식도 거부한 사람
그러다가
나를 마지막 희생으로
기필코 민주사회 이룩해야 한다고
낮게 말한 뒤
신새벽 한시 사십오분
숨 거둔 사람
조국의 송광영
조국이 무엇이기에
여기 한 기구한 사람
불에 타버린 사람
송광영

광주 변두리 태어난 지 백일 만에
서울로 올라와
돗자리행상 어머니 등에 업혀
서울 바닥 떠돌았다
돗자리 사려
돗자리 사려
그 여름날 갓난아이
여름 땡볕으로 자라났다
돗자리공장 다락방에서 자라났다

세월 무서웠다
그 갓난아이 어린이로 자라나
벌집이 무섭다는 아이 위하여
그 벌집 부수다가
벌에 쏘이는 어린이로 자라나
학원에서 탄 돈 1만 5천원을 동무한테
주고 돌아오는 소년으로
대학생 되어
자취방세 전세 70만원 빼내어
20만원짜리 월세방으로 옮기고
50만원을
친구의 등록금으로 준 대학생으로 자라나

아침에 국수 40원어치 사다 끓여먹고
점심 굶어버리고
저녁은 깡통에 쌀 한줌 되어
다락방 행상끼리
밥 지어 먹으며
이 땅의 한 젊은이로 자라나
그러다가 어머니 따라
행상을 하고
청계피복 시다를 하고
노조를 이끌고
그러다가 검정고시로 대학에 갔다
경원대 법학과 2학년

이제 전두환 정권에는 학원안정법밖에 없다
그토록 억눌러도 일어나고 잡아가도 일어나는 학생들
철저히 때려잡는
학원안정법밖에 없다
그러나 거센 항쟁으로
또 하나의 악법 학원안정법은 끝내 자취를 감추었다
어찌 그것이 아무 일 없이 사라지나
1985년 9월 17일 경원대 학생총회 그날
벌써부터 죽음을 준비한 송광영
시위 주도
비 오는 운동장 뛰어가며
몸에 불질러 뛰어가며
학원안정법 철폐하라

학원탄압 중지하라
군부독재 물러가라
그렇게 외치며
불붙은 몸에 모여든 학우에게
야 뭐해 싸워야지
하고 쓰러진 송광영

3천 경원학우 백만 학도 그리고 민주화를 열망하는
모든 민중들이여

이렇게 시작한 성명서 남기고
끝내 쓰러진 송광영
노동자 김종태 홍기일의 죽음으로 깨친 송광영
28세의 젊음 경찰의 매장으로 흙에 묻혔다.
그러나
가난과 싸움으로 살다 간
그 젊음 무덤 열고 오라

분신 그리고 외침

"내 죽음을 헛되이 하지 말라" _전태일

전태일(1948~1970)

전태일이라는 이름이 한국 사회에서 갖는 의미는 특별하다. 22살이던 1970년 11월 13일, "근로기준법을 준수하라", "내 죽음을 헛되이 하지 말라" 하며 자신의 몸에 불을 질러 숨져간 그의 외침은 한국 노동자들을 위한 인간 선언이었다.

순간 전태일의 옷 위로 불길이 확 치솟았다. 친구들 보고 먼저 내려가라고 한 뒤, 그는 미리 준비해 두었던 한 되 가량의 석유를 온몸에 끼얹고 내려왔던 것이다. 불길은 순식간에 전태일의 전신을 휩쌌다. 불타는 몸으로 그는 사람들이 아직 많이 서성거리고 있는 국민은행 앞길로 뛰어나갔다.

"근로기준법을 준수하라!"

"우리는 기계가 아니다! 일요일은 쉬게 하라!"

"노동자들을 혹사하지 말라!"

그는 몇 마디의 구호를 짐승의 소리처럼 외치다가 그 자리에 쓰러졌다. 입으로 화염이 확확 들이찼던 것인지, 나중 말은 똑똑히 알아들을 수 없는 비명소리로 변했다.

때마침 그 자리에 있었던 한 회원이 근로기준법 책을 전태일의 불길 속에 집어던졌다. 이렇게 하여 근로기준법 화형식은 이루어졌던 것이다.

……

이때쯤 되어서는 흩어져가던 노동자들과 길 가던 행인들까지도 갑자기 일어난 불길을 보고 와서 웅성거렸고, 뒤늦게 평화시장에 나타났던 기자들도 뛰어와서 수첩을 꺼내들고 취재를 하기 시작했다.

"내 죽음을 헛되이 하지 말라! ……! ……!"

『전태일평전』(돌베개, 1991), 282~283쪽

"광주학살 책임지고 전두환은 물러가라" _송광영

송광영(1958~1985)

여기 또 한 명의 전태일이 있다. 그의 이름은 송광영. 1987년 6월항쟁이 일어나기 2년 전인 1985년 9월 17일, 경기도 성남시 경원대(현재 가천대로 교명 변경) 운동장에서 "학원 악법 철폐하고 독재정권 물러가라", "광주학살 책임지고 전두환은 물러가라"라고 외치며 분신해 숨졌다. 단순히 분신해 숨졌다는 이유만으로 전태일의 삶과 그의 삶을 비교할 수는 없을 것이다. 그런데도 그를 전태일과 비교하는 이유는 무엇인가.

순간 송광영의 옷 위로 불길이 확 치솟았다. 1985년 9월 17일 오후 2시를 좀 넘긴 시각, 비가 추적추적 내리는 경원대 운동장에서였다. 불길에 휩싸여 빗속을 달리는 송광영을 보고 누군가 외쳤다.

"광영이 형이 분신했다!"

비가 와서 취소된 학생총회 때문에 학생회관 동아리 방에 있던 후배들이 순식간에 자리를 박차고 운동장으로 나갔다. 송광영이 몸에 불을 붙인 채 무언가를 소리치며 뛰어다니고 있었다. 화염을 견디다 못해 한 번 쓰러진 송광영에게 사람들이 달려갔다. 송광영은 다시 일어나 달렸지만 얼마 가지 못해 또 쓰러졌고 이번엔 일어나지 못했다. 후배들이 달려와 옷을 덮었고 분말소화기를 뿌렸다. 송광영은 쓰러진 상태에서도 끊임없이 구호를 외쳤다.

"광주학살 책임지고 전두환은 물러가라!"

"학원안정법 철폐하고 독재정권 물러가라!"

무슨 내용인지 명확하지 않았던 그의 외침은 어떻게 오늘날까지 온전히 전달될 수 있었는가. 송광영이 분신하기 전 유서를 남겨놓았기 때문이고, 성남시 주민교회의 김해성 목사가 송광영이 외친 구호를 녹음해둔 덕분이었다.

김해성 목사가 송광영의 분신 소식을 듣고 서울대병원 응급실에 도착했을 때였다. 온몸을 붕대로 감은 채 눈을 감고 있던 송광영이 갑자기 큰 소리로 외치기 시작했다.

"학원안정법 철폐하고 독재정권 물러가라!"

"광주학살 책임지고 전두환은 물러가라!"

1982년 경기도 성남시에 문을 연 경원대학교는 신생 학교였지만, 학생들은 마치 오래전부터 군사독재 정권에 맞서 싸워왔던 것처럼 치열하게 싸우고 있었다. 송광영은 학생들 투쟁 대열의 선두에 서 있었다. 그는 평소 후배들에게 "형이 앞장설 테니까 니들은 싸워라", "형이 앞장서서 책임

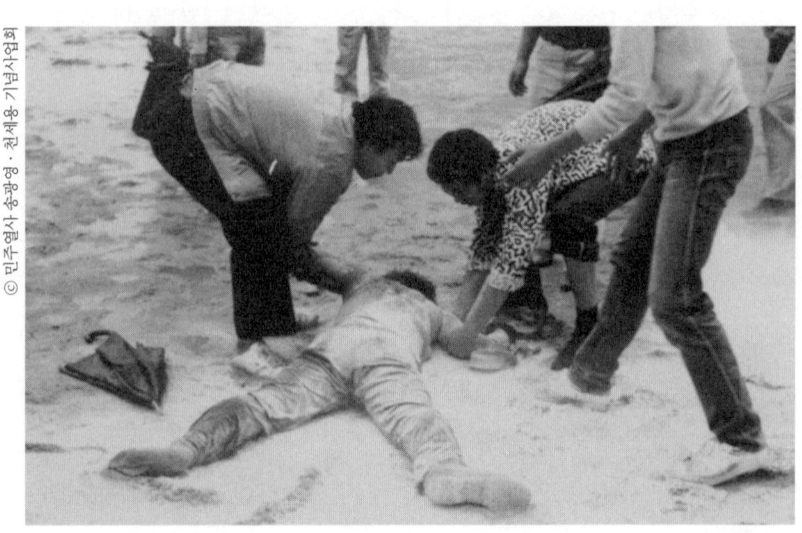

분신 직후 운동장에 쓰러진 송광영 소화기 분말을 뒤집어쓰고 있다.

질 테니까 니들은 싸워라"라고 말하곤 했다. 분신 전날도 마찬가지였다. 후배들은 송광영이 늘 하던 말이라 평소와 다른 점을 느끼지 못했다. 송광영의 표정은 심각했지만, 그저 집회 열심히 하자는 말인 줄로만 알았다는 것이다.

심우기(가천대 교수, 송광영·천세용열사기념사업회 회장) 분신을 사실 전혀 눈치채지 못했습니다. 그런 준비를 했는지 그런 마음의 결심을 했고 준비했는지 몰랐어요. 아마 학내에는 다른 선후배들도 몰랐을 것이고, 혼자 결단을 했던 것 같아요. 유서까지 준비된 거 보면, 아마 오랫동안 준비했던 것 같아요. _2016년 1월 21일 인터뷰

송광영은 온몸이 뜨겁고 목이 타는 듯했지만, 자신을 부축하고 병원까지 동행한 후배들에게 싸울 것을 독려했다.

"야 뭐해, 싸워!"

송광영은 살점을 뜯어내고 몸을 소독액에 담가야 하는 화상 치료를 매일 받았다. 치료 과정을 지켜보는 가족과 지인들은 몸서리쳤지만, 정작 송광영은 의연했다. 치료의 고통보다 송광영을 더 고통스럽게 한 것은 자신의 분신에도 끄떡없어 보이는 전두환 정권이었다. 송광영은 병문안을 위해 병원을 찾은 부모와 친구들, 재야인사들에게 말했다.

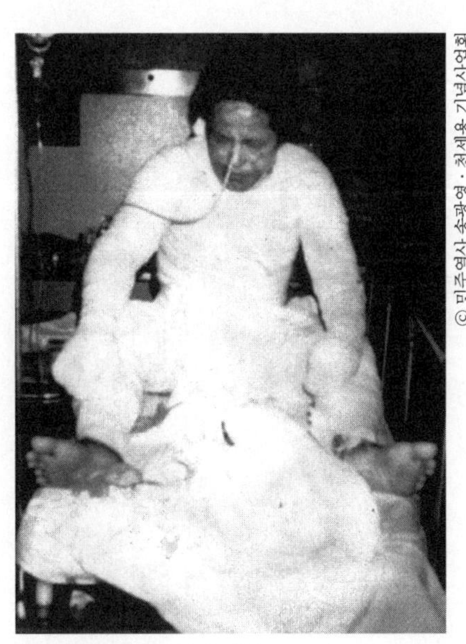
ⓒ 민주열사 송광영·천세용 기념사업회

온몸에 붕대를 감은 송광영
병상에 앉아 고통스러운 표정을 짓고 있다.

"밖의 상황은 어떻습니까?"

"왜 여기에 오셨습니까? 오시지 말고 밖에서 싸워주십시오!"

"지금은 싸워야 할 때입니다."

김해성 목사(당시 주민교회 목사) 이 세상에서 가장 큰 고통이 분신하신 분들의 투병 과정이라고 생각합니다. 매일 아침, 전날 진물이 나와서 딱딱하게 눌어붙은 몸의 거즈를 다 제거하기 시작합니다. 그리고 핀셋으로 딱지를 전부 다 긁어냅니다. 딱지를 다 벗겨내고 새살이 돋도록 하는 것이죠. 그리고 소독액이 담겨 있는 욕조에 환자를 담급니다. 사실 몸 어느 한군데 상처만 나도 따갑고 아프고 견딜 수 없는데 온몸의 거즈를 떼어내고 딱지를 뜯어내서 속살이 다 터진 상처투성이 몸뚱이를 온통 소독에 담갔다가 끄집어내는 게 얼마나 고통스럽겠습니까? 숨지기 전까지 그 과정을 한 달 동안 매일같이 반복했습니다. _2016년 3월 25일 인터뷰

최후 그리고 유서

나는 만인을 위해 죽습니다 _전태일

전태일은 분신 직후 병원으로 옮겨졌다. 이때만 해도 의식이 또렷했고 목소리도 우렁찼다. 친구들과 동료들을 불러 자신이 못다 한 일과 부모님께 효도하라며 복창을 시키는가 하면 분신 소식을 듣고 달려온 어머니 이소선에게도 침착한 모습을 보였다.

"어머니 담대하세요. 마음을 굳게 가지세요. 그래야 내가 말을 하겠습니다."

어머니는 고개를 끄덕였다.

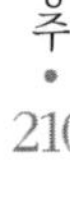

"어머니 우리 어머니만은 나를 이해할 수 있지요? 나는 만인을 위해 죽습니다. 이 세상의 어두운 곳에서 버림받은 목숨들, 불쌍한 근로자들을 위해 죽어가는 나에게 반드시 하나님의 은총이 있을 것입니다. 어머니 걱정 마세요. 조금도 슬퍼 마세요. 두고두고 더 깊이 생각해 보시면 어머니도 이 불효자식을 원망하지 않을 것입니다. 어머니 저를 원망하십니까?"

『전태일평전』, 286쪽

전태일의 어머니 이소선은 추워서 떨고 있는 아들을 살리려고 의사에게 매달려 통사정했다. 의사는 1만 5000원짜리 주사 두 대만 맞으면 우선 괜찮을 것이라고 했다(한국은행 경제통계시스템에 따르면 1970년의 1만 5000원은 2015년을 기준으로 30만 6000원 수준이다).

당장 돈이 없으니 우선 주사를 놓아달라고 통사정하자, 의사는 돈이 없으면 전태일의 동태를 파악하러 나온 노동청 근로감독관의 보증을 받아오라고 했다. 어머니 이소선은 우선 주사라도 맞게 해달라며 노동청 공무원을 붙들고 애걸했다. 그러나 감독관은 전태일이 걱정돼서 온 것이 아니라 그의 분신이 가져올 파장이 걱정돼 파견된 공무원이었다. 감독관은 "내가 뭣 때문에 보증을 서요?"라며 거절했다. 이 모습을 옆에서 지켜보던 의사는 1만 5000원짜리 화상 주사를 가져오지 않았다. 가난 때문에 평생 고통스러운 삶을 살았고 만인의 고통을 덜기 위해 대신 고통스러운 선택을 했음에도 전태일은 제대로 된 치료 한 번 받지 못하고 죽어간 것이다.

가족과 동료들은 의식이 희미해진 전태일을 서울 명동의 성모병원으로 옮겼다. 하지만 여기서도 제대로 치료를 받지 못했다. 옮겨간 병원의 의료진들도 전태일을 방치했다. 분신을 결행한 지 여섯 시간이 넘어가면서부터 전태일은 눈에 띄게 기력을 잃어갔다. 어머니와 친구들을 향해 자신이 뜻한 바를 이어가 달라고 다짐을 받던 기백도 온데간데없이 사라졌다. 혼수상태에 빠졌다가도 의식을 회복할 때는 힘없는 소리로 "배가 고

프다"라고 말했다. 결국 분신 8시간 30분 만인 11월 13일 밤 10시에 전태일은 숨졌다.

전태일의 유서가 발견됐다. 대구 청옥고등공민학교 시절 동기, 동창에게 보내는 편지였다. 전태일은 유서에서 자신을 평생 돌을 굴려야만 하는 운명의 시시포스(Sisyphos)에 비유했다. 노동자를 위해 헌신했지만 아무리 노력해도 끝이 보이지 않았던 노동문제, 그런데도 다시 일어나야 했던 자신의 모습이 바로 시시포스였다.

사랑하는 친우(親友)여, 받아 읽어주게.
친우여, 나를 아는 모든 나여.
나를 모르는 모든 나여.
부탁이 있네. 나를, 지금 이 순간의 나를 영원히 잊지 말아주게.
그리고 바라네. 그대들 소중한 추억의 서재에 간직하여주게.
뇌성 번개가 이 작은 육신을 태우고 꺾어버린다고 해도,
하늘이 나에게만 꺼져 내려온다 해도
그대 소중한 추억에 간직된 나는 조금도 두렵지 않을 걸세.
그리고 만약 또 두려움이 남는다면 나는 나를 영원히 버릴 걸세.
그대들이 아는, 그대 영역의 일부인 나
그대들의 앉은 좌석에 보이지 않게 참석했네.
미안하네. 용서하게. 테이블 중간에 나의 좌석을 마련하여주게.
원섭이와 재철이 중간이면 더욱 좋겠네.
좌석을 마련했으면 내 말을 들어주게.
그대들이 아는, 그대들의 전체의 일부인 나.
힘에 겨워 힘에 겨워 굴리다 다 못 굴린
그리고 또 굴려야 할 덩이를 나의 나인 그대들에게 맡긴 채.
잠시 다니러 간다네. 잠시 쉬러 간다네.

어쩌면 반지의 무게와 총칼의 질타에
구애되지 않을지도 모르는, 않기를 바라는
이 순간 이후의 세계에서
내 생애 다 못 굴린 덩이를, 덩이를
목적지까지 굴리려 하네.
이 순간 이후의 세계에서 또다시 추방당한다 하더라도
굴리는 데, 굴리는 데, 도울 수만 있다면
이룰 수만 있다면 …….

방관하고만 있을 수는 없다 _송광영

송광영은 분신 이후 얼마간은 병세가 호전되는 듯 보였다. 한동안 일어나서 사람들과 대화도 하고 식사도 했으나, 서울 기독병원에 입원한 지 한 달째인 10월 19일부터 병세가 급격히 악화되었다. 음식을 모두 토하기 시작했고 40도가 넘는 고열이 계속됐다.

송광영의 집과 소지품에서 두 편의 유서가 발견됐다. 「양심선언」이라는 제목의 글은 전두환 정권과 국민들을 향한 성명서였고, 「경원투사들에게」로 시작하는 글은 학생운동 후배들에게 보내는 편지였다.

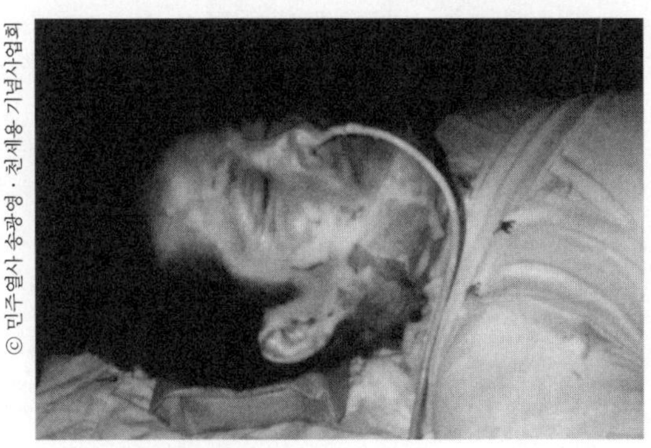

병상에 누워 있는 송광영

양심 선언

삼천 경원학우, 백만 학도 그리고 민주화를 열망하는 모든 민중들이여!

지금 군부독재는 분단 40년 역사의 질곡에서 민중의 생존권과 피 끓어지는 자유의 외침을 외면한채 오직 자신들의 권력에만 집착하여 또다시 역사의 수레바퀴를 거꾸로 돌리려 하고 있다.
500억불이 넘는 외채를 짊어지고 온갖 수입상품의 개방정책으로 농가는 파탄에 빠지고 노동자들의 허리는 갈수록 조여들건만 현 군부독재정권은 이러한 민중의 도탄을 무시한채 오직 총칼로만 권력에의 복종을 강요하고 있다. 더불어 정권은 민중의 삶만을 외면하고 있는 것이 아니라 민족의 자주성마저도 양키와 쪽바리들에게 팔아먹고자 혈안이 되어 스스로 그들에게 군사적으로 종속당하고자 음모를 꾸미고 있는 것이다.
진정 우리 민족이 아직도 외세에 의해 지배당하고 그리고 소수 독재정권에 의해 우리의 주체성이 말살되어 감에 나는 도저하게 내가 태어난 이땅을 사랑하는 피끓는 젊음을 가지고 방관하고만 있을수는 없다는 것을 안다. 때문에 나는 현 독재정권이 타도되어야 한다고 믿으며 그리고 전 민중이 자유롭게 향상되는 여론에 따라 우리의 주체성을 확립하고 우리의 자주성을 세계 만방에 고함으로서만 우리의 해방은 이루어질수 있다고 믿는다. 이러한 믿음과 조국에 대한 끝없는 사랑으로 나는 최후의 순간까지 독재정권에 굴하지 않고 항거할 것이며 이러한 투쟁이 전 민중에게로 확산되기를 간절히 바라마지 않는 바이다.
이러한 우리의 결연한 의지는 결코 독재정권이 총칼이나 학원 안정법 따위의 악법으로도 복종을 강요할수 없음을 나는 안다.
이 땅의 민주와 자주독립국가로서의 해방과, 민중의 인간다운 삶을 위해 자신을 내던진 투사들의 희생정신에 다시 한번 고개숙여 경의를 표하는 바이며 마지막으로 나는 현 정권에 대해 엄중히 경고하는 바이다.

一. 광주학살 책임지고 전두환은 물러가라!
一. 학원악법 철폐하고 독재정권 물러가라!

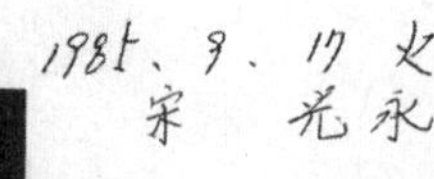

1985. 9. 17 火
宋 光 永

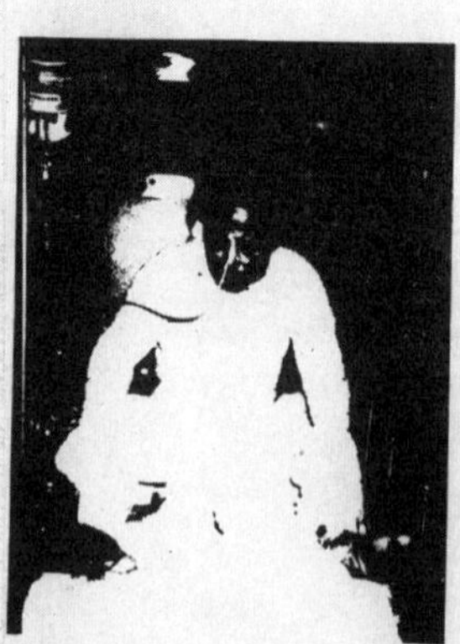

분신항거 첫째날 치료를 분신이유를 설명하고 당부의 말을 하고 있다.

송광영이 자필로 쓴 두 편의 유서 중 「양심선언」

양심 선언

삼천 경원학우, 백만학도 그리고 민주화를 열망하는
모든 민중들이여!
지금 군부독재는 분단40년 역사의 질곡에서 민중의
생존권과 피 쏟아지는 자유의 외침을 외면한채 오직
자신들의 권력에만 집착하여 또다시 역사의 수레바퀴를
거꾸로 돌리려 하고 있다.
500억불이 넘는 외채를 짊어지고 온갖 수입상품의
개방정책으로 농가는 파탄에 빠지고 노동자들의 허리는
갈수록 조여들건만 현 군부독재정권은 이러한 민중의
도탄을 무시한채 오직 총칼로만 권력에의 복종을 강요
하고 있다. 더불어 정권은 민중의 삶만을 외면하고
있는 것이 아니라 민족의 자주성마저도 양키와
쪽바리들에게 팔아먹고자 혈안이 되어 스스로 그들에게
군사적으로 종속당하고자 음모를 꾸미고 있는 것이다.
정녕 우리 민족이 아직도 외세에 의해 지배당하고 그리고
소수 독재정권에 의해 우리의 주체성이 말살되어감에
나는 순수하게 내가 태어난 이땅을 사랑하는 피끓는
젊음을 가지고 방관하고만 있을수는 없다는 것을 안다.
때문에 나는 현 독재정권이 타도되어야 한다고
믿으며 그리고 전 민중이 자유롭게 형성되는 여론에
따라 우리의 주체성을 확립하고 우리의 자주성을
세계 만방에 고함으로서만 우리의 해방은 이루어질 수
있다고 믿는다. 이러한 믿음과 조국에 대한 끝없는
사랑으로 나는 최후의 순간까지 독재정권에 물러서지
않고 항거할 것이며 이러한 투쟁이 전 민중에게로
확산되기를 간절히 바라마지 않는 바이다.
이러한 우리의 결연한 의지는 결코 독재정권이 총칼
이나 학원안정법 따위의 악법으로도 복종을
강요할수 없음을 나는 안다.

경원 투사들에게,

너희들을 내가 좋아하는 사랑한 만큼
내가 너희들의 사랑을 받을수 있을지 모르겠다.
하지만 누구보다 앞장서 싸워온 나를 누구보다
자랑스럽게 여기기에 내 죽음이후 너희들에게 할일을
부여할수 있는지도 모르겠다.
다시는 이땅에 이러한 악순환이 되풀이 되지 않기를
바라면서 이 싸움이 너희들에 의해서 끝맺어지기를
바랠수 밖에 없다. 아울러 반제 의식이 높으기도 하다
열심히 공부해라! 못난 선배처럼 확고한 이론적
바탕을 이루지 못한것을 철저히 비판해라.
짧은 생 미련은 없으나 너무나 아쉬움 것이 많다.
이루지 못한 일을 너희게 부탁 밖에 없는 것을
미안하게 생각한다.

1985. 9. 17
宋光永

송광영이 자필로 쓴 두 편의 유서 중 「경원투사들에게」

이 땅의 민주와 자주독립국가로서의 해방과, 민중의 인간다운 삶을 위해 자신을 내던진 투사들의 희생정신에 다시 한번 고개숙여 경의를 표하는 바이며 마지막으로 나는 현 정권에 대해 엄중히 경고하는 바이다.

一. 광주학살 책임지고 전두환은 물러가라!

一. 학원악법 철폐하고 독재정권 물러가라!

1985. 9. 17. 火

宋 光永

경원 투사들에게,

너희들을 내가 좋아하고 사랑한만큼
내가 너희들의 사랑을 받을수 있을지 모르겠다.
허지만 누구보다 앞장서 싸워온 나를 누구보다
자랑스럽게 여기기에 내 죽음이후 너희들에게 할일을
부여할수 있는지도 모르겠다.
다시는 이땅에 이러한 악순환이 되풀이 되지 않기를
바라면서도 이 싸움이 너희들에 의해서 끝맺어지기를
바랠수밖에 없는 이율배반적 현실이 슬프기도 하다
열심히 공부해라! 못난 선배처럼 확고한 이론적
바탕을 이루지 못한것을 철저히 비판해라.
짧은 생 미련은 없으나 너무나 아쉬운 것이 많다.
이루지 못한 일들을 넘겨 줄 수 밖에 없는 것을
미안하게 생각한다.

1985. 9. 17.

宋 光永

출생 그리고 어린 시절

행복했던 대구 청옥학교 시절 _전태일

전태일은 1948년 8월 26일 경상북도 대구시 남산동에서 태어났다. 전태일의 아버지 전상수는 봉제업에 종사하는 노동자였다. 전상수는 업체를 직접 차리기도 했는데 영세한 데다 사업이 잘 안 돼 실패를 거듭했다. 전상수는 폭음을 했고 식구들에게 술주정을 하기도 했다. 그럴 때는 일손을 놓기 일쑤였다. 벗어나려야 벗어날 수 없는 가난이었다. 전태일의 어머니 이소선이 광주리를 들고 행상을 나서는 날이 많아졌다.

대구와 부산을 떠돌아다니던 전태일은 여섯 살이던 1954년 아버지를 따라 상경해 서울 생활을 시작한다. 전태일은 서울남대문국민학교에 입학했지만 곧 학교를 그만둬야 했다. 식구들 먹을거리를 구하기 위해 신문을 팔고 구두를 닦아야 했다. 공부가 몹시 하고 싶었던 전태일은 15살이던 1963년 대구 청옥고등공민학교에 입학하게 된다. 고등공민학교는 오늘날 중학교에 해당되는 교육기관이다. 얼마 다니지는 못한 학교지만, 훗날 전태일은 "내 생애 가장 행복했던 시절"이라고 그때를 회상했다.

> 나는 기초지식이 없어 영어와 수학 과목은 이해하는 데 무척 힘이 들었다. 그렇지만 다른 과목은 다 재미있고, 50분 수업시간이 너무 짧은 것 같았다. 정말 하루하루가 나를 위해서 존재하는 것 같았다.
>
> 우리 반에서도 나는 인기 있는 학생이었다. 아무리 과거에 국민학교를 졸업하지 못하였지만 서울에서 학교를 다녔고 말을 조금 재미있게 하는 재능이 있었다. 그 당시 우리반 실장은 낮에는 철공소에 다니고 밤에는 학교에 다니는 모범학생이었다. 부실장은 김예옥이라는 예쁘게 생긴 여학생으로서 반에서는 1, 2등을 다투는 수재였다. 나는 이 부실장이 좋았다. 피나게 열

심히 공부를 더한 나는 노력의 보람이 있어 우리반 실장이던 박천수가 학교에 못 다니게 되자 담임선생님이 나에게 실장의 임무를 주셨다.

하루 일과가 마치 기계처럼 꽉 짜여서 조금이라도 쉴 시간이 없었다. 아침 6시에 기상하면 같은 반 학생인 재철이네 집에 원섭이와 셋이 모여서 아령을 들고 역기를 들고 앞산 비행기까지 마라톤 연습을 했다. 앞산까지 뛰어갔다가 우리집까지 오면 식사를 하고 그때부터 아버지께서 하시는 재봉일을 도와가면서 벽에 써 붙여 둔 영어단어를 열심히 외우는 것이었다. 뜨거운 다리미질을 하면서 영어단어를 외우다가 손끝이 다리미에 닿으면 깜짝 깜짝 놀라는 일이 한두 번이 아니었다. 점심을 먹고 나서 다시 오후 4시 반까지 일을 계속하고 학교에 가면 그때가 하루 일과 중 제일 즐거운 시간이었다. 1학년 2학기 접어들어서는 한 달가량은 어떻게 허둥거렸는지 아침마다 세수할 때는 코피로 세수대야를 벌겋게 물들였다.

그렇게도 마음 설레이면서 기다리던 고등공민학교 대항 체육대회가 경북대학교 사범대학에서 열리는 날이 온 것이다. 너무 흥분한 나는 4시도 되기 전에 일어나서 준비운동을 하고 부엌에서 설쳤다. 사대 운동장에 모인 우리 선수들은 너나 할 것 없이 가벼운 기대와 흥분에 가슴을 설레이고 다른 학교 학생들과도 같이 사진도 찍고 내가 출전할 종목인 마라톤경기 시간이 오기를 기다렸다. 이윽고 나는 가슴에도 선명하게 다이아몬드형의 청옥 마크를 달고 빤쓰는 우리집에서 아버지께서 손수 만들어주신 것을 입었다.

『전태일평전』, 51~53쪽

히히대고 웃는 얼굴 그리워라 _송광영

송광영은 1958년 10월 3일 전라남도 광주시 청풍동 빈농의 집안에서 태어났다. 아버지 송판금과 어머니 이오순 슬하의 4남매 가운데 막내였다. 그 시절 다른 집안과 마찬가지로 송광영의 집안 형편 역시 가난하기

짝이 없었다.

어머니 이오순은 막내 송광영을 낳은 지 100일도 채 지나지 않은 1959년 정초에 상경한다. 막내아들을 들쳐 업고 돗자리 공장 '세창상회'에 취직해 일을 해야 했다. 부부가 떨어져 일하지 않으면 송광영을 비롯한 4남매는 굶어야 했다. 이오순은 겨울에 난방도 되지 않는 다락방에서 울고 보채는 갓난아이 송광영을 안은 채 잠들곤 했다. 애를 업고 다니며 행상을 해야 하는 힘든 시절이었지만 막내와 함께했던 이때가 이오순에게는 가장 행복한 시간이었다.

광영이 등에 업고 헤매이는 길_ 이오순

광영이 등에 업고
헤매이는 서울 길
돗자리 하나 소쿠리 하나
더 팔겠다고
헤매이는 길

저녁으로는
집이라고 들어오면
꽁꽁 얼어붙은 다락방 신세
날이 새면 돈 벌겠다고
헤매이는 길

세월가고 또
세월가고
헤매이는 길

꼬막같은 손으로

어미 앞서 대문 꽉꽉 두드리고

엄마 얼굴 희득 쳐다보고

(안사요?)

히히대고 웃는 얼굴

그리워라

보고파라

생각나는 길

1966년 서울 효제국민학교에 입학한 송광영은 키는 작았지만 야무지고 용감했다. 동네 친구들이 학교 가는 길에 있는 벌집을 무서워하자 맨몸으로 벌통을 없애려 달려들다 대신 벌에 쏘여 몸져눕는 일도 있었다. 송광영이 국민학교에 입학했을 때도 생활은 여전히 어려웠다. 어머니 이오순은 세창상회 돗자리 행상을 그만둘 수 없었다. 아침에 4원짜리 국수를 사다 끓여 먹고, 점심은 건너뛰고, 저녁은 다락방에 함께 사는 사람들끼리 쌀을 사서 공동으로 밥을 지어 먹는 다락방 생활이 계속됐다. 한가운데가 아니면 제대로 설 수조차 없는 좁은 다락방에서 송광영을 비롯한 여섯 식구가 10년 가까이 살았다.

송광영은 고등학교 진학을 포기했다. 단국공업고등학교 기계과에 합격했지만 다른 형제들의 진학을 위해 스스로 양보한 것이었다. 자신이 돈을 벌 테니 걱정말고 공부에 전념하라며 다른 형제들을 응원했다. 생활전선에 뛰어든 송광영은 친척의 소개로 양복점에 취직한다. 이후 1979년 군에 입대하기 전까지 돈 되는 일이라면 가리지 않고 했다. 양복점 보조, 평화시장 내 피복 공장에서의 시다 생활, 인천에서 신문팔이와 와이셔츠 외판원, 어머니를 도와 돗자리 외판원까지 해보지 않은 일이 없었다.

사회에 눈뜨다

지옥 같은 노동현실 _전태일

전태일의 행복했던 배움의 시간은 길지 못했다. 청옥학교 1년을 마무리하던 1963년, 아버지 전상수는 전태일에게 학교를 그만두고 일을 도우라고 했다. 친구들과 헤어져 지옥 같은 현장에 들어가 일해야 하는 현실은 생각만 해도 몸서리가 쳐졌다. 사업에 실패한 아버지의 술주정은 날로 심해졌고, 돈을 벌겠다며 서울로 떠난 어머니를 보고 싶은 마음은 커져만 갔다.

> 아버지께서는 매일 폭음을 하시고, 방세를 못 준 어머니께서는 안타까워하시고, 동생은 방학책값, 밀린 기성회비 때문에 학교에 안 가겠다고 아침마다 울면서 어머니의 지친 마음을 괴롭힐 땐, 나는 하루가 또 돌아온다는 것이 무서웠다.
>
> 『전태일평전』, 66쪽

> 얼마나 많은 밤을 그는 저 저주받은 현실과 자신의 버려진 목숨을 끌어안고 피투성이의 고뇌로 지새웠던가? 이제는 인류마저도 잃어버린 죄인 - 아버지에게 반항하여 집을 뛰쳐나왔고, 어머니를 괴롭혔으며, 작은 아버지의 시계를 훔쳤고, 차마 떨어지지 않으려는 어린 동생을 차디찬 서울의 길바닥에 내던져버린, 그러고도 구차한 목숨을 이어가려고 남의 동정을 구하여 구걸을 하는, 그 자신의 저주받은 목숨 …… 때로는 자기 자신을 죽이고 싶도록 증오했다.
>
> 『전태일평전』, 75쪽

전태일은 나이 16살 때 서울 청계천 평화시장에서 시다로 일을 시작한다. 하루 임금 50원, 한 달 1500원밖에 안 되는 기막힌 저임금에도 아버지에게 배운 미싱 경험과 타고난 성실함으로 이내 적응했다. 차차 월급도 오르고 시다를 벗어나 '미싱 보조'로 일종의 승진도 하게 된 전태일은 신문팔이 때보다 안정된 직장 생활을 해나간다. 가족들도 하나둘씩 다시 모여 살게 돼 전보다 나은 생활을 하게 됐다.

어느덧 재단사가 된 전태일은 평화시장에서 일하는 작달막한 어린 여공들이 눈에 밟히기 시작했다. 하루 14시간에서 16시간씩을 일해야 하는 어린 시다들은 그렇게 일하고도 고작 하루 100원을 받았다. 한창 커가는 나이인데도 어두침침한 골방에서 하루 종일 일하다 보면 코피가 터지기 일쑤였고, 폐병을 달고 살았다. 어느 날인가 어린 여공이 전태일을 찾아와 울음을 터뜨리면서 "재단사요, 나 이제 바보가 되나요. 사흘 밤이나 주사 맞고 일했더니 이젠 눈이 침침해서 아무리 보려고 애써도 보이지도 않고 손이 마음대로 펴지지가 않아요"라는 말을 들어주고 나서는 혼자 나와 가슴을 치며 울곤 했다.

재단사, 신문팔이, 외판원, 구두닦이의 삶 _송광영

송광영은 닥치는 대로 일했다. 그는 전태일이 일했고 분신했던 서울 평화시장에서 일을 하기도 했다. 전태일이 분신한 지 5년이 지난 1975년, 18살의 송광영이 평화시장에서 일하기도 했다. 전태일의 분신 이후 그 5년 동안 평화시장의 노동조건은 얼마나 개선되었을까. 임금은 쥐꼬리였고 환경은 최악이었다. 노동조합이 생겼다는 것이 변화라면 변화였다. 송광영은 청계천 평화시장에 만들어진 피복 노조에서 활동했지만 이 시기 송광영의 행적에 대해서는 자세히 알려진 바가 없다.

서울과 인천을 오가며 신문팔이와 와이셔츠 외판을 하던 송광영은 그러던 중 1979년 박정희 대통령이 피격당한 10·26과 1980년 5월 서울의 봄을 맞아 각종 시위에 참여한다. 사람들의 입소문을 타고 전해져 오는 고향 광주에서 일어난 끔찍한 소식도 들었다. 천인공노할 일이 일어났는데 신문과 방송에서는 폭도가 일으킨 난동으로 묘사하고 있는 게 아닌가. 송광영은 분노했다.

이종현[(주)웰컴소프트 대표이사, 송광영 이종사촌] 정이 많았습니다. 그 집안에 형제 중 제일 큰형하고 제일 막둥이 광영이하고는 정이 많은 사람이에요. 제가 일요일마다 삼선동에 놀러가는데 제가 한 번씩 가고 그러면 심심치 않게 해주려고 하는 거 있잖아요, 나를 심심치 않게 해주려는 것. 이게 가만히 있고 심심하게 하면 자기가 괜히 미안한 것 있잖아요, 그런 스타일이었습니다. 그래서 같이 바둑도 해주고 그런 것 있고 조금은 보면은 무협지에 이런 스타일이라고 할까요. 조금은 공상적인 그런 게 있어요. 약간 현실적이지 않았어요. 조금은 진취적이고 공상적이고 그런 부분이 있었죠. 우리가 말하는 비현실적인 얘기들을 하는 경우 요즘 말로 하면 창의적이라고 표현하기도 하죠. 그런 점이 있어요.

1980년 5월 그때 서울에 봄이었잖아요. 데모가 성행했는데 광영이도 이 데모에 많이 끼어들었어요. 살고 있던 삼선동 근처에 고대가 있잖아요. 고대 시위에 앞장서서 참여하고 하는 얘기를 저한테 자랑삼아서 얘기를 해줬어요. 저한테 그걸 얘기한 거죠. 그러면서 광영이가 학생운동이라든가 사회활동을 하고 있는 것을, 사회적 의식을 가지고 활동하고 있는 것을 알았습니다. 대학생이 아니었는데도요. 저도 대학생이니까 그만큼 자기를 털어놓고 저한테 얘기를 한 거예요. _2016년 4월 8일 인터뷰

송광영은 대학생이 되고 싶었다. 그나마 대학생들이 전두환정권에 맞서 목소리를 내고 있었기 때문일 뿐만 아니라 대학을 졸업해야 사회를 바

꿀 힘이 생기는 것처럼 보였기 때문이다. 1981년부터 학원을 다니며 준비한 끝에 1982년 고등학교 검정고시에 합격한다. 검정고시 시험은 1년 만에 끝냈지만 대학 입시는 쉽지 않았다. 더구나 일반 재학생들이나 재수생들은 공부에만 전념했지만, 송광영은 학비와 생활비를 벌어가면서 준비해야 하는 악조건이었다. 결국 1983년 대입을 실패하고 재수를 준비했다. 식구 중에서 누구도 송광영의 뒷바라지를 해주지 못했기 때문에 여전히 외판원 생활과 재수 준비를 함께 해야 했다.

재수 끝에 송광영은 1984년 경원대학교 법학과에 입학한다. 식구들은 송광영이 늦은 나이에 대학생이 된 만큼 고시 공부를 시작하기를 바랐지만 송광영은 학생운동에 급속히 빠져들었다. 1984년 9월 법학과 어용 교수 문제로 시위를 주도했고, '실존주의 철학연구회', '경제문제 연구회' 등과 같은 사회과학 연구 모임을 만들었다. 형편이 어려워 스스로 학비를 벌어 대학에 가놓고는 학생운동에 몰두하는 그의 모습에 가족들은 걱정이 태산이었다. 어머니와 큰형이 설득도 하고 을러도 보고, 급기야 생활비를 끊기도 했지만 소용이 없었다. 송광영은 재수 준비를 할 때 그랬던 것처럼 구두닦이 등을 하며 스스로 학비를 벌며 학생운동도 계속 이어나갔다.

약자들을 위하여

너희들은 내 마음의 고향이로다 _전태일

전태일은 자기가 느낀 독한 노동 현실을 자신만의 문제로 여기지 않았다. 평화시장에서 일하는 시다, 미싱, 재단사 등은 약 3만 명. 이들의 노동조건을 개선해보고자 전태일은 바보회, 삼동회 등의 모임을 만든다. 설문지를 돌려 가혹한 노동 실태를 조사해 신문기자에게 알리기도 하고, 서울

시청과 노동청에도 시정을 요구했다. 하지만 어느 누구도 이들의 말에 귀 기울이지 않았고 사장들은 노동운동을 빌미로 재단사들을 쫓아냈다. 그렇게 일자리를 잃고 막노동판을 전전하던 시절에도 전태일의 관심은 평화시장의 어린 시다들을 향해 있었다.

이 결단을 두고 얼마나 오랜 시간을 망설이고 괴로워했던가? 지금 이 시각 완전에 가까운 결단을 내렸다.

나는 돌아가야 한다.
꼭 돌아가야 한다.

불쌍한 내 형제의 곁으로, 내 마음의 고향으로, 내 이상의 전부인 평화시장의 어린 동심 곁으로. 생을 두고 맹세한 내가, 그 많은 시간과 공상 속에서, 내가 돌보지 않으면 아니될 나약한 생명체들.
나를 버리고, 나를 죽이고 가마. 조금만 참고 견디어라. 너희들의 곁을 떠나지 않기 위하여 나약한 나를 다 바치마. 너희들은 내 마음의 고향이로다. 오늘은 토요일. 8월 둘째 토요일. 내 마음에 결단을 내린 이날. 무고한 생명체들이 시들고 있는 이 때에 한방울의 이슬이 되기 위하여 발버둥치오니, 하느님. 긍휼과 자비를 베풀어주시옵소서. 1970년 8월 9일.

전태일은 또, 대구 청옥공민학교 시절의 친구 원섭에게 장문의 편지를 썼는데, 평화시장의 어린 여공들을 전태일이 어떻게 여기고 있는지가 잘 나타나 있다.

원섭에게 보내는 편지

원섭아. 내가 너에게 편지를 쓴다.

이 얼마나 중대하고 이상한 현상이고 평범한 사실이냐? 너는 내가 아는 친구, 나는 네가 아는 태일이. 그러나 이것은 당연한 일이야. ……

자넨 내가 삼년 전부터 제품계통의 재단사인 줄로만 알 걸세. 그리고 묻지 않는 자네의 그 침착한 성격을 잘 아네. 지금쯤은 한참 골똘하게 생각을 하고 있겠지. 애써 생각하지는 말게. 내가 서서히 실토할테니까. 들어보게. 이런 현실 속에서 떨어져 나온 나일세. 내가 일하던 공장은 종업원이 30여 명쯤 되는 어린 아이들 잠바를 만드는 곳이었다네. 지금은 가을 잠바를 만들지만 조금 있으면 동복용으로 잠바 속에다 털을 넣고 스폰지를 넣을 걸세. 종업원 대부분이 여자로서 평균연령 19~20세 정도가 미싱을 하는 사람들이고, 14~18세가 시다를 하는 사람들일세. 보통 아침 출근은 8시 반 정도. 퇴근은 오후 10시부터 11시 반 사이일세. 어떤가? 너무 지루하다고 생각하지 않나. 여기에 문제가 있네.

시간을 따져보세. 하루에 몇 시간인가? 1일 14시간일세. 어떻게 어린 시다공들이 이런 장시간을 견뎌내겠는가? 연령이 많은 미싱공들도 마찬가지일세. 남자들보다 신체적으로나 정신적으로 약한 여공들이. 더구나 재봉일이라면 모든 노동 중에서 제일 고된 노동일세. 정신과 육체를 조금이라도 분리시키면 작업이 안되네. 공사판 인부들은 육체적 힘을 요구하고 사무원은 정신적 노동을 요구하지만 재봉사들은 양자를 다 요구하거든. 그 많은 먼지 속에서 하루 14시간의 작업을 마치고 집으로 돌아가는 노동자들의 모습은 너무나 애처롭네. 아무리 부유한 환경에서 거부당한 사람들이지만 이 사람들도 체력의 한계가 있는 인간이 아닌가?

원섭아! 나는 재단사로서 이 사람들과 눈만 뜨면 같이 지내거든. 여간 고역이 아니야. 이제 겨우 열네살이 된 어린 아이가 아침부터 퇴근시간까지 그 힘에 겨운 작업량을 빨리 제 시간에 못해서 상관인 재봉사들에게 꾸중을 듣고, 점심시간이면 싸가지고 온 도시락을 먹는데 코끼리가 비스켓을 먹는 정도의 양밖에 안될거야.

부잣집 자녀들 같으면 집에서 아버지 어머니 앞에서 한창 재롱이나 떨 나이에, 생존경쟁이라는 없어도 될 악마는 이 어린 동심에게 너무나 가혹한 매질을 하고 있네.

『전태일평전』, 137쪽

남을 도울 줄 아는 사람 _송광영

송광영은 힘없고 불쌍한 이들에 대한 감수성이 남달랐다. 어려운 이를 도울 때는 자신의 사정이나 처지를 생각하지 않았다. 송광영이 검정고시 학원을 다니며 고졸 검정고시를 준비할 때였다. 철공소에 다니던 학원 동료가 새벽 수업을 위해 학원에 오다가 교통사고로 세상을 떠났다.

송한영(송광영 큰형) 그때 학원 친구가 새벽에 학원에 가다가 택시에 치여 죽었어요. 그런데 공부를 해야 하는데 집에 안 들어오는 거예요, 며칠을. 그런데 나중에 들어보니까 광영이가 그 학원 친구 장례까지 다 치러서 변호사까지 사서는 일을 다 마쳐줬어요, 변호사를 사서 보상 문제까지. 그래 가지고 변호사가 광영이가 고생 많이 했으니까 죽은 친구 유족들에게 말해서 수고비라도 좀 주라고 했나 봐요. 그런데도 조금도 받지 않았나 봐요. 그걸 가지고 뭐라 그러면 오히려 식구들을 나무랐어요. 얘가 남 도울 줄 아는 사람이었어요. _2016년 1월 21일 인터뷰

그냥 뒀으면 사고 책임도 묻지 못하고 피해자 가족은 영문도 모른 채 장례식을 치를 판이었다. 그러자 송광영이 나서서 장례식을 치르고 가해자를 찾아냈던 것이다. 보상을 받기가 어려울 듯 보이자 변호사를 구해 보상금까지 챙겨 사망한 친구의 가족에게 전달했다. 이 일을 치르면서 송광영은 학원을 10일 동안 결석했고 집에도 들어가지 못했지만, 힘든 내색

도 하지 않았고 자기가 한 일이라고 생색을 내지도 않았다.

검정고시를 준비하는 학원에서는 성적이 좋은 학생에게 장학금을 주곤 했는데, 송광영도 1982년 이 장학금을 받게 됐다. 당시 1만 5000원은 학생에게는 큰돈이었다. 학원비로 쓰든, 생활비에 보태든 했으면 좋으련만 송광영은 그 돈을 길에서 만난 일면식도 없는 구두닦이에게 줘버리고 만다. 어머니 이오순이 "집안 형편을 뻔히 알면서 어떻게 그럴 수 있느냐"라며 야단을 쳤다. 송광영은 "그래도 우리는 집이 있지만 그 아이는 집도 없이 가난하지 않습니까? 저는 좋은 성적을 얻었으니 그걸로 만족합니다"라고 말해 어머니 이오순을 부끄럽게 만들었다.

어려운 이들을 보고 그냥 지나치지 못하는 성격은 경원대학교에 입학해서도 여전했다. 어머니와 큰형이 돈을 모아 마련해준 전셋집을 나와 월세방 생활을 하던 게 들통나 집안이 발칵 뒤집혔다. 등록금이 없다는 친구 얘기를 듣고 전세금 70만 원을 빼 50만 원을 친구에게 주고 자신은 20만 원짜리 월세방으로 이사한 것이었다.

송광영은 평화시장 청계노조 활동과 온갖 허드렛일을 하면서 듣게 된 평화시장의 전태일 열사의 삶에 관심을 두게 됐다. 누군가 전태일의 분신을 두고 지나치게 극단적 방법이라고 비판하면 불합리에 대항한 참된 인간의 선택이라고 항변했다. 전태일의 죽음과 아울러 고향에서 들려온 홍기일의 분신 소식은 송광영에게 큰 충격을 주었다. 비슷한 나이 대의 고향 사람인 홍기일이 숨진 이유가 다름 아닌 5·18과 전두환 때문이라는 소식을 들으면서 송광영은 깊은 생각에 잠겼다.

1980년 6월 광주 시민들의 넋을 위로한다는 글을 남기고 분신 사망한 김종태(이 책 2장 참조)와의 인연은 더 특별하다. 김종태는 송광영이 다니던 성남 주민교회의 선배 교인이기도 했다. 송광영은 1985년 6월 14일 성남에서 김종태 추모 시위를 주도했고, 주민교회에서 그를 위한 추모 예배 보기도 했다. 주민교회 이해학 목사는 김종태와 송광영의 고백을 기억하고 있다.

이해학 목사 우리 주민교회에서 전태일을 추모하는 모임을 했습니다. 우리 교회는 조금 유별나게 김상진 추모회도 해서 말썽을 일으키고 그랬는데 전태일 추모회를 할 때 촛불을 이렇게 하나씩 켜서 놓으면서 자기 고백을 하는 시간이 있었습니다. 1980년에 숨진 김종태가 그 자기 고백 시간에 "나도 전태일처럼 죽고 싶습니다"라고 하는 얘기를 제가 들었어요.

누구든지 그런 고백을 할 수 있으니까 그러려니 생각했는데 나중에 보니까 김종태가 (자신의 말대로) 참으로 그렇게 갔어요. 그런데 1985년 김종태 추모회를 할 때 송광영이 참여를 했는데 송광영도 자기 고백 시간에 그런 고백을 똑같이 하는 것이에요. "목사님 저도 이렇게 죽고 싶습니다." 그 고백을 내가 가슴에 담고 살고 있어요. 저는 실제 촛불 앞에서 그 사람들 고백을 들었을 때 그게 기억이 납니다. 우리의 민주주의는 이런 피를 흘린 대가로 찾은 거예요. _2016년 4월 15일 인터뷰

결심 그리고 분신

1970년 11월 13일 오후 1시 _전태일

전태일은 평화시장의 노동조건을 개선하기 위해 갖은 노력을 다했다. 박정희 대통령에게 보내는 편지도 쓰고, 평화시장의 재단사들을 모아 시위를 준비하는가 하면 방송국을 찾아가 평화시장의 비참한 노동 실태를 폭로하려고도 했다. 전태일의 이런 노력은 그러나 계란으로 바위 치기 같은 것이었다. 하지만 작은 성과도 있었으니 재단사 회원들과 함께 직접 조사한 평화시장 노동 실태가 1970년 10월 8일 자 ≪경향신문≫에 실린 것이었다. 전태일과 친구들은 뛸 듯이 기뻐했다. 전당포에 시계를 맡겨 받은 돈으로 신문을 사서 뿌리고 다녔다.

하지만 노동청 진정과 신문의 보도에도 바뀌는 것은 없었다. 전태일은 평화시장에서 대대적인 항의 집회를 열기로 마음먹었다. "근로기준법을 준수하라", "일요일은 쉬게 하라", "16시간 작업에 일당 100원이 웬 말이냐" 라는 피켓과 구호를 준비했다.

11월 13일 오후 1시, 전태일은 근로기준법 법전을 들고 있었다. 평화시장 앞 국민은행 앞길에서는 500여 명의 노동자들이 경비원과 경찰에 밀리며 쫓겨다니고 있었다. 이렇게 또 실패하나 싶던 찰나, 전태일이 몸에 불을 붙인 채 나타나 소리치며 산화(散華)했다.

"근로기준법을 준수하라."

"우리는 기계가 아니다."

"나의 죽음을 헛되이 말라."

전태일이 사망하자 문익환 목사가 전태일 추모시를 발표했다.

한국의 하늘아
네 이름은 무엇이냐
내 이름은 전태일이다

한국의 산악들아 강들아 들판들아 마을들아
한국의 소나무야 자작나무야 칡덩굴아 머루야 다래야
한국의 뻐꾸기야 까마귀야 비둘기야 까치야 참새야
한국의 다람쥐야 토끼야 노루야 호랑이야 곰아
너희의 이름은 무엇이냐
우리의 이름은 전태일이다

백두에서 한라에서 불어오다가
휴전선에서 만나 부둥켜안고 뒹구는

마파람아 높파람아
동해에서 서해에서 마주 불어오다가
태백산 줄기에서 만나 목놓아 우는
하늬바람아 샛바람아
너희의 이름은 무엇이냐
우리의 이름이라고 뭐 다르겠느냐
우리의 이름도 전태일이다

깊은 땅 속에서 슬픔처럼 솟아오르는
물방울들아
너희의 이름은 무엇이냐
우리의 이름이라고 들어야 알겠느냐
한국 땅에서 솟아나는 물방울치고
전태일 아닌 것이 있겠느냐

가을만 되면 말라
아궁이에도 못 들어갈 줄 알면서도
봄만 되면 희망처럼 눈물겨웁게 돋아나는
이 땅의 풀이파리들아
너희의 이름도 전태일이더냐
그야 물으나마나 전태일이다

청계천 피복공장에서 죽음과 맞서 싸우는
미싱사들 시다들의 숨소리들아
너희의 이름이야 물론 전태일일테지
여부가 있나

우리가 전태일이 아니면

누가 전태일이겠느냐

1985년 9월 17일 오후 _송광영

1985년은 전두환 정권이 아직 기세등등했지만 자세히 보면 속으로 조금씩 금이 가고 있었다. 그해 2월 12일 치러진 국회의원 총선에서 신민당과 민한당 등이 선전하면서 전두환의 민정당이 주도하는 여대야소 구도가 깨졌다. 억눌려 있던 민심이 독재 정권에 경고장을 날린 셈이다. 재야 세력은 3월 '민주통일민중운동연합'을 결성했고, 4월에는 각 대학 학생회가 주축이 돼 '민족통일·민주쟁취·민중해방특별위원회' 일명 삼민투위를 만들었다. 삼민투위는 광주학살의 미국 책임을 물으며 서울 미 문화원 점거 농성에 들어갔다. 대우자동차 노조 파업과 구로동맹 파업이 잇따르는 등 노동계 움직임도 심상치 않았다.

총선 패배 후폭풍에 시달리던 전두환 정권은 정국 돌파 카드로 '학원안정법' 카드를 꺼내들었다. 집회와 시위를 이끌어 문제를 일으키는 대학생들을 영장 없이 체포해 강제수용소 성격의 시설에 구금할 수 있도록 한 악법이었다. '학원안정법'은 최대 정치 쟁점으로 부상했다. 신민당을 비롯한 야당은 악법 중 악법이라며 반발했고, 대학생들의 시위가 잇따랐다. 8월 15일 광주에서 분신해 숨진 홍기일 역시 '학원안정법 반대'를 외쳤다.

이해학 목사 그해에 학원안정법이라고 하는 것을 제정한다고 발표가 나왔어요. 그리고 이제 학원안정법이 이것이 문제가 된다고 야당에서 떠들고 정치적 이슈가 되고 사회문제가 되고 그랬었는데, 학원안정법이라는 것을 빙자해서 시위하는 민주 인사나 학생들을 그냥 싸그리 정신병원에 넣어버릴 수 있는 이런 부당한 법을 통과를 시키려고 하는 그 당시 여권의 음모를

지금 초반에 깨야 한다는 인식이 아주 강했죠. _2016년 4월 15일 인터뷰

김해성 목사 당시에 학원안정법이라고 하는 것은 이제 당시 전두환 정권의 말기에 학생들이 데모를 하고 전두환 물러가라고 항의 시위가 극한에 달했을 때 전두환 정권이 꺼내 든 칼이었습니다. 학생운동이나 재야운동, 민주화운동, 인권운동 이런 것을 하면서 소요를 일으키는 사람은 법원의 판결 없이도 검찰의 청구에 의해서 무조건 정신병원에 수용하도록 하는 내용이고요, 또 한편으로 유인물을 만들었다거나 또는 이걸 복사했다거나 또는 이것을 이동시켰다거나 또는 나누고 읽었다거나 이런 사람들은 모두 다 정신병원에 감금할 수 있다라고 하는 악법 중의 악법이었고 헌법을 초월한 내용이었죠. 결국 당시에 송광영 열사 분신으로 학원안정법 제정은 무산이 됐습니다. 결국 한 사람의 목숨을 통해서 학원안정법을 철폐시켰고 또 학원안정법 철폐로 그 이후에 많은 재야인사들이나 민주화운동을 하는 사람들이나 또는 학생들에게 엄청난 여러 가지 길을 보장해준 목숨과 맞바꾼 내용이었다고 생각이 듭니다. _2016년 3월 25일 인터뷰

전태일과 김종태, 홍기일의 희생을 눈여겨보고 있었던 송광영. 자신의 고향인 광주를 짓밟고 권력을 움켜쥔 전두환이 '학원안정법'까지 들고 나온 것을 더는 볼 수 없었다. 그건 마치 광주학살을 끝까지 은폐하겠다는 것처럼 여겨졌다. 전두환이 '학원안정법'으로 재갈을 물린다면 광주학살을 알리는 방법은 자신의 목숨을 바치는 길밖에 없다고 여겼다.

심우기(가천대 교수, 송광영 후배) 광영이 형이 광주민주화운동에 대해서 말할 때 '학살'이라는 말을 많이 했습니다. 광주에서 죽은 사람들에 대한 이야기, 군인들이 민간인들을 죽였다는 이야기, 실제 발표보다 더 많은 것들이 있다는 이야기를 했습니다.

당시에는 그런 이야기를 꺼내는 것 자체가 거의 뭐 구속될 수 있는, 위험하고 엄중한 시기였기 때문에 공개적으로 이야기할 수는 없었죠. 또 당시에 광주 비디오를 복사해서 돌려 보고 했습니다. 복사해도 구속이고 가지고만 있어도 구속이고 그런 시절에, 학내에 경찰이 상주해 있는 시절이니까 비디오를 몰래 숨겨서 지역 단체나 교회에 전달하고 갖고 오고 그런 일들을 했습니다. _2016년 1월 21일 인터뷰

송광영이 분신하고 병원 치료를 받은 지 열흘째 되는 날, 서울 기독교 13개 기구 대표자들이 모여 송광영 구명대책위원회를 꾸렸다. 위원장은 문익환 목사가 맡았다. 문 목사는 송광영이 운명한 날 추모시를 발표했다. 15년 전 전태일이 분신해 숨졌을 때도 추모시를 발표했던 문익환 목사였다.

나의 조국 나의 사랑
송광영 열사의 넋 앞에 바치노라

1985년 10월 21일 새벽
면목동 기독교병원 응급실에서
나는 당신을 보았읍니다.
숨이 멎어 하늘이 된 당신을 보았읍니다.
죽은 듯이
아주 영 죽어 버린듯이
당신은 눈을 감고 입을 다물고 있었읍니다
당신은 눈을 감고 무엇을 보시나요
입을 다물고 무엇을 말씀하시나요

나의 이 더러운 손
당신의 거룩한 이마에 얹어 보았읍니다
지금은 온기 하나 없는
싸늘한 이마 오싹하며
나는 부르르 떨었읍니다.
그 떨림은 광주였읍니다
홍기일 열사였읍니다
그것은 조국이었읍니다
두 동강 나 찢어지는 아픔
몸살이었읍니다
그러나 결코 결코 절망은 아니었읍니다
이제 우리는 당신의 몸살을 앓고 있읍니다
당신의 아픔 딛고 서서
살 속 뼈 속으로 파고드는 절망을 불살라
가슴가슴에 모닥불을 지피고 있읍니다

잘크러진 당신의 이마에 손을 얹고
이번엔 내가 눈을 감았읍니다
당신의 감은 눈에 무엇이 보이나
나도 보고 싶어서였읍니다
그러자 당신이 내 눈 속에서 와짝
눈을 뜨시더군요

밤 하늘에서 초롱초롱 빛나는 수도 없는 눈으로
국민학교 마당에서 뛰노는 아이들의 재잘대는 눈으로
먼지가 덕지덕지 앉아 숨막히는 풀이파리들 위에

아침 이슬에 내려 맑게 맑게 빛나는 양심으로
치고 받고 따라가며 찌르고 찌르고는
짓밟는
그러고도 모자라 미쳐 버리는 세상에
활활 무작정 타 오르는 불길
고지식한 사람의 외곬으로 번뜩이는 핏발선 눈으로

그래서 계훈제 선생은 꾸부정해 가지고
당신 앞에서 "나는 가짜구나"고
일생일대의 고백을 했던 것입니다
물론 이 문익환이도 당신 앞에서 죄인일 밖에
입이 백개가 있어도 할 말이 없는 죄인일 밖에
그러자 당신이 내 속에서 속삭입니다
"뭘 하고 있어"
"뭘 하고 있어"
그렇군요. 우리의 입은 아예 꿰매 버리는 게 좋겠군요
당신 앞에서 무슨 말을 더 필요하겠읍니까
모닥불이 훨 훨 타 오르면
부나비야 거기 뛰어 들면 타는 거 아닙니까

당신의 어머니는 이제 울음을 멈추었습니다
몸부림도 치지 않습니다
고요히 어린 손자를 보듬고 앉아 계십니다
그리고 중얼거리십니다
이상하여 눈만 감으면 광영이 뛰어가 나는 게 여기도 저기도 보이니
저기 다 내 아들 아닌개비여

뜨거운 불길이 여기 저기 치솟는 게 보이는구만
저 아우성이 모두 광영이 아닌개비여
저 한숨도 슬픔도 아픔도 앞산 뒷산 메아리도 아지랑이도
모두 광영이 아닌개비여

오 자유
오 자유
저 노래는 또 뭐여
그것도 광영이구마
어쩌면 어쩌면
그렇습니다 광영이는 겨레입니다
한 맺힌 휴전선입니다
휴전선 위에 쏟아지는 피눈물입니다
철조망에 걸려 펄럭이는 바람입니다
바람으로 어머니 옷자락에 매달려 우는 깃발입니다
민주주의의 깃발입니다
민주주의인지 뭔지 무식해서 난 모른당게
광영이 마음이사 아시겠지요
내 속에서 나온 내 새끼 맴이사 알지라우
그러면 됐읍니다
광영이 마음이 바로 민주주의입니다
내 치마 자락에 매달려 펄럭이는 광영의 맴
그것이 민주주의라면
민주주의 만세다
광영아 내 아들 광영아

시상에 죽은 내 아들 광영이를 왜 이리도 무서워한당가
광영이는 이젠 말도 못하는디 말이여
제 몸에 불을 지르고 뛰지도 못하든디
어쩌자고 모두들 이 자랄이여
왜들 겹겹이 둘러싸고 문상도 못 오게끄럼 막는당가
왜 문 목사랑 계 선생이랑 이 목사랑 끌어낸당가
도둑이 제 발 저린다는디 그기 정말 정말인개비여
제 방귀에 놀라는 토끼 꼴이랑가
광영의 굽힐 줄 모르는 마음이 무서운 거 아니겠읍니까
정말이지 그렁개비여
광영이 몸이사 이제 싸늘하게 식었지만
그 맴이사 어디 식겠어
어림 반푼 없는 소리지
이 에미 가슴 이리 불붙는디
그 맴이 어찌 식겠어
그 맴이 식는다면
당신들이 떠들어 쌓는 조국이고 민주주의고 다 거짓말이여 거짓말
자유고 진리고 정의고 다 개나발이여

맞습니다 어머니
그 마음이 식으면 모든게 개나발이 라는 말 맞습니다
천번 만번 옳은 말씀입니다
우리 아들은 어려서부터 거짓말이라고는 몰랐응께
이기 돌이라 하면 그게 돌인거고
저기 나무라 하면 그게 나무였어
난 형들처럼 안 살 것이여 하더니만

이렇게 제 몸에 불 팍 지르고 죽자 안 하였겠어
그렇군요 어머니
죽음으로 산 그의 진실이 그리도 무서운 거군요
거짓말로 살이 피둥피둥 오른 것들이
우리 아들 광영의 그 그 거울 같은 마음씨가 어찌 안 무서울 것이여
그의 진실 앞에서 세상의 온갖 거짓이 숨을 수 없이 된 거지요
그렇다문사 얼매나 좋을 것이여
내 아들이사 대학교 졸업장 못 받아보고
장개도 못 가 보고
땅 속에 들어가 썩어 버리겠지만
제 똥 구린 줄이라도 아는 세상이 되기만 한다문이야
광영인 백번이라도 제 몸에 불 싸지를 거구만

열사의 어머니, 이소선과 이오순

"태일이를 잃은 대신 수천, 수만의 아들을 얻었다" _이소선

이소선 전태일 어머니

전태일의 어머니 이소선은 아들이 죽고난 뒤 노동운동가로 변신했다. 그것은 아들 전태일과의 약속이었다. 청계피복노조 결성과 동일방직노조의 인분 투척사건, YH 무역 농성 사건 현장마다 찾아다니며 헌옷 장사를 해서 번 돈으로 노동자들과 수배자들을 돌보던 이소선 여사는 1986년에는 전국민주화운동유족협

의회, 유가협을 세워 회장직을 맡아 본격적인 활동에 나선다.

"내 아들 전태일을 잃고, 수천, 수만의 아들을 얻었다"는 이소선 여사는 아들과의 약속을 지켜가다 지난 2011년 9월 향년 82세의 나이로 별세했다. '노동자의 어머니' 이소선은 아들이 묻힌 경기도 남양주시 마석 모란공원에 아들과 함께 나란히 묻혔다.

"우리 광영이가 죽으면 무슨 소용 있다요?" _이오순

재야인사들, 학생들이 찾아가 위로를 했지만, 사랑하는 막내아들을 잃은 어머니는 아무 말도 귀에 들어오지 않았다. 경원대 학보사 기자와 만난 자리에서 "난 민주가 뭔지도 모른다요! 동지가 다 뭐다요! 우리 광영이가 죽으면 무슨 소용 있다요?"라고 말해 주위를 울음바다로 만들었다. 그러나 전태일의 어머니 이소선의 삶이 아들을 따라 변했던 것처럼 송광영의 어머니 이오순의 삶도 변화하고 있었다.

유가협(전국민족민주유가족협의회) 회원으로 활동하면서 학생들보다도 앞장서 전투경찰, 백골단과 몸싸움을 벌였다. 최루탄이 매캐한 집회 현장에서도 물러서지 않고 황색 가죽 가방을 휘두르며 "우리 아들 왜 때리느냐"며 호통을 치면 백골단이라도 감히 함부로 다루지 못했다. 그래서 생긴 별명이 '감동의 황색 가방'이었다.

이해학 목사 송광영 열사 어머니 이오순 여사가 너무도 훌륭했습니다. 그 어머니는 정말 배운 것도 없었고 학벌이 있거나 출신이 번듯하지도 않아요. 그럼에도 불구하고 아들 때문에 눈이 떠졌어요. 무슨 얘기냐 하면 "인간은 존엄하다는 사실, 그리고 존엄한 인간은 대접받아야 한다는 사실". 그런데 우리나라라고 하는 것, 국가라고 하는 것은 인간을 착취하고 가진 자들이 이익을 위해서 민중들을 억압한다고 하는 것, 이것을 배운 거예요. 그것을 터득하고 "이런 세상은 바뀌야 된다"라고 하면서 온몸으로 아들들을 대신해서 헌신한 분이 이오순 어머니였죠. 그런 분이어서 각종 집회 현장에서 연설자로 모셨던 기억이 납니다. 송광영 씨의 어머니 이오순 여사는 전태일 어머니 이소선 여사하고 유가협에서도 둘째가라면 서러울 정도로 친한 분들이었는데 정말 존경받는 어른들이셨죠. _2016년 4월 15일 인터뷰

이오순 송광영 어머니

각종 집회, 시위 현장에서 아들딸들의 든든한 방패가 되주었던 이오순은 1994년 심장병으로 세상을 떠난다. 그토록 믿고 의지하던 문익환 목사

© 광주 MBC

© 광주 MBC

경기도 이천시 민주화운동기념공원에 아들 송광영과 어머니 이오순이 나란히 안장돼 있다.

가 같은 해 1월 심장병으로 별세한 지 3주 만이었다. 문 목사의 죽음으로 큰 충격을 입은 터였다.

송광영의 유해는 1985년 10월 경기도 남양주시 마석모란공원에 안장됐다가 30년 뒤인 2014년 경기도 이천시 민주화운동기념공원으로 이장됐다. 5·18 진상규명과 학원안정법 폐지를 주장하다가 숨진 사실이 2002년 김대중 정부의 '민주화운동 관련자 명예회복 및 보상심의위원회'에서 인정되어 '민주화운동 관련자'가 되었다. 어머니 이오순도 민주화운동 관련자로 인정됐는데, 아들보다 7년 뒤인 2009년 이명박 정부 때였다. 경기도 이천시에 조성된 민주화운동기념공원에는 아들 송광영과 어머니 이오순이 나란히 안장돼 있다.

『민주화운동백서』에 기록된 송광영과 그의 어머니 이오순

송광영(58.10.3.): 보상, 1985, 전두환정권 반대(사망) 경원대 학생으로 청계피복노조 합법성 쟁취대회, 5.18 민주화운동 진상규명 등 민주화를 요구하는 시위에 참여하고, 1985.9.17. 교내에서 "학원악법 철폐하고 독재정권 물러가라, 광주학살 책임지고 전두환은 물러가라" 등 구호를 외치며 시위 중 분신, 투병 끝에 10.21. 사망(2002.4.27. 제41차)

이오순(29.7.18.): 보상, 1994, 전두환. 노태우정권 반대 (사망) 학원안정법 철폐와 독재타도를 외치며 경원대학교 운동장에서 분신 사망한 송광영의 어머니로 1985.10.경부터 군부독재타도와 직선제 쟁취, 민주헌정질서 확립을 주장하는 각종 집회에 참가하고 1991. 민주화운동유족협의회 부회장으로 7.4. 서울지방법원 서부지원에서 강경대 치사사건 관련 재판 중 정권의 부당성에 항의하는 행위로 징역형을 받는 등 1994.1.26. 민주화운동 관련 활동으로 인한 과로와 스트레스로 사망(2009.7.13. 제277차)

송광영 약력

1958년 10월 3일	광주시 청풍동에서 4남매 중 막내로 출생
1971년 2월	서울 효제국민학교 졸업
1974년 2월	서울 경신중학교 졸업
1974년	양복점 취직
1975년	서울 청계노조 활동
1976년	인천에서 신문팔이 및 와이셔츠 외판원으로 생활
1979년	방위병 복무

1982년 8월	고등학교 검정고시 합격
1982년	시사영어사 외판원 활동
1984년 3월	경원대 법학과 입학
1984년	실존주의 철학연구회 창설
1985년 3월	경제문제연구회 창설
1985년 9월 17일	오후 2시 경원대 학내에서 분신
1985년 10월 21일	새벽 1시 45분쯤 운명
1985년	경기도 남양주시 마석모란공원 안장
1992년 5월	제2회 5·18 시민상
2002년	민주화운동 관련자로 인정(41차)
2014년 5월	경기도 이천시 민주화운동기념공원에 안장

이오순 약력

1929년 7월 18일	전라남도 광주시 오치동 출생
1943년	송판금과 결혼
1964년	송판금과 사별
1964~1985년	시골 장터 행상, 파출부로 생계를 꾸림
1991년	유가협 부회장
1994년 1월 26일	운명
2009년	민주화운동 관련자로 인정(277차)
2014년	경기도 이천시 민주화운동기념공원에 안장

송광영 선배를 그리며

류승완

송광영・천세용기념사업회 사무국장

저는 1996년 학교에 입학을 했습니다. 당시 학교 C 동(진리관) 앞뜰에는 선배님의 추모비가 놓여 있었습니다. 무슨 의미의 추모비인지도 당시에는 몰랐습니다. 그리고 학교생활을 하면서 선배들에게 송광영 열사에 대한 이야기를 들었습니다. 학원안정법 철폐를 외치면서 C 동 바로 앞에 있던 운동장에서 분신하신 열사라는 이야기를 들었습니다.

당시만 해도 분신하신 지 꽤 시간이 흐른 뒤라 저에게는 큰 울림이 없었습니다. 그리고 한 학기가 지나고 2학기가 되어 동기들과 엠티를 갔습니다. 2학기가 되어 있던 다른 선배들에게 삐삐로 연락이 왔습니다. 학교에 세워져 있던 열사 추모비가 없어졌다는 것입니다. 그 큰 추모비가 없어졌다는 소식을 듣고 처음에는 엠티 간 저희를 놀려주려고 하는 장난 정도로 생각을 했습니다. 그렇지만 아무리 장난이어도 추모비로 장난칠 선배들이 아니기에 이상한 마음을 안고 엠티 중간에 학교로 돌아왔습니다. 늘 그 자리에 있던 추모비가 없어진 것입니다.

지금도 휑한 자리가 눈에 아른거립니다. 추모비까지 없애면서 학생들을 탄압하려고 하는 모습, 그리고 추모비를 찾으려고 동분서주하시는 유족, 유가협, 선배들, 지역의 활동가들의 모습을 보면서 저에게 추모비는 단순한 기념비가 아니구나 하고 생각했습니다. 우여곡절 끝에 많은 사람들의 노력으로 추모비를 다시 찾았을 땐 그 추모비는 이미 정으로 쪼개져 훼손되어 있었습니다. 분노와 죄송한 마음이 교차했습니다. 그리고 추모비는 다시 현재의 자리로 돌아왔습니다.

그리고 20년이 더 지난 지금 저는 송광영·천세용기념사업회 사무국장 일을 하고 있습니다. 사진 속 선배님보다 나이도 더 먹었습니다. 작년(2016년)에 31주기 추모제 때 선배님과 같이 활동했던 형들이 본인들은 머리가 하얘지고 늙어가는데 사진 속의 송광영은 그대로 있다는 말을 들을 때 많은 생각이 들었습니다.

송광영 선배님, 아직도 우리 사회는 선배님이 돌아가시기 전이랑 별반 다르지 않은 것 같습니다. 국민을 개, 돼지라고 부르는 공무원이 존재하고, 비선 실세가 대통령을 좌지우지해 국가권력을 마음대로 하고 있습니다. 국가는 국민을 이념으로 갈라 자기들에게 충성하는 사람들에게는 상을 주고, 그러지 않은 사람들에게는 온갖 억울한 누명을 씌워 가두는 것이 그때와 별반 다르지 않습니다.

그래서 송광영 선배님을 추모하고 송광영 정신을 더 계승·발전시키기 위해서 노력하고 있지만, 부족한 점이 더 많습니다. 하지만 선배님이 저희에게 물려주신 숭고한 송광영 정신을 후배들에게 그리고 국민들에게 전할 수 있게 노력하겠습니다.

권력이 있는 사람이 국민을 탄압하지 못하게 하고, 권력이 있는 사람이 없는 사람을 차별하지 못하는 그런 사회를 희망하며 저 또한 미약한 힘이지만 최선을 다하겠습니다.

장이기

광주 시민 학살한
전두환을 처단하자

•

1986년 3월

전두환을 처단하자

장이기(1953~1986)

2012년 개봉한 영화 〈남영동 1985〉는 전두환 정권 치하에서 이루어지던 고문(拷問)의 실상을 적나라하게 보여준다. 가족과 함께 있다가 사복 경찰에게 연행된 남자 주인공은 눈이 가려진 채 남영동 대공분실에 끌려가 좁고 어두운 방 안에서 처참하게 두들겨 맞는다. 몽둥이로 가하는 구타는 물론이고, 주전자에 물을 채워 조금씩 얼굴에 들이붓는 물 고문, 통닭구이를 방불케 하는 전기 고문, 물통에 얼굴을 들이박는 고문과 거짓 자백 요구 등. 고통스러운 장면으로 차마 화면을 계속 응시할 수조차 없는 이 작품의 모델은 고(故) 김근태 의원(1947~2011)이다.

인간의 영혼을 파괴하는 고문이 횡행했던 1980년대, 그때는 그랬다. 민주화운동을 하다가 붙잡힌 이들은 그런 악몽 같은 경험을 했고, 그런 경험은 결국 선량한 사람들을 죽음으로까지 내몰았다. 김근태가 그랬고 박종철이 그랬다. 그런 극악한 인권 탄압의 시대에도 불의를 참지 못하고 싸우다 고문에 스러져간 '광주의 아들'이 또 있다.

1986년 3월 5일 경기도 안양시 박달동 예비군훈련장에는 늘 그랬듯 전두환을 찬양하는 시간이 마련되어 있었다. 예비군 훈련 프로그램에 포함된 안보 강의가 전두환 대통령을 추어올리는 홍보의 장이 된 것이다. 교관의 눈을 피해 엎드려 잠을 자는 이들이 대부분이었고, 깨어 있는 이들은 이 지루한 시간이 어서 끝나기를 바라고 있었다. 그러나 모두가 그런 것은 아니었다. 강의장 한 편에서 화난 표정의 남성이 전두환을 찬양 중인 강사를 노려보고 있었다. 33살의 예비군 장이기였다.

더는 참지 못하겠다는 듯 벌떡 일어난 장이기는 강의실에 있던 전두

당시 상황을 재연한 애니메이션

환 대통령의 액자를 바닥에 내동댕이쳤다. 눈 깜짝할 사이에 벌어진 일이었다. 장이기는 떨어진 대통령 액자를 군홧발로 짓밟으며 소리쳤다.

"광주 시민 학살한 전두환을 처단하자!"

강의장에는 순간 침묵이 감돌았다. 처음엔 무슨 일인지 모르고 지켜보기만 하던 예비군들은 이내 환호성을 지르기 시작했다. 무소불위의 절대 권력자 전두환을 처단하자는 구호도 충격적이었지만, 전두환이 광주 시민을 학살했다는 말은 더욱더 생소한 이야기였다. 하지만 박수와 환호도 잠시, 그는 헌병대에 붙잡혀 끌려 나갔다. 그러면서도 전두환을 처단하자는 구호를 계속 외쳐댔다.

"광주 시민 학살한 전두환을 처단하자!"

1986년은 술집에서 술을 마시다가 대통령을 비판해도 잡혀가던 시절이었다. 6년 전 민주화 열망으로 가득했던 거리는 전두환 독재 정권의 철권통치에 가로막혀 쥐죽은 듯 조용했다. 누구도 공개적으로 군사독재 정권을 비판하지 못했다. 그런데 군부대에서 군사정권의 최고 권력자를 모욕한 사건이 일어난 것이다. 연행된 장이기는 보안사와 경찰서 등을 옮겨가며 구타와 고문을 당했다. 군 보안사와 안기부, 경찰이 합동으로 나서 장이기를 고문하고 폭행했다. 배후가 누구인지 정체가 무엇인지를 집중적으로 캐물었지만, 장이기는 그런 게 있을 리 없다고 대답했다. 각 수사기관마다 장이기를 독하게 팼다. 장이기의 의식이 돌아오는 시간이 점점 짧아졌다. 경찰은 장이기의 생명이 위태로워지자 연행한 지 열흘 만인 3월 15일 가족에게 장이기의 상태를 알렸다.

장이기 묘비
경기도 이천 민주화운동기념공원

광주 시민들을 학살한 책임자를 비판했다는 이유로 참혹하게 죽은 것이다. 백 번을 양보해 장이기에게 혐의가 있다면 정식으로 수사해 재판을 통해 따지면 될 일이었지만, 당시는 그런 상식이 없는 시대였다. 장이기와 관련해 수사 기록도 없을 뿐 아니라 누가 그를 때리고 고문했는지, 살인 용의자가 누구인지 아무도 모른다. 그를 고문하고 죽인 공무원은 지금껏 어떤 처벌도 받지 않았다. 권력자를 비판했다는 이유로 터무니없이 죽임을 당해야 했지만 유족은 억울함을 하소연할 수도 없었다.

강직한 청년

장이기는 1953년 충북 청주에서 아버지 장영창과 어머니 최용윤 슬하의 여섯째로 태어났다. 3남 3녀 중 막내였던 장이기는 터울 많은 형님들과 누님들의 귀여움을 받고 자라났다. 교편을 잡고 있던 아버지를 따라 세 살 때 서울 삼청동으로 이사해 삼청국민학교를 졸업했다. 순하고 공부 잘하는 어린 동생을 형들과 누나들은 극진히 아꼈다.

장이기는 교사인 아버지가 전근할 때마다 이사했는데, 그중 서울 미아리에서 오래 살았다. 신일중학교와 신일고등학교로 진학한 장이기는 성적이 좋았다. 하지만 사춘기가 온 것인지 신일고 2학년 때 학교에 가지 않겠다고 버티다 결국 고등학교를 자퇴하고 만다.

아들을 공부 잘하고 착실한 모범생으로 생각했던 아버지는 불같이 화를 냈다. 매질도 하고 어르기도 해봤지만, 막내아들의 고집을 꺾을 수 없었다. 장이기의 큰누나 장광자는 막냇동생이 그때부터 박정희 정권에 비판적이었다고 기억한다. 나이 차가 14살이나 나는 동생이었지만 생각은 어른스러웠다.

장광자(장이기 큰누나) 중학교 때는 착실했어요. 그런데 고등학교 들어가면서 모든 사회에 불만이 많아지고 학교를 안 다닌다고 했어요. 부모님들이 깜짝 놀랐죠. 그런 것 때문에 아버지가 속 좀 썩였죠. "군부가 박정희 대통령이 총칼로 나라를 뺏었다", "군부가 들어섰다" 그런 얘기를 했어요. 불만이 많더라고요. 아버지가 교육자인데 왜 그렇게 사회에 불만이 많으냐 얘기도 하고 그랬어요. 애가 성격이 불의를 참지 못하고 그랬습니다.

공부에는 자신이 있었던 장이기는 고등학교를 자퇴하던 그해 고등학교 검정고시를 치러 합격했다. 결과적으로는 1년 일찍 고등학교를 졸업한 셈이었다. 장이기는 서울 미아리 집에서 회계사 시험 준비를 시작했다. 회계사가 되는 것은 오래전부터 꿈꿔왔던 일이다. 공부에 소질이 있는데도 대학에 갈 생각은 하지 않고 회계사 시험만 준비를 하겠다 고집을 부리니 식구들에게는 이것 또한 걱정이었다. 그러자 둘째 형이 나서서 우선 대학은 가고 보자며 장이기를 설득해 청주로 데려왔다.

장이기는 청주대 경영학과에 입학했다. 둘째 형의 신혼집에 기거하며 대학에 다닌 장이기는 곧바로 회계사 시험 준비에 들어갔다. 하지만 시험운이 없었던 탓인지 10년이 넘도록 합격하지 못했다. 1차에서는 합격했지만 2차에서 번번이 미끄러졌다. 가족들은 이제 시험은 그만 보고 일자리를 찾는 게 어떻겠냐고 했지만, 장이기의 고집을 꺾지는 못했다.

세상 물정도 모르고 회계사 시험에만 몰두해 있는 것처럼 보였지만 실은 그렇지 않았다. 박정희부터 전두환까지 군인들이 쿠데타로 정권을 차지해 국민을 짓밟고 있는 나라를 장이기는 분노의 눈으로 바라보고 있었다. 그는 예비군 훈련에 소집되자 평소 생각을 가다듬어 각오를 다진 것으로 보인다. 장이기의 누나는 1986년 3월 초 어느 날 막냇동생과 나눈 대화를 기억하고 있다.

장광자(장이기 큰누나) 동생이 가끔 이상한 소리를 했어요. "군정에 불평, 불만이 많다", "지금 전두환 정부에 불만이 많다". 그런 말을 나한테 하더라고요. 나중에 엄마한테 "내가 큰일을 저지를 것 같다", "세상이 시끄러워질 것이다". 이렇게 말했다고 하더라고요.

장이기는 자신의 예언대로 군사독재 정권의 서슬이 퍼렇던 그때, 최고 권력자를 비판했다가 고문을 받고 숨졌다. 가족들은 이 비참한 죽음을 억울해했지만, 누구도 나서서 문제를 제기하지 못했다. 진상 조사가 한 번도 제대로 이뤄지지 않은 이 사건은 여전히 미궁에 빠져 있다. 장이기의 마지막 모습을 지켜본 형수 양경화를 2016년 3월 24일 경기도 안양시에서 만나 인터뷰를 진행했다.

문 예비군 훈련소에서 장이기 씨가 뭐라고 하다가 끌려간 것입니까?

답 그때 그 전두환 대통령 정권에 대한 불만 그런 거를 자기 나름대로 가서 이야기한 거죠. 그 이야기를 하는데 가만히 놔뒀겠어요? 헌병들이 주변에 다 있었다는데. 액자를 갖다가 막 짓밟았대요. 자기가 이야기하다 보니까 혈기가 넘친 거지. 액자를 잡아서 땅에 떨어뜨려서 짓밟았다 그러더라고요. 예비군 훈련 갔다 온 사람을 만나서 이야기를 들었어요. 그렇게 하다 끌려갔어요.

© 광주MBC

양경화 장이기 형수

문 그때 당시는 북한 간첩이다 이런 의심을 받은 건가요?

답 (장이기가) 거기 예비군 훈련장에 가서 사고가 나니까 정부에서는 '이 사람이 보통 사람이 아니다. 뭔가 북한 지령을 받았을 것이다.' 이렇게 생각하고 집에 와서 다 수색을 했어요. 그런데 뭐가 나오나, 안 나오지. 그리고 진짜 얼마나 깔끔한지 자기 방에서 공부만 했으니까. 정말 책장 하나 비뚤어지지도 않아요. 아주 꼼꼼하고 깔끔하고 그랬지.

11일 날 훈련받는데 정보기관에서 조사를 나왔어. 나와가지고 집 조사하고 우리 집에 와서 다 수색하고. 뭐, 양쪽 다 다녀야 뭐가 있어 아무것도 안 나오지.

그러니 공부한 것만 나오지. 북한하고 관계된 게 뭐가 있어? 아무것도 없지. '얘가 보통 놈이 아니다. 북한에서 지시를 받은 놈이다' 생각하고 두들겨 팬 거지, 불어라. 불어라 하는데 뭐 불을 게 있겠어요? 사실대로 이야기했겠지요.

문 처음에 언제, 어디서 연락이 왔습니까?

답 그날(14일) 연락이 왔어요. 내가 가게 문을 밤 11시에 닫는데 연락이 온 거야. 경찰서에서 연락이 오기를 우리 집 근처에 서울 남부경찰서가 있어요. 삼촌이(장이기가) 그리 넘어갔다고. 그러니까 "그리(남부경찰서) 가서 면회를 해라" 이렇게 연락이 왔어요. 그래서 내가 속옷 같은 것 준비해서 갔지. 가서 면회 신청하니까 면회를 또 안 해주는 거예요. 그래서 못 보고 그냥 왔죠.

그러고 나서 또 그다음 날(15일) 밤에 연락이 온 거야. 지금 경찰서인데 서울 남부경찰서다. 어디 병원으로 가라 그러더라고요. 그래서 밤 11시쯤에 병원으로 갔죠. 우리 바깥양반하고 나하고 둘이 그 병원으로 가니까 삼촌이 침대에 앉아 있더라고. 그 옆에는 예비군 훈련장 군인들이 있더라고요.

문 몸 상태가 어떻던가요?

답 깜짝 놀랐죠. 올라가서 보니까 나를 보고 말을 제대로 못해요. 너무 매를 많이 맞으니까, 그때는 패혈증이라고 그러더라고. 너무 맞아가지고 장기가 다 망가진 거야. 머리는 피투성이가 돼가지고 머리가 딱딱 다 들러붙었어. 얼굴을 보고 살 수가 없었어요. 나, 너무 놀랐다니까.

얼굴과 머리가 피투성이인 데다가 발이, 거짓말 안 하고 발등이 이렇게 부었어요. 얼마나 많이 맞았는지 발등까지 부었더라니까. 찬찬히 보니까 전기고문까지 당했더라고. 삼촌이 날 딱 보더니 "형수님" 하는데 이 말의 발음이 제대로 안 되는 거야. "나 이렇게 맞았어요", "많이 맞고 잠도 안 재우고 날 이렇게 때렸어요."

입안이 다 터지고 눈도 잘 보이지 않고 성한 곳이라고는 하나도 없었어요. 정신이 오락가락하는 상태에서 그런 말을 하더라고요. 그래서 내가 그랬죠.

"삼촌 죽으면 안 된다. 죽으면 안 된다", "정신 차려라, 삼촌", "내가 다 복수해 줄 테니까 살아야 돼. 이대로 가면 안 돼. 이대로 보낼 수 없단 말이야. 조금만 참아. 죽으면 안 돼."

그러고 같이 부둥켜안고 울었죠. 바깥양반은 올라오지도 못하더라고요. 동생을 보고 그냥 내려가서 울고 있었어요. 헌병대에서 따라다니면서 지켜보고 있어서 어떠한 말도 할 수 없었지요.

보니까 병원 밖에 차가 대기하고 있었어요. 삼촌 몸 상태가 안 좋아서 곧 죽을 거로 판단이 되니까 그때서야 신병을 우리 손에 넘긴 거야. 내가 막 소리를 질렀어요. 사람을 이렇게 해놓고 이제 불렀냐고. 그랬더니 옆에 있던 군인들이 자기네들은 안 했다는 거예요. 그러더니 그 만신창이가 된 삼촌을 그대로 싣고 구급차를 태워서 신촌 세브란스 병원으로 갔어요.

문 그게 3월 15일 상황입니까? 더 큰 병원으로 옮겼다고요?

답 삼촌이 3월 16일 새벽에 운명했는데 15일 저녁에 저희한테 인수가 됐고, 그다음 날 새벽녘에 사망했죠. 그때는 통행금지가 있을 때예요. 그래서 우리 바깥양반하고 나하고 타고 정부 기관에서도 탄 것 같아, 그 차를. 구급차를 타고 삼촌을 싣고 세브란스 병원에 갔잖아요.

갔는데 미리 다 연락을 받았는지 의사들이 딱 대기하고 있더라고요. 응급실 처치실에 누이는데 반듯이 못 눕죠. 폐 이런 데가 다 썩어 문드러진 거지. 억지로 누이고 잠깐 말을 시켰는데 혀가 안 돌아가니까. 말을 제대로 못 했다니까. 입이고 얼굴이고 볼 수가 없었어요.

의사들이 대여섯 명 붙어가지고 처치하는데 삼촌이 나보고 가지 말라고 붙잡으면서 이 사람들이 자기를 때릴 것 같다고 하는 거야. 그래서 삼촌한테 이 분들은 삼촌 도와줄 의사니까 걱정하지 말라고 의사라고, 그 이야기 몇 마디 했는데 그리고 나서 불과 10분 후에 숨졌어요.

그사이에 무슨 일이 있었냐면요, 바깥양반은 병실 안에 들어오지도 못하고 바깥에서 소리 지르고 울기만 했어요. 새벽녘이니까 3월 달이니까 굉장히 추웠죠. 그렇게 있는데 불과 얼마 안 있다 의사들이 나가라고 하더라고, 다 나가래요. 그래서 바깥에 나가 있는데 불과 얼마 안 됐는데 운명하셨다고 하얀 천을 씌워놨더라고. 그래서 이거는 말이 아니다, 금방까지도 살아 있는데 순식간에 죽을 수가 있냐며 항의했어요.

문 장례도 일사천리로 진행됐다고요.

답 삼촌 사망 확인했을 때 가족들이라고 할 것도 없었어요. 그 시간에 바깥양반하고 나하고 둘이 있고 시누이들한테 연락을 했어야 했죠. 통행금지가 있어서 연락해도 일찍 못 오는 시간인데 캄캄할 때인데 장례식장으로 갈 준비를 정부에서 다 해놨더라고요. 그래서 내가 악을 썼죠. "이거는 안 된다 너무하지 않냐. 세상에, 젊은 사람을 죽여놓고 날이 밝아지기 전 캄캄할 때 장례식장으로 가게 유도를 하는 법이 어디 있냐?", "시신에 옷이라도 입혀야 될 것 아니냐."

옷도 안 입히고 그냥 그대로 그 상태 그대로 장례식장으로 옮기겠다는 거예요. 그런데 우리가 그렇게 항의해도 정부가 들어주는 게 하나도 없어요. 그러더니 무슨 사람들이 조금 있으니까 할아버지하고 우리 양반을 데리고 가더라고. 어디 정부기관이겠지. 이 양반 둘을 싣고 가더니 다시 왔어요. 물어보니까 어디다 사인하라고 해서 하고 왔다고 하더라고요. 여기에 대한 이야기를 안 하겠다라고 했대요. "삼촌이 부대에서 맞아죽었다고 이런 사실 이야기하지 않겠다" 그렇게 하겠다는 사인을 하고 오셨더라고.

정부에서 빨리빨리 한 게 왜 그러냐면 병원 간 게 토요일이고 숨진 날이 16일 일요일이었어요. 그렇게 되면 기자들도 오고 할 거 아니에요? 시신 장례를 빨리 치른 거지. 빨리 없애야 기자들 눈에 띄지 않고 조용할 것 같으니까. 그렇게 해서 그날 몇 시간 내로 완전히 화장시켰다니까. 이건 진짜 있을 수 없는 일이죠.

문 장례를 새벽 시간에 몰래 해버린 거군요.

답 그 컴컴한 새벽 시간대에 불광동 그쪽에 화장 장례식장이 있어요. 화장장.

그 캄캄한 시간에 화장해버렸어요. 정부에 아무리 항의해도 우리 말 듣지도 않아. 내가 잠깐 화장실만 가더라도 그쪽 사람들이 쫓아다녔어요. 어디 전화도 할 수 없어요. 시아버님 벌써 이야기하시더라고요. 어디다 연락하지 말라고. 어두워서 캄캄한 시간에 화장터에 가가지고 재가 된 유골 뿌릴 때도 어둑어둑했어. 한강에다 뿌렸죠.

그렇게 화장하고 우리 집에 다 올라왔지. 와 있는데 어떻게 알았는지 방송국 기자들이 막 오더라고요. 여기저기서 연락오고 하는데 일절 말 안해줬어요, 할 수가 없잖아. 그냥 갑자기 사망한 걸로 했죠. 삼촌이 맞아죽었다 소리를 할 수가 있어? 못했지.

문 식구들 충격이 엄청났을 것 같습니다.

답 그렇게 한동안 내가 병이 들었어요, 그걸 보고. 내가 정신이 이상했었으니까. 한동안 나 일을 못했어. 계속 그게 눈에 밟히고 꿈에 보이고 너무 힘들었죠.

세월이 30년이 흘렀군요. 그때 많이 힘들었지. 그리고 우리 어머니는 생때같은 아들이 그렇게 갔으니 얼마나 기가 막혔겠어요. 그다음 다음 해에 1988년도에 대통령 선거 있었죠? 그때 김영삼 대통령 유세하고 다닐 때 시어머님이 그 추울 때 쫓아다니면서 매번 참여하신 거야. 우리 아들이 죽었다는 것 때문에. 빨리 민주화돼서 우리 아들 한을 풀어달라고 그러고 돌아다니시고 그랬는데, 얼마 있다 돌아가셨어요. 식사도 제대로 못하시고. 우리 시아버님은 당신도 교육자고 나라의 훈장을 두 개나 받으신 분이요. 그분이 늘 입단속을 시켰죠. 우리가 억울하고 분해도 세상이 이러니 어떡하냐. 일절 누설하지 말아라. 니들 이러다가 니들도 몸 다친다. 절대 기자들이 와서 말해도 누가 와서 물어봐도 말하지 마라. 그래서 우리 말 못하고 살았어요. 정부에서 집까지 다 전화 도청 장치를 했어요. 그래서 전화도 함부로 하지 말라고 했죠.

내가 가게를 하니까, 가게도. 기자들 와가지고 말씀 좀 해달라고 이야기하자고 해도 제가 그랬어요. "뭐, 이야기할 게 없어요, 할 게 없다고요. 아파서 돌아가셨다고요." 그 정도만 이야기할 수밖에 없었어요. 너무 무서웠기 때문에.

문 **시동생 장이기는 평소 어떤 성격이었습니까?**

답 신념이 강한 분이었어요. 자기는 회계사 공부해서 합격하겠다는 그 신념이죠. 그걸로 계속 공부만 했으니까. 1차는 합격해요. 그런데 2차 가서 꼭 떨어지는 거야. 자기도 1, 2년도 아니고 10년 공부했으니까 본인 나름대로 얼마나 힘들었겠어요. 그러다 보니까 신경도 많이 예민해졌겠죠.

문 **광주 5·18을 알리려다 고문을 받아 숨진 것인데 시동생의 죽음에 대한 진상을 밝히려 했거나 알고자 했던 노력이 있었습니까?**

답 없었어요. 처음이에요, 처음. 이것도 처음으로 이야기하는 거지. 얼마 전 민주화운동 하다가 돌아가신 분들 묘를 경기도 이천으로 옮긴다고 했을 때 제가 한번 가봤어요.

본인 뜻도 자기가 하고 싶어서 한 건데, 제가 지금 와서 그걸 몰라준다고 해서 섭섭하다고 할 수는 없죠. 자기 형, 우리 바깥양반 이야기대로 "우리 장이기는 광주 5·18로 인해서 죽은 의인이다" 이렇게 동생을 항상 생각하고 이야기했지, 광주 시민에 대해서는 어떤 그런 섭섭한 그런 생각은 없었어요. 다만 희생자들의 뜻을 이어받아 민주화가 이뤄졌다는 것으로 위로를 해야죠. 오로지 그냥 전두환 정권 그걸 정말 원망 많이 했어요.

문 **장이기의 죽음과 관련해 보도가 제대로 된 적이 한 번도 없죠?**

답 그렇죠. 1992년엔가는 미국 한인 신문에 한 번 난 적이 있습니다. 장이기에 대해서 국회에서 있었던 이야기가 신문으로 나왔더라고요. 그래서 내가 '야, 미국에서는 알아주고 나오는데 한국 언론에서는 전혀 안 나오는구나' 생각했어요. 그래도 어떻게 할 수가 없었지, 그 당시에는. 통틀어서 정말 삼촌은 깨끗한 죽음이었죠, 정말 그 사람은.

누가 알아주는 사람이 없었지만 우리 시부모님이 그렇게 입단속을 했으니까. 우리 아버님 말씀대로 "억울하고 분해도 우리는 입 다물고 살자", "그 이야기 들어도 한 귀로 흘려라" 그런 말씀을 많이 하셨어요. 그 말씀대로 우리 가족은 숨죽이고 살았어요.

장이기는 사망한 지 15년 뒤 김대중 정부가 출범시킨 민주화운동 관련자 명예회복 및 보상심의위원회 심의 20차 회의에서 민주화운동 관련자로 인정되어 이천시에 조성된 민주화운동기념공원에 2014년 안장되었다. 사망 당시 화장을 한 탓에 유해가 없어 유품을 대신 안장했다.

『민주화운동백서』에 기록된 장이기

장이기(53.1.24): 보상, 1986, 전두환정권 반대(사망) 1986.3.5. 안양 박달예비군훈련장에서 훈련 중 교관이 당시 전두환정권을 찬양 및 옹호하고, 직선제 개헌 요구에 대하여 비난하자 이에 큰 소리로 야유를 보내는 등 항거한 이유로 군 수사기관에 연행되어 폭행당해 3.16. 07:00경 세브란스병원에서 사망(2001.5.29. 제20차)

장이기 약력

1953년 1월	충북 청주에서 3남 3녀 중 막내로 출생
1956년	서울 삼청동 이사
1960년	서울 삼청국민학교 입학
1966년	서울 신일중학교 입학
1969년	서울 신일고등학교 입학
1970년	서울 신일고등학교 2년 자퇴, 고등학교 검정고시 합격
1971년	청주대 경영학과 입학
1979년	청주대 경영학과 졸업
1986년 3월 5일	예비군 훈련 도중 보안사로 연행됨
1986년 3월 15일	연세대 세브란스 병원에서 가족 면회
1986년 3월 16일	오전 7시 15분 병원에서 운명, 불광동에서 화장
2001년 5월 29일	민주화운동 관련자 인정(20차)
2014년 5월 26일	경기도 이천 민주화운동기념공원에 안장

잊지 못할 이기 삼촌에게

김형균

장이기 외조카

이기 삼촌 …….

참 불러보고 싶었던 이름입니다. 이기 삼촌이 세상을 떠난 지 31년이 지난 지금 펜을 꾹꾹 눌러 삼촌 이름을 적어봅니다.

'장이기'

어릴 때 느낀 삼촌은 조금은 무뚝뚝하고 고집은 셀 것 같지만 조카들에게 만큼은 한없이 다정한 삼촌이었지요. 이제는 저도 삼촌이 세상을 떠났을 때 나이를 한참이나 지나 지금은 반백이 넘은 나이가 되었습니다. 이 나이가 되도록 삼촌을 제대로 불러보고 찾아보지 못한 마음 한없이 부끄럽습니다.

광주를 피로 물들이며 쿠데타로 집권한 전두환 독재 정권에 의해 헌법이 유린되고 주권이 무참히 짓밟힌 80년대 초, 무자비한 정권에 붙잡혀 단말마의 비명도 지르지 못하고, 고문으로 육신과 정신을 난도질당해 붙잡힌 지 3일 만에 처참한 죽음으로 가족에게 돌아온 '이기 삼촌'을 생각하면 …….

지금도 그 잔악한 고문과 죽음의 공포 속에 저항 한 번 못하고 내던져졌을 것을 생각하면 치 떨리는 분노와 살을 베어내는 아픔이 있을 뿐입니다. 그렇게 유린되어 가족에게 돌아온 삼촌의 마지막 모습은 저희 가족의 뇌리에 영원히 지워지지 않는 모습으로 남아 있습니다. 그 일로 인해 한편으로는 또 다른 가족이 희생되지 않을까 하는 두려움과 누구에게 이야기하지 못하고 말없이 피눈물을 꾹꾹 눌러 삼켜야 하는 참담한 속에서 외할머님이 화병으로 돌아가시는 또 하나의 불행이 일어났습니다.

'이기 삼촌'

그렇게 세월은 흘러 30여 년이 지나 지금 '이기 삼촌'을 돌아봅니다. 그 당시 삼촌이 외롭게 외쳤을 독재에 항거한 단말마의 저항은 지금 30여 년이 지나 1000만 촛불과 광장의 외침으로 일어나고 있습니다. 불의와 굴종을 강요받던 시대에서 정의와 양심의 시대로 느리지만 나아가고 있습니다.

'이기 삼촌'

조카로서 살갑게 삼촌에게 안겨보진 못했지만 항상 그리워한단 말씀드립니다. 하늘나라에서 부디 평안하시고 저희 가족들이 이기 삼촌을 잊지 않고 살아갈 수 있도록 항상 지켜봐 주십시오.

삼촌, 보고 싶습니다.

못난 조카가

표정두

나답게 살고 싶다

•

1987년 3월

표정두

•

고은

광주 박석무의 제자
고등학생으로
광주민중항쟁에 참가했다가
정학처분을 받고
호남대에 들어갔다가
그만두고
노동자가 되어
노동자 야학교사가 되어
세상의 모래알로 살았다

1987년 추운 3월 서울 광화문
휘발유 뿌려
제 몸에 불질렀다
30미터쯤 불덩어리로 달려가며
장기집권 분쇄하라고 외치며
달려가다 쓰러졌다가
일어났다가 쓰러졌다

시신 빼앗겨

벽제화장장 한줌 재로 뿌려졌다

이 겨레의 한 소년병

스물다섯살의

한 노동자는

결국 한줌의 재로 돌아갔다

산 자의 목구멍마다

그 재 삼켜야 했다

나는 광주 사람이다

표정두(1963~1987)

1987년 3월 6일은 금요일이었다. 3월이라고는 하지만 서울은 아직 한겨울 같았다. 아침 최저기온이 영하 2.5도였던 그날은 그나마 날씨가 조금 풀린 편이었다.

표정두는 옷을 얇게 입고 온 것을 후회했다. 광주에서는 점퍼 하나만 걸쳐도 될 날씨인데 서울은 옷 속으로 한기가 스며 들어왔다. '이럴 줄 알았으면 웃옷이라도 하나 더 걸치고 오는 건데' 하고 생각했다 피식 웃었다. 좀 있으면 춥다고 느낄 수 있는 감각 자체가 없어질 터였다. 배낭에 넣어둔 등유로 만들어진 케로신 연료통이 있는지 다시금 손을 넣어 확인했다.

미국 대사관이 세종로 큰 거리 건너편에 보였다. 눈으로는 가까운 거리지만 그곳까지 가닿는 것은 별개의 문제였다. 평소에도 이중, 삼중의 경찰 병력이 대사관 주위를 에워싸고 있는 곳인데, 오늘은 미국 본토에서 조지 슐츠(George Shultz) 국무장관이 오는 날이었다. 자국의 막강한 실권자가 오는 만큼 대사관 경비는 더 삼엄했다.

등산복 차림으로 나선 것은 의심을 피하고 검문을 덜 받기 위한 것이었다. 분신 도구로 케로신을 택한 것도 그 때문이다. 가방에 시너를 넣어 가다 검문에라도 걸리면 할 말이 마땅치 않았던 것이다. 케로신이라면 등산 중에 라면을 끓여 먹을 거라고 둘러댈 수 있다.

세종로를 결행 장소로 택한 것은 그만큼 상징적인 장소이기 때문이다. 청와대가 바로 보이는 곳, 더불어 미국 대사관이 위치한 곳이라면 사람들 이목을 끌기에 적당한 곳이라고 표정두는 생각했다. 광주 시민을 학살한 전두환이 대통령으로 근무하는 곳, 그리고 그 전두환이 5·18 학살을 감행하도록 방치, 아니 도움을 준 미국의 한국 내 본부가 한눈에 보이는 곳이 세종문화회관 앞 도로였다.

표정두는 한숨을 쉬었다. 슐츠 장관 행렬이 나타나면 그 앞에 뛰어들어 분신할 생각이었지만, 철통같은 경비를 뚫고 그 앞까지 나설 자신이 없었다. 무엇보다 몸에 케로신을 끼얹을 것을 생각하니 엄두가 나지 않았다. 상상과 현실은 달랐다. 표정두는 몇 번을 망설이다가 눈에 들어온 다방 문을 열고 들어가 가방에 넣어온 유서를 꺼내 읽었다.

여기까지는 그래도 검문을 받지 않고 왔지만 미국 대사관에 더 가까이 가려면 신문과 유서를 놓고 가야겠다고 생각했다. 문제는 슐츠 장관이 언제 대사관에 들를 것인가였다. 대사관 앞에서 교통 통제가 삼엄해지면 바로 그것이 슐츠 장관이 온다는 신호가 될 터였다. 유서를 만지작거리던 표정두는 "내각제 반대", "장기 집권 반대"라고 써놓은 글씨가 잘 보이도록 유서를 가방에 넣어두고 자리에서 일어났다.

세종로 세종문화회관 옆 삼보빌딩에 도착한 그는 미국 대사관 쪽을 넘겨다봤다. 오후 4시 30분 슐츠가 오전 11시부터 전두환을 만난다고 했으니 지금쯤이면 벌써 오고도 남을 시간이었다. 대사관이 보이는 곳까지 오도록 검문을 받지 않은 걸 보니 슐츠 장관은 이미 다녀갔거나 들르지 않은 모양이다. 표정두는 다시 생각에 잠겼다.

박종철 고문 사건이 터지면서 코너에 몰린 전두환에게는 미국의 도움이 필요했다. 이전과는 다른 기세로 사납게 몰아치는 가두시위 행렬과 밑바닥 민심의 분노가 심상치 않았기 때문이다. 1980년 5월 광주를 진압할 때처럼 군대를 동원하고 싶었지만 7년이 지난 지금의 시위 양상은 그때와 많이 달라서 군대를 쓰고 싶어도 쓸 수 없는 상황이었다. 정권을 이양하고 자신이 무사할 수 있는 묘책이 필요했던 때 이루어진 것이다. 슐츠 장관의 방한에는 미국이 전두환 정권이 제시하는 정치 일정을 지지한다는 암묵적 동의가 숨어 있었다. 과연 슐츠 장관은 방한을 마치고 미국으로 돌아가 "민주주의의 가치가 안보와 경제성장의 가치에 종속된다"라고 말했다. 민주주의보다 경제 발전이 우선한다는 이 말은 바로 전두환이 미국에 바라는 바 그대로였다.

표정두 슐츠 방한 보도를 보며 생각했다.

'당신의 방한은 전두환의 장기 집권을 도와주는 것이다.'

'지금 시국에서 한국에 중요한 것은 경제 발전보다 민주주의다.'

'박종철을 죽인 독재 정권은 물러나야 한다.'

'미국은 광주학살의 책임에서 자유롭지 않다.'

미국 국무장관에게 이런 메시지를 전달할 수 있는 방법은 분신(焚身)밖에 없다고 생각한 결과를 지금부터 실행으로 옮길 시간이었다.

표정두는 삼보빌딩 뒤 쓰레기 하적장에서 케로신 뚜껑을 열고 기름을 몸에 부었다. 슐츠 장관이 보는 앞에서 외칠 구호를 다시 한번 조용히 되뇌었다. 표정두는 몸에 불을 붙였다. 불꽃이 일면서 뜨거운 기운이 온몸을 휘감았다. 표정두는 미 대사관 쪽을 향해 세종로로 뛰어들면서 구호를 외쳤다.

"내각제 개헌 반대!"

"장기 집권 음모 분쇄!"

"박종철을 살려내라!"

"광주사태 책임져라!"

도로를 달리던 차들이 일제히 멈췄고, 사람들이 놀라 비명을 질렀다. 누군가가 옷을 휘둘러 불을 끄려 했지만 불길이 이미 활활 타오르고 있어 끌 수 없었다. 표정두는 도로를 다 건너지 못하고 쓰러졌다. 일어나서 다시 미국 대사관 쪽을 향해 걸어갔지만 몇 발자국을 더 옮기지 못했다. 경찰이 분말소화기를 가져와 표정두에게 분사하면서 겨우 불을 껐다. 온몸이 시커멓게 타버린 표정두의 몸에서 연기가 피어오르고 있었다.

표정두는 서울 고려병원 응급실로 옮겨졌다. "나는 광주 사람이다. 광주 호남대학을 다니다가 그만뒀다. 하남공단에 있는 신흥금속에서 근무 중인 노동자다"라고 말했고, 집 전화번호와 유서를 인근 다방에 놓아두었다고도 했다. 경찰은 그 말을 듣자마자 유서를 확보하러 병실을 빠져나갔다. 살이 타는 냄새가 진동하는 병실에서 표정두는 깊은 잠에 빠졌다.

광주 송정리 집에 있던 표정두의 어머니 고복단은 불길한 내용의 전화를 받았다. 신분을 밝히지 않은 남자가 표정두가 위독하다며 당장 서울로 올라오라고 한 것이다. 날벼락을 맞는다는 게 이런 기분일까. 고복단이 신발을 꿰어 차고 어떻게 올라왔는지도 모르게 병원에 도착했을 때는 다음 날(3월 7일) 새벽이었다. 아들은 혼수상태에 빠져 있었다.

대낮 도심서 분신 20대 근로자 위독

서울 세종로1가157 삼보빌딩 쓰레기장에서 표정두씨(24, 공원, 전남 송정시 소촌동 533의22)가 온몸에 버너 예열용 인화물질(케로신)을 끼얹고 불을 붙인 뒤 반정부구호를 외치며 세종문화회관 옆 도로를 따라 80m쯤 뛰어가다 쓰러져 고려병원으로 옮겨졌으나 생명이 위독하다.

그때 버스정류장에 있던 강우형씨(26, 한양대 금속재료2년 휴학)에 따르면 표씨가 삼보빌딩 쪽에서 온몸에 불이 붙은 채 길거리로 뛰어 나와 세종문화회관 옆 도로로 달려가는 것을 보고 다른 행인 1명과 함께 입고 있던 상의를 벗어 표씨에게 덮어씌워 불을 끄려 했으며 교통순경 2명이 인근 카프리제과점에서 분말소화기 2개를 들고 나와 불을 끄고 병원으로 옮겼다는 것.

현장에 떨어진 표씨의 가방 속에는 "내각제 개헌반대", "장기집권 반대" 등의 내용이 적힌 쪽지와 인화물질을 담았던 9백cc들이 통·1*l*들이 플라스틱통 각각 1개, 밤색 스웨터·양말·면 장갑·"신한민주당 광주 동 북구 위원장 신기하, 당원용"이란 타월 1개 등이 들어 있었다.

또 표씨가 입고 있던 상의 속에는 길이 15cm쯤의 과도 2개가 들어 있었다.

표씨의 아버지 표재근씨(58, 상업)는 아들 표씨가 4남1녀 중 막내로 "86년 호남대 무역학과에 입학했으나 지난해 2학기 등록금을 내지 못해 9월 자퇴한 후 지난 1월에 광주 하남공단 신흥금속 판금부 생산직 근로자로 일해 왔다"며 4일 아침 출근한다고 집을 나간 후 소식이 없었다고 말했다.

≪중앙일보≫, 1987년 3월 7일 자

5월항쟁 속으로

표정두는 신안군 암태도에서 1963년 표재근과 고복단 슬하의 5남매 중 막내로 태어났다. 어린 시절 집안 형편은 그리 어렵지 않았다. 아버지 표재근은 암태도에서 슈퍼마켓을 운영했다. 사람이 좋고 동네 사람들의 인심을 얻은 덕에 땅도 사고 돈을 꽤 번 표 씨 부부는 5남매 교육을 시키기 위해 가게를 정리하고 1971년 전라남도 송정시로 이사했다. 표정두의 나이 여덟 살 때였다. 자식 교육을 위해 광주로 이사하는 이들이 많던 시절이었다.

표정두의 고향 신안 암태도는 일제강점기에 소작쟁의로 유명한 곳이다. 1923년 생산액의 60%까지 착취해가던 대지주의 횡포에 맞서 소작료 납부를 거부하며 집단 단식을 감행한 끝에 농민 투쟁에서 결국 농민들이 승리했다. 이곳 사람들은 암태도를 항쟁의 섬이라 부른다. 일제 치하에서 가혹한 소작료 착취에 반발한 반일 농민 항쟁은 보기 드문 승리였다. 표정두는 "나는 암태도 출생이다. 내 몸에는 일본 놈과 싸워 이긴, 짓밟힌 소작인의 뜨거운 피가 흐른다. 나는 내 출신이 자랑스럽다"고 말하곤 했다.

표정두의 부모는 광주에서 마대 도매상, 소금·고추 도매상을 시작했다. 표정두를 비롯한 5남매는 송정시와 광주에서 각각 학교생활을 시작했다.

호남대 재학 시절 표정두

표정두는 송정서국민학교와 송정중학교, 광주 대동고등학교로 진학했다.

표정두가 1980년 광주 대동고등학교 2학년에 재학 중일 때 5·18이 일어났다. 대동고등학교는 5·18 당시 광주 시내 고등학교 가운데 학생들이 가장 먼저 시위에 나선 학교다. 1980년 5월 19일 오후 계엄군의 진압에 분개한 학생 1500여 명이 시위를 하려고 거리로 나설 참이었다. 2학년 표정두, 3학년 전영진 등이 스크럼을 짜고 학교 정문을 향해 행진하고 있었다. 하늘에서는 헬리콥터가 날아다니고 정문에는 공수부대가 총을 들고 서 있었다. 윤광장을 비롯한 교사들이 학생들 앞에 드러누웠다. 윤광장은 "지금 나가면 개죽음이다. 나중에 얼마든지 저들과 싸울 수 있지만, 지금 시위 현장에 가면 너희들 희생만 커진다. 그래도 가려면 나를 밟고 가라"라고 하며 학생들을 막았다.

학생들은 스승을 밟고 넘어가지 못했다. 표정두를 비롯한 일부 학생들은 정문 대신 다른 길로 빠져나가 시위 행렬에 동참했다. 계엄군은 물러가라며 구호를 외치고 돌을 던졌다. 계엄군에게 붙잡혀 고문받은 학생도 있었다. 표정두는 시민군이 모는 트럭을 타고 다니며 어른들과 함께 싸웠다.

전남도청이 계엄군에 의해 진압되고 휴교령이 해제된 뒤 시위에 참가한 광주 대동고 학생들에게도 대대적인 징계가 내려졌다. 표정두는 다른 친구들을 선동했다는 이유로 정학 처분을 받았다. 표정두는 그깟 정학이 무슨 대수냐며 아랑곳하지 않았다. 그때 표정두의 머릿속을 지배하고 있었던 건 동네 아저씨, 형, 아주머니를 잔인하게 팼던 계엄군들의 몽둥이와 선배 전영진을 죽인 계엄군의 소총이었다. 표정두는 1982년 대입에 실패하고 재수 끝에 호남대 무역학과에 입학한다.

국민학교 1년을 다시 다니고, 후일 재수 생활을 거치면서 또래보다 2년 늦게 대학생이 된 표정두는 졸업해서 효도할 것을 다짐했다. 대학에 늦게 간 만큼 병역 문제도 빨리 해결하고 싶어했다. 그래서 2학기에 보충역 소집에 응해 복무를 시작한다. 근무지는 송정리 집 근처에 있는 미군 부대였다.

집에서 출퇴근할 수 있고 근무 환경은 좋았지만, 미군들 속에서 일하는 하루하루가 고통의 연속이었다. 같이 근무하는 미군들은 한국을 깔보기 일쑤였다. 한국에서 조금만 고생하고 돌아가면 큰돈을 쥘 수 있을 뿐만 아니라 영외 생활은 천국이라고 말하는 미군들을 보며 분노를 억눌러야 했다.

사회를 더 알고 싶다

1985년 소집 해제 후 대학에 복학한 표정두는 생각이 많이 달라져 있었다. 열심히 공부하고 졸업해 좋은 직장을 잡아 부모님께 효도하겠다는 것은 이제 표정두의 목표가 아니었다. 5·18을 겪으면서 미국에 대해 품게 된 의심, 그리고 미군과 군 생활을 하면서 느낀 모멸감은 역사와 사회를 좀 더 알아야겠다는 관심과 실천으로 이어졌다. 표정두는 평소 눈여겨봤던 친구 서민수를 찾아갔다. 무역학과 83학번 입학 동기였지만, 얼굴만 알고 지내던 서민수에게 「5월의 노래」 가사를 알려달라고 했고, 5·18에 대해 좀 더 자세하게 배우고 싶다고 했다.

표정두는 이 무렵 5·18 시민군 출신 화가인 홍성담이 진행하는 시민미술학교에 등록하기도 했다. 고등학교 때 참여한 5월항쟁의 의미를 더 뚜렷하게 새기는 시간이었다. 홍 작가의 지도로 진행된 시민미술학교에

서 표정두는 사회성과 서정성 짙은 작품을 만들었다. '정의의 십자가를 일으켜 세우자'라는 제목의 판화에는 표정두의 자작시 「힘(力)」도 함께 실려 있다. 표정두가 5월 광주를 어떻게 인식하고 있는지가 잘 드러나 있다.

서민수와 홍성담으로부터 오월과 광주를 더 깊게 알게 된 표정두는 야학교사로 활동을 결심하게 됐다. 친구 서민수가 야학 교사로 활동하는 것을 보고 내린 결정이었다. 1986년 5월, '무등터 야학'에서 한문을 가르치는 것으로 야학 교사 활동을 시작한다. 표정두에게 야학을 먼저 권한 건 서민수였다. 서민수가 생각하기에 역사와 사회에 대해 더 알고 싶어 하는 표정두의 열정이 노동야학과 잘 어울릴 것 같았다.

그런데 야학교사 생활을 시작하기 전 표정두의 신상에 큰 변화가 생겼다. 다니던 호남대로부터 제적을 당한 것이다. 호남대 학적부에 따르면 1986년 4월 25일 표정두는 학교로부터 제적된다. 호남대에서 표정두가 제적된 이유는 그동안 어려운 가정 형편 때문에 등록금이 없어서였다고 알려져 왔다. 표정두가 분신할 당시 신문기사 등을 보면 그 스스로 호남대를 다니다가 "돈이 없어" 그만두었다고 말한 것으로 돼 있다. 당시 표정두의 부모는 농산물 도매 유통에 종사하고 있었는데, 그 무렵 장사가 안 돼 일시적으로 가정 형편이 어려웠고 이 때문에 표정두가 학교를 계속 다닐지 말지를 놓고 고민했던 것도 사실이다. 하지만 어머니 고복단은 표정두의 학비를 주지 못할 정도는 아니었다고 기억한다. 재수까지 해서 어렵게 들어간 대학인데 고작 학비가 없어 자퇴를 할 이유가 없다는 것이다. 가족과 친구들의 말을 종합하면 표정두는 넉넉지 않은 가정 형편과 야학 교사로서의 책임, 노동 현장에서 일하고 싶은 생각 등으로 번민하다가 등록 시기를 놓쳤고, 이 때문에 자동적으로 제적 처리된 것으로 추정된다. 그런데 바로 이 대학에서의 제적이 훗날 큰 논란으로 번지게 된다.

6년 전 고등학교 시절 5·18 참여 이유로 정학을 받았을 때 그랬던 것처럼 표정두는 제적 처분도 담담하게 받아들였다. 야학에 더 힘쓸 수 있

친구야.
오월의 화려한 계절의 자유도 잠시 뿐,
오월의 화려한 계절의 해방도 잠시 뿐,
지금은 모두다 비싼 눈물로 잠들어 버리고
움직이는 것과 움직이지 못하는 것으로 확연히 구분되어

여러 천년의 기억속으로 달음질 친다.
생명의 시작과 끝이 같다고 믿는 모든 이들을
너와 나의 축제에 초대하자.

힘(力)

친구야.

오월의 화려한 계절의 자유도 잠시 뿐,

오월의 화려한 계절의 해방도 잠시 뿐,

지금은 모두다 비싼 눈물로 잠들어 버리고

움직이는 것과 움직이지 못하는 것으로 확연히 구분되어

여러 천년의 기억속으로 달음질친다.

생명의 시작과 끝이 같다고 믿는 모든 이들을

너와 나의 축제에 초대하자.

어 다행이라고 말할 정도였다. 수업에 빠지는 학생이 있으면 그들이 일하는 현장으로 찾아가 토론하고 강의를 할 정도로 애정과 열정을 쏟았다.

표정두는 무등터야학의 한문 교사였지만, 한문만 가르친 것은 아니었다. 역사와 철학, 사회 등 폭넓은 주제로 강의 교재를 만들어 노동자 학생들을 가르쳤다. 표정두가 직접 제작한 강의 교재에는 다양한 주제를 다루고자 한 그의 고민과 열정이 들어 있다.

하지만 무등터야학 교사 생활은 길게 가지 못했다. 시작한 지 7개월

ⓒ 고늘함

표정두의 판화

무등산에서 5·18 때 쓰러진 광주 시민을 또 다른 시민이 들고 있는 모습을 형상화한 판화(표정두 추모집 『거칠지만 맞잡으면 뜨거운 손』).

1970. 11. 13 평화시장의 재단사 전태일이 한가이아의 생존을 강요하는 임금 및 노동조건의 지도적 개선을 요구하다가 기업 및 노동당국으로부터 거절당하자 자신의 몸에 석유를 끼얹고 분신자살 하였다. "근로기준법을 준수하라!" "노동자들을 혹사하지 말라!" "나의 죽음을 헛되이 하지 말라!" 그 희신 이 사건은 한국노동운동 사상 막중한 의미를 갖는다. 불평외주의 비인간적인 경제성장정책이 안고 있는 해독을 고발했으며, 임신 노동자들의 참상을 우리사회에 널리 알려 주었다. 또한 노동자들과 지식인들을 각성시키고 사회정의의 지표를 제시해 주었으며, 70년대의 노동운동에 신호판의 역할을 담당했다.

" 어머니 저는 모든 사람들을 위해 죽습니다. 이 세상의 어두운 곳에서 버림받고 있는 목숨을 불쌍한 노동자들을 위해 죽어가고 있는 저에게 반드시 하나님의 은총이 있을 것입니다. 어머니 걱정마시요 조금도 슬퍼하지 마세요 제가 이루지 못한 일 기필코 어머니가 이루어 주세요 "

" 그래 아무런 걱정하지 마라. 내가 살아 있는 한, 꼭 너의 뜻을 이룰께"

" 아, 배고파 ..... "

" ...."

" ......"

(1) 왜 그는 죽어 갔는가?

(어느 청년 노동자의 삶과 죽음을 꼭 읽어 보자)

徹天之恨

(철 천 지 한 : 하늘에 사무치도록 깊이 맺힌 원한)

遵	守	指	標	改	善	覺	醒	役	割

표정두가 직접 제작한 한자 교재

전태일을 소재로 하거나 '개선', '각성', '역할' 등의 단어를 선택한 것이 눈에 띈다.

만인 1986년 11월 야학을 그만둔다. 주경야독 생활을 더 이어가지 못한 게 경제적인 이유 때문이었는지 여부는 정확하게 알려져 있지 않다. 노동자 제자들과 함께한 술자리에서 표정두는 학생들을 부둥켜안고 울었다. 그는 "나는 여러분과 헤어지는 것이 아니라 여러분과 좀 더 가까이 살기 위해 떠나는 겁니다"라고 말했고, 자리는 이내 울음바다가 됐다. 표정두는 야학 교사를 그만둔 뒤 1987년 1월 초 광주 광천동 삼호공업사에서 용접공으로 일하다가 3월에 광주 하남공단에 있는 신흥금속에 입사했다.

같은 해 1월 서울대생 박종철이 고문 끝에 숨졌을 때 표정두는 견디기 힘든 기분이 들었다. 불과 7개월 전에는 서울대생 김세진과 이재호가 전방 입소 거부와 주한 미군 철수, 반전·반핵을 외치며 분신해 숨지기도 했다. 특히 광주가 고향이고 같은 또래인 이재호의 분신은 표정두에게 큰 충격이었다. 5월 광주를 짓밟고 대통령이 된 전두환이 동지들을 죽이고 있는 것이라고 생각했다.

분신 3일 전인 3월 3일 서울과 부산, 대구와 광주 등 전국에서 열린 박종철 49재 추모 집회 '고문추방민주화대행진'에 참여해 최루가스를 마셔가며 싸웠다. 이 집회를 거치면서 표정두의 결심은 굳어졌다. 유서를 쓰고 케로신을 준비한 표정두는 서울로 올라가는 버스에 몸을 실었다.

나답게 살고 싶다

어머니 고복단이 서울 고려병원에 도착한 것은 3월 7일 새벽 3시, 그러나 아들을 만날 수 없었다. 경찰은 가족의 면회도 허락하지 않았다. 고복단이 아들을 볼 수 있었던 건 10시간이 지난 뒤였다. 경찰은 병실 면회를 5분 동안만 허락했다. 표정두는 온몸이 숯덩이가 된 채 사경을 헤매고 있었다. 온몸이 시커멓게 된 저 남자가 아들인지 아닌지 고복단은 알 수 없었다. 내 아들 정두가 맞느냐고 의사에게 반문할 정도였다. 그러다 병상 옆에 벗어둔 표정두의 가죽신을 보고는 울음을 터뜨렸다.

"오매 어쩌까."

아들 정두가 용접할 때 불티가 튀어도 다치지 않으려고 신었던 그 가죽신이었다. 경찰은 오열하는 어머니를 끌어냈다. 서울 지역 재야인사들과 광주 지역 대학 친구, 야학 동료들이 잇따라 병원을 찾았지만 만날 수가 없었다. 대학생과 재야인사들은 병원 앞에서 농성에 들어갔다. 경찰이 병원 안에서 어떤 조치를 취하고 있는지 아무도 확인할 수 없었다.

입원 사흘째가 되는 1987년 3월 8일 새벽 6시 15분, 표정두는 사망했다. 의사가 표정두의 사망을 확인하자 가족들은 오열했다. 하지만 경찰은 가족들이 슬퍼할 시간도 주지 않았다. 경찰은 가족을 포함한 모든 사람들을 병실 밖으로 쫓아냈다. 병원 밖에서 학생과 시민 단체 인사들이 항의했지만 경찰들은 요지부동이었다.

계훈제 민통련 의장 대행과 김병오 민추협 간사장을 비롯한 민가협 회원들과 박형규 목사들을 버스에 태워 인적이 없는 곳으로 보내버렸다. 경찰은 유족에게 표정두 시신의 화장(火葬)을 요구했다. 유족을 취재하려던 연합통신·중앙일보 기자들은 유족을 만나지 못하고 경찰에 의해 격리됐다. 벽제화장터에서 화장을 끝내고 광주로 내려오던 유족들에게 경찰이 또 다가왔다. 유골을 광주로 가기 전 금강에 뿌리고 가라는 것이었다. 분신 직후부터 장례가 끝난 이후까지 경찰은 철저히 유족들을 유린했다.

장례가 끝나고 유족들이 광주 송정리 집에 도착했을 때 집은 아수라장이 돼 있었다. 경찰은 유족들이 집을 비운 사이 표정두와 관련된 모든 것을 압수해갔다. 경찰이 미처 가져가지 못한 표정두의 육필 메모 한 장이 집 안에서 발견됐는데, 결국 이 한 장의 메모가 표정두의 유서가 됐다.

표정두가 사망한 뒤 4년이 지난 1991년 호남대 학생회가 교내에 그의 추모비를 세웠다. 그러나 호남대는 표정두가 학교에서 제적돼 졸업생이 아니므로 조형물 건립을 허락할 수 없다고 맞섰다. 결국 이 과정에서 학교 측과 학생들 사이에 유혈 사태가 발생했다.

학생-교직원 각목싸움/호남대/백30명 뒤엉켜… 8명 부상

● 분신 표씨 추모비 건립싸고 충돌

10일 오전 1시10분쯤 광주시 쌍촌동 호남대 본관앞 잔디밭에서 이 학교 학생과장 모계원씨(50)를 비롯,교직원·운동부원등 50여명이 총학생회가 건립한 표정두씨 추모비 기단을 철거하려다 대기하고 있던 학생 80여명과 충

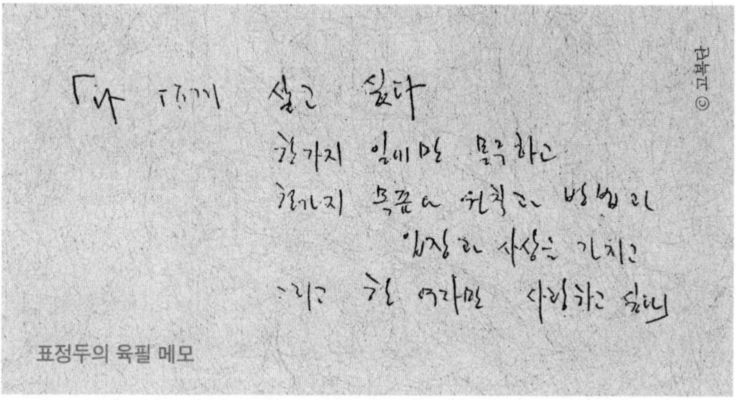

표정두의 육필 메모

돌했다.

이 과정에서 학생과장 모씨가 학생들이 던진 화염병에 맞아 팔에 화상을 입었고, 학생처 직원 김영권씨(27)가 쇠파이프에 머리를 맞아 병원에서 치료 중이며, 학생 김준형군(24·법학1)이 교직원들이 휘두른 삽에 맞아 손목에 상처를 입었다.

또 이날 오전 9시40분쯤 운동부원 10여명이 본관 4층 총학생회 사무실에 들어가 총학생회장 조병현군(24·토목4)등 학생 10여명을 주먹과 발로 집단 구타해 박응구(23·학생회 인권부장)·정준철(24·국민윤리4)군등 2명이 타박상을 입었다.

이에 맞서 학생들은 이날 오전 10시20분쯤 본관 1층에 있는 이사장실·학생처장실등 사무실 10곳에 쇠파이프·각목을 들고 난입, 집기·유리창 1백여장을 부쉈으며 이를 말리던 김용옥 교무처장이 유리파편에 맞아 얼굴에 상처를 입는등 교직원·학생등 8명이 부상했다.

한편 호남대 총학생회측은 87년 3월6일 서울 세종로 미 대사관앞에서 "장기집권 음모 내각제개헌 반대", "주한미군 철수" 등 구호를 외치며 분신자살한 이 학교 표정두씨(당시 23·무역2)추모비 건립공사를 지난 2일부터 해왔으며 학교측은 표씨가 당시 미등록 제적상태였기 때문에 교내 추모비건립을 반대해 학생회측과 마찰을 빚어왔다. 학교측은 11일 오전 대책회의를 갖고 재물

손괴·폭력·업무방해등 혐의로 학생회 간부들을 경찰에 고발할 방침이다.

≪중앙일보≫, 1991년 4월 11일 자

표정두 헌신 있었기에

표정두의 대학 동기이자 야학 동료였던 표정두열사추모사업회장 서민수를 만나 생전의 표정두와 관련해 인터뷰를 진행했다.

문 표정두와 어떻게 해서 만났습니까?

답 정두는 저하고 호남대학 83학번 동기입니다. 처음에는 그냥 얼굴이나 아는 정도였습니다. 정두는 1983년 2학기에 바로 군대에 갑니다. 운명인지 어쩐지 모르겠는데 광주 송정리에 있는 미군 부대에 소위 방위라고 불리는 보충역으로 근무를 했죠. 그때까지도 정두하고 저하고 친분은 없었습니다. 그러다 이제 1985년도에 정두가 복학을 하면서 이제 저하고 인연을 맺죠.

맨 처음에 정두가 저에게 와서 노래를 가르쳐달라고 했어요. 85년도 5월쯤 「5월의 노래」를 가르쳐달라고. 그게 4절까지 있는 노래인데 그걸 제가 가르쳐줬습니다. 광주 5월항쟁의 노래였습니다.

사실 80년 5월항쟁이 끝난 지 5년이 채 안 된 시점이기 때문에 진상규명 요구가 확산하던 시기였습니다. 설사 광주에서 80년 5월을 겪었던 사람들도 전체 진상에 대해서는 알기가 힘들잖아요. 계엄군이 학생이나 시민들을 학살하는 것을 봤다 해도 이 사건의 본질이 뭘까 계속 고민하던 때였습니다. 도대체, 왜 이렇게 죽어가야만 했는가? 전두환이라는 권력자가 그런 이유는 무언가? 이런 문제를 끊임없이 제기하고 의문을 막 쏟아냈던 시기였습니다. 그런 시대적 분위기에서 정두도 마찬가지로 광주와 5·18의 진실에 대해 궁금해했고 더 잘 알고 싶었던 것 같습니다.

문 표정두는 야학을 어떻게 시작했습니까?

답 저는 광주 고백교회에서 하는 야학을 하고 있었는데 다른 곳에서 야학을 열어보려고 준비하고 있었습니다. 그때 교사를 강학이라고 표현했는데 저는 강학으로서 이미 활동을 하고 있었죠. 새로 여는 야학의 강학을 모집하는데 정두 너도 할 생각이 있냐고 하니 자기도 하고 싶다 하더라고요. 그러면 한 번 해보자 하면서 야학과 인연을 맺게 됐습니다. 저는 호남대에서 학생운동 조직을 추스르기 위해 야학을 떠나야 하는 입장이었고 정두는 이미 운영되고 있는 다른 야학의 교사로 가게 됐습니다. 그것이 무등터야학입니다.

문 표정두는 어떤 친구였습니까?

답 상당히 감성적인 친구였어요. 엠티나 야유회를 가면 항상 사진을 찍었습니다. 당시에는 학생 운동을 하는 학생들 사이에서는 꼬투리를 잡히지 않기 위해 사진을 안 찍었거든요. 그런 것에 아랑곳하지 않았습니다. 야학이나 스터디를 하면서도 붕어빵이나 튀김을 사와서 다 같이 나눠 먹기를 좋아했어요. 언젠가 한번은 취객이 길거리에 쓰러져 있었는데 보통 사람들은 외면하잖아요. 그런데 정두는 달랐습니다. 취객을 깨워요, 전혀 모르는 사람인데도 깨워서 뒷정리를 해줬습니다.

정의감도 강했습니다. 한번은 광주 모 성당에서 야학을 개설하려고 하다가 신부님 반대로 못하게 된 적이 있었습니다. 그때 아주 신부님에게 불같이

서민수
표정두열사추모사업회장

화를 내더라고요. 천주교 신자가 아니면 야학을 할 수 없다는 신부님 방침 때문에 야학이 무산됐는데 그때 신부님께 굉장히 격하게 항의하더라고요.

야학은 서로 다른 존재가 새롭게 만나는 장입니다. 학생이라는 존재, 또는 노동자라는 존재가 만나는 것이죠. 1970년 전태일 열사가 분신을 하면서 한국의 노동운동과 민주화운동에 상당히 영향을 미쳤는데 광주도 마찬가지였습니다. 그 흐름이 광주의 들불야학으로 왔고 들불야학이 또, 1980년 5·18 광주항쟁을 거치잖아요. 그러면서 수면 아래에 있던 야학 활동이 활발해지죠. 새로운 존재를 확인하면서 같은 시대를 사는 노동자와 학생들이 시대의 아픔들을 같이 공유할 수 있었던 곳이죠.

광주 지역 야학 초창기 들불야학이 광천동을 무대로 했고요, 그것이 각기 다른 데로 퍼져서 정두가 했던 무등터야학은 전남방직과 일신방직 그 일대 동네를 무대로 했습니다. 광주 야학운동사를 한번 조명해보면, 참 어떻게 보면 광주 5월항쟁에 핵심 멤버들이 거기에서 나오지 않습니까? 윤상원 열사라든지 박기순 열사라든지 또 김영철 등등 지금도 활동하는 분들의 상당수가 그때 당시 야학운동에 관여했거나 발을 담갔던 분들입니다

문 **표정두 사망 이후 장례까지 절차가 어땠습니까?**

답 시신을 탈취당하는 상황이라고 보면 정확합니다. 정두가 1987년 3월 6일에 분신하고 그날 이제 소식을 듣고 광주에서 민주 단체와 야학 활동을 같이 한 지인들과 저하고 같이 몇 명이서 서울에 올라갔죠. 서울 고려병원에 저녁 늦게 도착해서 얘기를 들었습니다. 여러 가지 유품과 가방 하나가 있더라고요. 가방에서는 주로 신문 뭉치가 제일 많더라고요. 유품 중에서 중요한 것들은 경찰이 이미 수거해갔어요. 표정두가 의사한테 "나는 광주에서 올라온 노동자 표정두다" 이렇게 말했다더군요. 호남대학을 다니다가 신흥금속 거기에서 노동하는 노동자인데 자기 신원을 밝히고 분신하게 된 이유, 그리고 유서를 어디에 뒀다고까지 이야기했어요, 그 의사한테. 하지만 그게 없어요. 정두의 흔적이나 자료, 자기의 신념이라든가 그런 것들을 조금은

알 수 있잖아요 사람들이 노트라든지 일기라든지 책자라든지 그런 것들을 모두 다 탈취당한 상태였습니다.

정두 그 친구가 기록을 잘해요. 우리가 같이 공부하면서도 특이 사항 같은 경우 기록을 한다면, 그 친구가 다 기록을 해놓고 그러던 상황이었기 때문에 뭔가 있을 것이다 하고 정두의 자료를 챙기려고 집에 갔는데 싹 탈취돼 버렸더라고요. 압수 수색 이상의 것으로 싹 가져가 버렸습니다.

정두가 3월 8일 죽었는데 그날이 일요일이었습니다. 사람들 활동이 없고 신문에 기사도 안 나오는 그런 때여서 산소마스크를 언제 떼어내도 되는 상황이었어요.

저희가 그날 새벽 6시 고려병원 응급실 입구에 있는데 갑자기 어수선하면서 전경들이 가로막고 나서는 거예요. 벽을 쌓고 나서는 인공호흡기를 뗐습니다. 인공호흡기를 떼고 나서 영안실로 옮기고 영안실로 옮기는 것도 경찰이 했고요. 그때만 하더라도 소위 상도동계, 동교동계 해서 여러 야당 세력들이 있었는데도 그걸 전혀 막아내지 못하고 영안실로 옮겨져 버렸죠. 이후 시신이 벽제 화장터로 가는데도 경찰이 모든 버스로 벽을 만들어 옮겼습니다. 그렇게 해서 벽제 화장터에서 화장했습니다.

경찰은 정두 시신을 화장하고 나서도 유골을 유족 뜻대로 하지 못하게 했습니다. 유족에게 맡겨야 하는 게 맞는데 기관들이 개입했어요. 그래서 저희가 "정두를 잘 보내줘야 할 것 아닙니까?" 하고 반발했는데, 그때 정두 어머니와 형님이 저희를 말렸습니다. "너희들 다치니까 가만히 있어라"라는 식으로 말했습니다.

문 **표정두 분신 직전 혹은 직후에 얘기를 나눠본 게 있습니까?**

답 저는 표정두가 분신 장소로 서울 미 대사관을 선택한 것도 이유가 있다고 보고 있습니다. 정두가 그전에 미군 부대 방위로 군 복무를 했거든요. 그러다 보니 미군이 광주를 어떻게 보고 있는지 많이 접했겠죠. 미군들에게 너는 왜 한국에까지 와서 근무하느냐 물었을 때 돌아오는 미군들의 답변이 굉장히 자존심 상하는 부분이 많았다고 들었습니다.

그러니까 더욱더 광주 문제의 본질에 대해서 알고 싶었고 조금이라도 알 수 있는 사람한테 접근하려고 했었던 것 같습니다. 방위 소집 해제 이후 학교에 복학해서도 저를 그래서 찾아왔던 것이고요.

문 친구의 죽음 이후 선생님의 삶은 어떻게 바뀌었습니까?

답 처음에는 죄의식이 컸습니다. 같은 동료였고 같이 활동했는데 정두는 짧고 굵게 뭔가 정리를 해버린 친구잖아요. 그리고 변절이라든지 이런 것이 없었잖아요. 초지일관 자기 의지가 분명했죠. 그렇지만 우리는 살면서 끊임없이 좌절도 하고 방황도 하지 않습니까? 안정된 직장을 얻고 싶은 욕구, 내가 편하고 좋은 일을 하게 될 때마다 정두한테 미안한 생각이 들기도 하는 것이죠.

좌우지간 저는 정두 죽음 이후 거의 30년을 같이했다고 생각합니다. 제가 무슨 활동을 하든지 내가 적어도 정두에게 부끄럽지 않는 정도의 삶은 살았다라고 감히 말할 수 있게요. 세상을 바꿔내거나 또는 정두가 뜻한 세상을 만들어내지 못했고 나라는 존재가 큰 거시기도 안 되지만 '나는 항시 네가 움직이려고 했고 네가 세상을 바꾸려고 했던 부분에 나는 같이할 것이다'라는 자세로 살았습니다.

문 5·18의 역사에서 표정두의 죽음은 어떤 의미가 있습니까?

답 우리가 열사라고 부르는 사람들은 세상에 바라는 바가 큰 분들인 것 같습니다. 1970년대 군부독재를 끝장내는 부분이라든지 1980년 5월항쟁 때도 그렇고요. 광주항쟁이, 광주의 5월항쟁이 현재의 위상까지 오는 데까지는 표정두를 비롯한 열사들의 절대적인 헌신이나 희생이 없었다면 존재할 수가 없다고 생각합니다.

그분들 아니면 지금 국립묘지로 되어 있는 5·18 국립묘지도 저는 100% 없었을 것이라고 생각합니다. 소위 김대중, 노무현으로 이어지는 민주정부라고 표현되는 정부도 탄생되지 않았을 것이라고 생각합니다. 지금도 그 흑막에 가려서 또는 어둠에 갇혀가지고 있겠죠.

광주 망월동이 사실 1988년도부터 개방됐습니다. 그 전 1987년까지는 망월동에 오는데 숨어서 잠입을 해야 했어요. 표정두를 비롯한 현재 망월동 민족민주열사묘역에 안장된 이분들의 희생이 없었다면 감히 지금도 여기를 오는데 1987년처럼 힘들었을 것이다, 이분들의 희생이나 헌신이 없었다면 그 어떤 권력 구조도 맛보지 못했을 것이다 저는 감히 단언합니다.

문 그런 의미가 있는 희생인데 예우는 부족하지 않나요?

답 5·18 관련 단체들에게 말하고 싶습니다. 1980년 이후에 민주화운동을 하거나 또는 여러 가지 사회 모순에 저항하는 이들이 있었다는 사실을 알아주셨으면 좋겠습니다. '너희가 아니었으면 지금의 광주 5월이 있겠나'라는 심정으로 봐줬으면 좋겠습니다.

각 시대의 시대정신이 있다고 보는데요, 사실상 1987년 6월항쟁의 도화선이 됐던 분들이 사실은 여기 광주 망월동 민족민주열사묘역에 계신 분들이에요. 이한열 열사는 1987년 6월항쟁에 기름을 끼얹은 죽음이었죠. 표정두도 그렇습니다. 그해 1월 박종철이 숨지고 거기에 대해 분노하면서 일어났거든요. 이분들이 바로 6월항쟁을 만들어냈고 또 6월항쟁 이후에 민주정부도 만들어내고 역사를 만들어낸 것이라고 저는 감히 생각합니다. _2016년 4월 1일 인터뷰

정부는 표정두 사후에 그를 '민주화운동 관련자'로 인정했지만 어머니 고복단은 아직도 서운하다. 모교인 호남대에서 표정두를 학생으로 인정하지 않고 있기 때문이다. 표정두의 어머니 고복단을 만나 인터뷰를 진행했다.

문 분신한 아들을 언제 보셨습니까?

답 그때 광주 집에 있었는데 분신한 걸 내가 직접 안 봐놓은께. 그 뒤에 전화 받고 올라갔지요. 서울 올라가는데 얼마나 정신이 없었던지 신발도 짝짝이로 신고 서울 올라갔어요. 딱 보니까 가죽신을 신어서 발은 안 탔더라고요.

발바닥을 보니까 발이 내 아들 발이 맞어. 얼굴도 몰라보게 생겼어. 긴가민가 처음에는 그랬는데 발을 보니까 우리 정두다.

문 아들이 평소에 5·18과 관련한 이야기를 했습니까?

고복단 표정두 어머니

답 그때 당시 늦게 들어오고 어쩌고 하면서 뭔가 하고 있구나 그런 것은 눈치챘어요. 늦게 들어오고 데모하고 들어오고 그래서 그런가 보다 했는데 설마 그렇게까지 생각은 못했죠.
나가지 말라고 하고 여하튼 만류도 했지만 밤에만 꼭 나가대요. 데모하느라고 그때 나갔던 것 같아요. 나중에서야 데모하러 다니는 걸 알았지요.

문 아들을 몰라주는 세상이 서운하지는 않습니까?

답 호남대 명예졸업장을 아직 못 받았어요. 그것이 내가 서운해갖고 이번에 추모사업회에서 설에 왔길래 그랬어요. 나 죽기 전에 명예졸업장 받게 해주라고. 국민학교 다닌 사람도 다 명예졸업장 받는데 왜 우리 정두만 못 받아서 너무 억울하다고. 5·18 때 돌아가신 분들이나 우리 정두나 뜻은 다 같다고 봐야지요, 뜻은.

표정두는 숨진 지 14년째가 되는 2001년 민주화운동 관련자 명예회복 및 보상심의위원회 26차 회의에서 민주화운동 관련자로 인정됐다. 정부가 '민주화운동관련자'로 인정한 상당수 인사들은 경기도 이천시에 2016년 조성된 '민주화운동기념공원'으로 이장(移葬)했다. 그러나 표정두의 경우 유족들이 이장하지 않기로 결정해 2017년 현재 광주 망월동 민족민주열사묘역에 안장돼 있는 상태다.

『민주화운동백서』에 기록된 표정두

표정두(63.4.1): 보상, 1987, 전두환정권 반대(사망), 광주시 광산구 하남공단 소재 신흥 금속 근로자로 1987.3.6. 서울 삼보빌딩 부근에서 "숇츠 방한 결사반대, 내각제 개헌반대, 장기집권 음모분쇄, 박종철 살려내라" 등 구호를 외치며 분신, 주한미대사관으로 돌진 후 쓰러져 3.8. 사망(2001.8.28. 제26차)

표정두 약력

1963년 4월 1일	전남 신안군 암태도에서 4남 1녀 중 막내로 출생
1976년	전라남도 송정시 송정서국민학교 졸업
1979년	전라남도 송정시 송정중학교 졸업
1979년	광주 대동고등학교 입학, 독서회 활동
1980년	5·18 민주화운동 참여해 정학
1982년	광주 대동고등학교 졸업, 대입 실패 재수
1983년 3월	호남대학교 무역학과 입학
1983년 5월 11일	군 입대로 휴학, 광주 미군 부대에서 보충역으로 군 복무
1985년 3월 9일	호남대학교 복학
1985년	천주교 광주정의평화위원회에서 시민미술학교 수학, 판화 제작
1985년	9월부터 계림동 성당에서 야학 준비
1986년 5월	무등교회 무등터야학에서 한문 교사 활동
1986년 4월 25일	미등록으로 호남대학교에서 제적
1986년 9월	대흥주물에 입사

1986년 11월	무등터야학 교사 사임
1987년	광주 광천동 삼호공업사 입사, 용접공으로 일함
1987년	광주 하남공단 신흥금속 입사
1987년 3월 6일	오후 4시 40분, 서울 미 대사관 앞에서 분신
1987년 3월 8일	새벽 6시 15분 운명
1987년 3월 14일	광주 카톨릭센터에서 추모식 거행
1988년 3월 7일	광주 망월동 5·18 묘역 안장
1991년 5월 8일	호남대 쌍촌 캠퍼스에 추모비 제막식
2001년 8월 28일	민주화운동 관련자로 인정(26차)

표정두를 그리며

정용문

무주고등학교 교사, 표정두의 야학 동료

굳게 다문 입과 날선 콧날에는 다부진 생활력과 군센 의지, 그리고 말보다는 몸으로 자신의 삶을 살아왔던 청년의 모습이 각인되어 있다. 올해(2017년)로 그를 떠나보낸 지 30년이 된다. 임동사거리 일신방직 옆 허름한 건물 2층에 자리한 무등터야학에서 불의한 세상에 맞서보겠다는 의지로 젊은 청춘을 불태우던 정점에서 야학 강학으로 정두와의 만남이 시작되었다.

일신방직의 여성 노동자들을 대상으로 출발한 무등터야학 1기는 일신방직 관리자들의 집요한 방해 때문에 일주일도 안 되어 문을 닫게 되었고, 2기부터는 광천공단, 송암공단, 본촌공단으로 영역을 넓혀 노동자들을 모집하게 되었다.

3기 모집을 위해 손수 만든 포스터를 붙이러 다닐 때쯤 정두가 야학에 합류하던 것으로 기억난다. 당시는 포스터 한 장을 붙이는 것도 경찰들의 감시망을 피해야 하고 나름 대단한 담력과 용기가 필요한 행동이기도 했다. 이렇듯 야학운동은 시작부터 쉽지 않은 것이었다. 하지만 이런 일에는 정두가 안성맞춤이었다. 두려움 같은 것은 애초에 갖고 있지 않은 것 같았다. 그런 정두를 모두가 부러워했고 본받고 싶어 했다.

야학 과정이 중반에 접어들던 어느 날, 야학 학생 한 명을 경찰이 강제로 임동파출소로 연행했다는 소식을 접했다. 다들 멈칫멈칫하는 사이에 이미 정두는 벌떡 일어서고 있었다. "갑시다! 파출소에 연행된 학생을 구하러 갑시다!" 우리는 엉겁결에 같이 따라나섰고, 그는 파출소의 큰 탁자를 뒤엎을 기세를 보이면서 거세게 항의했다. 결국 파출소 순경들도 빼앗았던 야학 교재를 되돌려주고, 학생도 풀어주었다. 그는 언제나 행동으로 먼저 보여주었고, 그날의 작은 승리를 자랑삼아 우리들은 당당하게 살아왔다.

당시에는 야간 통행금지가 실시되던 때였다. 어느 날 밤늦은 시각에 정두가 자취방 문을 두드렸다. 길거리에 쓰러진 취객을 집에까지 데려다주고 오느라 차를 놓쳐버렸다는 것이다. 임동에서 자택 송정리까지 꽤 먼 거리를 오가면서도 야학 시간을 어기거나 외박을 한 적이 한 번도 없었는데 ……. 언젠가 TV에서 '타인을 위험 속에서 구출하는 영웅들의 유전자는 남다르다'는 내용의 다큐멘터리를 본 일이 있다. 아마 정두에게도 그런 유전자가 있었던 것은 아닐까 생각한다.

정두에게 5·18 광주민주화운동은 삶의 경로를 바꿔버린 엄청난 사건이었다고 생각한다. 고등학생 시절 아직은 멋모르고 참여한 사건이었지만, 그날 죽어간 사람들에게 진 부채는 엄청난 무게가 아니었을까. 세월호로 죽어간 아이들에게 우리들이 진 부채처럼.

교회당 난롯가에서 어떤 여학생이 5·18 광주민주화운동에 대해서 묻자 그의 굳게 닫힌 입이 벌어지기 시작했다. 말수가 거의 없던 그의 입을 벌리게 한 것은 5·18 광주민주화운동이다. "그때는 몰랐지만, 지금 생각하니 모두가 미국의 책임이다"라고 열변을 토하던 그의 분노하는 모습이 지금도 눈에 선하다. 그리고 그가 보여준 그날의 분노가 몇 달 뒤에 이어진 그의 죽음을 이해하게 해주었다.

미국 슐츠 국무 장관이 방한하여 폭약 탐지견을 데리고 정부종합청사든 어디든 마음대로 들쑤시고 다니던 슬픈 시대였다. 그리고 미국 대사관 주변의 세종로 거리는 오직 어둠과 공포로 가득 차 있었다. 그는 어둠과 공포를 걷어내기 위해 자신의 몸에 시너를 뿌리고 불을 붙였다. 그리고 미국 대사관을 향해 돌진하면서 "5·18 책임지고 미국은 사과하라"고 외쳤던 것이다. 살아남은 사람들에게 미국이 갖는 침략성의 본질을 알리기 위한 유일한 방법이 자신의 몸을 불사르는 것이라고 생각했을지도 모른다.

그가 죽어서만 불 밝힐 수 있었던 그 자리에 지금은 수백만이 모여 박근혜 퇴진의 촛불을 밝히고 있다. 주말 촛불집회 장면을 TV에서 보고 있노라면 마치 30년 전에 죽은 그의 혼이 다시 살아 춤추고 있는 것과 같은 착각을 하게 된다. 그때는 혼자였지만, 지금은 수백만이 되어서 …….

황보영국

이 나라를
불쌍히 여기소서

•

1987년 5월

황보영국

•

고은

스물일곱살 황보영국
부산 서면 번화가
독재타도
독재타도 외치며
불덩어리로 달려가며
독재타도 외치며
경찰을 물리치고 달려가며
독재타도 외치다가 꼬꾸라졌다
그 불덩어리
뒤쫓아온 경찰에게 체포
당감동 화장터
한줌 재도 없이 영영 사라졌다
그러나 부산 서면 네거리
그 공중에는
태양이 빛날 때
비가 올 때
어디선가 독재타도 독재타도
그 절규 울려온다
지친 햇볕으로

장대비로

바람으로 울려온다

독재타도

독재타도

부산 서면 네거리

그 거리 독재의 자식 지나가지 못한다

독재 너 가다가 쓰러지리라

꼬꾸라지리라

박종철, 이한열 그리고 황보영국

ⓒ 황보문수

황보영국(1961~1987)

1987년은 한국 민주주의 역사상 최고의 격변기였다. 1월에는 서울대생 박종철이 경찰의 물고문으로 숨지는 사건이 발생했고, 여름에 접어드는 그해 6월에는 연세대생 이한열이 시위 도중 최루탄에 맞아 숨지는 일이 일어났다. 이 두 사건은 1987년 6월항쟁을 일으킨 도화선이다. 거리로 쏟아져 나온 민심은 마침내 헌법을 바꿔 대통령 직선제를 쟁취해냈고, 그 체제는 이후 30년 동안의 대한민국을 규정지었다.

박종철과 이한열의 죽음이 얼마나 상징적인지를 보여주는 칼럼이 있다. 2016년 10월, 탄핵 위기에 처한 박근혜 대통령이 개헌을 제안했을 때 《중앙일보》 권석천 논설위원은 칼럼에서 "87년 헌법은 박종철, 이한열의 숭고한 희생 위에 서 있다. 만약 '박근혜의, 박근혜에 의한, 최순

ⓒ 광주MBC

황보영국 분신 장소 옛 부산상고 정문 앞

실을 위한 헌법'이라면 나는 단 하루도 그 아래서 살고 싶지 않다"("권석천의 시시각각 역사에 '최순실 개헌'으로 기록된다면", ≪중앙일보≫, 2016년 10월 24일 자)라고 했다.

하지만 1987년에는 이 두 대학생의 죽음만 있었던 것이 아니었다. 비록 박종철, 이한열처럼 국민적 관심을 끌지는 못했지만, 1987년 5월 17일 부산에서 한 노동자가 민주주의를 요구하며 스스로를 던진 일이 일어났다. 20대의 부산 청년 황보영국이 5·18 책임자 처벌과 진상규명을 요구하며 분신한 것이다.

이 나라를 불쌍히 여기소서

5·18 민주화운동 7주기 하루 전인 1987년 5월 17일은 일요일이었다. 초여름의 열기가 가시고 선선한 바람이 불던 화창한 오후였다. 5시를 얼마 안 남기고 황보영국은 집에서 가져온 석유와 성냥갑을 들고 시끄러운 시내 한복판에 서 있었다. 부산시 서면 부산상업고등학교(현재 롯데백화점 부산 본점) 앞은 좌판이 어지럽게 널려 있었고 노점상들이 호객하는 소리 때문에 시끄러웠다.

소란함과 동시에 거리에는 묘한 긴장감이 감돌고 있었다. 8년 전 부마항쟁이 일어났던 부산과 경남에서는 박종철 군 고문치사 사건이 불거지면서 민심이 부글부글 끓고 있었다. 박종철 사건에 대한 은폐 의혹이 날마다 터져나오고 있었지만, 전두환 대통령은 국민들의 직선제 요구를 거부하면서 장기 집권 야욕을 드러냈다. 더구나 이날은 5·18 7주기를 하루 앞둔 때였다.

'몸에 불을 붙인다면 그다음엔 어쩌지 ……', '얼마나 많은 사람들에게 이 소식이 알려질까?' 황보영국은 석유병을 높이 들어 정수리부터 부어나갔다. 그러나 그때까지도 무슨 일이 벌어지고 있는지 알아보는 사람이 없었다. 황보영국은 소리 높여 구호를 외쳤다.

"독재 타도."

"광주학살 책임지고 전두환은 물러가라."

"호헌책동 저지하고 민주헌법 쟁취하자."

사람들의 시선이 비로소 황보영국에게 쏠렸다. 황보영국은 부산상고 앞에서 사람들이 많이 다니는 복개상가 쪽을 향해 달렸다.

황보영국은 가지고 있던 성냥을 그었다. 성냥개비에 불이 붙자 몸에서 불길이 치솟았다. 황보영국은 있는 힘껏 달리기 시작했다. 부산상고 앞에서 사람들이 많이 다니는 복개상가 쪽을 향해 달렸다. 얼굴에도 불이 붙어 목소리가 잘 들리지 않았지만, 그래도 있는 힘을 다해 구호를 외쳤다.

"광주학살 책임지고 전두환은 물러가라."

"호헌책동 저지하고 민주헌법 쟁취하자."

갑자기 나타난 불덩어리가 내지르는 소리에 놀란 상인과 시민 수십 명이 황보영국을 좇아갔다. 부산상고 정문에서 귀거래식당까지 내달린 황보영국은 결국 길바닥에 쓰러졌다. 뒤따라온 상인들이 물을 끼얹었지만 불은 쉽게 꺼지지 않았다. 식당에서 나온 상인들이 소화전을 열어 소방 호스로 물을 퍼붓고 나서야 불길이 잡혔다. 쓰러진 황보영국은 그때까지도 "독재 타도"를 외치고 있었다.

상인들이 겨우 불을 끄자 경찰은 그때서야 황보영국에게 다가가서 이름을 물었다. 상인들은 다친 사람을 병원으로 옮겨야지 이름 아는 게 뭐가 중요하냐며 경찰을 야단쳤다. 바닥에 누워 이 광경을 보던 황보영국은 마지막 힘을 짜내 외쳤다.

"하느님, 이 나라를 불쌍히 여기소서!"

부산 노동자 황보영국

황보영국은 부산 토박이다. 그는 1961년 9월 6일, 부산시 부산진구 당감동에서 아버지 황보문수와 어머니 이순이 슬하의 4남 1녀 중 셋째 아들로 태어났다. 황보영국은 부산 당감동에서 국민학교를 나오고 부산 중앙중학교를 거쳐 부산 성지공업고등학교에 입학했지만, 고등학교를 끝까지 다니지는 못했다. 그의 학교생활과 관련해서는 남아 있는 증언과 기록이 거의 없다.

황보영국은 성지공업고등학교 2학년인 1979년, 18살의 나이에 학교를 자퇴하고 생업에 뛰어든다. 학교를 자퇴한 것은 어려운 가정 형편 때문이었다. 황보영국은 이때부터 1987년까지 약 10년에 걸쳐 부산과 울산 지역의 노동 현장을 돌며 용접과 운전 등의 기술을 익힌다. 황보영국이 한때나마 적을 둔 직장은 울산 현대중공업과 부산 삼화고무, 부산 태화고무, 우성사 등이다. 분신 당시에는 일자리가 없는 상태였다. 벌이도 시원찮고 일자리도 변변치 못했지만, 어려운 이들을 보면 꼭 도우려 했고 부당한 일을 보면 그냥 지나치지 않았다.

이순이(황보영국 어머니) 지는 베풀고 싶어도 뭐 번 게 있어야 베풀지. 어릴 때는 몰랐는데 커가지고 그 당시에 "엄마 저, 당감동 어떤 사람이 차에 다쳐서 피가 나는데 다 그냥 지나가더라"고 하더라고요. 그래 지가 업고 병원에다 업어다주고 왔다고 하대요. 그런 식으로 남을 돕고 싶어 하는 마음이 많은데, 마음이 그래도 자기가 뭔가 벌어놓은 게 있어야 그걸 하지 않겠어요. 마음은 지가 돕고 있어도 지가 뭐가 있어야 돕지.

1987년 여러 직장을 전전하다 실업자 신세가 된 황보영국은 정초부터 열린 부산 시국 행사와 집회에 꼬박꼬박 참석했다. 3월 3일 부산에서 열린 박종철 사망 49재 추모 집회에도 참석했다가 경찰에 붙잡힌 황보영국이 경찰서 유치장에 있을 때였다. 잡혀온 사람들이 하도 많아 주동자나 대학생이 아니고 시위에 참여한 이유를 적당히 둘러대면 경찰이 훈방시켜주고 있었다. 조금만 요령을 피우면 나올 수 있으련만 그런데 황보영국은 그러지 않았다.

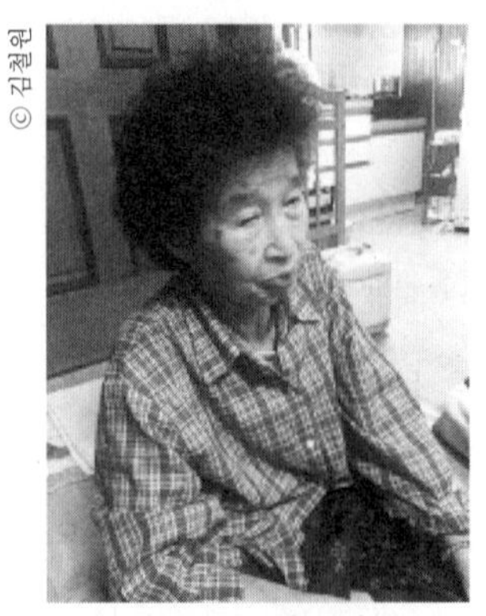
ⓒ 김철원
이순이 황보영국 어머니

이순이 경찰에 붙잡혀 있는 영국이를 면회 가서 너 왜 잡혀 들어갔느냐고 물으니 지는 일자리를 알아보려고 거리의 간판만 보고 다녔었대요. 그러다 시위 현장까지 가게 됐고 그랬는데 데모를 하던 사람들 사이에 섞여 있다가 잡혔다고, "어머니 저는 데모 안 했어요" 그렇게 말을 했어요. 옆에 있는 경찰에게 얘기를 했죠. 우리 영국이는 데모하려고 나간 것이 아니고 취직 자리 알아보러 다니다가 상관없이 잡혀 들어왔으니 좀 내보내주소. 제가 경찰관한테 그렇게 사정하고 있는데 영국이가 갑자기 "나도 데모했습니다" 그러는 거예요. 무슨 일인가 봤더니 함께 잡혀온 사람의 부인이 임신 8개월의 만삭의 부인이 자기 남편 잡아들였다고 경찰에 항의하고 있었어요. 아주머니가 "이놈들아, 나도 잡아넣어라"고 외치는 것을 본 영국이가 갑자기 화를 내면서 나도 잡아가라고 그런 거였습니다. 마음이 아팠던 것 같습니다. 그러면서 자기도 데모했다고 경찰한테 말을 해버렸습니다. 그러면서 저한테 "어머니, 이건 완전 독재입니다. 죄 없는 사람들이 징역 가고 있잖아요. 몇 사람이 투신자살하면 교도소에 갇힌 사람들 다 나오지 않겠어요? 내가 피를 뿌리고 천당 가면, 죽는 게 아니고 영영 사는 것입니다"라고 말을 하더라고요. _2016년 10월 18일 인터뷰 황보영국은 1987년 2월 7일 박종철 추도 대회 때도 참석했다가 경찰에 붙들렸다. 다른 10여 명의 시위 참가자와 함께 부산 영도경찰서 유치장에 갇혀 일주일 동안 구류를 살았다. 이때 유치장에 갇혀 있을 때도 황보영국은 가만히 있지 않았다. 벌써 이때부터 전두환 정권에 대한 분노를 드러냈다.

> 황보영국이 구금돼 있던 영도경찰서 유치장에 있던 텔레비전에서는 탈북자 김만철 씨 가족의 탈북 소식이 대대적으로 보도되고 있었다. 황보영국은 이를 보고 "국민적 불만을 외부로 돌리는 저 군부 파쇼 정권과 이들을 비호하는 저 어용 언론에 대해 내 목숨으로 항의하겠다"고 외치며 허리띠로 올가미를 만들어 목에 끼워 넣으려 했다. 이때 함께 구금되어 있던 교사 하성원이 허리띠를 빼앗아 말리며, "이렇게 죽지 말고 살아서 싸우자. 분노할 일들이 어디 한두 가지인가?"라고 설득했다. 황보영국은 하성원에게 자신을 소개하며 "조국이 민주화되는 데 필요하다면 언제 어디서라도 제물이 되어 목숨을 바치겠다"고 진지하게 다짐했다. 그는 2·7 추모 대회에 참여했다는 이유로 1주일간 구류를 살고 나왔다.
>
> 부산역사문화대전 '황보영국'

여기 소방서인데, 어디 병원에 있습니까?

구급차로 부산 백병원으로 옮겨진 황보영국은 혼수상태에 빠졌다. 온몸의 90%가 불에 타 전신에 3도 화상을 입은 상태였다. 몸에 불을 붙인 상태에서 100미터나 되는 거리를 이동했고, 쓰러진 뒤에도 응급조치가 바로 이뤄지지 않은 탓에 소생 가능성이 희박했다. 황보영국은 좀처럼 의식을 찾지 못했고 맥박은 점점 희미해져갔다.

"젊은 남자가 몸에 불을 붙여 쓰러진 뒤 병원으로 실려갔다"라는 소식은 부산 사람들의 입을 통해 번져나갔다. 하지만 부산 지역 시민 단체에는 즉각 전파되지 못했다. 부산민주시민협의회(이하 부민협) 사람들이 황보영국의 분신 소식을 알게 된 것은 사건 발생 2시간이 지난 저녁 6시부터 7시 사이였다. 부민협 회원이기도 한 시민이 버스를 타고 가다가 분신 광경을 보고는 부민협 사무실로 제보한 것이다.

"웬 남자가 분신해서 병원에 실려갔는데 소식 몰라요?"

노동자 분신 제보를 접한 부산 지역 시민·사회 단체는 비상이 걸렸다. 소문이 사실인지, 사실이라면 분신한 사람은 어디에 있는지 확인할 길이 없었기 때문이다. 부민협 사람들은 갑갑하기만 했다.

부민협 사람들은 사무실에서 부산 시내 각 병원으로 전화를 돌렸지만 어느 곳도 분신해서 들어온 환자는 없다고만 했다. 이렇게 시간만 지체하면 분신한 사람이 숨질 수도 있었다. 그럴 경우 경찰이 시신을 빼돌릴 수도 있었다. 부민협 사람들은 점점 초조해졌다. 그때 이호철 부민협 홍보부장(훗날 참여정부의 민정수석)이 꾀를 냈다. 소방관인 것처럼 경찰서에 전화를 걸어 황보영국이 입원한 병원을 알아낸 것이다.

고호석(당시 부산민주시민협의회 사무차장) 저희 사무실에서 방법을 좀 썼습니다. 아무래도 경찰들이 어디로 데려갔는지 알 수 없었고. 그래서 이호철 부장이 경찰에다가 전화를 해서 "여기 소방서인데요, 누가 몸에 불을 붙이고 그랬는데 환자를 어디로 데려갔습니까?" 물었더니 이 당시에 경찰들이 정확하게 확인할 생각도 안 하고, 백병원이라는 곳에 옮겼다 그래서 저희가 병원을 확인할 수 있었습니다. 당시 저희 국민본부에서 일하던 직원을 병원으로 보냈는데 그때는 병실에 경찰들이 있긴 했지만, 삼엄하지 않았습니다. 그래서 들어가서 환자를 잠시라도 볼 수 있었고, 보면서 사진도 찍었어요. 사진 찍는 것을 보고 경찰들이 달려들어서 쫓겨나왔죠. 다행히 사진을 뺏기

지는 않았습니다. _2016년 3월 18일 인터뷰

황보영국의 분신 사실이 우여곡절 끝에 부산 시민들에게 알려지게 됐지만, 경찰은 다음 날부터 경비를 강화해 모든 인사들의 출입을 일일이 통제했다. 가족들도 면회가 제한됐다. 의식을 잃은 채 병상에 누워 있던 황보영국이 눈을 떴다. 아버지 황보문수에게 왜 분신을 했는지 힘겹게 사연을 털어놨다. 그해 초 박종철 추모 집회에 참석했다가 경찰에 붙잡혔을 때 이미 결심했다는 것이었다. 경찰에 연행됐을 때 경찰이 발길로 차고 욕을 하는 것도 싫었지만, 그 뒤로 자신의 일거수일투족을 감시하자 큰 충격을 받았다는 것이다.

화상 때문에 온몸에서 진물이 흐르는 와중에도 황보영국은 신문을 읽었다. 신문을 들기 힘들면 가족에게 대신 읽어달라고 했다. 황보영국은 자신의 분신 소식이 신문에 실렸는지를 궁금해했다.

"아버지, 제 꺼 소식이 신문에 나왔어요?"

박종철 고문치사 사건으로 분기탱천해 있는 부산 시민들에게 황보영국의 분신 소식이 제때 제대로 전해졌다면 부산 지역 시위 규모가 더 커질 것이 자명했다. 하지만 황보영국의 분신 소식은 부산 지역에 널리 알려지지 못했다. 신문과 방송이 황보영국의 분신 소식을 외면했기 때문이다. 그가 분신한 이틀 뒤 ≪부산일보≫가 첫 보도를 했지만 사회면 1단 보도에 그치고 말았다.

도심서 20대 청년 분신 위독

17일 하오 4시 47분께 부산진구 부전2동 517 귀거래식당 앞길에서 황보영국씨(27, 부산 부산진구 당감동 809 12)가 온 몸에 석유를 얹고 불을 붙인 뒤 분신자살을 기도 중화상을 입고 인근 백병원에서 치료를 받고 있으나 소생가능성이 희박하다. 귀거래식당 종업원 박인철 씨(25)에 따르면 황보씨는 이날 부산진구 부전2동 부산상고 부근에서 온 몸에 석유를 끼얹고 불을 붙인 후 이 식당 앞까지 100미터를 달려와 쓰러졌다는 것이다.

≪부산일보≫, 1987년 5월 19일 자

남아 있는 기록이 없다

황보영국은 한때 신문을 읽을 정도로 의식을 차리긴 했지만, 의식을 찾는 시간이 갈수록 줄어들었다. 결국 분신 9일 만인 5월 25일 새벽 5시, 황보영국은 숨을 거둔다. 부민협은 경찰의 제지로 병원 밖에서 황보영국의 사망 소식을 들었다. 그가 어떤 생각을 했고, 평소 어떤 활동을 했는지 아무런 정보가 없었던 부민협 사람들은 허탈하기만 했다. 황보영국이 숨지기 전에 단서라도 확보하기 위해 집을 찾아갔지만, 그의 방에서는 기록이나 자료가 이미 사라진 상태였다. 심지어 학창 시절에 찍은 사진 한 장 없었다. 가족들이 병원에 있는 틈을 타 누군가 모조리 훑어간 뒤였다.

부산 지역 시민사회 진영은 황보영국의 분신 소식을 처음 접했을 때만큼이나 답답했다. 황보영국이 어떤 이유로 무슨 계기로 분신을 결심했는지 파악할 수 있는 자료가 아무것도 없었기 때문이다. 분신 당시 외쳤다는 구호만으로는 너무도 부족했다. 황보영국 유족들이 도와줬으면 했지만 어찌 된 일인지 유족들은 시민사회 진영에 호의적이지 않았다. 시민 단체들은 분신 소식이 알려질 것을 두려워한 전두환 정권이 경찰을 동원해 가족을 회유했다고 여겼다. 시민 단체들의 당혹스러움은 당시 부민협 기관지 ≪민주시민≫에 고스란히 드러나 있다.

자식의 분신 원인을 밝히려 하기는커녕 끝까지 함구, 찾아간 사람들을 어안이 벙벙하게 만들었다. 거의 외부와 단절된 상태에서 황보영국은 쥐어짜

호헌책동 저지하여
민주헌법 쟁취하자!

제13호
1987년 5월 31일 발행
부산민주시민협의회

발행·편집인 : 최성묵 발행처 부산민주시민협의회·부산시 부산진구 범천 1동877-22 11통 4반 전화 : 643-8583 부산은행 온라인 020-01-023669-8

노동자 황보영국씨, 분신 사망

의식불명의 상태에서도 붕대감긴 손을 움직여 "독재타도"를 신음처럼 외쳐

경찰 화장시간 숨겨 부산시민 분노

황보영국의 분신 소식을 알린 《민주시민》, 13호

듯 신음처럼 '독재타도'를 외치며 홀로 몸부림치다 25일 새벽 5시 숨을 거두었다. 이날 정오에 화장을 하였다는 소식에 놀란 민가협 어머니들과 인권위, '민주시민' 실무자 등이 당감동 집을 방문하여 조의금을 전달하며 애도의 뜻을 표하고, 화장하기까지의 사정을 물었으나 묵묵부답 침묵으로 일관, 의구심이 일었으나 설마 자식의 일인데 숨기랴 하며 돌아왔으나 다음날인 26일 오전 9시에 당감동 화장터에서 화장한 것으로 밝혀져 경찰의 회유로 시신마저 은폐하려는 행위는 민주시민을 분노하게 하였다.

《민주시민》, 13호

화장은 황보영국이 숨진 지 하루 만인 5월 26일 오전 9시 부산시 당감동 화장터에서 실시됐다. 유족이 '화장(火葬)' 의사를 먼저 밝힌 것인지 경찰의 요구에 의한 것인지 논란이 일기도 했다. 그의 아버지 황보문수 씨는 여러 인터뷰를 통해 경찰 요구로 화장을 했노라고 증언했다.

[시민이 쓰는 6월항쟁] ⑹ 청춘 불사른 황보영국씨

문수씨와 영국의 어머니 이순이씨(72)는 교대로 간호했다. 나을 기미가 보이지 않았다. 죽는 날 새벽, "아이고, 아버지! 8척 같은 놈이, 내 목을 조르는데, 가야 되겠심미더"라고 소리를 치더니 영국은 눈을 감았다.

슬픔도 잠시, 영국이 죽자 경찰관 서너 명이 병실을 찾아왔다. 그들은 우리(경찰) 얼굴을 봐서 시킨 대로 해달라고 말했다. 부탁이 아니라 협박이었다. 강압적인 분위기 탓에 영국의 가족들은 아무 말도 할 수 없었다. 경찰은 영국을 화장해서, 유골을 묻지 말고, 뿌리자고 제안했다. 다음날 아침 영국의 유골은 당감동 화장터에서 소각돼 사라졌다. 임종과 장례는 불과 하루 만에 끝났다.

≪부산일보≫, 2007년 6월 5일 자

5·18 광주의거 사진전

고인(故人)이 된 다른 민주화운동 인사들과 비교했을 때 황보영국과 관련한 자료는 터무니없이 적고 부족하다. 일기나 메모는 행방이 묘연하고 시신은 화장됐다. 제대로 된 수사 기록이 있는 것도 아니다. 그래서 그가 어떤 생각으로 분신을 결심했는지는 주변 상황을 통해 추정할 수밖에 없다.

대다수 국민들이 광주사태라 부르고 있었고 또 상당수 사람들은 간첩의 소행쯤으로 알고 있던 1987년, 26살 부산 청년은 어떻게 해서 광주학살의 진실을 알게 됐을까? 그가 외친 "광주학살 책임지고 전두환은 물러가라"라는 구호는 어떻게 나오게 됐을까? 무엇을 보고 들었길래 5·18 7주기 하루 전날, "광주학살 책임지고 전두환은 물러가라"며 자신의 목숨을 버릴 수가 있었을까.

황보영국이 분신하기 한 달 전 부산 시민들은 난생처음 보는 잔인한

사진들을 보러 사진전시회에 몰리고 있었다. 천주교 부산 교구가 1987년 4월부터 6월까지 가톨릭센터에서 '5·18 광주의거 사진전'을 개최한 것이다. 5·18이 아직 '광주사태'일 때 충격적인 내용의 사진전이 열리는 것도 '사건'이었다. 제 나라 시민들을 향한 군인들의 무자비한 폭력과 살육, 계엄군이 쏜 총에 머리가 날아간 청년, 폐허가 된 광주 도심 ……. '5·18 광주의거 사진전'은 부산 시민들이 그때까지 눈으로 확인하지 못했던 7년 전 광주의 진실이었다.

광주와 5·18에 대해 막연히 소문으로만 들었던 부산 시민들은 사진전에 폭발적 반응을 보였다. 5·18 사진전을 기획한 부산 송도성당 박승원 신부는 당시의 모습을 생각하면 아직도 벅찬 감동이 밀려온다.

박승원 신부 부산 국제시장이 '5·18 광주 사진 전시장' 바로 옆에 있었는데요, 그 시장 아주머니들이 장사 때문에 시간 맞춰서 보기 힘드니까 전시회 시간을 늘려서 우리도 보게 해달라고 하는 거예요. 그래서 그렇게 해드렸죠. 그런데요, 거기서 대성통곡을 해요, 시장 아주머니들이. 그런 건 처음 봤어요. 그다음부터는요 지나가는 사람들이 그냥 지나가질 않아요. 돈을 주고 가는 거예요.

수천 명이 뭐예요? 보고 간 사람들이 수만 명도 더 됐죠. 그중에는 안기부 사람들도 왔어요. 우리도 보게 해달라, 형사들도 그렇고. 그래서 그랬죠. 광주 사진전을 보라고, 당신들도 알아야 한다고. 그 사람들이 보고 와서 그럽디다. "신부님, 정말 이런지 몰랐습니다" 하더라고요. 안기부 요원들도 그래요. 자기들도 이건 말이 안 된다는 거죠. 형사들도 그러고요. 그다음부터는 사진전을 여는데 그 친구들도 협조를 해주는 거예요. _2016년 3월 19일 인터뷰

이 사진전에는 고 노무현 전 대통령(당시 부산에서 변호사 활동)도 참석했다. 6월항쟁 1년 뒤 1988년 민주당 의원으로 처음 국회의원이 된 노무

ⓒ 부산민주공원

1987년 4월부터 6월까지 부산에서 열린 '5·18 광주의거 사진전'

ⓒ 부산민주공원

현 변호사는 1989년 12월 열린 국회 광주청문회에서 퇴장하는 전두환 증인에게 명패를 던진 장본인이다. 1987년 부산에서 열린 5·18 광주의거 사진전 참석은 그에게는 당연한 일이었다. 노무현 변호사는 자신을 감시하던 안기부 직원에게조차 광주 5·18의 진실을 알려나갔다.

ⓒ 부산민주공원
노무현 변호사가 5·18 사진전을 둘러보는 모습

85년 盧 담당 안기부 직원, 국정원장 정책특보로

광주항쟁 테이프를 보여주더군요. 일어서려는데 盧변호사가 소설가 황석영씨가 집필한 『죽음을 넘어 시대의 어둠을 넘어』란 광주항쟁 기록집을 주더라고요." 李씨가 "이러면 내가 당신을 잡아가야 한다"라며 뿌리치자 盧변호사는 "나중에 잡아가더라도 일단은 읽어보라"고 했다. 다음 날 아침 盧변호사가 전화를 걸어 독후감을 물었다. 李씨는 "광주사태의 참혹상에 충격을 받아 밤을 꼬박 새웠다"고 답했다.

≪중앙일보≫, 2004년 2월 20일 자

그해 1월 박종철의 죽음이 준 슬픔에다 광주학살을 증언하는 사진전이 가져다준 충격이 더해지자 전두환 정권을 향한 부산 시민들의 분노는 그야말로 폭발 일보 직전 수준까지 커졌다.

김종세(부산민주공원 관장) 1987년 가톨릭센터에서 비디오 상영회를 연 것은 획기적인 일이죠. 부산에서는 시민들이 5·18 영상을 보고 처음 안 거죠. 대학에서는 대자보 등을 통해서 사진도 보고 했지만, 시민들에게 그 자료가 공개된 것은 처음이었거든요. 그게 많은 시민들로 하여금 분노하게 만들었고 6월항쟁의 동력으로도 작동했습니다. 황보영국 열사가 5월 17일 날 분신했을 때는 '부산민주시민협의회'라는 결집된 조직이 있었는데 분신 이후에 5월 20일 날 '국민운동부산본부'가 전국에서 최초로 부산에서 깃발을 올리게 됩니다. _2016년 3월 18일 인터뷰

광주, 광주, 광주 ……

황보영국의 죽음을 가장 먼저 알린 매체는 부민협이 발간한 기관지 ≪민주시민≫이다. ≪민주시민≫은 황보영국이 분신한 이틀 뒤 호외로 소식을 알렸고, 그가 숨을 거둔 지 일주일이 지난 31일에 정식으로 발간된 소식지를 통해 분신 속보를 좀 더 자세히 알렸다. 그렇다고 이 기관지가 황보영국의 소식만을 전한 것은 아니었다.

≪민주시민≫ 13호를 보면, 4면짜리 전단지에서 황보영국의 소식을 제외한 나머지 지면 대부분을 광주가 차지하고 있다. 황보영국의 분신 사망을 알린 1면 톱기사 아래 실린 "5월 광주 민주혼령 추모제" 기사는 부산

ⓒ 부산민주공원

민주화운동기념공원에 마련된 황보영국의 묘 화장을 하고 유골을 산자락에 뿌린 탓에 유해가 없어 유품을 안장했다.

에서 열린 5·18 추모 행사 소식을 전하고 있다. 5월 23일 오후 부산시 대연성당에서 열릴 예정이던 행사가 사복 경찰의 방해로 열리지 못했다는 것이다. 1면뿐이 아니었다. 2면의 부산국민운동본부의 출범을 알리는 기사와 천주교 사제들 단식기도 소식을 전하는 3면에서도 '광주'와 '5·18' 소식은 빠지지 않고 있다. 황보영국의 분신뿐만 아니라 당시 부산의 시민·사회 단체들이 얼마나 광주학살 그리고 광주항쟁에 깊은 관심을 기울였는지가 ≪민주시민≫에 드러나 있다.

주권자의 세금으로 운영되는 군대가 주권자인 국민을 죽인 나라, 그 사실이 언론 통제 때문에 제대로 알려지지 않은 나라, 쿠데타를 일으키고 광주 시민을 학살한 자가 대통령이 되고 이제 임기마저 다 채우고 다시 집권을 연장하려는 나라. 황보영국의 눈에 비친 이 나라는 나라다운 나라가 아니었을 것이다. "하느님, 이 나라를 불쌍히 여기소서"라며 황보영국은 절규했다.

그러나 황보영국의 죽음은 큰 주목을 받지 못했다. 더 아쉬운 것은 광주학살의 진상규명을 요구하며 죽어간 부산 청년의 존재를 정작 광주 시민들이 모르고 있다는 점이다. 국립5·18민주묘지는 물론 금남로의 5·18 기록관 혹은 각종 5·18 기관과 사적지에서 황보영국의 기록을 찾을 수 없다.

김종세(부산 민주공원 관장) 한국 사회의 현실을 반영하는 것이기도 하죠. 박종철 군은 서울대 학생이었잖아요. 자기 학교에 자기 친구들도 있고, 자기 학과도 있고, 대학도 있고 ……. 그런 인연들이 박종철 군 추모 사업에 나설 수 있는 조건이 될 수 있는 거예요. 황보영국와 비교해본다면, 황보 열사는 당시에 노동자였는데 노동조합이 있는 회사도 아니었고. 그가 제도 교육을 길게 받지 못한 상황이니까 거기서 생기는 인연들도 별로 없단 말이에요. 못 배운 사람이, 조직적인 뭣도 없는 경우에 대개 무지렁이처럼 묻혀져 버리죠. _2016년 3월 18일 인터뷰

5월 유족, 황보영국 유족을 만나다

광주MBC는 2016년 5월, 5·18 36주년이자 6월항쟁 29주년 특집 다큐멘터리 〈그들의 광주, 우리의 광주〉에서 황보영국의 사연을 광주 시민에게 전하면서 관심을 촉구했다. 광주를 위해 희생된 황보영국을 누구보다 광주가 챙기고 광주 시민들이 기억해야 하지 않겠냐는 취지였다. 이 콘텐츠는 포털 사이트 '다음'의 소셜 펀딩 프로그램 스토리펀딩에도 연재돼 네티즌들의 호응을 받았다.

광주 시민을 위해 분신해 숨진 황보영국의 사연은 너무나 당연하게도 5·18 유공자와 유족의 뜨거운 호응을 이끌어냈다. 유족들은 특히 황보영국 유족을 만나 보고 싶어 했다. 5월 유족들은 특히 황보영국의 아버지가 광주 시민들이 아들의 죽음을 알아줬으면 좋겠다는 인터뷰 내용을 보고 가슴 아파했다. 5·18 유족들과 유공자들이 그동안 왜곡과 폄훼 때문에 느껴왔던 서러움과 아픔을 황보영국 유족도 느끼고 있었음을 확인한 동병상련의 아픔이었다. 5·18 유족과 유공자들은 광주트라우마센터의 도움을 받아 황보영국의 아버지 황보문수의 부산 자택을 찾아가 위로하기로 결정했다. 5·18이 일어난 지 36년, 황보영국이 분신해 사망한 지 29년 만의 일이다.

ⓒ 광주MBC

황보문수 황보영국 아버지

2016년 9월 23일 위로 방문에 광주 트라우마센터 강문민서 부센터장과 직원들, 5·18 단체에서는 부상자인 주암순(여), 5·18 유족인 안성례(5·18유공자 고 명노근 교수 부인), 문건양(5·18 유공자 고 문재학 아버지), 류정임(5·18 유공자 고 김점열 부인) 등 모두 여덟 명이 참여했다.

부산시 북구 덕천동에 있는 황보문수 자택을 찾아 처음 만난 유족들은 미안하다는 말을 연신 쏟아냈다. 광주를 위해 죽어간 황보영국의 죽음을 그동안 몰라봐 너무 미안했다고 말이다.

안성례[5·18 유공자 고 명노근 교수 부인] 아버님 처음 뵙겠습니다. 아버님 보러 왔어요. 전혀 몰랐어요, 그렇게까지 가슴 아픈 줄 몰랐어요. 전혀 몰랐어요.

류정임(5·18 유공자 고 김점열 아내) 우리는 몰랐어요.

안성례 어머니 우리가 너무 몰라가지고 미안해, 미안해 너무 몰라가지고 미안해 미안해요, 정말로. 너무 몰랐어요. 알았으면 진작 왔죠.

주암순(5·18 부상자) 먼저 갔어도 훌륭한 아들을 두셨습니다. 늦어서 죄송합니다.

황보영국 어머니 이순이는 이런 위로를 광주 사람들에게 받으리라고는 꿈에도 생각하지 못했다. 생전 처음 보는 이들이, 그것도 전라도 사투리를 쓰는 노인들이 찾아와서 아들 칭찬을 해주고 고맙다는 말까지 하고 있는 게 아닌가. 광주 시민들이 찾아와야 한다고 생각해보지도 않았는데, 이 광주 시민들은 그동안 자신들이 찾아오지 않아서 서운하지 않았냐고 묻고 있다. 이순이는 터무니없는 소리라며 손사래를 쳤다.

안성례 광주 때문에 내 아들이 죽었다는 생각 안 해봤어요?

황보문수 아이고, 허허허.

안성례 영국이 엄마는 그런 생각 안 해봤어요?

이순이 (고개 절레절레)

문건양(5·18 유공자 고 문재학 아버지) '80년 5월하고 내 아들 죽음하고 같은 연장선상에 있는데 광주 분들이 어째서 한 번도 안 찾아오는고' 이런 원망

해본 적 없어요?

황보문수 원망 안 했어요.

5·18 유족인 문건양의 아들 문재학은 전남도청을 지키다가 1980년 5월 27일 계엄군의 총을 맞고 사망했다. 아직 철부지에 불과한 고등학생 아들이 광주를 지키겠다고 집을 나섰다가 시신으로 돌아온 것이었다. 문건양은 세상이 원망스러웠다. 경상도 사람이라면 미운 감정이 드는 것도 사실이었다. 5·18이 국가 기념일이 되고, 폭도였던 아들이 유공자가 된 뒤로도 그 원망은 풀리지 않았다. 머릿속으로는 용서해야 한다고 생각하면서도 마음이 그렇게 따라주지 않았다. 문건양은 자신과 유사한 이유로 아들을 잃어야 했던 황보문수가 광주 사람들을 원망하지 않는다는 뜻밖의 말을 들었다. 전라도 사람 때문에 아들이 죽었다면 자신들을 미워해도 어쩔 수 없을 것이라 각오했던 터였다.

문건양 2014년도에 처음으로 경북대학교에서 저를 찾아왔길래 제가 그랬어요. "나는 경상도에서 대학생들이 하나도 없는 줄 알았는데 살아서 있었냐?" 그러면서 그 어린 학생들에게 그랬습니다. "내가 만나니까 반갑기는 하요만 겁나게 원망스럽다"고 학생들한테 원성 어린 말을 했어요. 그래서 내가 영국이 아버님한테 말씀이 늦게 찾아와서 죄송스럽다는 말씀을 드리는 거야. 그러니까 늦게 찾아왔지만은 내가 원망했듯이 원망하면 달게 받을게요, 허허허.

황보문수 그런 말씀 마세요.

"나는 경상도에서 대학생들이 하나도 없는 줄 알았다"라고 한 문건양의 말은 사실 서운함의 표현이었다. 황보영국 유족도 자신과 같은 감정일 것이라고 생각했는데 원망하지 않는다는 뜻밖의 답변을 듣게 된 문건양

ⓒ 김철원

5·18 유족 문건양이 황보영국의 아버지 황보문수에게 용돈을 건네고 있다.

은 갑자기 뒷주머니 지갑에서 만 원짜리 지폐 10장을 모아 반으로 접어 놓은 것을 꺼냈다.

문건양 이렇게 반가운데 희생된 자식들을 저승에서도 만날 수 있게끔 주선을 해주시오. 그리고 내 생활신조가 하나가 있어요. 내가 명함하고 돈 10만 원하고는 항시 담고 다녀요. 이 돈을 우리 자식들 저승에서 만나기 위해서 우리 황보영국 열사 교통비 하라고 아버님한테 전달하고 싶네요.

경북대학교 학생들이 얼마 전에 와서 나를 만나가지고 용돈 하라고 봉투 10만 원을 주길래 그걸 도로 주면서 내가 또 10만 원 보태서 더 주면서 "집에 가면서 이 돈이랑 음료수 사서 먹어라" 하고 보냈어. 그런 식으로 돈을 주는 게 내 생활신조요.

그러니까 영국이 아버님, 이 돈 받으시라고. 아들 영국이한테 저승에서 우리 아들 재학이랑 같이 만나라고 여비를 주라는 말이요. 아까 광주에서부터 올 때 차에서 내가 연구했소. 아들 영국이한테 가서 여비 전하고 나서 (경북대 학생들처럼) 나한테 전화하세요.

황보문수 내가 고맙소. 영국이한테 여비 전달했다고 하고 내가 전화할게요, 허허허.

2016. 9. 23. 방문인사 말. "함께 드리는 글."

아버님 이렇게 찾아와 너무 죄송합니다
5.18의 진실을 알리고 정의를 외치며 전두환정권의 살인 만행을 규탄하다가
억울하게 죽어간 아들 황보영국 을 가슴에 묻고 30년 세월 한 많은 세월
견디고 살아오신 그 고통 고독을 늦게나마 진심으로 위로와 격려드립니다
생명줄이 질겨 살았지 그 기막힌 세월, 아무도 찾아주지 않고 알아
주지 않는 내 아들의 죽음! 나라도 너를 지켜주마 다짐하며 -
그래도 이기고 살아주셔서 오늘 이렇게 만나뵐수 있어 정말감사
합니다 아픈 마음을 나누며 걱정어린 저희 오월의 가족들의 위로
의 정을 받아 주십시요.

사랑하는 아들 황보 영국 의 영혼도 하늘나라에서 우리를 보고
있을거라고 믿습니다 그가 죽을때 아- 얼마나 이같은 나라에
태어났음을 한탄했을까!

불법 부당하고 부정부패가 대통령부터 민간인까지 하면 나라
국민이 더이상 살수없어 자살하며 엊그제는 일가족 4명이 자살
해도 대통령은 자신의 권력과 영달을 위해 비자금 모을 회사까지 만들어
기업가로 세금 감면해 주고. 그래서 천문학적 돈을 모금한 대통령!
그 많은 희생을 통해 민주주의를 이룩해 놨건만 완전히 무너뜨
리고 (아버님) 독재의 나라에 살고있읍니다

우리가 늦게 찾아뵌 것은 80년 그날부터 우리 광주 피해자들은 지금
까지 정부와 싸우고 있읍니다. 5.18은 지만원 서석구 등 북한군 600명
특수부대가 와서 이르켰다고 매도 하고 있어요,
경제 부흥이 왜 된것입니까? 군부독재를 물리치고. 민주국가 이기에 자유무역
원칙하는 수출 수입이 이뤄진것. 즉. 민주주의를 이룩한 나라 이기에
아버님의 아들과 우리 광주시민의 그리고 수많은 애국. 청년학생들의
희생의 대가 아닙니까. 아들은 훌륭합니다 부산시민을 대표해서
군부독재와 싸웠고. 광주의 희생을 알린것입니다.

광주 5.18 와 이나라 민주주의 역사는 아드님을 영원히 기억할것
입니다. 아버님. 우리 광주에는. 33년만에 피해자 상담소가
생겼읍니다 트라우마 센타.. 들어 맞읍니다.
우리 광주피해자들은 지난 상처와 억눌림의
긴 절망에서 벗어 나고 있읍니다
아버님도 이런 기회가 꼭 있었으면 해서 오늘 이렇게 트라우마
센타와 MBC 김철원기자님 팀이. 참. 어떻게 될까 떨리고 안타까운
마음으로 찾아 왔읍니다. 동병상련으로 보듬어 안는 자리가 위로와 격려의
자리가 되었으면 합니다.

광주 5.18 어머니회

방문자 "함께 드리는 글"

(안성례 회장)

5월 유족 안성례가 황보영국 유족에게 쓴 친필 편지

문건양 처음에는 영국이 아버님 보고 미안해서 눈물 나오고 그랬는데 이제는 후회를 않소. 내가 비록 늦었지만 이제 후회를 않소. 너무나도 감사해. 이런 만남을 주선해줘서 너무나 고맙소.

안성례는 5·18 유족이다. 남편인 전남대 명노근 교수는 5·18 당시 수습대책위원으로 활동한 사실 때문에 내란음모죄로 상무대 영창에서 고문을 당했고, 지난 2000년에 별세했다. 황보영국 유족을 만날 계획이 잡히자 안성례는 그들에게 전할 친필 편지를 써왔다. 황보영국 유족 앞에서 편지를 낭독했다.

안성례 우리 영국이는 다른 사람들이 광주 시민들을 간첩이다 폭도라고 할 때 '아니다, 느그들이 양민을 시민들을 죽였제. 뭔 소리냐' 하고 분신한 거예요. 그래서 그것이 진실인데 아직도 어떤 이들은 북한에서 5·18을 일으켰다고 인터넷에 밤낮 올리고 있어요. 제가 몸이 좋지 않아 오늘 만나면 말을 제대로 하지 못할까 두려워 쓴 편지가 있는데 그것을 읽어드리겠습니다.

2016. 9. 23 방문인사 말. "함께드리는글"

아버님 이렇게 찾아와 너무죄송합니다.
5·18 진실을 알리고 정의를 외치며 전두환정권의 살인 만행을 규탄하다가 억울하게 죽어간 아들 황보영국을 가슴에 묻고 30년 세월 한 많은 세월 견디고 살아오신 그 고통 고독을 늦게나마 진심으로 위로와 격려드립니다. 생명줄이 질겨 살았지 그 기막힌 세월, 아무도 찾아주지 않고 알아주지 않는 내 아들의 죽음! 나라도 너를 지켜주마 다짐하며 그래도 이기고 살아주셔서 오늘 이렇게 만날 수 있어 정말 감사합니다. 아픈 마음을 나누며 진정어린 저희 오월피해가족들의 위로의 정을 받아주십시오.

사랑하는 아들 영국이 영혼도 하늘나라에서 우리를 보고 있을 거라고 믿습니다. 그가 죽을 때 아, 얼마나 이 같은 나라에서 태어났음을 한탄했을까. 불법부당하고 부정부폐가 대통령부터 민간인까지 퍼진 나라 국민이 더 이상 살 수 없어 자살하며 엊그제는 일가족 4명이 자살해도 대통령은 자신의 권력과 영달을 위해 비자금을 모을 회사까지 만들어 기업가들 세금 감면해주고 그 대신 천문학적 돈을 모금한 대통령! 그 많은 희생을 통해 민주주의를 이룩해놨건만 완전히 무너뜨리고 아버님 독제의 나라에 살고 있습니다

우리가 늦게 찾아뵌 것은 80년 그날부터 우리 광주 피해자들은 지금까지 정부와 싸우고 있읍니다. 5·18을 지만원, 서석구를 통해 북한군 600명의 특수부대가 와서 이르켰다고 매도하고 있어요.

경제 부흥이 외 된것입니까? 군부독재를 물리치고 민주국가이기에 자유무역 원활한 수출 수입이 이뤄진 것, 즉 민주주의를 이룩한 나라이기 때문입니다. 아버님의 아들과 우리 광주시민의 그리고 수많은 애국 청년학생들의 희생의 대가 아닙니까. 아들은 훌륭합니다. 부산 시민을 대표해서 군부독재와 싸웠고 광주의 희생을 알린 것입니다. 광주 5·18과 이 나라 민주주의 역사는 아드님을 영원히 기억할 것입니다. 아버님, 우리 광주에는 33년 만에 피해자 상담소가 생겼읍니다. 트라우마센타(영어말입니다) 우리 광주의 피해자들은 지난 상처와 억눌렸던 절망에서 벗어나고 있습니다

아버님도 이런 기회가 꼭 있었으면 해서 오늘 이렇게 트라우마쎈타와 MBC 김철원기자님팀이 참, 어떻게 뵐까 떨리고 안타까운 맘으로 찾아왔으니 동병상련으로 보듬어 안는 위로와 격려의 자리가 되었으면 합니다.

광주 5·18어머니회

방문자 "함께드리는글"

(안성례회장)

안성례가 써온 편지를 다 읽자 황보문수는 감격했다. 그리고 이날 만남에서 가장 긴 말로 소감을 밝혔다.

황보문수 광주에서 여기까지 찾아오는데 얼마나 참 수고가 많았습니까? 나는 여러분들이 참 보고 싶고, (오늘 보니) 더 보고 싶고 그렇습니다. 오늘 만나보니 이 이상 좋은 일이 어디 있어요? 감사합니다.

모두 다 너무 이른 나이에 저세상으로 간 자식과 남편 생각에 젖어 있었다. 한국 민주주의 역사에서 두 이정표가 되는 사건인 1980년 5·18 민주화운동과 1987년 6월항쟁. 그 두 사건의 유족들이 만난 부산시 덕천동에는 슬프면서 벅차고, 따스하면서도 서늘한 감정이 교차하고 있었다.

『민주화운동백서』에 기록된 황보영국

황보영국(61.2.3): 보상, 1987, 전두환정권 반대(사망) 부산소재 철공제조공장 노동자로 1987.5.17. 17:00경 옛 부산상고 앞 도로에서 5·18 민주화운동 7주기 집회 중 "독재타도, 광주학살 책임지고 전두환은 물러가라. 호헌책동 저지하고 민주헌법 쟁취하자"라고 외치며 분신하여 5.25 사망(2001.1.18. 제10차)

황보영국 약력

1961년 9월 6일	부산시 당감동에서 4남1녀 중 셋째로 출생
1975년 2월	부산 당감국민학교 졸업
1978년 2월	부산 중앙중학교 졸업
1979년	부산 성지공업고등학교 2년 중퇴
1979년	방위병 입대
1985년	부산 삼화고무 근무
1985년	부산 태화고무 근무
1985년	부산 우성사 근무
1987년	울산 현대중공업 근무
1987년 5월 17일	부산시 서면 부산상업고등학교 앞에서 분신
1987년 5월 25일	부산 백병원에서 운명
2001년 1월	민주화운동 관련자로 인정(10차)
2010년 6월	부산 민주공원에 추모비 건립
2014년	경기도 이천시 민주화운동기념공원에 묘역 조성

불타는 도화선이 되어

황보영국 열사의 의거에

•

하일

그 날따라 유난히 햇빛도 환하던
5월 17일 오후 4시 20분경
한반도 남녘 부산에서,
부산상고 앞 복개천 도로에서
그대 스스로 온 몸에 휘발유를 끼얹고
무섭도록 찬란하게 불타오르는
도화선이 되었을 때,

'독재타도
민주헌법 쟁취하자
광주학살 책임지고 전두환은 물러가라'
소리치며
소리치며
온 몸으로 불꽃으로 타오르며
그대, 뛰어왔을 때,

우리들의 길들여진 순응과,
우리들의 길들여진 타협과,
우리들의 나약함과 위선을
깨부수며 뛰어왔을 때,
우리들의 절망을 꾸짖으며,

우리들의 비겁한 좌절을 난도질하며
그대, 뛰어왔을 때,

우리는 그대가 온 몸 불태워 타오르는
불꽃속에서
그 기막힌 용서와 사랑 속에서
다시 부활할 수 있었나니,

우리는 비로소
이 땅에서 가장 진실한 것은
정직한 분노이며 함성이며 비통함이며
어둠을 뚫고 날아가는
살아서 날아가
적의 이마에 꽂히는 돌멩이라는
것을 알게 되었나니,

우리 누이여 산들이여
이제 무너질 그 때가 되었나니,
우리 형제여 강물이여
80년 광주의 부활하는 함성이 되고
79년 마산의 부활하는 함성이 되고
부산의 부활하는 함성이 되괴
4.19 그 때 어깨동무하며 쏟아져 나오던
분노가 되고
기미년 우렁찬 만세소리가 되고
갑오년 죽창을 들고 일어서던
전봉준이가 되고 김개남이가 되어

거리마다 골목마다
다시 부활할 때가 되지 않았는가

이제 우리에겐 망설임이 없노라
이제 우리에겐 두려움이 없노라.
우리 형제여, 누이여
동지들이여,
이제 그 때가 되었나니
기름 묻은 손으로 일어나라.
흙묻은 손으로 일어나라.
착취의 현장에서 일어나고
압제의 현장에서 일어나라.
거짓과 독선
부정과 독재는
이미 우리를 묶어둘 수 없나니

보라, 민중이 주인인 나라
민중에 의한 나라
민중을 위한 나라
우리 손으로
그 찬란한 새 하늘 찬란한 새 땅을
열어야 하지 않겠는가.
우리들 속에 흐르는 뜨거운 피
다 흘려서라도
이제 새 나라를 열어야 하지 않겠는가.

박래전

그래도 몸을 비틀며 피어나는 겨울꽃

•

1988년 6월

● 박래전 편에 나오는 글과 사진은 2008년에 출간된 박래전 추모집『반도의 노래, 그후 20년』을 참고하고 인용했다.

박래전

●

고은

너 젊은 시인 박래전
한 대학 국문학과 학생이기보다
이미 시인이었던
너 박래전

시인 1천명 이상이 득실거리는데
이 오욕 거부의 땅
네가 시 남기고
불질러 자결하고 말았다

내 죽음을 마지막으로 삼아야 한다고 말하고
다른 학우의 죽음
다른 동족의 죽음 막고
네가 자결했다

이 매판의 시대
네 죽음 있어
이 시대가 매판만의 시대 아니었다
너로 하여금
네 삶과 죽음으로 하여금
우리는 살아서 민주주의로 간다
통일의 시 노래하며
네 죽음 부른
분단을 때려죽이러 간다

박래전
너는 우리가 시인이기를 잊고 있을 때
이미 시인이었다
이미 시인의 절망이었다 희망이었다

광주는 살아 있다

박래전(1963~1988)

6월항쟁 1주년을 앞둔 1988년 6월 4일이었다. 숭실대 인문대학 학생회장 박래전이 학생회관 옥상에 서 있었다. 1987년 시민 항쟁이 헌법 개정을 이끌어냈지만, 또 광주학살의 책임자 전두환을 권좌에서 물러나게는 했지만, 그것으로는 충분하지 않았다. 아니, 너무도 안타까운 결과로 이어지고 말았다. 전두환과 육사 동기인 노태우가 대통령에 당선되면서 6월항쟁 때 분출한 국민들의 민주화 열망에 찬물을 끼얹은 것이었다. 노태우는 전두환과 더불어 12·12 쿠데타와 5·17 쿠데타를 주동한 인물이다. 국민들이 직선제로 뽑은 대통령이 쿠데타를 주도한 군인 출신이라는 사실은 박래전에게 너무나도 참담한 것이었다. 고작 이런 결과를 보려고 그 고생을 하며 싸웠던 말인가. 1년 전 인파로 가득한 광장의 기억을 떠올릴 때 박래전은 감격에 겨워 가벼운 전율을 느꼈다. 그러나 투표 결과는 군부정권의 연장이었다. '헌법'을 바꿔 권력을 교체하면 1980년 광주학살의 책임자 전두환 일파를 처벌할 수 있을 것이라 기대했는데, 도리어 전두환 일파를 권력자로 뽑고 만 것이다.

1987년 1월 서울대생 박종철이 고문에 죽어간 사실이 폭로되고, 그해 6월 연세대생 이한열이 경찰이 쏜 최루탄에 맞아 숨지면서 민주화 열망이 꿈틀거릴 때, 헌법이 바뀌어 대통령 직선제를 쟁취해냈을 때만 하더라도 이 땅의 민주주의 회복을 의심하는 이는 없었다. 하지만 그해 12월 16일 제13대 대통령 선거는 민주화 열망을 한순간에 무너뜨렸다. '광주학살 진상규명'은 형식에 그치고 말았고 '책임자 처벌'은 당연히 없었다. 박래전을 비롯한 대학생 청년들은 깊이 상심했다.

박래전은 갑자기 형이 보고 싶어졌다. 래군 형님의 목소리를 마지막으로 듣고 싶어 옥상에 올라오기 전 출판사로 전화했지만 형은 사무실에 없었다. 사흘 전, 형님과의 통화가 마지막이었다. 그날은 박래전의 생일이었다.

"형, 오늘이 내 생일이잖아. 잊었어, 형?"

"잊기는! 그렇지 않아도 연락하려던 참이었어. 곧 학교로 찾아갈게."

그 통화가 마지막이었다. 6월 4일 오후 4시, 서울은 한여름처럼 더웠다. 숭실대 학생회관 옥상에서 아래를 바라보던 박래전은 시너와 라이터를 들고 망설이고 있었다.

'몸에 불을 붙이면 그다음은 어떻게 될까?'

'학생회관 옥상 말고 좀 더 사람들이 많은 곳이어야 했을까?'

'분신 소식을 알게 될 부모님은 얼마나 슬퍼하실까?'

'래군 형님은 또 얼마나 슬퍼할까?'

시간이 얼마나 지났을까. 마음을 굳힌 박래전은 학생회관 아래쪽을

© 박래군

분신 직후 박래전의 모습

향해 소리쳤다.

"광주는 살아 있다. 군사 파쇼 타도하자!"

그리고 몸에 불을 붙였다.

형제의 우의는 각별했다. "우리는 창자가 이어져 있다"라며 다닐 정도로 박래군과 박래전 형제의 우애는 각별했다. 박래군·박래전 형제는 글솜씨도 함께 뛰어났다. 형 박래군은 단편소설로 연세대 교내 문학상을 받기도 했다. 동생 박래전은 시에 두각을 나타냈다. 대표작은 「동화(冬花, 겨울꽃)」를 꼽을 수 있다. 군사정부, 독재 정권 치하의 혹독한 겨울 맹렬한 눈보라에도 정의와 민주주의를 위해 몸을 비틀며 피어나는 꽃이고자 했던 그의 인생을 함축하고 있다.

동화(冬花)

당신들이 제게 돌아오지 않을 것을
아는 까닭에
저는 당신들의 코끝이나 간지르는
가을꽃일 수 없습니다.

제게 돌아오지 못할 것을 아는 까닭에
저는 풍성한 가을에도 뜨거운 여름에도
따사로운 봄에도 필 수 없습니다.
그러나 떠나지 못하는 건
그래도 꽃을 피워야 하는 건
내 발의 사슬 때문이지요

겨울꽃이 되어버린 지금

피기도 전에 시들지도 모릅니다
그러나 진정한 향기를 위해
내 이름은 동화(冬花)라 합니다.

세찬 눈보라만이 몰아치는
당신들의 나라에서
그래도 몸을 비틀며 피어나는 꽃입니다.

고향, 가족

박래전은 경기도 화성군 서신면 상안리에서 아버지 박순순과 어머니 김근순 슬하의 삼형제 중 막내아들로 태어났다. 화성군 서신국민학교와 서신중학교를 다니는 동안 박래전은 두 살 터울의 형 박래군을 귀찮을 정도로 좇아다닐 만큼 좋아했다. 아버지에게 혼나 마음이 상하면 둘째 형

ⓒ 박용수 · 민주화운동기념사업회

박래전 영결식장, 아버지 박순순과 어머니 김근순

박래군을 찾아가 서러움을 달래곤 했다.

박래전은 고집이 세서 옳다고 생각하면 해내야 직성이 풀리는 성격이었다. 직설적인 성격의 박래전은 화성군 송산고등학교에 진학하면서는 점점 말수가 적어졌다. 학교 공부보다 도서관에 틀어박혀 책을 읽는 것을 더 좋아했다. 누가 시킨 것도 아니었지만, 송산고등학교 도서관지기가 된 박래전은 학교 도서관에 있는 책을 닥치는 대로 읽었다. 또래와의 대화에서 지적 갈증을 풀기 힘들었던 박래전은 시와 소설, 철학책에서 위안을 얻었다.

고등학교 2학년 때 어렴풋이 풍문으로 들었던 광주의 5월은 신문과 방송에서 보도되는 내용과 너무도 달랐다. 박래전은 광주의 진실이 무엇인지 궁금했다. 언론에서 말하는 것처럼 폭도들의 폭동이었는지 소문에서 들려오는 것처럼 전두환의 학살이었는지 말이다. 의문은 숭실대에 입학하고 나자 자연히 풀렸다. 아름다움을 노래하는 시인이 되고 싶었던 박래전의 꿈은 더는 시인이 아니었다. "광주학살 진상규명"을 외치며 학생운동의 한가운데로 뛰어들었다.

옳다고 생각하면 고집을 꺾지 않는 성격 때문에 학생 운동판에 몸담기는 했으나, 박래전은 부모님 걱정을 떨쳐낼 수 없었다. 어머니는 심장병을 앓고 있었고 아버지는 농삿일로 입은 다리의 상처를 제때 치료하지 못했다. 박래전은 학생운동으로 경찰서를 들락날락하는 자식 걱정에 애가 타는 어머니의 상심을 떠올릴 때마다 마음이 아팠다. 한 번은 형 박래군과 각각 다른 사건으로 경찰에 연행돼 같은 시기에 경찰서 유치장에 갇히기도 했다. 다른 경찰서로 잡혀간 형제를 면회 가야 했던 어머니의 심정은 박래전이 생각해도 기막힌 것이었다.

패랭이의 노래

밤이 모질어도
꽃을 피워야만 한다
여린 숨결 한 조각
가쁜 신음까지도
아직 동트지 않은 새벽에
꽃으로 피워야만 한다
황토밭 머리 한구석에
미처 눈감지 못한 넋들의
서러운 부활을 위해
꽃이 되어야만 한다
배징개•의 정기와
밤이슬만으로 자라나
이 역겨운 새벽에
꽃으로 피워야 한다
때꼴산•• 뒤에 숨은 햇살
마음껏 끌어올리는
온실의 카네이션보다 고운
꽃을 피워야만 한다

• 경기도 화성, 박래전의 고향에 있는 들판 이름.
•• 경기도 화성, 박래전의 고향에 있는 해발 600미터의 산.

어머니 말씀

어떡할려고 그러니 이노무 새끼들아

난 어떡하라고 두 형제가 다 유치장에 있어
나와라
나와서 이야기 좀 하자
어떡하란 말이냐 얘들아

노량진 유치장에 면회 오신 어머님
나이 오십에
칠십 나이 겉늙은
할머니 주름 가득한
어머님

아버지의 고독 •

1
죽기 전에 내 땅에서 배불리 먹을 쌀이나 있었으면
밤낮없이 논바닥 밭이랑을 기고
여름이면 참외 토마토
짬나면 똥장군도 져 보며
유리알 길 미끄러운 겨울날
뻥튀기 리어카를 끌었던
아버지

2
"이젠 땅도 있고 집도 있어요
편히 쉬면서 사세요."

"아니야
나는 못 배웠어도 느들은 배워야 해
배워야 농사를 짓지 않지. 지겨워."

또다시 삽을 싣고
경운기를 몰았지
자식 놈들 둘씩이나 대학 보내고
함박만큼 벌어진 입, 다물지 못하시며
그래도 다칠세라

"절대루 데모하면 안 돼
데모는 빨갱이들이나 하는 거여."

3
"래군이가 구속됐데
어제 저녁 테레비에도 나온 걸."

창문에서 뛰어

• 이 시는 끝내 미완으로 남았다.

© 박용수 · 민주화운동기념사업회

박래전 영결식장에서 발언하는
형 박래군

당신의 푸른 옷

누가 당신으로 하여
그 옷을 입게 했습니까
누가 당신에게
그 옷을 입혔습니까
유리문 사이로 닿을 듯 멀기만 한
당신의 푸른 옷
무거운 짐 어깨에 지고
당당히 나아가는 당신에게
누가 그 옷을 입혔나이까
잘못한 것이 없으니
무슨 이유로 재판을 받겠냐며
손흔들어 답하던
당신의 푸른 옷
우리 모두에게 입혀진
우리들의 푸른 옷

(1986. 가을, 한미은행 사건으로 구속된 박래군 형을 면회하고 나서 쓴 시)

시인의 부끄러움

박래전은 키가 크고 호리호리했으며 얼굴이 시커멨다. 깡마른 그의 모습을 두고, 친구들은 '타조'라는 별명을 붙였다. 타조 박래전의 성격은 깡마른 체격처럼 깐깐하고 대쪽 같았다. 박래전의 형 박래군이 유고 시집 발문에서 밝힌 동생의 모습은 다음과 같다.

래전아, 네가 그토록 자랑스럽게 생각했던 '농민의 아들'답게 마음 여리고 착해 터진 녀석아, 우직하고 타협할 줄 몰랐던 너는 말만 앞세우는 사람들을 제일 싫어한다고 했지. 약속을 지키지 못하는 자유주의적 기질의 사람들을 싫어했었지. 다만 이 민족, 이 민중에 대한 순결한 사랑만으로 운동을 시작했던 너는 거창하고 번지르르한 논리를 앞세우는 자들보다는 묵묵히 책임을 다하는 성실한 '일꾼'들을 믿는다 했지. 해방을 말하고 혁명을 논하는 자가 어찌 먹을 것 다 먹고 잘 것 다 자고 놀 것 다 놀겠느냐고 말하던 너. 그런 약아빠진 놈들이야말로 운동을 망친다고, 우리의 대열을 분열시킨다고, 아직도 적들은 기고만장하여 철벽같이 버티 서 있는데 서로 헐뜯고 싸우는 데만 정신이 팔린 자들은 바로 민중의 배신자일 따름이라고 거침없이 말하던 너.

『반도의 노래, 그후 20년』(민중해방열사 박래전 기념사업회, 2005), 138쪽

언어를 조탁하는 시인이면서 언어유희에만 신경 쓰는 것은 아닌지 박래전은 늘 부끄러웠다. 이상과 현실의 이율배반과 이중성을 부끄러워하는 시를 여러 편 남겼다.

시인에게

모독1

아직도 시만 쓰고 앉아 있어야 하는가?
아직도 헛소리나 지껄이는 우리이어야 하는가?
뜨거운 가슴 감추어 두고
핏발 선 눈빛도 가리워 두고
종잇장이나 메우면서 이 세월을 보내야 하는가?

풀빛은
4월에서 5월로 푸르러만 가는데
곰팡내 풍기는 시만 쓰고 앉아 있을 것인가?

시는 시이니 시를 떠나서 어떤 세계가 존재하오리오만
세계 속에 시가 있는 것이냐?
시 속에 세계가 있는 것이냐?

아니다
모두가 부질없는 장난이다
할일없는 놈팽이들의 지껄임이다

두 손에 4월을 움켜쥐고
5월의 칼에 맞은 혼들이 부르는데
그 아우성이 살아나는데
시멘트 바닥을 적시던 핏방울들이 울부짖는데
넌 아직도 시만 쓰고 앉아 있을 것이냐?

비계덩어리들이 핵폭탄이 되어
버섯구름 아래 나라가 있고
쪽바리들 열심히 끄는 쪼오리에
깡마른 형제들이 있는데
개들은 쉴 새 없이 짖어대는데
넌 아직도 시만 쓰고 있어야 할 것이냐?

(1986.봄)

모순-1

아시안 게임 반대를 외치다
구류 15일을 살고 나온 날
그래도 금메달이 몇 갠가
신문지 쪼각을 기웃거려 본다

금메달은 쏟아지고
관광 수입 입장료 수입
배불뚝이 아가리 함박만 해지더라
체력은 곧 국력이니
종합 2위하면 경제력도 2위
아시아는 서울로
온갖 오입쟁이들도 서울로

문간방 순이네
절뚝이며 시장가기 힘겨워
아시안 게임은 하면 했지 리어카꾼은 왜 없앤담
홍행 만점 하면 우리 배 주리고
오이 밭 하는 돌이네
한 대목 보려했더니 아시안 게임에 외 값이 폭삭
칠팔월 땀방울 떨어지듯 한다고
한숨짓는 하루

그래도 금메달이 몇 갠가
오이 값은 떨어져도

다리는 아파도
그저 금메달이 최고다

열사가 전사에게

분신 이후 이송된 병원에서 박래전은 자신의 죽음이 마지막이어야 한다고 말했다. 분신이나 투신과 같은 투쟁 방식이 크게 영향을 미칠 수 없다는 것을 박래전도 알고 있었다. 유서에서 "하나의 죽음이 죽음으로서의 가치조차 가지지 못하는 것은 무엇 때문이었는가? 죽음을 죽음으로만 보아 넘기는 것이 진정 민주 쟁취, 민족 해방, 조국 통일의 선봉에 선 이 땅 청년 학도의 모습이란 말인가?"라며 목숨을 건 싸움을 애써 폄하하고 백안시하는 세태를 비판했다.

그런데도 분신의 길을 선택한 이유는 무엇인가? 1985년 광주 금남로에서 분신한 홍기일, 1986년 반전·반핵을 외치며 분신해 숨진 서울대생 김세진·이재호의 죽음을 박래전은 그냥 보아 넘길 수가 없었다.

5·18 진상규명을 요구하는 목소리가 이끌어낸 1987년의 6월항쟁이 5·18 진상규명으로 이어지지 못하자 전국의 학생들이 들끓기 시작했다. 1988년 5월 15일 명동성당에서 서울대생 조성만이 양심수 석방과 5·18의 미국 책임을 부르짖으며 할복 투신해 숨졌다. 그로부터 사흘 뒤인 5월 18일 단국대 천안캠퍼스에서 분신해 숨진 최덕수도 있었다. 축제 준비로 즐거움이 가득한 캠퍼스가 이해되지 않는다며 "5·18 정신을 계승하자"라는 즉석 연설을 한 뒤 자신의 몸에 불을 붙였다. 대학생의 잇따르는 죽음을 지켜보며 박래전은 깊이 상심했다. 정작 처벌받아야 할 광주학살의 책임자가 면죄부를 받고, 그의 동지가 대통령이 되는 현실이 불러온 대학생들의 죽음이었다. 분신 9일 만에 숨을 거둔 최덕수의 장례식에서 박래전

은 내내 자리를 지켰다.

길을 찾아서 최덕수·박래전의 잇딴 분신

5월 30일 장례식과 노제를 마친 운구 행렬은 모교인 전북 정읍의 배영고를 거쳐 광주로 향했다. 이날 운구차엔 숭실대 학생 박래전이 타고 있었다. 그는 광주 망월동 묘역에 도착할 때까지 운구 손잡이를 놓지 않았다. 긴 시간 꼼짝않고 운구를 잡고 앉아 있는 학생에게 최덕수의 아버지 최종철이 물었다. "왜 말 한마디 없이 덕수의 관만 붙잡고 있냐?"

박래전은 멍하니 최종철을 바라볼 뿐 대답이 없었다. 그는 낯선 학생의 모습이 꺼림칙했다. ……

박래전은 5일 뒤인 6월 4일 숭실대 학생회관 5층 옥상에서 몸에 시너를 끼얹고 분신하며 구호를 외쳤다. "광주는 살아 있다", "군사 파쇼 타도하자", "청년 학도여 역사가 부른다"

≪한겨레≫, 2012년 2월 19일 자

푸른 깃발 날리며 돌아올 그대들을 위하여

슬프지 않은 두 젊은이에게

그것은 아픔이었다
하얀 띠를 두른
우리 모두의 날선 아픔이었다

목이 터져라 외쳐도
낄낄거리는 사람들
"미쳤군" 소리가 들릴 뿐
아무도 떨리는 가슴을 잡아 주진 못했다

그날
그대들이 날린 하얀 종이들
그 위로 핏발이 서고
몽둥이와 검은 바퀴 자욱이 배어날 때
가슴은 터질듯 곤두박질치고 있었다

이재호, 김세진의 분신에 부쳐

반도의 노래

너희들이 원한다면
내게 불을 붙여다오
조각나고 야위었을지라도
마른 장작이 더 잘 타는 것
내 배를 탄 백성이 원한다면
자! 불을 붙여다오
남도의 전봉준이가 살랐던,
기미년 유관순이가 붙였던 불
이국땅 시베리아
모진 눈보라를 녹이고 훨훨
타오르던 불
60년 4월 다비데들이 붙이고
70년 전태일이가 붙였던 불
김경숙이가 붙이고
사북에서 타오르던,
삼남의 시민들이 피로 태운 불

종만이, 기일이, 영진이, 세진이, 재호, 동수 ……
수없이 붙여 타오르던 불을
자! 내게도 붙여다오
야윈 몸뚱아리 재가 되어
이 땅의 백성이 기름질 수 있다면
머지않아 다가올
아침의 광명이 조금 더 빛날 수 있다면
자! 불을 붙여다오
(1986. 여름)

박래전과 광주

박래전에게 광주학살의 진상규명은 제1 과제였다. 노태우 정부가 들어선 이후 보상금을 지급한다 하고 국회는 청문회를 연다고 법석을 떨었지만 전두환에게 면죄부만 주고 끝날 것이 뻔했다. 다음은 1988년 5월항쟁 계승 주간 중에 인문대 학생회장 자격으로 박래전이 지어 낭송한 시다. 박래전은 조성만의 죽음과 최덕수의 죽음을 보면서 6월항쟁으로 이루지 못한 광주학살의 진상규명에 자신의 몸을 바치기로 결심한다. 자신의 목숨을 바쳐도 세상이 바뀌지 않을 것이 뻔했지만, 이렇게라도 하지 않으면 견딜 수가 없었다.

1988년 5월항쟁 계승 주간에 박래전은 자신이 지은 광주항쟁 시를 낭송했다. 시인으로서 마지막 작품이었다.

민주의 넋이여! 부활하라! 죽음의 언덕을 넘어! •

80년 5월, 민주의 넋으로 산화하신 영령들께 바칩니다.

님의 장렬한 죽음 위로 폭압의 굴레가 씌워진 지 8년
찢기운 땅, 상처투성이 한반도에 몸서리치며 울부짖는 오월이 또다시 찾아왔습니다

님이시여!
진정 거역할 수 없었던 역사의 부름 앞에 알몸뚱이로 나서
어두운 땅의 적막을 깨뜨렸던 님이시여!
님의 외침은 우렁찬 북소리로 새벽을 알리고
님의 몸짓은 거센 바람으로 잠든 민중의 바다를 일어서게 했습니다

기나긴 굴욕의 세월 속에서 잠시 비추었던 새 아침의 햇살 위로 파쇼의 먹구름이 뒤덮으려 할 때

님이시여! 당신은 엄청난 반역의 음모를 피죽음으로 거부하셨지요

피를 보지 않고는 그 잔악한 아성을 쌓을 수 없었던
반역의 무리가 휘두르는 총칼 앞에 님의 육신은 갈갈이 찢겨져 가고
그 억울한 영혼마저도 짓밟혀야 했습니다
님을 살해한 자의 안방에선 동강난 조국의 땅을
송두리째 삼키려는 양키 놈들의 음흉한 미소가 돋아나고 있었습니다

님이시여!
당신의 울부짖음이 한맺힌 통곡으로 일어섰던 그 몸부림이 불순했더란 말

입니까

18년 모질었던 폭압의 세월을 불사르고, 쓰러져 가는 나라의 운명을 바로 잡으려던 것이 과연 대역죄인이란 말입니까

아무런 죄도 없는 님의 아들, 님의 딸, 님의 부모, 형제, 자매들이 대검에 난도질당할 때

몸뚱아리 하나로 일어섰던 것이

아아! 당신을, 이 땅의 뜨거운 양심을 짓밟은 이유가 될수 있더란 말입니까

아닙니다

결코 아닙니다

민주쟁취, 민중해방의 정기로 오욕과 굴종의 역사를 불사르고자했던 당신은

당신은 민주의 화신이었습니다

폭도가 아니었고 불순분자는 더더욱 아니었던,

가장 순결한 한반도의 아들딸, 님은, 당신은 진정 꺾일 수 없는 이 땅 최고의 양심이었습니다

님의 그 원통한 죽음 위로 당신을 살해한 자가

민족의 가장 치욕스러운 반역자가 권좌에 군림하고

님의 죽음 뒤로 수없는 처절한 죽음이 뒤를 따랐습니다

김세진, 이재호, 박종철, 이한열, 이석규, 오범근, 최윤범… 반도의 남단을 태웠던 님의 죽음 뒤로

말로 열거할 수 없는 이 땅 4천만 민중의 아들 딸이 쓰러져 갔습니다

모진 고문에, 파쇼정권의 살인 최루탄 앞에, 사인도 모르는 채 쓰러져 갔습니다

철거당한 보금자리의 압사당한 죽음, 수탈당한

농지에서 약을 마시며, 지옥같은 노동의 현장에서
울분을 삼키며
파쇼가, 학살의 무리들이 할퀴고 간 자리마다 억울한 죽음의 그림자가 드리워졌습니다
척박한 땅에 독재의 철옹성을 쌓으려 했던 학살자의 악랄한 음모를 불사르려 수많은
동지들이 당신의 뒤를 따랐고 이 땅은 살아남은 자들이 부끄러운 땅이 되었습니다

그러나 님이시여!
우리는, 진정 우리는 어제의 우리일 수 없습니다
위대한 보통사람의 포스터가 당신의 핏자국 위에 교활하게 자리잡는 오늘
당신의 피죽음을 팔아 권력에 눈이 어두운 자들만 설치는 오늘
아아! 이땅의 민중들은 죽음 아니면 침묵을 감요당해야만 하는 오늘, 우리는
님이시여! 우리는 오늘 님의 그 뜨거운 죽음을 부둥켜 안고 일어서렵니다
님의 피로 얼룩진 그 깃발, 자유의 그리움으로 붉게 물든 그 깃발

총탄에, 대검에 찢겨진 그 깃발을 굳게 움켜쥐고 일어나렵니다
오욕의 역사는 투쟁으로만 깨트릴 수 있고
해방의 그날은 피눈물의 강을 건너야만 올 수 있다는 평범한 진리를 믿고 님의 죽음과 함께 가렵니다
민주쟁취, 민중해방, 조국통일의 길을
님과 함께 힘차게 힘차게
물러섬 없이 싸워나가렵니다
우리들의 발자욱 하나하나에 가득가득 핏물이 고이고 끝내는 불붙은 양심만
남을지라도 한 조각 분노의 원혼이 될지라도

두려움 없이 외로운 싸움의 길을 가렵니다

님이시여!

진정 잠들 수 없는 불멸의 혼이시여!

민주의 피울음으로 해방의 함성으로

부활하소서, 원한 맺힌 죽음의 언덕을 넘어!

님이시여!

님이시여!

진정 잠들 수 없는 불멸의 혼이시여!

광주민중봉기 8년 5월 9일

• 1987년 5월항쟁 계승 주간 중에 숭실대 다형문학회 회원들과 함께 공동 창작한 장편의 연작시 중 박래전이 집필한 부분이다.

참인간이고자 했던 사람이 드립니다

박래전은 분신하기 전 부모님과 숭실대 친구들, 전국의 대학생들을 향해 쓴 유서를 여러 통 남겨놓았다. 다음은 그의 유서들이다.

유서 1

어머님, 아버님께

천하의 몹쓸 불효자 막내가 드립니다.

이제 두 분의 곁을 떠나려 함에 가슴이 미어집니다.

저를 길러주신 두분, 피와살을 나누어 저를 애지중지 길러주신 두분.

두분께 분명 저는 몹쓸 불효자입니다.

그러나 어머님, 아버님.

어머님, 아버님

천하의 몹쓸 불효자 막내가 드립니다.
이제 두분의 곁을 떠나며 함께 가슴이 미어집니다.
저를 낳아주신 두분, 피와 살을 나누어 저를 애지중지 길러주신 두분.
두분께 분명 저는 몹쓸 불효자입니다.
그러나 어머님, 아버님.
저는 두분의 곁을 떠나지 않을 수 없습니다.
제가 아니면 더 많은 어머님, 아버님들의 가슴은 여지없이 찢겨지기 때문입니다.
많은 사람들이 죽어갔습니다. 불을 지르거나 몸을 던지면서 죽어갔습니다. 얼마나
더 많은 사람들이 죽어갈 지도 모릅니다.
그들의, 더 많은 사람들의 죽음을 막기 위해서라도 저의, 사랑스러운 두분의
아들의 목숨은 민주의 성단에 바쳐야 합니다.
지금 이 땅엔 노태우 군사독재 정권이, 8년전 광주에서 우리의 형제,
친지들을 찢어 죽였던 칼날을 가슴에 품고 또다시 피바람을 불러일으키려
음모를 진행시키고 있습니다.
진정으로, 우리나라 사랑하는 조국 한반도는 분단의 현실 미국에 의해
두동강 맞은 [illegible] 만들어가고 있습니다.
어머님, 아버님과 같은 이 땅의 부모들은, 두분이 아는 것처럼 이 땅의 아들딸들을
이러한 독재의 발톱에, 살인마들의 만행에 피눈물 흘리며 아파하고 있습니다.
지금까지 죽어간 사람들은 어두운데서, 세상을 잘못 만난 죄로, 아니 세상을
바로잡으려 몸을 던졌던 것입니다.
그러나 어머님, 아버님.
안타깝게도 먼저 간 친구들의 죽음은 많은 사람들에게 더이상
아까운 목숨만을 던진 결과로 존재했습니다. 어머님, 아버님,
그 사람들은 진정 어머님, 아버님 같은 사람들이 잘 사는 세상,

—3—

박래전 유서

내것이, 작은 것이라도 같이 나누어 사람답게 사는 세상. 모두가 사람답게 살아가는
세상을 만들기 위해 죽어갔던 것입니다. 그런데도 그것마저도 [illegible]
어머님, 일평생에 시장바닥에서 자식들을 위해 일하시는 어머님,
아버님, 다리가 썩어들어가도, 환갑이 넘어서도 일하시는 아버님,
저는 우리 집으로 돌아갈 계획을 가지고 있었습니다.
졸업하고 대학생활을 정리하고 고향으로 돌아가 두분 모시면서 고향에서
흙바닥 땅을 파고자 했습니다.
그러나 사람들은, 저로 하여금 더러운 세상을 그냥 떠나서는 이렇게 편안히 있지 못하게
않되게 하였습니다. 예컨대:
사람들은 너무나 자기 안주만 하였습니다. 가정에서조차 [illegible] 젊던 학생들도
[illegible] 그렇습니다. 다음의 세대에 우리들의 세대와 같은 죄악이 악화되기만
생각들을 갖게는 하지 않을 것입니다.
어머님, 아버님,
이 세대의 군부독재를 우리의 힘으로 깨부수지 않으면 안됩니다. 또한
미국놈들을 몰아내지 않으면 통일은 불가능합니다.
어머님, 편하게 사세요. 비록 자식은 떠나지만, 제가 원했던 세상을 보기까지
절대로 눈감지 마세요.
아버님, [illegible] 사랑했던 아버님, 건강하세요.
썩어들어가는 다리도 고치시구요,
절대로, 절대로 저의 죽음을 비관하시지 마세요.
지금은 [illegible] 제가 원하는 그날이 오면, 두분 부르면. .
아시. 그날이 오기까지 힘드시더라도 눈감지 마세요.
어떻게든 살아서 아들이 못다 싸우는 이땅의 어머님, 아버님이 되세요.
절대로 목숨을 버리시면 안됩니다.
어머님, 아버님. 먼저 떠나는 자식이라 [illegible].
어머님, 아버님. 안녕히 계세요

6월 2일
불효자 막내 드림.

—4—

저는 두 분의 곁을 떠나지 않을 수 없습니다.
제가 아니면 더많은 어머님, 아버님들의 가슴을 에이게 할것이기 때문입니다.
많은 사람들이 죽어갔읍니다. 불을 지르거나 몸을 던지면서 죽어갔읍니다. 얼마나 더 많은 사람들이 죽어갈지도 모릅니다.
그들의, 더많은 사람들의 죽음을 막기위해서라도 저의, 사랑스러운 두 분의 아들의 목숨을 민주의 성단에 바쳐야 합니다.
지금 이 땅엔 노태우 군사독재 정권이, 8년 전 광주에서 우리의 형제, 친지들을 찢어 죽였던 칼날을 가슴에 품고 또다시 피바람을 불러일으키려 음모를 진행시키고 있읍니다.
진정으로 하나뿐인 사랑하는 조국 한반도는 분단의 원흉 미국에 의해 두들겨 맞고 칼부림당해 멍들어가고 있읍니다.
어머님, 아버님과 같은 이땅의 부모들은, 두 분의 아들 같은 이 땅의 아들딸들은 이러한 폭정의 발톱에, 살인마들의 만행에 피를빨리며 야위어가고 있읍니다.
지금까지 죽어간 사람들은 어두운세대, 세상을 잘못만난 죄로, 아니 세상을 바로잡으려 온몸을 던졌던 것입니다.
그러나 어머님, 아버님.
안타깝게도 먼저 간 친구들의 죽음은 많은 사람들에게 외면당하고 아까운 목숨만을 던진 결과를 초래했읍니다. 어머님, 아버님,
그 사람들은 진정 어머님, 아버님 같은 사람들이 잘 사는 세상, 래권이, 작은 엄마 같은 사람이 사람답게 사는 세상, 모두가 사람답게 살아가는 세상을 만들기 위해 죽어갔던 것입니다. 그런데도 그런데도 외면당하고 말았읍니다.
어머님, 심장병에 시달리시면서도 자식들을 위해 일하시는 어머님.
아버님, 다리가 썩어 들어가도, 환갑이 넘어서도 일하시는 아버님.
저는 두분 곁으로 돌아갈 계획을 가지고 있었읍니다.
올해로서 대학생활을 정리하고 고향으로 돌아가 두 분 모시면서 고향에서 올바른 뜻을 펴고자했읍니다.
그러나 사람들은, 지독히도 더러운 세상은 그 뜻마저도 이렇게 만들지 않으면 안되게 하였읍니다. 왜지요?
사람들은 너무나 자기 안속만 차립니다. 기성세대들도 마찬가지고 청년 학생들도 역시 그렇습니다.
다음의 세대에 우리들의 세대와 같은 비극이 닥쳐오리란 생각들을 꿈에도 하지 않은 채 말입니다.

어머님, 아버님.
이 시대의 군부독재는 우리의 손으로 깨부수지 않으면 안됩니다. 또한 미국놈들을 몰아내지 않으면 통일은 불가능합니다.
어머님, 강하게 사세요. 비록 자식은 떠나지만, 제가원했던 세상을 보기까진 절대로 눈감지 마세요. 아버님, 엄하셨지만 다정했던 아버님, 건강하세요.
썩어들어가는 다리도 고치셔야죠.
절대로, 절대로 저의 죽음을 비관하시지 마세요.
지금은 슬프시겠지만 제가원하는 그날이 오면, 두 분 부모님.
아니, 그날이 오기까지 힘드시더라도 눈감지 마세요.
어떻게든 살아서 아들과 함께 싸우는 이땅의 어머님, 아버님이 되세요.
절대로 목숨을 버리시면 안됩니다.
어머님, 아버님, 모질게 먹은 마음이라 눈물조차 흐르지 않아요,
어머님, 아버님, 안녕히.

6월 2일

불효자 막내 드림

유서 2

어두운 시대에 태어나 참인간이고자 했던 작은 사람의 아들이 이땅의 모든 사람에게 드립니다.

_ 학살 원흉 노태우는 즉각 처단되어야 합니다.
8년전 이땅을 피비린내로 진동하게 했던 학살의 원흉이 대통령의 권좌에 앉아 있읍니다. 엄청난 부정과 사기극을 연출하여 대통령의 권좌에 오른 노태우가 가장 먼저했던일은 아직도 밝혀지지 않은 구로 학살이었고 이제와서는 그 피묻은 손으로 광주항쟁의 진상 운운하고 있읍니다. 세상에 살인자가 대통령의 권좌에 눌러 앉아있는 나라가 이 지구상의 어디에 있으며 자신과 학살의 주범들은 역사의 심판대에 올려져야 함에도
그자들의 입으로 학살의 진상 운운한 경우가 또어디에있읍니까?
국민 여러분! 노태우의 광주항쟁 진상규명은 그의 권력을 유지하기 위한 권력 다툼의 무기로 이용되고 있을 뿐입니다.
또한 보수야당 - 통일민주당, 평화민주당 - 에 의한 제5 공화국 비리 폭로나 광주항쟁의

진상 규명 역시 올림픽 이후에 재신임을 묻겠다는 노태우의 떡고물을 주워삼키기에 혈안이 되어있음에 다름아닙니다. 또한 국정조사권은 환상에 지나지 않으며 또다시 민중의 투쟁을 권력에 눈이 어두운
보수야당에게 팔아넘기는 작태에 지나지 않습니다.
학살원흉의 심판은, 아니 처단은 이땅 4천만 민중의 투쟁에 의해 설치되는 민중재판에 의해서 이루어질 때만 가능한 것이며, 그 때에만 광주의 원혼들은 구천을 맴돌지 않아도 될 것입니다.
– 통일 논의는 자유로이 보장되어야만 합니다.
항간에서 공동올림픽을 쟁취하자라는 것을 매개로 이루어지고 있는 조국통일의 운동은 44년 숙원을, 한 많은 겨레의 염원을 풀고자하는 노력으로서 찬사를 보냅니다.
그러나 그것이 단순한 청년학생만의 문제가 되어서는 안될것이며 일부정치권이나
정객들의 권리를위해 이용되어서는 더더욱 안됩니다.
통일 논의는 모든 사람들의 고민속에 범민중적으로 공유되지 않으면 안 됩니다.
– 공동올림픽의 환상은 깨어져야만 합니다.
조국통일의 논의가 활성화되기까지 올림픽은 거대한 매개로서 위치지어지고 있습니다.
올림픽을매개로 민족화해의 장을 마련할수 있다는 것은 일면 타당성을 지닙니다.
국제 프롤레타리아주의의 무드가 평화의 조류로 흐르고 있고 반전 반핵 운동이 광범위하게 일어나고 있기때문입니다.
그러나 일반적 흐름에만 매몰되어 한국에있어서의 올림픽역시 그 속에서만 파악하려고 할때 문제가 발생하는 것입니다.
88올림픽은 한반도 6천만 민중에게 있어서 철저한 탄압과 착취의 계기로 작용한다는 사실들을 간과하고 있습니다. 따라서 우리 혁명가들이(?) 가져야할 올바른 자세는
반민중적 올림픽의 허구성을 폭로하고 반민중적올림픽반대투쟁의 기치를 치켜듦과 동시에 한반도의 영구분단을 획책하는 군사파쇼와 미제의 음모에 철퇴를 가해야 합니다.
올림픽은 민중적으로, 분단올림픽 결사반대. 이것이 올림픽을 바라보는
올바른 투쟁인 것입니다
– 모든 양심수는 즉각석방되어져야 합니다.
저는 먼저 간 조성만동지의 외침을 잊지 않고 있습니다.
이땅에 군사파쇼가 집권한 이후 내란음모죄, 국가보안법, 집시법 등 모든 악법이 들어서고 이런 것을 수행하는 폭압기구에 의해 구속되고 철창속에서 신음하는 양심수가
지금 이 순간에도 차디찬 골방에 갇혀 있습니다.
그들은 이땅에 진정한 민중민주를 앞당기고자 노력했던, 진정 이 땅 8천만

—7—

—8—

박래전 유서

민중의 아들, 딸이었읍니다. 또한 국민화합 떠들어대는 노태우의 큰 목소리 밑으로 지금도 엄청나게 많은 사람들이 구속되어 가고 있읍니다.

모든 양심수는 무조건 석방되어야만 합니다. 그들이 철창속에서 신음할 이유는 아무것도 없읍니다.

— 분열의 씨앗은 제거하고 통일, 단결의 대오를 갖추어야 합니다.

우리들에게 은연중 심어진 제국주의자와 군사파쇼의 분열 논리는 모든 운동권과 민중들의 분열을 부채질하고 있읍니다. 우리들이 분열되었을 때 좋아하는 것은 이 땅을 지배하는 자들뿐일 것입니다. 사소한 감정이나 작은 논리의, 사상의 차이에 매몰되지 말고 통일, 단결을 실제화시켜내기 위한 작업에 즉각적으로 착수하십시오.

— 이제 떠나려함에 마지막 부탁을 드립니다.

저의 뒤를 저와 같은 죽음이 뒤따러서는 안됩니다. 이제 더이상 죽음은 우리의
손실일뿐입니다.
일치단결된 대오로 투쟁하십시요. 88년에 군사파쇼를 깨부수지 못한다면
우리의 투쟁은 얼마나 멀고먼 가시밭길을 걸을지 모릅니다.
사랑하는 부모님, 형제, 준열이, 정주의 얼굴이 보입니다.
동지 여러분!
이 땅 4천만 민중 여러분!
어두운 시대를 열정으로 살아가고자했던 한 인간이 여러분의 곁을 떠납니다.
87년 6월 투쟁을 기억하십시요. 그리고 개량의 환상, 안일과 비겁을 깨뜨리고
투쟁의 대오를 굳게 하십시요.
아직은 할 일이 많은 때 먼저 가는 저를 용서해 주십시오.
죽어간 많은 사람들은 여러분의 투쟁을 기다리고 있읍니다.

광주민중항쟁 8년 6월 2일

숭실대학교 인문대 학생회장 박래전 드림

숭실의 인문 학우 여러분께 깊은 사과의 말씀을 드립니다.
여러분이 저를 믿어주시고 제게 많은 기대를 했었는데 아무것도 하지 못하고
이렇게 떠나야만 하는 저를 용서해 주십시요.
마지막 부탁을 드립니다. 제가하고자 했던 사업의 모든 부분을 부학생회장인
윤은경 양이 잘알고 있읍니다. 그를 중심으로 저의숙원사업인 알기인문의
명예를 되찾는것, 혁명의 대오에 선두를 달리는 인문대학생회가 될수있도록
적극 보필해주십시요. 거듭 죄송합니다.
이땅에 민주주의가 오는날 저는 환히 웃으며 돌아올것입니다.

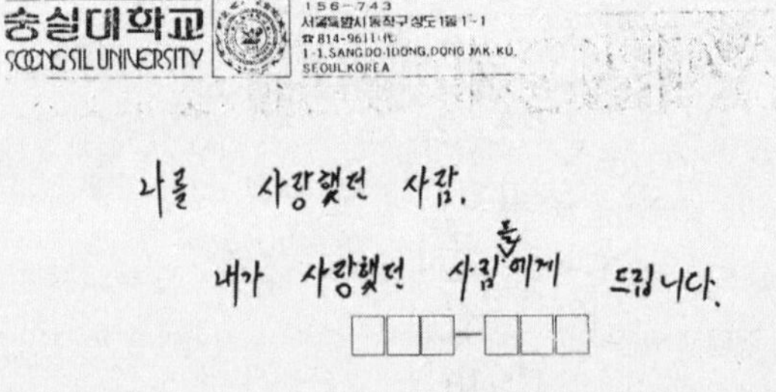
광주민중항쟁 8년 6월 4일
인문대 학생회장
박 래 전 드림.
숭실대학교
SOONG SIL UNIVERSITY
156-743
서울특별시 동작구 상도1동 1-1
☎ 814-9611(代)
1-1, SANGDO-1DONG, DONG JAK-KU, SEOUL, KOREA
나를 사랑했던 사람,
내가 사랑했던 사람들에게 드립니다.

박래전 유서

김창섭 선배의 곁에 눕고 싶습니다.
내사랑하는 고향 숭실의동산, 선배의 옆에서 여러분의 투쟁을 보고
싶습니다.

유서 3

사랑하는 한반도의 백만학도에게
수많은 선배동지들이 우리의 곁을 떠나갔다. 투신으로, 분신으로, 고문에, 살인 최루탄에! 아아! 학우여! 얼마나 더많은 사람들이 죽어가고 쓰러져야 하는가?
자유의 나무는 피의 양분을 먹고 자란다지만 도대체 얼마나 많은 사람들이 죽어가야 하는가? 학우여!
우리들 가슴에 손을 얹고 생각해보자.
하나의 죽음이 죽음으로서의 가치조차 가지지 못하는 것은 무엇 때문이었는가?
죽음을 죽음으로만 보아 넘기는 것이 진정 민주쟁취, 민족해방, 조국통일의 선봉에선 이 땅 청년 학도의 모습이란 말인가?
청년학도야 말로 불의 앞에 분노하고 정의 앞에 의연한 이 땅의 최후의 양심이다.
그러나 학우여!
오늘 우리는 비겁과 안일과 무감각의 늪에 빠져있다.
탐욕과 이기주의에 눈이 어두워져 있다.
우리의 형제, 자매들이 노동의 현장에서, 탄광에서, 농촌에서 군사파쇼의 총칼에 무참히 쓰러져갈 때도, 청년학도의 발군을 촉구하며 온몸에 불을 붙였을 때도 희희낙낙하며 눈앞의 쾌락을 추구하기에 여념이 없었던 것, 그것이 이 땅 청년학도의 오늘의 모습이다.
진정 자주, 민주, 통일은 몇몇 소수의 염원인가?
자신의 모든 것을 불사르며, 가장 소중한 목숨까지 바쳐가며 투쟁하던 열사들의 모습이, 학살원흉 처단의 문제가 개인의 문제인가?
들리지 않는가. 광주 영령들의 울부짖음이
들리지 않는가. 세진이 재호, 윤범, 성만, 덕수의 함성이.
학우여!
아직도 학살의 원흉은 권좌에 앉아 있고 그 피묻은 손을 휘두르며 위대한 노가리의 시대를 떠들어대고 있다. 아직도 학살의 원격조종자 미국은 핵무기와 수입개방의 칼날을 들이대고 이 땅을 노린내나는 양키의

이제 사랑하기 시작한 ___에게.

___아!
너는 결코 약해져서는 안된다.
끝내 살아남아 이땅의 참 민주주의가
우리 앞에 오는 그날까지 싸워야 한다.
너희들이 나를 부르던 애칭은 타조였지.
항상 타조는 날을 수 있다고 했었지.

그래.
타조는 오늘 날은다.
군사파쇼와 미제의 음모에 철퇴를 가하면서
날은다

___아!
비록 몸은 죽지만 나의 영혼만은 죽지
않는다.
타조는 날고 있을뿐이다.
광주의 영령들과 함께 싸우고 있을것이다.

___아!
나의 뒤를 부탁한다.
1988년 6월 4일
래 전.

—10—

박래전 유서

식민지로 만들기 위해 광분하고 있다.
88올림픽이라는 화려한 전광판 밑에는 군홧발에 짓눌려 신음하는 우리의 부모, 형제, 자매들이 있다.
학우여!
이제 나는 이 세계를 버리려 한다. 더 많은 사람들이 죽어서는 안되기에.
나의 죽음이 마지막 죽음이길 바란다. 나의 투쟁이 이 땅 백만학도에게 불을 당기는 투쟁이 되길 바란다.
백만 학도여! 내사랑하는 한반도의 아들딸들이여!
일어나라! 내부의 갈등과 반목과 질시의 허울을 벗어버리고 진정 민주의 시대, 민중의 나라, 통일 조국을 건설하기위해 끊임없이 투쟁하라!

백만 학도 일치단결 군사파쇼 타도하자.

잊지 말자 광주를! 처단하자! 학살원흉.

우리의 투쟁은 민주주의를 갈망하는 순수함 그 자체여야 한다.
모든 정파에게 호소한다.
자신의 권위와 아집을 버리고 실제적인 통일을 이루기 위한 작업에 즉각 착수하라!
피눈물로, 마지막으로 호소한다.
일어나라! 백만 학도여! 나의 죽음을, 선배들의 죽음을 헛되이하지마라.
나의죽음이 마지막 죽음이길 바란다.
6.10 총궐기로 군사파쇼타도의 불길을 높이 올리자!
물러서지 말자! 물러서지 말자! 우리는 이긴다. 학우여! 학우여!

광주민중항쟁 8년 6월 2일
숭실대학교 제20대 인문대 학생회장 박 래전.

유서 4

이제 사랑하기 시작한 _____에게
___아!

너는 결코 약해져서는 않된다.
끝내 살아남아 이 땅의 참 민주주의가
우리앞에 오는 그날까지 싸워야 한다.

너희들이 나를 부르던 애칭은 타조였지.
항상 타조는 날을 수 있다고 했었지.
그래,
타조는 오늘 나른다.
군사파쇼와 미제의 음모에 철퇴를 가하면서
나른다
___아!
비록 몸은 죽지만 나의 영혼만은 죽지 않는다.
타조는 날고 있을뿐이다.
광주의 영령들과 함께 싸우고 있는 것이다.
___아!
나의 뒤를 부탁한다.

1988년 6월 4일
래　전.

동생과의 약속을 지키기 위해

박래전의 죽음은 형 박래군의 인생을 바꿔놓았다. 대한민국의 대표적인 인권운동가로 활동 중인 박래군 인권중심사람 소장을 2016년 1월 20일과 세월호 참사 2주기인 4월 16일 두 차례 만나 인터뷰를 진행했다.

문 동생의 묘역이 마련된 마석모란공원은 얼마나 자주 찾습니까?

답 6월 6일이 동생 기일이거든요. 그때 오고 처음이죠. 1월 달 되면 먼저 박종철 있고, 문익환 목사님도 1월 18일 돌아가시고 추도식 했고 용산 참사 희생자들도 여기에 있고, 1월에는 일상적으로 와야 돼요.

예전에 많이 왔어요. 예를 들어서 유가협에 있을 때는 제가 유가협에 5년 동안 있었거든요. 그럴 때는 뻔질나게 왔죠. 유가협 회원분들 추모식 있으면 챙겨서 오고, 광주 망월동도 많이 내려갔어요. 유가협을 떠나고서는 많이 못 오니까 직접 관련된 일 아니면 못 오죠.

박래군 박래전 형

그런데 여기 마석 모란공원이 70년 전태일 열사 묘를 쓸 때는 초기 때예요. 그때 당시 사진 보면 전태일 열사 있으면 이쪽은 휑하고 그랬어요. 그런데 그 뒤에 김진수라고 당시 구사대에서 맞아 죽은 사람이 있어요. 저쪽에 사무실 가는 쪽에 있고 두 번째 들어왔고 그다음에 서울대 최종길 교수님이 고문치사 당해 돌아가셔서 전태일 열사 묘소 옆에 들어선 다음에는 한동안 더 늘지 않았는데 1986년에 박영진이라고 이 앞에 있어요. 박영진 열사가 묘소를 쓰고 그러면서 민주화운동의 성지처럼 돼 있었고. 그런데 이제 내 동생 들어갈 때까지는 그렇게 네 분이 있었던 거죠. 네 분이 있었고. 내 동생이 88년 6월에 여기 들어오고 나서 그때부터는 급격히 이쪽으로 많이 오셨어요.

그 전에는 돌아가시고 그래도 망월동 묘역으로 가는 것으로 생각하고 그랬는데, 이소선 어머니가 광주로 가면 아무래도 멀고 거리도 있고 그러니까 전태일 옆에 자리 하나 마련할 테니까 여기로 하자고 하셨지요. 래전이 들어오고 나서 급격하게 이쪽으로 묘지를 많이 쓰게 됐죠. 지금은 130명까지 쓰는 상황이 돼 있고요. 문익환 목사님도 계시고 박종철 열사도 있고 그래서 굉장히 유명한 사람들도 많이 있고 세상에 안 알려져 있지만, 운동 과정에서 이런저런 사정으로 돌아가신 분들이 많이 들어와서 오늘같이 많은 사람들이 찾는 묘역이 돼버렸어요.

문 동생의 분신 소식은 언제 어디서 어떻게 들었습니까?

답 그때 동생이 88년 6월 4일 분신을 했는데 학교에서 분신을 했는데, 저는 학교 선배가 돌아가셔서 의문사여서 진상 규명한다고 다른 병원 영안실 가족들하고 있었거든요, 강남성모병원. 거기 가서 늦게 경기도 안양에 살던 자취방에 들어온 거예요. 전혀 모르고, 동생 일을. 그때는 핸드폰도 없고 그랬잖아요. 거기서 새벽에 4시인가, 5시쯤에 전화가 왔어요. 큰형이 자취집에 전화를 했어요, 그 새벽에. 동생이 분신했다고, 래전이가 죽게 생겼는데 뭐 하고 있냐고. 엄청 당황스러워가지고 택시 타고 한강성심병원 가서 보게 됐는데, 그렇게 된 거죠. 분신을 한 사실도 몰랐고 초기에. 열몇 시간 뒤에 병원에 가게 됐죠.

문 분신하기 전 동생은 언제 마지막으로 봤습니까?

답 1988년 5월이었습니다. 경기도 화성 시골에 부모님이 계시는데 오랜만에 집에 내려간 거예요. 삼 밭에서 일을 하고 있는데 동생이 내려왔어요. 동생이 찾아와 가지고 그때는 동생이 학내 투쟁 때문에 내부 수배, 비공개 수배라고 있어요. 학교에서 계속 머물고 있었단 말이에요. 애가 집으로 온 거예요. "아니, 너 어떻게 왔냐? 괜찮냐?" 했더니 몰래 빠져나왔다고. 보니까 경기도 안산에 큰형이 살고 있었는데 거기서 하룻밤 자고 온 거예요. 삼 밭에서 어머니, 아버지 인사드리고 참외를 심었나 해서 얘기했던 게 마지막이었습니다.

참외 심으면서 얘기했던 내용이 제가 조성만도 죽고, 최덕수도 죽고 사람들이 너무 무관심하다. 무관심해서 안 되는 것 아니냐? 그랬더니 래전이가 형은 가봤냐고 묻더라고요. 제가 안 가봤다, 사람들이 사람이 죽어도 미동도 안 하고 관심도 안 보이고 그런다. 그런 식의 얘기를 하고 일을 마치고 저녁에 버스 타고 저는 제가 자취하는 안양으로 올라갔어요. 래전이는 학교로 다시 들어간다고 했고 그게 마지막이었어요.

그러고서 뒤에 6월 4일 분신하기 이틀 전인가 전화가 왔어요. 당시 세계 출판사라고 있는데 제가 나가서 글 쓰고 하는데 전화가 왔어요. 생일, 자기 생일인 거요. 동생이 "나 생일인데? 잊지 않았냐? 알고 있었어?" 그러는 거예요. 그래서 제가 "아, 너 생일이지?" 하고 그래서 "찾아갈게, 학교로" 그랬었던 게 마지막 통화였습니다.

문 분신하기 전 낌새는 없었습니까?

답 전혀 몰랐어요. 나중에 보니까 결심을 하고 유서는 나중에 썼는데 그런 생각을 하고 식구들에게 마지막으로 인사하고 그러려고 시골에 내려갔던 것이더라고요. 그 정도의 생각을 하고 그랬는데 워낙 걔가 학교에 있으니까 학교에 한 달에 한 번 보고. 걔가 나오지 못하니까 용돈도 좀 주고 그러던 사이니까. 예전 같으면 자취하고 그러니까 매일 얘기하고 그랬는데 88년도 상반기에는 좀 떨어져 있었어요. 요즘 같으면 핸드폰 있으니까 통화하고 그럴 텐데 그러지 못했어요.

문 분신 당시 상황은 어떻게 알고 계십니까?

답 토요일 오후 4시였는데 아무도 없는 때를 골랐던 것 같아요. 옥상에 올라와서 학생회관이었으니까 학생들이 많이 활동하고 그런 건데. 여기 올라와서 술도 먹고. 학생들이. 옥상에 올라와서 그랬거든요. 거기에서 오후 4시쯤 분신을 했었고. 오후 4시니까 학교에 사람들이 별로 없었지만 저쪽 도서관 쪽에 누가 잔디밭에 누가 있었나 봐요. 사람들이 소리 지르고. 이렇게 불길도 있고 그러니까. 뛰어 올라왔는데 래전이가 분신해서 그렇게 있었던 거죠. 그 상황을 보고 곧바로 불 끄고 119에 연락해서 한강성심병원에 가게 된 거죠. "광주는 살아 있다. 군사 파쇼 타도하자!" 그랬다고 그러더라고요. 당시에 그때 내 동생이 활동하던 학생운동 조직에서 그렇게 구호를 외쳤던 것 같아요. 처음에는 사실 믿기지 않는 거죠. 위중할 거라는 생각은 못하고 빨리 병원 가봐야겠다. 이미 병원을 가보니까 학생들이 거기서 밤샘을 하고 있었습니다. 사람들도 많이 있고. 상당히 심각하다는 걸 느꼈고. 중환자실에 가보니까 온몸을 칭칭 붕대로 감고 있었던 상태고 사람을 알아볼 수 없는 상태에 있었던 거죠. 사실 그런 갑작스레 일을 당하면 정신을 못 차리잖아요. 장례 치르고 한참 동안 동생의 부재를 확인, '동생이 없다'라는 것을 믿을 수 없는 상황이 연속되는 거잖아요. 그러면서 계속 부재의 시간들을 확인하면서 한참 시달리죠. 환청과 환상에 시달리고. 이런 시간을 한참 보내고 그러다가 유가협 활동을 하면서 '아, 나만 이런 게 아니고 사람들이 많이 그렇구나' 알게 됐고. 아픈 역사들에 대해 알게 됐고 그렇습니다.

문 **시를 많이 썼던데요.**

답 동생이 시를 써서 유고 시집을 냈는데 이 「동화(冬花)」가 대표적인 시예요. 이 시의 분위기가 그때 상황에 맞아요. 동생이 처음에 시 쓴다고 한다고 했을 때는 되게 유치하다고 생각했는데 나중에 보니 잘 쓰고 그러더라고요. 동생한테 그랬죠. "이놈 시끼 잘 쓰면 좋겠다. 놓지 말고 계속 써라."

문 **동생 성격은 어땠습니까?**

답 래전이는 원만하다기보다는 까칠하고 원칙주의자인 그런 모습이 있었죠.

문 **동생이 분신할 때 구호가 "광주학살 진상규명"이었는데요. 이유가 뭐라고 생각하십니까?**

답 1980년대 대학생들의 분위기, 학생운동의 분위기가 그랬습니다. 제가 재수해서 81학번이고 동생은 82학번이 됐어요. 81년도, 82년도 학생들은 대학에 들어가서 광주의 진실을 알게 되잖아요? 그래서 엄청 그것에 대한 분노와 함께 부채감, 당시 광주 시민들이 죽을 때 우린 아무것도 못했다. 그런 생각이죠. 또 분노는 그런 자들이, 래전이 유서에 보면 학살의 원흉들이 권좌에 올라서 떵떵거리고 있는 이것은 용납할 수 없다. 그때는 그런 감정들이 보편적 정서같이 돼 있었고 특히 학생운동 하는 사람들 같은 경우는 그 광주 문제 해결을 위해서라면 모든 것을 걸 수 있다라고 하는 정서가 있었습니다. 동생도 그랬던 것이고요.

1980년대에 학생운동 했던 사람들은 계속 광주학살에 대한 부분, 진상규명과 책임자 처벌 이것은 뭐 계속 싸웠던 거잖아요. 전두환에 대해서 반대하는 투쟁을 계속했고, 나중에 노태우에 대해서도 마찬가지였죠. 신군부의 집권 연장이기 때문에 당연히 노태우 정권도 타도해야 할 독재 정권으로 봤습니다. 이렇게 애초부터 규정하고 들어간 거잖아요? 그래서 1988년이 돼서 이 광주 문제를 어떻게 해결하느냐 이게 국회에서도 여소야대 국회니까 거기서도, 광주특위도 만들고 5공특위도 만드는 것에 대해서 논의가 활발했습니다.

하지만 래전이가 속해 있던 학생운동 조직 내에서는 그것이 타협적이고 기만적이다 이렇게 본 것 같습니다. 광주 문제 해결은 민중의 손에 의해서 만들어지는 재판, 법정에서 처단돼야 한다 생각하고 있었고, 이런 생각이 강렬했습니다. 당시 정치권에 대해서는 불신했습니다. 정치권이 타협해서 광주 문제를 대충 넘어갈 것이라는 불신이 컸기 때문에 당시 그런 식으로 문제 제기하고 분신을 했던 게 아닌가 싶습니다. 본인 생각에는 그런 방식으로 국회에 의존해서 가는 방식으로는 해결이 안 될 것이다. 잘못될 것이다. 그런 게 굉장히 컸던 것 같아요.

문 **평소에 광주 문제와 관련해 동생과 이야기 나눈 기억이 있습니까?**

답 광주 문제에 대해서 "자기는 국회의원들이 만든다는 광주 특위, 그거 못 믿는다. 민중들의 투쟁으로 학살 원흉들을 권좌에서 끌어내려서 싸워야 하는 것이지 그것 가지고는 안 된다" 이렇게 말했어요. 내 동생은 강경파, 운동권 내에서도 강경파였고, 사실 그때 이렇게 보면 국회가 뭔가 다룬다고 하는 것에 대해 기대할 수 없는 상태였어요. 지금껏 국회가 그런 식의 해결을 본 적이 없는 것이잖아요. 계속 전두환 정권 내에서의 국회 이런 것만 봤으니까요. 정권의 하수인처럼 했잖아요. '국회가 정치적으로 졸속 타협으로 끝내버리고 말 것이다' 이런 생각을 하고 학생운동권 조직이 강력한 투쟁을 해야 된다. 이런 생각을 했던 것 같습니다.

그런데 강력한 투쟁이 안 일어나는 거예요. 5월 달이 됐어도. 그러니까 내 동생은 5월 달 내내 광주 싸움을 하는데 학생들이 안 모이는 거예요. 학생들이 안 모이니까 한 열몇 명 끌고 데려가서 숭실대 앞에 점거하고 도로 점거하고 투쟁하고 그러다가 비공개 수배당한 거죠. 언제든지 잡혀갈 수 있는 그런 상황이 된 거죠. 학교 밖까지 못 나오고 이랬습니다. 자기는 국회에 광주 문제 해결을 맡길 수 없다고 생각하고 굉장히 그 문제가 절실한데 거기에 학생들은 같이해주지 않으니까 답답했던 것이죠. '학생 운동권이 선도투쟁을 제기해야 한다' 이런 생각이었는데 먹혀 들어가지 않는 상황이다 보니까 분신까지 한 게 아닌가 이런 생각을 합니다.

문 동생은 광주 5·18 문제 해결을 요구하며 분신해 숨졌는데 광주 시민들이 박래전을 기억한다거나 알아준다거나 추모 행사를 활발히 하는 것은 아닌 것 같습니다. 광주가 챙기지 않는 데 대한 서운함은 없는지요?

답 그것에 대해 서운하다기보다는 광주가 아직 제대로 평가받고 사람들한테 인식되는 게 제가 봤을 땐 아직도 많이 부족해요. 광주가 나름대로 평가를 받고 평가가 됐으면 좋겠는데 광주도 사실 제대로 기억되는 상황들이 아니고 광주의 추모 사업도 항쟁의 기억이 많이 지워지거나 변형되거나 이랬잖아요. 광주에 대해서 사람들이, 특히 젊은 층들이 잘 몰라요, 정말 몰라요. 이건 아주 오래된 일이에요. 이건 30년 전의 일이니까 광주를 아는 친구들이 있냐면 그렇지 않거든요. '광주가 좀 더 알려져야 되고 제대로 인식돼야 한다' 생각이 들고요. 그러다 보니까 내 동생을 알아달라 이런 것까지는 단계가 아니라고 생각합니다. 저도 제 일이 바쁘다 보니까 내 동생에 대해서, 내 동생과 관련된 일을 어떻게 해봐야 된다 못하고 있었어요.

당사자인 광주 시민들도 굉장히 힘든 시간을 보냈잖아요. 광주 시민들이 그것은 좀 기억을 해줬으면 좋겠다. 당시 광주항쟁 할 때 고립돼 있었고 그렇게 죽어갔는데 아무것도 못했다는 것에 대한 부채 의식, 빚진 마음 이런 것들 갖고 어쨌든 학생들 중심으로 광주 5·18 해결하기 위해서 했던 사람들이 곳곳에 있다는 거죠. 이제 단지 직후에만 있었던 게 아니라 제 동생도 8년 뒤에 분신하는 거니까. 1995년 특별법 만들 때까지는 광주 문제를 전국에서 잊지 않고, 잊지 않을 뿐만 아니라 해결을 위해서 진짜 자기 목숨 다 바쳐서 싸웠던 사람들이 있다는 것을 기억해줬으면 좋겠고. 그러면 덜 외롭지 않았겠나 생각합니다. 그렇게 연대하면서 했었던 그게 눈에 보이지 않고 그

박래군·박래전 형제가 30년 만에 다시 만난 가상의 상황을 표현한 애니메이션

랬을지 모르지만 그런 사람들이 있어서 그런 덕에 5·18 문제도 지금까지 왔었던 것 아니냐 생각을 해주셨으면 좋겠다. 그런 중에 제 동생도 있는 거죠. 내후년이 동생이 떠난 지 30주년이 되거든요. '더 미루지 말고 동생 기록도 모으고 정리 좀 하고 해놔야겠다. 시간이 더 지나기 전에 동생에 대한 기록들 정리해서 동생의 삶이나 뜻이 알려질 수 있도록 해볼까' 생각은 하고 있습니다. 정말 내 동생한테 미안한데, 다른 일 한다고 내 일 바쁘다고 여태까지 제대로 못 챙겨줬어요. 미안하죠. 매년 미안하고. 그리고 또 어쨌든 내 동생이 바라던 민주화, 민주주의, 민주화된 세상. 이런 것 만든다고 노력은 해왔지만 매년 오면 미안한 거예요. 우리 사회가 민주주의로 가지 못하고 있는 현실이 있으니까. 더군다나 요즘 같은 반동적 경향이 강하고 이러니까 더더욱이나 미안하고. 열심히 내가 뭐 잘못하진 않았는데 기쁜 마음으로 내 동생한테 너하고 약속을 지켰다, 이런 날이 왔으면 좋겠는데 그런 날이 올 수 있을지 모르겠어요.

문 약속이라면? 고인이 되셨을 때 스스로 했던 약속인가요?

답 그렇죠. 장례 치르고 그럴 때 동생이 유서에 보면 민중의 새 세상. 이런 이야기가 있어요. 저 스스로는 내 동생이 바라던 세상이 모두가 잘 사는 세상일 것인데, 그런 세상 만들기 위해서 내가 네 몫까지 투쟁할게. 지금까지는 그것 지키고 살아온다고 온 것인데 아직 그 세상을 만들지는 못했잖아요. 그래서 매번 미안하고. 내 동생 볼 낯이 없습니다.

시간은 자꾸 지나가서 초조하기도 한데 어쩌면 그런 것들 때문에 동생 기록이라는 작업을 미루는 게 아닌가 합니다. 동생의 삶과 죽음을 기록하는 시간을 아껴서 동생하고 약속했던 세상을 만들기 위해서 더 시간을 쏟는 게 맞지 않나 생각합니다.

이 인터뷰를 진행한 다음 2016년 4월 16일 경기도 안산에서 박래군을 만나 두번째 인터뷰를 진행했다.

•

문 세월호 집회나 용산참사 추모 집회를 이끄는 이유는 무엇인가요?

답 저는 동생을 통해서 인권운동을 하게 됐고요. 유가협에 들어가서 했었던 게 국가에 의해서 죽임을 당한 사람들의 문제를 제가 다루게 됐어요. 그중에 특히 그 의문사, 70년, 80년대 의문사로 돌아가셨던 분들과 관련한 의문사 진상 규명과 관련된 활동을 하면서 우리 사회에 억울한 점이 굉장히 많이 있다는 걸 알게 되었죠. 그래서 유가협에서 일들을 하고 그러면서 자연스럽게 돌아가신 분들 일들을 거의 전적으로 떠맡게 되는 상황이 됐습니다. 유가협에 있을 때는 돌아가신 분들 장례도 많이 치렀고요. 그러다 보니 다른 분야보다도 국가 폭력과 관련된 현장에 제가 마음보다 몸이 먼저 가요. 그분들 곁에 있어주고 그분들 함께하면서 그걸 풀기 위해서 해오는 과정들이 어떻게 계속되는 상황들이 계속되고 있습니다. 그래서 용산 때도 그랬고 세월호 때도 그랬고, 보고도 외면할 수 없는 속에서 이걸 어떻게 해결해보려고 사람들 모으고 대책위 활동하고 그러다 보니까 여기까지 왔죠.

문 동생의 죽음 이후 삶이 바뀌셨죠?

답 저를 비롯해서 유족들이 갑자기 당하는 일이잖아요. 생각도 못했던 이런 일들이고. 저 같은 경우에도 계속 운동을 하고 그랬지만. 내 가족 중에 누가 내 형제 중에 누가 분신해 죽을 것이라는 생각을 할 수가 없죠. 할 수가 없었고. 갑자기 닥쳤는데, 한참 사건 나고 나서 충격이 엄청 커요. 많은 분들이, 가족들이 그렇고. 그중 그런 충격에 휩싸였다가 그걸 이기지 못하고 돌아가신 분들도 계시고 그러는데. 아마 유가협이라는 단체가 있어서 그런 분들끼리 만나고 의지하고 또 추모사업회나 의지하고 그러지 않았으면 많은 분들이 되게 힘들게 살았을 거예요. 그런데 그나마 거기에 의존해가면서 도우면서 살아생전에 그랬을 것 같고요.

저의 삶도 많이 바뀐 거죠. 원래는 노동운동 쪽으로 가려다가 유족으로서 유가협에 몸을 담게 됐고, 거기서 인권운동을 시작했고. 내 평생의 방향을 인권운동으로 잡게 됐으니까 굉장히 큰 변화가 있었다고 봐야겠죠. 험한 현장 일부러 찾아간다기보다는 동생의 어떤 뜻도 있고 인권운동 하는 것도 있고 국가에 의해서 목숨을 잃은 현장은 어쩌면 당연히 가야 된다. 이렇게 생각하게 되는 것 같아요. 그래서 다른 사람보다는 제가 그런 것에 현장에 가족과 함께 많이 갈 수밖에 없고. 광주도 많이 갔어요.

『민주화운동백서』에 기록된 박래전

박래전(63.4.17): 보상, 1988, 노태우정권 반대(사망), 숭실대 인문대 학생회장으로 반독재민주화운동을 지속하던 중 1988.6.4. 위 대학 학생회관 옥상에서 "광주는 살아 있다, 청년 학도여 역사가 부른다, 군사파쇼 타도하자"라고 외치며 분신하여, 전신 80%, 3도 화상을 입고 한강성심병원에서 투병 중 6.6. 사망(2001.4.3. 제16차)

박래전 약력

1963년 4월 17일	경기도 화성군에서 3형제 중 막내로 출생
1970년	경기도 화성군 서신국민학교 입학
1976년	경기도 화성군 서신중학교 입학
1979년	경기도 화성군 송산고등학교 입학
1982년	숭실대학교 국문학과 입학
1987년 12월	민중 후보 선거대책위 선전국장
1988년 3월	민중정당 결성 학생추진위 선전국장
1988년 3월	숭실대 인문대 학생회장 당선
1988년 6월 4일	숭실대 학생회관 옥상서 분신
1988년 6월 6일	12시 33분 운명, 경기도 마석모란공원 안장
2001년 4월	민주화운동 관련자로 인정(16차)

래전 형을 추억하며

문재호

숭실대 초빙교수, 박래전열사기념사업회 회장

"광주는 살아 있다. 끝까지 투쟁하라, 청년 학도여 역사가 부른다. 군사 파쇼 타도하자!"

벌써 29년이 흘렀습니다. 너무나도 조국을 사랑했고, 참된 민주주의와 인간다운 민중의 삶을 고민하던 청년 박래전이 스스로의 몸을 불살라 얼어붙은 세상의 횃불이 되고자 했던 1988년 ……. 그로부터 세월은 물 흐르듯 흘러갔지만 세상은 아직 어두운 곳이 많고 뜨거운 여름을 겨울처럼 살아야 하는 이웃들이 무참하게 내쫓기거나 짓밟히고 있습니다.

대학에 입학해서 형을 처음 만났던 1986년, 형은 참으로 여리고 어눌했지요. 운동권이라기보다는 차라리 갓 상경한 시골 촌부처럼 수줍음 많고 말주변 부족한, 시인을 꿈꾸는 낭만주의자였습니다. 서울 지리에 서툴러 버스 한 번 갈아타는 것조차 어려워했고, 흙 묻은 신발에 밟히던 흔한 풀잎조차 안타까워했었지요. 그런 형이 스스로 몸에 불을 붙였다는 소식을 들었을 때, 뭔가 잘못되었다는 생각에 망연해야 했습니다. 머지않아 형의 곁으로 가게 된다면 왜 그런 모진 선택을 했느냐며 따지고 싶고 화를 내고도 싶습니다. 대학 졸업하면 고향으로 가 농사를 지으며 시를 쓰고 싶다던 형 아니었습니까? 운동은 머리로 하는 것이 아니라 가슴으로, 열정으로 하는 것이라고, 신념보다 사랑이 먼저라며 훗날 원 없이 막걸리 먹여주겠다던 형이었잖습니까?

아마도 그랬겠지요. 형이 남겨놓은 말처럼 형을 마지막으로 더 이상의 죽음과 더 이상의 갈등이 없기를, 그리하여 참된 민주주의와 통일의 세상이 오기를 바랐던 것이었겠지요.

미움만큼 그리움이 자라고, 이 세상 그리운 것들은 모두 사라지고 있습니다. 사람들은 너무도 바쁘고 그만큼 자기를 보호하기 위해 타인을 배려하지 않습니다. 형처럼 느릿한 걸음을 찾아보기 어렵습니다. 형처럼 다정하게 후배들을 부르는 목소리를 들을 수 없습니다. 형만큼 시를 사랑하는 사람을 만나기 어렵습니다. 그래서 더더욱 형이 그립습니다.

추억이란 눈물을 이끌고, 용서를 불러오므로 더 이상 추억하지 말자고 다짐하지만 언제나 유월이 오면 형을 추억하게 됩니다. 그러는 사이 세상은 형이, 우리가 꿈꾸었던 것과는 다른 곳으로 달려가고 있습니다. 이렇게 형을 추억만 하는 동안 발목엔 보이지 않는 사슬이 채워지고 마음속엔 얄팍한 욕망의 꽃이 피어납니다. 기일 날 하루 형을 추억했다는 것만으로 스스로를 위로하고 고개를 끄덕입니다. 형이 우리들에게 당부한, 역사의 복판에서 내린 준엄한 명령이 흐릿해지고 지쳐가는 탓이겠지요.

죽어가는 마지막 순간까지도 잊지 않던, 광주의 진실이, 의문들이 아직 남겨졌으며, 형이 가신 후로도 수많은 사람들이 역사의 제단에 목숨을 뿌렸습니다. 어린 학생들이 어이없는 죽음을 맞이할 동안 위정자는 얼굴 한 번 내비치지 않았고, 국민들의 분노가 촛불로 타오르는 데도 권좌에서 내려오지 않으려고 억지를 부립니다. 인간다운 삶을 외치는 노동자들이 여전히 거리에 내쫓기고, 인권을 말하는 자에겐 차디찬 감방이 기다리고 있습니다.

많은 사람들이 우리에겐 힘이 없다고, 희망이 보이지 않는다고들 합니다. 어쩌면 그럴지도 모릅니다. 우리에겐 권력도, 법도, 정치도, 제도조차도 허락되지 않습니다. 하지만 돌이켜보면, 언제는 우리에게 힘이 있어서, 희망이 보여서 꿈틀거렸겠습니까? 살아야 하니까, 진정으로 살아 있어야 했기에 미미한 심장박동이나마 두근거렸던 것이 아닐는지요. 형은 죽어서 살아 있는데, 우리들은 살아서 죽은 존재들이 될 수는 없는 노릇이지요.

형, 조금만 더 기다려주세요. 형은 느긋한 사람이었잖아요. 닦달하지도, 몰아세우지도 않았었잖아요. 언제나 후배들이 스스로 깨닫고 스스로 성장할 수 있도록 배려해주던 사람이었잖아요. 어렵고 힘겨운 싸움이지만 진보 진영이 많은 시민들에게 지지를 받고 있고, 못난 선후배들이지만 형의 뜻을 이어가려고 매년 유월에는 형의 묘역에 모여 조촐한 행사를 치르고 뜻있는 뒤풀이 자리를 마련하고 있습니다. 형도 보셨잖아요. 비록 형의 모습과 목소리를 뚜렷이 기억하지 못하더라도 형이 당부했던 유언들, 형이 죽음으로까지 지키고자 했던 역사의 진실과 의무를 밝히고 짊어지려고 노력하고 있음을.

래전 형, 형이, 세찬 눈보라만이 몰아치는 나라에서 그래도 몸을 비틀며 피어나는 꽃이었듯이 우리들 역시 꿈틀대며, 꿈틀대며, 기어이 피어나는 목숨꽃이 되어 세상을 참된 민주주의와 민중 해방, 통일의 화단으로 꾸며놓을 겁니다. 그때는 우리 곁으로 내려와 원 없이 막걸리 잔 부딪치며 형이 부르는 농민가를 함께 부르게 되겠지요. 그때까지는 절망하거나 좌절하는 일 없이 한 걸음씩 나아갈게요.

김병구

외롭고 높고
쓸쓸한 투쟁

•

1989년 9월

“광주학살 원흉 처단”

ⓒ 김상학

김병구(1956~1989)

1988년 9월 17일부터 10월 2일까지 열린 24회 서울올림픽은 한반도에서 처음 열린 올림픽이다. 6·25로 폐허가 된 나라가 이만큼 성장했음을 대내외에 과시하는 행사였던 만큼 국민들 관심이 집중됐다. 자칭·타칭 성공한 국제 행사로 평가받은 88 서울올림픽은 정치를 포함한 대한민국의 모든 이슈를 블랙홀처럼 빨아들였다. 그러다 보니 1987년의 6월항쟁과 그해 여름의 노동자 대투쟁은 불과 1년 전이었지만, 아련한 기억으로 느껴질 정도였다. 게다가 1987년 대선에서 노태우가 대통령에 당선되면서 1년 전 6월항쟁의 기억은 잊히는 듯했다. 1988년 10월 18일, 올림픽이 폐막한 지 2주가 지났지만 88 서울올림픽 성공의 감격이 아직 가시지 않을 때였다. 연세대 학생회관에서 소동이 일었다. 33살의 노동자 김병구가 대선 무효와 광주학살 책임자 처벌을 요구하며 학생회관 4층에서 자신의 몸을 던진 것이었다. 머리에 태극기를 두른 채 땅바닥에 떨어진 김병구를 학생들이 들쳐 메고 병원으로 뛰었다. 학교 옆 세브란스 병원 응급실로 옮겨지는 동안에도 김병구는 구호를 외쳤다.

“노태우 정권 퇴진!”

“광주학살 원흉 처단!”

처음에는 연세대생이 투신한 것으로 알고 긴장했던 경찰은 김병구가 노동자 신분임을 확인하고 이내 안도했다. 다행인지 불행인지 숨지지 않았고, 학생이 아닌 노동자의 투신 실패 사건을 언론이 다룰 가능성은 거의 없었기 때문에 당국은 더욱 안심했다. 연세대 백양로는 언제 무슨 일이 있었냐는 듯 여느 가을 교정처럼 활기를 되찾아갔다. 김병구가 남긴 「국민여러분과 각계에 드리는 글」만이 거리를 굴러다닐 뿐이었다.

국민여러분과 각계에 드리는 글

굴욕적인 삶을 거부하며 국민 주권을 돌려 달라. 가짜 대통령, 가짜 국회의원, 국민의 이름으로 탄핵을 요구하며 사퇴를 촉구한다. 저는 지금 이 엄청난 진실 앞에 내가 무엇을 할 것인가 갈등과 고뇌 속에 있음을 고백하지 않을 수 없습니다. 펜은 총보다 강하고 진실은 그 무엇보다도 강하다는 신념을 굳게 믿으며 저는 이 땅의 주권자 한사람으로서 지난 양대선거의 부정을 개인 차원에서 추적 분석해 왔습니다.

그런데 제가 얻은 결론은 원천적이며 전면적인 조작선거였음을 발견하기에 이르렀습니다. 지금 모든 사람들이 민주화가 왔다고 얘기하기도 하고, 저마다 민주주의 운운하지만 민주주의가 무엇인가 묻지 않을 수 없습니다. 국민주권을 짓밟아놓고 민주를 말하는 작태는 자기기만 행위이며 분노에 앞서 인간에 대한 회의를 느끼게 합니다.

저는 지난 양대 선거의 국민주권은 전면적으로 군사 독재자들에 의해 철저히 박탈당했고 은폐, 폐기되었음을 확신합니다. 이 땅의 주인이어야 할 국민들을 기만 우롱하여 객체로 전락시키는 선거결과를 낳았습니다. 더욱이 비극적인 것은 지역감정을 심화 유도시켜 놓아 지역분열 정책에 의한 민족분할을 의도적으로 사실화시켜 그들 지배체제의 기득권을 유지하고 정권을 유지하기 위해 온갖 민족 죄악을 서슴치 않고 자행하고 있다는 것은 경악과 분노 슬픔을 억누를 길 없습니다.

조국이여, 국민이여, 잠들지 말아다오. 국민은 권력에 의한 들러리도 공모자도 방관자도 될 수 없습니다. 지난 양대선거는 왜곡 변질되었으며 여론조사 방법을 원용하여 한국 갤럽여론조사(참조) 조작되었습니다. 사전 선거구와 투표구별로 퍼센트를 안배하여 전면 조작, 투표함을 바꿔치기하였음을 확신하여 주장합니다.

김병구 유서

존경하는 애국청년 학도 여러분

나는 여러분의 애국적인 정열과 태도를 존경합니다. 나라가 부패하고 민중의 삶이 도탄에 빠졌을 때 용감히 일어서서 이를 개혁하려는 의지야말로 민족의 앞날을 밝혀주리라 확신합니다. 우리 조국의 민주화와 조국통일로 가는 길에 나의 몸을 재물로 삼아다오. 나는 몸을 바르게 하지 못하였습니다. 나에 대한 우호적인 표시는 사양합니다.

김병구 드림

불효드려 죄송합니다

목숨을 바치기 위해 몸을 던졌지만, 뜻과 달리 살아남았다. 깨어나 보니 척추가 부러져 하반신이 마비된 상태였다. 병실에서 눈을 뜬 김병구는 오열했다. 자신의 죽음으로 대선과 총선의 부정선거 증거를 폭로하려던 계획이 빗나가고 만 것이다. 어느 누구의 도움도 받지 않은 채 자신의 목숨을 바쳐 불의한 권력자들을 고발하려고 했던 계획은 물거품이 되고 말았다. 투신 소식에 놀라 달려온 식구들 앞에서 김병구는 말없이 눈물을 흘렸다.

하반신이 마비된 채 병원에서 퇴원한 김병구는 말수가 더욱 적어졌다. 그 전에는 일용직으로 건축 현장에서 일이라도 했지만, 이제는 식구들의 눈치를 보며 밥만 축내는 신세가 됐다. 텔레비전에서는 5공화국 청문회와 1988년 11월 전두환 부부가 대국민 사과를 마치고 백담사로 들어가는 장

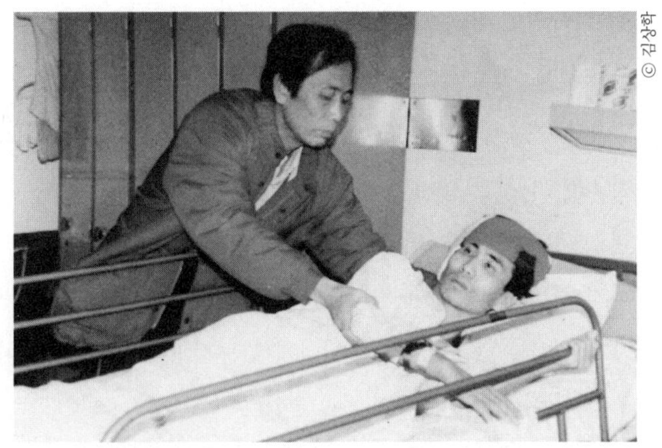

치료받는 김병구를 아버지 김상학이 간호하는 모습 김병구는 투신 당시 머리에 태극기를 두르고 있었다.

면이 중계되고 있었다. 광주학살의 책임자는 5·18에 대해 사과할 것인지가 관심을 끌었지만 전두환은 광주와 관련해 어떤 사과나 유감 표명도 하지 않았다. 병상에 누워 방송은 지켜보며 김병구는 울분을 터뜨렸다.

연세대에서 몸을 던진 지 1년 만인 1989년 9월 2일, 김병구는 자택에서 목을 맸다. 김병구의 방에서는 두 번째 유서가 발견됐다.

유서

어머니 아버지 불효 드려 죄송합니다.

저의 할 일은 이제 끝났습니다.

누가 뭐래도 진실을 밝히고 갑니다.

오래 오래 편히 지내십시오.

아우들아, 나의 책임을 다하지 못하고 가는 것을 미안하게

생각한다.

굳게 살아다오.

89년 9월 2일 병구 올림

대학생도 아닌 노동자가 그것도 어떤 노동 단체에도 속하지 않았던 개인이 홀로 광주학살 책임자 처벌을 요구해서였을까. 그의 투쟁은 유난히 외롭고 쓸쓸했다. 김병구의 외롭고 쓸쓸하지만 높고 의로운 투쟁은 숨진 지 12년이 지난 2001년 민주화운동으로 인정받았다. 하지만 아직도 그가 왜 "광주학살 원흉 처단"을 외치게 됐는지는 자세히 알려져 있지 않다. 그가 밝히고자 했던 대선과 총선의 부정 선거 여부는 밝혀지지 않았고, 그가 수집했다는 자료 또한 어디에 있는지 알 수 없다. 살아서도 외로웠던 투쟁은 죽어서도 쓸쓸하고 외로웠다.

2016년 3월 25일 서울에서 김병구의 아버지 김상학을 만나 인터뷰를 진행했다.

문 **아드님이 "광주학살 책임자 처벌"을 주장했는데 5·18 때 관련된 활동이 있었습니까?**

답 장남인데 장성중학교를 나와가지고 1971년 서울로 이사를 왔어요. 그런데 서울에 와서 뭐 검정고시 본다고 공부하고 다니더라고요. 그러다가 가정이 어렵게 되니까 무슨 뭘 개발한다고 뭘 연구를 해가지고 무엇인가를 만들어서 특허도 내고 그랬어요.

그러다가 애비 되는 제가 가정이 어렵고 그래서 장성에 내려가서 있는데 마침 광주사태가 그때 발발이 됐죠. 그 사건을 장성역에서 다방에서 듣고 친구들하고 넷이 거기를 갔어요. 광주 터미널에서 내리니까 젊은 학생들이 여학생도 그렇고 남자 학생들이 신발을 벗어들고 막 도주해가지고 터미널 쪽으로 오더라고요. 그 애들 이야기 들어보니까 지금 난리났다고, 막 그 이야기를 듣고 그래서 우리가 거기까지 광주MBC까지 갔어요.

거기 가서 보니까 상황이 아주 말로 다 표현을 못할 정도로 모두 학생들이 시민들이 피를 흘리고 머리가 터져가지고 피를 흘리는 사람들을 싣고 병원에 가는 그런 모습들을 우리가 봤어요. 그래 가지고 거기서 참 우리도

젊은 사람들하고 같이 행동을 하다가 상황이 너무나 급박해지고 그래서 우리가 잠시 피했지요. 그리고 걸어서 밤늦게까지 밤늦게 집에 와서 있었고 그 후로 며칠 있으니까 우리 큰아들 병구가 장성 집으로 내려왔더라고요. "광주사태가 크게 벌어졌다는데 아버지가 안 오셔서

© 광주MBC

김상학 김병구 아버지

일부러 왔습니다", "아버지가 걱정이 돼서 왔습니다" 그래서 나는 괜찮다 그러면서 광주에서 제가 본 상황을 이야기해줬어요. 그 상황을 듣더니 굉장히 애가 격분하더라고요. 이대로 있을 일이 아니다고 그러기에, 오히려 자식이 나서면 아직 젊은 나이고 하니까 제가 걱정이 돼덜고요. 신경 쓰지 말고 다시 서울로 올라가거라 말했더니 그 길로 서울로 올라갔어요.

문 유서에는 1987년 대통령 선거와 1988년 국회의원 선거가 언급돼 있던데요.

답 그 후로 그때 대통령 선거가 돌아왔던가 그랬을 겁니다. 김대중 씨가 대통령 후보로 나왔을 때 선거운동 자원봉사한다고 스스로 나가서 자원봉사를 했어요. 갔다 오고 나면 꼭 밥상머리에서 아버지한테 그런 이야기를 하더라고요. 선거도 선거 같지 않고 전부가 그냥 자기가 볼 때는 전부 독재자들만 같고 부정만 하는 것 같고 그래서 일일이 나름대로 다 무슨 문제라도 있는가 해서 그런데만 보고 다녔다고요. "내가 뭐 이렇다 저렇다 하는 이야기해봤자 누가 인정해주는 사람도 없고 참 한심스러운 일이다." 그랬습니다.

그러더니 아들이 "이번 대통령 선거는 하나 마나 노태우가 될 것이다"고 그래요. 그러면서 "노태우는 도저히 국민의 한 사람으로서 용납할 수가 없다." 그럽니다. 제가 왜 그러냐 그랬더니 터미널에 가도 전부 노태우 선거운동을 하고 있고 노태우를 지지하는 것들이 전부 선거법 위반이더라는 거예요. 그렇다고 해서 누구한테 항의할 수도 없고 선거는 끝났는데 끝난 뒤에 여

기저기서 자기가 수집했던 부정선거 내용을 일일이 기록해가지고 그 당시에 민주당이나 권노갑 씨한테 그 한 보따리 되는 나름대로 자기가 다 일일이 기재했던 내용들을 제출했다고 합니다. 그런데 거부를 당했대요. 권노갑 씨한테 가서 내가 이러이러한 사람인데 이러이러한 부정한 일이 있다 하고 제출을 하니까 거부를 하더래요. "이미 선거가 끝났는데 이걸로 뭐할 거냐" 그러더랍니다.

그러니까 돌아서면서 욕설을 하고 나왔대요. 얼마나 격분하던지 명색이 정치하는 사람이 저런 정도 가지고 뭐가 되겠냐. 그렇게 하고 돌아와서 도저히 이런 정도로는 참을 수도 없고 어떻게 했으면 좋겠냐 그러길래, 제가 "네가 너 혼자 무슨 힘이 있냐, 네 일에나 착실히 잘해" 그렇게 야단을 치고 말았어요. 그런데 노태우가 그때 당선된 이후에 연세대 앞에서 엄청난 데모가 일어났어요. 그랬는데 그놈이 또 거기까지 가가지고 같이 협력하고 했던 모양이야. 그러고 저녁에 늦게 안 들어오니까 자기 바로 밑에 동생이 찾으러 가고 난리가 났지.

문 언제 어디서 투신 시도가 있었던 건가요?

(1988년) 10월 18일 날 18일 날 연락을 받았어. 나는 밖에 나갔는데 18일 날 오후 몇 시에 연락이 왔는데 어디냐고 하니까 연세대 세브란스 병원이라고 하대요.

가서 봤더니 조그마한 닭장 같은 데다가 병원 안에도 닭장 같은데, 우리 자식이 있는데 그때 옥상에서 떨어져 가지고 죽지는 않고 그냥 온 몸뚱이를 뭣으로 붕대로 묶고 어쩌고 했더라고요. 그런데 꼭 무슨 돼지 묶어놓은 것 같은 느낌이야. 얼마나 화가 나던지 들여다보니까 숨을 가쁘게 쉬고 있어요.

할복까지 하려고 칼까지 가지고 가서 하다가 어떻게 했던가 하여튼 떨어져 가지고 무릎이 부러지고 그때 그랬을 거야. 4층인데 안 죽느라고 다행이었지, 그때.

문 그때 아드님은 왜 투신을 했다고 하던가요?

답 그러니까 노태우가 그때 '6·29 선언' 했잖아요. 대통령이 안 되겠으니까 '6·29 선언' 해가지고 선거에 나와서 당선됐잖아요. 그 이후에 합법적으로 해서 말하자면 대통령이 된 것 아니요. 합법적으로 해서 대통령이 되었는데 돼가지고 정상적으로 정부가 돌아가다 보니까 우리 자식 놈이 흥분한 거야.

그런 사람이 어떻게 대통령이 되느냐 말이죠. 대통령 선거 전에는 학생들이 데모도 하고 했거든. 그랬는데 대통령 선거 끝나자 조용해지거든. 그러니까 이 애가 흥분해가지고 대학교 학생회장 찾아가고 그랬어요, 애가. 그래 가지고 그런 사람들하고 만나서 이야기하면 그 사람들도 이미 끝난 일인데 해봤자 소용없는 일이더라 그랬다는군요. 생각은 옳은 소리지만 안 된다는 이야기지. 그런 이야기까지 우리 병구가 부모한테 와서 하더라고. 그래서 절대 하지 말라고 나는 만류했지.

그럼에도 불구하고 결국엔 애가 불을 지펴야겠다 생각하고 연세대에 갔어요, 대자보를 써가지고. 병구가 집에 있을 때 어느 날 방에서 나오지를 않더라고요. 한 3일간을 아무 소리 않고 안 나와. 문을 두드렸는데 문 잠가놓고 아무 말이 없어. 그러더니 나중에는 집을 나가버렸어. 그 방을 확인해보니까 그냥 뭐 대자보 쓴 것하고 이것저것 다 쓰고 쓰다가 버린 것도 있고 그런데 사람은 없어, 없어져 버렸어. 어디로 갔나 안 그래도 걱정을 하니까 그날 연세대 세브란스병원에서 연락이 왔어. 가보니까 그 모양을 하고 있더라고. 그 당시에 연세대 학생들이 병구가 부상당해가지고 떨어져 가지고 있으니까 데려다가 병원에 입원시키고 그랬어. 그래 가지고 그때는 여기저기 학생들이 대표들이 다 문병오고 그랬어요.

문 연세대 학생회관에서 투신했는데 정작 거기에는 어떤 흔적도 없습니다.

답 그 학교 학생 같으면 흔적도 만들어놓고 비도 만들어놨을 거요. 그런데 그 학교 학생이 아니거든. 그때만 해도 솔직한 이야기로 데모가 아주 한때는 격렬해지다가 노태우 정권 들어서면서 데모가 줄었어. 그래서 우리 자식 놈이 이래서는 안 된다, 노태우는 절대 대통령이 될 수가 없다, 노태우는 물러나라고 외치고 그랬잖아요.

투신하고 나서 한 5개월 병원에 입원했을 때 기자들이 취재를 하고 어쩌고 하다 보니까 각 정당들도 알게 되어서 각 정당 대표들이 병원에 오고 보고 갔어요.

특히 김대중 대통령, 당시 총재가 우리 자식 입원해 있는 병원에 오셔가지고 금일봉 100만 원까지 준 적이 있어요. 또 우리 자식한테 하는 말씀이 이렇게 안 해도 얼마든지 우리가 표현을 할 수가 있는데 왜 이렇게 엄청난 일을 했냐고 그냥 손을 잡고 서로 눈물 흘리고 그랬어요. 김대중 총재가 그렇게 돌아간 뒤에 당에서 병원비를 다 지원해줬어요.

민주화운동 관련으로 보상은 받았는데 거기서도 대학생이 아닌 보통 사람들은 별로 인정이 안 돼, 인정을 안 해. 그래서 내가 그거 굉장히 불만인 거야.

문 퇴원한 뒤에 아드님은 어떻게 살았습니까?

답 퇴원해가지고 약 한 7개월인가 집에 있는데 몸부림을 치죠. 퇴원은 했는데 통증이 많이 있었던 모양이야. 그런 상태에서도 무슨 글을 쓰고 그래요. 몸은 하반신 불수가 됐어도 정신은 총총하니까. 그래 가지고 막 기자들을 불렀어, 기자들을 불렀어 전화로. 그래 가지고 기자들이 오기도 했어, 우리집에를. 그때 기자들이 어느 신문사냐면 한겨레신문사. 기자들한테도 애가 항의를 해요. 이런 선거 부정이 있는데도 조용하고 있다고 막 그냥 호통치고 그런 걸 내가 본 적이 있어.

상체는 움직이는데 하체는 마비가 되어버렸지. 그러니까 마비되어가지고 만져도 느낌이 없어. 그런 상태였는데 거기서도 눈은 보고 또 손은 손이니까, 다 쓸 것도 다 쓴 거야. 그래 가지고 엄청나게 그때 상황들을 일일이 다 쓴 것이 한 보따리가 되었어요.

그 당시에 제가 평화민주당 용산지구당에 있었어요. 고문으로 있었어. 내가 날마다 야단을 쳤어. 너 그 상태에서 뭔 또 그짓거리를 하냐 다 필요없다 그러지 마라. 그래도 얘는 식구들 모르게 아빠 모르게, 일일이 적었던가 봐. 보따리를 어느 날 딱 싸놓고 한마디만 들어주시라고 뭔 말이냐 했더니 이걸 김대중 총재한테 직접 갖다주시라고. 안 그러면 뭐야 명동성당 천주교 거기 갖다 주라고. 누구도 보여주지 말고 꼭 직접 전해주라는데 전해주라고.

그래서 내가 지구당 위원장에게 그 보따리를 싸가지고 보지도 않고 갖다줬어요. 그러더니 위원장이 몇 장 보고 세상에 이런 사람도 있는가 보네요. 그걸 그대로 김대중 총재한테 갖다드리겠습니다. 그래 가지고 김대중 총재한테 갖다줬던가 봐. 그 이튿날 나한테 지구당 위원장이 나보고 하는 말이 참 아들 대단한 아들입니다. 김대중 총재가 이것을 보고 울면서 한탄하면서 "세상에 이런 사람이 있냐고 우리 사회에 이런 사람도 있냐고" 그랬대요. 그런데 우리 아들이 그 보따리를 보냄과 동시에 자살해버렸단 말이야, 그날. 목을 매달아서.

문 대선 부정 관련 문서였나 보군요.

답 그래 가지고 아들이 쓴 유서와 성명서를 지구당 위원장이 당원들 앞에서 낭독을 하는데 모두가 울었어요, 모두 울었어. 이후 김대중 총재가 삼우제 날 나보다 삼우제 안에 나보고 오라고 해요. 그래서 갔더니 손을 맞잡고 어떻게 살 거냐고 걱정을 하면서 "우리 집에 날마다 놀러 오십시오." 그럽디다. "날마다 와서 우리 집에서 놀고 계세요." 이러는 거야. 그러면서 삼우제 지내라고 봉투 하나를 주더라고. 그래서 집에 와서 까보니까 그때 돈 30만 원을 넣었더라고요.

문 그렇게 장례를 치른 건가요?

답 그때 심정은 이루 말할 수가 없죠. 그런데 그때 아들 죽음이라는 것이 좀 의문점이 있어 가지고 부검을 하니 마니 했는데 그러면서도 가족도 참여도 못하고 그냥 그럭저럭 넘어가 버린 거야. 그러니까 모든 사람이 자기 일이 아니니까 신경도 안 쓰는 것이죠. 만약 우리 자식이 어떤 단체에 소속된 사람 같으면 단체에서라도 힘이 되어서 하겠지만, 그런 사람도 아니죠. 오로지 자기 자의에 의해서 행동을 하다 보니까 누구도 신경을 안 쓰는 거예요. 지가 스스로 또 말하자면 연세대 가서 그렇게 투신 사고가 내다 보니까 좀 알려져 있을 뿐이지. 선거 부정 감시 활동한 것은 부모밖에 몰랐죠. 사실 부모도 다 몰라요.

나도 야당에서 당직자 생활을 하다 보니까 데모를 많이 했어요. 그러다가 명동성당에 가면 성당에 아주 상주하듯이 학생들이 쫓겨가지고 한 몇 명은 꼭 나가지도 못하고 그 안에서 연좌 데모를 했어요. 그런데 어느 날 거기를 가니까 우리 자식 놈이 거기 끼어 앉아 있어요. 말하자면 지휘를 하고 있더라고요.

문 식구들의 충격이 이만저만이 아니었겠습니다. 한 번도 아니고 두 번씩이나 자살 시도를 했으니 …….

답 끝내는 지 둘째 동생도 자기 형, 본래 둘째 동생은 자기 사업에만 아주 열중하던 놈이었어요. 자기 형이 그렇게 하다가 죽어버리니까 저도 한이 맺혔던 모양이야. 무슨 일만 있으면 그놈도 쫓아댕기고 그러더니 끝내는 그놈도 그냥 나중에 자기 형 장례식 보고는 행방불명이 되어버렸어. 그랬다가 어느 날 집으로 소식이, 연락이 왔는데 어느 병원에 아무개가 있다. 그래서 가보니까 우리 둘째 자식이 또 부산에서 어디 있다가 몸이 아파서 입원해 있다는 거야. 그러다 둘째 동생도 결국 죽어버렸지.

둘째는 이름이 김병태인데 형 장례식 치를 때 병태가 형 사진을 들고 막 울고 앞에 가더라고, 장례식 할 때. 그러더니 거기서 충격받아가지고 그날부터 집에 안 와버린 거야 행방불명이 되어버렸어. 그러다가 한 몇 개월 후에 연락이 와가지고 보니까 병원이래. 끝내는 병으로 죽은 거야.

문 자녀를 둘이나 잃고 상심이 컸겠습니다. 아드님의 망월동 안장을 원하셨었다고요?

답 그것도 우리 김병구를 5·18 망월동 안장하자 제안했던가 봐, 당시 당에서. 근데 5·18 협회에서 반대를 한 거야. 왜 반대를 했냐 하면 "사건은 서울에서 난 사건 아니냐, 민주화운동은 다 같이 했을망정 서울에서 있었던 일을 가지고 왜 광주 5·18로 오느냐" 해가지고 거부를 했어, 그 당시에. 김대중 총재가 바로 전화를 했던 거야. 망월동에 안장을 해주라, 김병구를. 그랬는데 그 협회에서 반대를 한 거야. 그래서 나는 그것도 원망스러웠죠.

그래서 화장을 했고, 그러다 경기도 이천에 민주화운동기념공원이 새로 설립이 되니까 그리 옮겼지.

5·18 단체하고 접촉을 안 하니까 모르지. 서울 지역에서 일어났던 일이기도 하고 대학생들은 단체가 있잖아요. 단체 명예가 있고 그러니까 그런 것이죠. 그나마라도 우리 당에서 추모식은 했어요. 그런데 그것도 중간에 가다 보니까 재정 문제 때문에 누가 도와주는 사람 없고 하니까 흐지부지 넘어가 버렸어요. 우리 자식은 내가 제일 가슴 아픈 일이 바로 그거야.

김병구에게는 나이 차가 많이 나는 여동생이 있다. 2016년 3월 25일 김병구의 여동생 김이순과 만나 인터뷰를 이어갔다.

문 오빠는 어떤 사람이었습니까?

답 우리 오빠는 굉장히 강직했죠. 제가 지금 기억하는 제 오빠의 모습은 그래요. 옳은 말 잘하고 정의로운 사람이었습니다. 주변에 존경할 수 있는 어른이 별로 없는데 저는 제일 존경하는 사람으로 제 마음속에 남아 있죠(울음).

오빠가 막노동을 그때 했어요. 막노동을 했지만 워낙 체력은 약해서요. 술을 많이 먹고 그런 사람이 아니라 일하고 와서 쌍화탕, 박카스 같은 것 하나씩 사와서 마시고 잠들던 기억이 나요. 일이 얼마나 고됐는지 밤에 끙끙 앓는 소리 많이 들었었던 기억이 나고요.

그렇게 해서 번 돈 가지고 그렇게 벌어서 집의 생활비도 했고 데모하는 학생들 빵 사가지고 농성하는 데 찾아가서 쓰고, 저는 그렇게 기억하고 있거든요. 지금 제가 어른이 돼서 생각해보니까 사실 자기 가족만 위해서 살기도 벅찬데, 그렇게 사회의 문제에 있어서 그렇게 힘들게 번 돈을 그렇게 쓴다는 게 보통일은 아니잖아요. 저는 지금도 그렇게 할 수 없을 것 같고 되게 존경

© 광주MBC

김이순 김병구 여동생

스럽죠, 그런 면에서.

문 KBS에서 1983년도에 했던 이산가족 찾기 방송에 오빠랑 같이 갔었다고요?

답 그때 제가 중학생이었는데 오빠가 저를 데리고 여의도 가서 둘러보면서 이런 아픈 기억들을 기억해야 된다고 말했어요. 너는 좋은 어른이 돼야 된다고 저를 데리고 거기 갔었어요. 갔다 오는 길에 저녁에 밤중에 배회하는 불량 학생들 보고 훈계하던 일도 있었고요. 참 여러모로 저한테는 사실 굉장히 멋진 어른으로 기억이 남아요.

문 그런 분인데 오늘날 오빠를 기억하는 이들은 거의 없는 것 같습니다.

답 글쎄요. 제가 물론 오빠가 목숨을 잃긴 했지만 그 이상의 일을 하신 분들은 사실 더 많을 거예요. 저희 오빠는 그래도 지금 민주공원에 묻혀 있기도 하지만 그나마도 안 밝혀진 분들도 더 많을 텐데 그런 분들 생각하면 기억을 안 해줘서 서운하다 뭐하다 이렇게 말할 건 아닌 것 같아요.

왜냐면 진짜 이름 모르게 가신 분들 사실 너무너무 많고 또 오빠도 사실 자기 이름이 그렇게 기억되고 이런 거에 중점을 둔 사람은 아니었을 거라고 생각해요. 지금 이 정도라도 사람들이 사는 게 그렇게 뒤에서 자기 안위나 이런 행복 버리고 희생해서 그렇게 살고 있으니까, 그런 부분에 대해서 감사하고 살고 적어도 남들한테 도움은 못 될망정 해는 끼치지 말자 이런 걸 마음에 새기고 살았으면 좋겠다는 겁니다.

저희는 사실 그런 게 중요한 것은 아닌 듯해서 어차피 간 사람은 간 사람이고 그냥 미련을 버리고 싶었어요, 사실. 너무 오랜 시간 방치 아닌 방치가 돼버렸기 때문에. 그런데 그런 것은 있습니다. 누가 아무리 옳은 말을 외쳐도 단체의 힘이 굉장히 필요하구나 하는 거는 살면서 좀 느껴요.

문 오빠가 평소에 글을 많이 썼다고 하던데요.

답 아버지가 그때 어디에 갖다주셨다고 말씀하시던데 사실 저는 그때 유서만 봤던 기억이 있고, 오빠가 늘 뭔가 맨날 조사하고 쓰고 이런 건 어려서 많이 봤어요. 그런데 나중에 찾아보니까 그런 자료들이 없더라고요. 오빠 죽음이 저희 가족들한테는 자랑이라기보다 사실 한으로 남아 있어요. 원망도 있고 상처죠, 저희한테는.

그래서 그렇게까지 자랑스럽거나 이건 아니고 '우리 오빠는 정말 되게 정의로운 사람이었다'. 그렇지만 가족들한테 남겨진 사람들한테 상처니까 원망한 그런 것도 있어요, 사실.

외롭게 투쟁하다 숨져간 김병구가 정부로부터 민주화운동 관련자로 인정받게 된 데는 일면식도 없는 사람의 도움이 결정적이었다. 관련 자료를 수집해 정부에 제출하고 '민주화운동 관련자'로 인정받을 수 있도록 혼신의 노력을 다한 이는 서울 용산구청 공무원인 국무상이다. 2016년 3월 23일 국무상을 만나 인터뷰를 진행했다.

문 김병구의 민주화운동 관련자 인정 업무를 어떤 이유로 어떻게 도와주시게 됐습니까?

답 2001년도에 제가 서울 용산구청에서 공무원 생활을 하고 있었습니다. 그런데 아버지 되시는 김상학 선생님을 알게 됐는데 아들 얘기를 처음으로 하시더라고요. 저 또한 그런 부분에 있어서 어떻게 보면 열정이 있었기 때문에 그게 쉽게 저한테 마음속에 '굉장히 안타깝다'라는 생각이 들어서 돕게 됐습니다.

ⓒ 김철원

국무상
김병구의 민주화운동 관련자 인정 업무를 대행했다.

평소에 말씀을 안 하시다가 그때 말씀을 터놓는 걸 들어보니까 김병구 씨가 엄청난 효자였고, 그 시대, 우리 시대의 직업인들은 그렇게 가정에 열정적이지 못했는데 그분은 굉장히 가정에 착실한 가정의 일원이었더라고요, 김병구 씨가.

김상학 선생님이 털어놓는데 우울증에 걸리셨더라고요. 아드님 잃고 나서 "내가 왜 이 세상을 살아야 되는지 모르겠다", "살아야 될 취지가 목적이 없다" 그러다 이제 아들 얘기를 하게 된 거죠. 그래서 "제가 그건 심사 청구를 제가 맡아서 하겠습니다" 말씀드리고 제가 쫓아다니면서 했던 겁니다.

문 **얼굴 한 번도 안 보신 김병구를 위해서 뛰어다니신 거네요?**

답 그렇죠. 그걸 만들어줘야 또 이분도 우울증을 벗어날 수 있을 것 같았습니다. 또 김상학 선생님은 삶의 멘토이기도 했습니다. 평소에 김상학 선생님은 굉장히 옳은 말만 하시고, 옳은 일만 하시고, 옳은 판단을 많이 하셨습니다. 그래서 그 시대 아들을 잃으면 다른 사람들은 실의에 빠지거나 그게 길어지면 다른 길을 생각할 수도 있는데, 이분은 사회적 정의하고 민주화에 대한 그 열정을 노인임에도 불구하고 그대로 간직하고 계시더라고요.

아들의 어떤 뜻도 간직하려는 모습이 보였어요. 저도 그분의 이렇게 억울하게 아들을 잃고서 지금 아무것도 못하고 있는 분들이 있구나 처음 알게 됐고요. 이것만은 제가 제 손으로 한 번 사회에 알려야겠다 하는 생각에서 나서게 됐습니다.

문 **민주화운동 관련자 인정을 위한 서류를 직접 꾸미면서 알게 된 김병구는 어떤 사람이었습니까?**

답 평범한 사람이었고, 노동자라고 해서 노동운동을 했던 분인데요. 근데 노동운동이라고 해서 태어날 때부터 노동운동 띠를 매고 태어난 건 아니잖습니까. 그런데 그분이 노동자 삶을 살아가면서 노동운동에 당신 몸을 투신하도록 그런 열정을 갖고 있고 희생할 수 있다는 마음을 가지는 건 굉장히 특별한 사람이라고 저는 생각했습니다.

부모님한테는 정말 안타까운 일이지만 이분들 때문에 우리 사회가 조금씩 변했겠거니 생각했습니다. 그래서 '이분들이 큰일을 해낸 거다'라는 생각을 했어요. 당신은 자기 삶을 던져버리고 투신을 해서 미래는 아무것도 생각하지 않았을 것 아닙니까?

바로 당장 그 전년도인 1987년 6월항쟁이 끝난 직후에는 국민들이 독재정권을 타도하자고 그 현장에 나왔을 때는 국민들이 다 똑같은 마음을 공유를 하는구나 판단이 들었을 건데요, 1988년도에 와서 보니까 똑같은 제자리로 돌아가는 모습이 보였을 거란 말이에요. 그러니까 많이 답답했을 거고 또 김병구 씨 당신이 몸을 던져 죽음으로써 그걸 세상에 알림으로써 몇 사람이라도 이런 우리 세상을 변화시키고자 하지 않았을까 싶습니다.

가장 평범한 삶을 살았으면서도 어떻게 보면 정말 남들이 전혀 흉내 내지 못할 일을 하신 거예요. 그런데 그런 부분들이 가려져서 결국 지금 시대처럼 돈이 최우선이고 어떠한 삶의 가치도 인정되지 않는 돈만 많은 세상, 돈만 귀중한 세상이라는 것이죠. 이런 세상에서 그런 사람도 있다는 걸 알려야겠다. 그러면 그 가족이라도 도와야겠다 하는 생각에서 도운 겁니다.

문 **김병구 씨를 비롯해 민주화운동 인사들에 대한 추모가 예전만 못합니다.**

답 과거는 잊혀지지만 과거의 터전 속에서 현재가 있고 미래를 생각할 수 있는 건데 우리 현실은 언제부턴가 그런 민주화운동이 자꾸 부질없는 젊은이들의 열정이었다는 식으로 자꾸 몰아갑니다. 그렇게 소외돼가고 그런 것들이 지금 관심을 쓸 때가 사실 아니라고 하는데, 우리나라 정치 상황 때문에 추모하는 일이 우선순위에서 밀려나가는 것 아닌가 생각합니다.

하지만 그 당시 열사들한테는 혹독한 투쟁이었을 것 아닙니까? 그리고 갈등도 많이 있었을 것이고요. 다른 사람들은 가만히 있는데 왜 내가 나서야 되나, 왜 내가 해야 되는지 그런 부분에 대한 갈등이 분명히 있을 것이란 말이죠. 본인이 희생해도 우리나라 미래에 대한 기대와 희망이 있었기 때문에 본인이 감행했을 거란 말입니다. 근데 지금 그분들이 기억에서 사라져가는 사회가 되는 것 같아서 안타깝습니다.

문 추모 사업을 더 열심히 해도 모자랄 판인데 오히려 5·18이나 민주화운동 자체를 폄훼하기까지 합니다.

답 김병구 열사의 세상 보는 눈이 한국을 바라보는 그 시야가 얼마나 답답했으면 투신을 하면서 광주를 기억하라고 했겠습니까. 그 부분에 대해서는 저도 똑같아서 동병상련을 느꼈습니다. 저도 똑같이 고민했습니다. 내가 왜 대학을 때려치우고 포기하면서 제적까지 당하면서 우리나라 민주화를 먼저 생각해야 했는지 고민했거든요.

저는 추모 사업을 강화하는 것이 우리 청소년들한테도 귀감이 될 수 있다고 생각합니다. 우리 역사에 이런 시대도 있었다 하는 걸 알려주는 것이 역사잖아요. 그런데 말도 안 되는 거짓 논리를 만들어서 사람들을 현혹하게 하는지 이해가 안 갑니다. 어떤 사람들은 그걸 보고 도대체 뭐가 맞느냐 지금 이런 시대가 됐단 말이에요. 바로 어제 일어난 일들도 잊을 수 있는 게 사람인데 사람은 기억할 수 있는 한계가 있어서 잊어버릴 수 있다 해도 사회적 시스템으로는 이게 유지되어야 하는데 그 부분이 좀 부족한 것 같습니다.

『민주화운동백서』에 기록된 김병구

김병구(56.1.22): 보상, 1988, 노태우정권 반대(사망), 노동에 종사 중 1988.5.경 연세대 총학생회에 대통령 부정선거 관련 자료를 전달하고, 10.18 같은 학교 학생회관 4층에서 태극기를 이마에 두르고 "학살 원흉 처단, 부정선거의 책임을 지고 노태우 정권 퇴진" 등 구호를 외치며 투신, 병원에 입원 치료 후 퇴원, 후유증으로 고통을 겪던 중 유서를 남기고 스스로 목매어 사망.(2001.2.5. 제12차)

김병구 약력

1956년 1월 22일	전남 영광에서 6남매 중 장남으로 출생
1971년 5월	독학으로 검정고시 준비
1975년	삼영산업(주) 근무
1980년	민주화운동 참여, 개헌 투쟁 참여
1987년 6월	항쟁 참여
1988년 5월	연세대 총학생회에 대통령 부정선거 관련 자료 전달
1988년 10월 18일	대선 부정을 고발하며, 연세대학교 학생회관 4층에서 투신
1989년 9월 2일	서울시 한남동 자택서 자결해 34살의 나이로 운명
2001년 2월 5일	민주화운동 관련자로 인정(12차)
2014년	경기도 이천 민주화운동기념공원에 인정

그리운 큰오빠에게

김이순

김병구 여동생

오빠에 관한 얘기가 책으로 출판된다는 부담감에 벌써 몇 날을 책상 앞에 앉아 글을 썼다 지웠다를 반복하고 있어.

이런 난감한 일을 맡게 되고 보니 새삼 일기를 쓰지 않은 게 아주 후회스러워. 순전히 기억에 의존해서 글을 쓰자니 정확한 날짜를 기록하지 못하는 게 아쉽고 오빠의 물건이나 기록물들을 챙기지 않은 내 무심함에도 화가 나고 그렇네. 많이 섭섭했겠다. 정말 미안해.

오빠는 장남으로 이런저런 사업을 했지만 다 실패하고 내가 중학생일 무렵에는 건설 현장 노동자로 일을 하고 있었어. 그 왜소하고 약한 체력으로 그 힘든 일을 하며 살았으니 얼마나 힘들었을지. 자율 학습을 끝내고 집에 와서 다락방으로 올라가면서 오빠가 내는 신음은 얼마나 자주 내 마음을 아프게 했는지. 그렇게 힘들게 일해서 번 돈으로 오빠는 짬을 내서 데모하는 학생들을 찾아 빵과 우유를 사들고 찾아가곤 했다지? 오빠 사고 후에 연세대생한테 들었어.

오빠도 기억하지? 어느 일요일 날 오빠는 날 데리고 여의도로 갔지. 그곳에서 나는 그 넓은 광장을 가득 채운 사람들과 대자보를 보게 되었어. 혹시라도 가족을 찾을까 싶어 대자보의 사연을 하나하나 읽어 내려가는 수많은 사람들을 보았지. TV를 통해서 보았던 것과는 비교할 수 없는 슬픔과 고통을 생생하게 느끼게 되었고 비록 가난하기는 하지만 가족들과 함께 살아가는 것에 대해 감사함을 갖게 되었지. 그 이후 나는 이산가족의 고통을 남다르게 느끼게 됐고 이 사람들이 가족과 함께하는 날이 어서 왔으면 하는 마음으로 통일을 소망하게도 되었지. 그날 이후로 말로만이 아니라 진정 통일을 바라는 사람이 되었어.

또 돌아오던 길에 곤경에 처해 있었던 한 여학생을 외면하지 않고 불량 학생들을 혼내주고 집까지 바래다준 일은, 내가 오빠를 자랑스럽게 여기게 되는 결정적 계기가 되었지. 어린 내게 참 멋져 보였어.

오빠가 존경하고 지지한다는 이유로 김대중 대통령을 나 역시 맹목적으로 존경하게 되었고 관심도 가지게 되었지. 김대중의 『옥중서신』이라는 책에 쓰여 있던 깨알 같은 글씨를 보여주며 마치 자신이 쓴 것인 양 자랑하던 일도 떠오르고, 고3 때 오빠와 같이 유세 현장에 갔다가 구름 떼같이 모인 사람들과 그 속에서 열정적으로, 자신을 지지해달라 외치던 김대중 대통령의 연설을 듣고 엄청 흥분해서 나도 같이 환호하고 결국 악수까지 하고 신나서 집으로 왔던 기억도 나네. 아마 그날은 일기도 썼을 거야.

내가 낮잠 잘 때 오빠가 내 머리를 쓰다듬어주던 일도, 기분 좋을 때 흥얼거리던 모습도 떠올라. 대충 허밍으로 때우고 "쨍 하고 해 뜰 날 돌아온단다" 하고 박자 무시하고 흥으로만 부르던 그 엉성한 노래 실력도 떠올라. 가사를 모르는지 늘 그 부분만 반복하는데 어찌나 웃기고 재미나던지, 그 순간을 떠올리면 저절로 웃음이 나. 밥도 어찌나 맛있게 먹던지! 나는 지금도 가끔 오빠가 먹는 방식으로 밥을 먹곤 해. 밥을 숟가락에 가득 퍼서 그 위에 반찬을 골고루 얹어서 먹는 방식 말야. 오빠한테 야단도 많이 맞고 분명 제재도 많이 당했을 텐데도 나빴던 기억은 하나도 없고 좋은 기억만 나는 걸 보면 신기하지?

이렇게 떠올리고 보면 참 좋은 기억들뿐인데도 나는 의도적으로 오빠를 떠올리지 않고 살았어. 오빠의 죽음은 가족들이 감당하기엔 너무 큰 상처였어. 위인전 속에서 접했던 위인들의 삶과 죽음이 위대하지만, 막연하게 감사한 마음을 갖게 한 것과는 달랐어. 그냥 너무 가슴 아프고 슬프기만 하고 암담하게만 느껴졌어. 심지어 죄책감도 느껴졌고 원망도 하곤 했지. 오빠의 죽음 이후로는 누구의 희생도 감사하게만 생각되지는 않았고, 그런 방식으로밖에 투쟁할 방법이 없는 현실에 분노하고 좌절감과 안타까움, 고통을 느꼈지. 더 이상 나하고 관계없는 일이 아니게 되어버린 거지.

그렇지만, 힘들고 어려운 일이 닥칠 때마다 믿지도 않는 신도 찾고 오빠를 떠올리며 도와달라 기도하곤 했어. 힘 좀 써달라고……. 순 제멋대로지?

어느덧 30년 남짓 세월이 흘렀네.

오늘은 19차 촛불집회가 열리는 날이었어. 자신의 의무가 무엇인지도 모르고, 마땅히 해야 하는 일을 하지 않고, 해서는 안 될 일만 일삼아온 대통령을 그 자리에서 끌어내리기 위해 사람들이 광장으로 나오기 시작했어. 그 광장은 곧 사람들로 가득 찼지. 아직도 이게 꿈인가 싶을 정도의 인원이 모였어. 태극기 대신 손에는 촛불을 들었어. 시위 현장은 그 목적과 다르게 참 고요하고 아름답다고 생각해. 집회에서는 최루탄과 물대포가 사라졌고, 차벽은 여전하지만 많은 인원이 참가하다 보니 경찰이 물리적 힘을 발휘할 수 없게 되었지.

100만 가까운 사람들이 모인 집회에서 폭력은커녕 조용히 촛불을 밝히고, 발언대에 올라온 시민들은 각자가 바라는 대한민국을 얘기하고 있어. 이것이야말로 진정한 민주주의 아닐까? 공감하는 말에는 열심히 호응을 하고 너무 긴장해서 제대로 발언하지 못하는 시민을 향해서는 격려의 박수를 보내. 신명 나는 공연이 펼쳐지기도 하고 이게 과연 시위가 맞나 하는 생각을 하곤 해. 누구도 거스를 수 없는 역사의 흐름이었으면 좋겠어. 조기숙 교수의 주장처럼 우리나라의 신좌파가 세계를 선도해가기 시작한 거라는 진단이 맞는 게 아닐까? 이러한 평화로운 집회가 어떤 결과를 이끌어낼지 세계가 관심을 집중하는 가운데, 오늘은 한 서양인이 태극기를 가방에 꽂고 한국말로 "홍익인간"을 부르짖으며 쓰레기를 줍고 있는 모습도 봤어. 저절로 미소가 지어지더라고.

집회에 참석하면서 만약 오빠가 지금 살아서 이 광경을 직접 본다면 얼마나 감격스러워할지 생각하니 기운이 솟았어. 투쟁의 상징인 노래, 「임을 위한 행진곡」을 부르면서 나 역시 뭉클한 감정을 느껴.

우리와 반대되는 생각을 가진 사람들의 집회도 있어. 그들은 태극기를 들고 시위를 하는데 태극기가 그런 무리들의 전유물처럼 사용되는 것을 보면서 화가 났어. 국가 대항 경쟁을 하는 것도 아닌데, 국가의 상징물을 집회 도구로 삼아 자기들이 애국자인 양 설치는 것을 보면 치가 떨리기도 하고, 너무 과격해서 끔찍하게 느껴지지만 거짓 정보에 그렇게 선동되었다고 생각하면 이해 못할 일도 아니라고 애써 자위하고 있어. 우리 방식대로 조용히 지켜볼밖에.

추위와 게으름으로 빠지고 싶은 마음도 여러 번. 나 하나쯤이야 하는 생각에 한 번 두 번 빠지게 되면 그 탓에 우리의 바람과 소망이 물거품이 될까, 탓하는 마음을 갖게 될까 두려워 열심히 참가했어. 사람 수가 줄어들까 조마조마해 신경을 곤두세우면서 말야.

모두가 같은 마음이었나 봐. 촛불은 바람 앞에 금방 꺼질 것이라는 어느 거지 같은 국회의원의 바람 섞인 막말과는 달리 꺼지지 않고 계속되었어. 순리대로라면 우리의 소망대로 대통령이 탄핵되고, 우리나라는 다시 없을 이 기회를 발판 삼아 적폐 청산을 할 것이고, 공정하고 바람직한 사회를 만들어가게 되겠지. 오빠도 그곳에서 응원해줄 거라 내 멋대로 믿을래.

이번 집회(2017년 3월 4일)가 탄핵을 외치는 마지막 집회가 되기를!

모두들 고단한 삶을 살더라도, 그 가운데서 행복을 느끼며 살아가기를!

세종대왕과 이순신 장군이 함께하는 이 광화문 광장이, 국민들이 지르는 기쁨의 환호성으로 가득 차기를!

열심히 살고 갈게. 다시 만나.

에필로그

5 · 18 항쟁과 6 · 10 항쟁 그 후 30년

1980년	5월항쟁
……	
1987년	6월항쟁, 10차 개헌
1988년	국회 광주청문회 개최, 노태우 대통령 취임, 6공화국 출범
1989년	MBC 〈어머니의 노래〉, KBS 〈광주는 말한다〉 방송
1990년	'광주피해자보상법' 제정
1991년	명지대 강경대 고문치사 사건, 분신 정국
1992년	김영삼 대통령 당선, 5·18 해결 요구 분출
1993년	정부, 5·18 묘지 성역화 등 수습책 제시
1994년	전두환·노태우 등 '내란 목적 살인죄'로 검찰 고소
1995년	검찰, '성공한 쿠데타 처벌할 수 없다'는 논리로 불기소 결정, 국민적 반발로 재수사. 전두환·노태우 구속 수사
1996년	1심 법원, 전두환 사형, 노태우 징역 22년 6월 선고
1997년	국립5·18민주묘지 준공, 전두환·노태우 사면 복권 및 석방
1998년	김대중 대통령 취임, 국민의 정부 출범
1999년	상무대 법정과 영창, 원형 복원

2000년	남북정상회담, 광주인권상 제정
2001년	'5·18민주유공자예우에 관한 법률' 제정
2002년	5·18 시민법정 개최
2003년	노무현 대통령 취임, 재임 기간 5·18 기념식 매년 참석
2004년	노무현 대통령 「임을 위한 행진곡」 제창
2005년	국방부 군과거사조사위원회 출범, 12·12, 5·18 재조사
2006년	지만원 등 극우 세력, 5·18 북한 개입설을 주장하기 시작
2007년	영화 〈화려한 휴가〉 돌풍, 700만 관객 돌파
2008년	이명박 대통령 취임, 재임 기간 5·18 기념식 한 번 참석
2009년	「임을 위한 행진곡」 배제 논란, 5·18 기념식 반쪽 행사
2010년	5·18 30주기, 기념식 반쪽 행사 여전
2011년	5·18 기록물 유네스코 세계기록유산 등재
2012년	광주MBC 노조, KBS 광주 노조, 5·18 왜곡 보도 반성
2013년	박근혜 대통령 취임, 재임 기간 5·18 기념식 한 번 참석
2014년	「임을 위한 행진곡」 제창 여부 여전히 논란, 5·18 기념식 파행
2015년	전남도청이 국립아시아문화전당으로 재탄생
2016년	5월 단체 전남도청의 원형 보존을 요구하며 농성
2017년	박근혜 대통령 탄핵 파면, 문재인 대통령 선출, 5·18 기념식 정상화

책을 마치며

『그들의 광주: 광주항쟁과 유월항쟁을 잇다』는 2016년 광주MBC 5·18 특집 다큐멘터리 〈그들의 광주, 우리의 광주〉를 취재하는 과정에서 기획됐다. 5·18을 알리기 위해 자신의 목숨을 던진 이들을 기억하는 이들이 점점 줄어드는 게 안타까워서 시작한 다큐멘터리 프로그램이었다. 당초에는 광주MBC 뉴스 기획보도와 다큐멘터리 프로그램을 통해서만 다룰 계획이었지만, 진행 과정에서 형식을 확장해 포털 사이트 '다음'의 스토리펀딩으로도 연재했다.

광주MBC 뉴스데스크는 2016년 5월 16일(월)부터 5월 27일(금)까지 10편의 기획보도를 통해 열사들의 삶과 죽음을 소개했다.

1편: 김의기 편 '우리는 무엇을 하고 있는가'(2016.5.16)

2편: 김종태 편 '광주 시민의 넋을 위로하며'(2016.5.17)

3편: 김태훈 편 '전두환은 물러가라'(2016.5.18)

4편: 김학묵 편 '서울대생들에게 무슨 일이?'(2016.5.19)

5편: 장이기 편 '고문으로 망가진 삶'(2016.5.20)

6편: 황보영국 편 '사랑도 이름도 명예도 남김없이'(2016.5.23)

7편: 박래전 편 '유족들은 투사가 되고 ……'(2016.5.24)

8편: 표정두 편 '기록도 없고 기억도 없다'(2016.5.25)

9편: 방송 예고 '광주를 위해 목숨을 걸다'(2016.5.26)

10편: 에필로그 '5월과 6월을 잇다'(2016.5.27)

배우 박철민 씨가 내레이터로 참여한 1시간짜리 다큐멘터리 〈그들의 광주, 우리의 광주〉는 2016년 5월 26일 밤 11시에 방송됐고, 6월항쟁에 맞춰 2016년 6월 12일 오전 11시에 재방송하는 등 두 차례에 걸쳐 방송됐다. 다음의 스토리펀딩은 2016년 5월 11일부터 6월 29일까지 일주일에 한 번씩 여덟 차례에 걸쳐 진행됐다.

1화: 김의기 편 '광주를 품고 산화한 경상도 청년'(2016.5.11)

2화: 김종태 편 '몸 불살라 광주 시민 넋 위로한 청년'(2016.5.18)

3화: 김태훈 편 '그 날 이후 서울대생들에게 무슨 일이?'(2016.5.25)

4화: 장이기 편 '고문으로 망가진 사람들'(2016.6.1)

5화: 황보영국 편 '6·10항쟁과 부산청년 황보영국'(2016.6.8)

6화: 표정두 편 '기록도 없고 기억도 없다'(2016.6.15)

7화: 송광영 편 '대구에는 전태일, 광주에는 송광영'(2016.6.22)

8화: 박래전 편 '5월항쟁과 6월항쟁을 넘어'(2016.6.29)

당초 성금 모금보다는 5·18 콘텐츠를 광주·전남이 아닌 다른 지역 사람들과 공유하겠다는 목적으로 시작한 스토리펀딩에 800명이 넘는 네티즌들이 1만 원에서 많게는 20만 원의 성금을 보내왔다. 824명의 네티즌이 참여해 1511만 6820원의 성금이 모였다. 광주MBC는 광주트라우마센터와 업무 협약을 통해 이 성금의 일부인 1000만 원을 열사 유족들의 심리 치유에 사용하기로 했다. 광주트라우마센터는 황보영국 등의 열사 유족들을 일일이 찾아다니며 위로했고, 2017년 4월에는 유족들을 광주로 초청해 위로 행사를 했다.

〈그들의 광주, 우리의 광주〉 연속 보도와 다큐멘터리는 5·18 기념재단과 광주전남기자협회가 공동 주관하는 '2016년 5·18 언론상'과 한국방송학회와 방송기자연합회가 시상하는 '93회 이달의 방송기

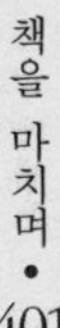

자상', 2017년 제50회 미국 휴스턴국제영화제 정치국제 부문(Political/International Issues)의 최고상인 심사위원특별상(SPECIAL JURY AWARD)을 수상했다. 다음은 이달의 방송기자상과 5·18 언론상 수상 후기다.

제93회 이달의 방송기자상 수상 후기

부끄러움에서 시작된 취재

1980년 5·18이 일어났을 때 나는 아장아장 걸어다니던 네 살이었다. 나는 광주 근교 전남 나주의 한 파출소 근처에 살았는데 당시 어머니 품에 안겨 보았던 파출소 무기고를 탈취하던 시민군의 모습이 어렴풋이 기억난다. 하지만 그게 온전한 내 기억인지 아니면 자라면서 들은 어른들의 이야기를 내가 임의로 내 경험인 것인 양 하는 건지는 잘 모르겠다. 네 살 때 일을 온전히 기억할 만큼 천재는 아닌지라 그걸 가지고 내가 5·18을 겪었고 잘 안다고 말할 수는 없을 것이다. 마찬가지로 내 나이 또래나 젊은이들이 떠올리는 5·18 역시 크게 다르지 않을 것이다. 그렇다면 그건 학교에서 받은 교육이거나 누구에게서 들은 이야기거나 미디어를 통해 형성된 지식이라고 할 수 있을 것이다.

이번 기획은 나도 잘 모르는 5·18을 알아가면서 함께 알리자는 차원에서 시작됐다. 거슬러 올라가 보면 3년 전인 2013년부터 시작했다고 할 수 있겠다. 5·18 항쟁은 열흘의 기록. 그 하루하루에 무슨 일이 있었는지를 차근차근 알아가면서 만든 12편짜리 5·18 기획(프롤로그, 에필로그 포함) '33년 전 오늘'을 취재·제작할 때였다. 같이 알아가기를 목표 삼았던 이들이 비단 광주·전남에 사는 젊은 사람들만은 아니었기에 다른 지역 젊은이들에게도 알리자며 당시에 없던 유튜브 회사 계정을 만들어, 내가 리포트 파일을 잘라 유튜브에 올렸던 바로 그 연속 보도 리포트가 거의 끝나가던 시점이었다.

"나는 부끄러웠다"

강의를 위해 광주에 내려왔던 유시민 전 보건복지부 장관의 인터뷰가 마음을 훑고 지나갔다. 당시 유 전 장관은 이렇게 말했다. "1980년 이후에 1987년 6월항쟁 때까지 7년간 당시 민주화운동을 했던 거의 모든 사람들의 머릿속을 지배했던 생각이 '광주의 전국화', '5·18의 전국화', 10개, 20개의 광주는 진압 못한다. 저쪽에서."

이게 무슨 말인가? 5·18과 6·10 항쟁은 민주주의 역사에 큰 사건들이기는 하지만 두 사건이 맥락으로 깊게 연결돼 있는 사건이었다니. 유시민의 저 인터뷰는 한동안 내 머릿속을 떠나지 않았고 이후 3년 동안 저 말이 진짜인가를 생각해왔다. 그러다 박래군 씨의 칼럼("우리의 5월은 왜 그리 잔인했던가", 《한겨레21》, 963호)을 접한 다음에야 의문에 대한 답을 구할 수 있었다. 박 씨의 동생인 박래전 씨가 "광주학살 진상규명"을 요구하며 분신해 숨진 사실을 그때서야 처음 알게 된 것이다. 찾아보니 박래전 씨와 같은 분들이 한두 분이 아니었고, 유시민의 말처럼 그 젊은이들이 광주의 5월항쟁과 1987년 6월항쟁을 이어준 사람들이라는 사실을 확인하게 됐다. 나는 한편으로는 의문을 풀어 시원하기도 했지만 다른 한편으로 부끄러웠다. 광주 시민으로서, 광주에 사는 언론인으로서, 광주를 위해 숨진 사람들의 존재 자체를 모르고 있다는 사실이 부끄러웠다.

포털 사이트 '다음'에 연재했던 '스토리펀딩'은 오래전부터 해보고 싶었던 실험이었다. 스토리펀딩은 주로 신생 미디어 혹은 1인 창작자들을 위한 플랫폼인 것으로 여겨지고 있었지만 제도권 언론이 도전해도 좋을 만한 공익성이 있다고 판단했기 때문이다. 스토리펀딩의 '스토리'를 통해서는 로컬의 한계를 극복할 수 있었으며, '펀딩'을 통해서는 유족을 돕고 고인들의 기념사업을 위한 종잣돈을 마련할 수 있었다. 창작자의 기획 의도를 현실에서 완성시켜주는 1석 2조의 장점이 있었다.

게다가 펀딩 후원자들이 남긴 댓글은 기분 좋은 덤이었다.

1시간의 다큐멘터리와 4분짜리 리포트 10편, 거기에다 여덟 편의 스토리펀딩을 제작하는 세 가지 일을 동시에 진행하는 건 오래전부터 준비해온 점을 감안하더라도 쉬운 일은 아니었다. 그러나 기획이 겨냥하는 목표가 뚜렷하니 취재나 제작 과정에서의 어려움은 너끈히 극복할 수 있었다. 유가협에서조차 파악하지 못한 서울대생 고 김태훈 씨의 유족인 김선혜 판사의 연락처를 확보해 인터뷰를 해낸 일, 비록 인터뷰를 성사시키진 못했지만 고문 끝에 숨져간 이들의 유족들을 접촉해 고인들의 행적을 밝혀낸 일, 어느 자료에서도 찾을 수 없었던 서울대생들의 집단 정신 질환 발병을 발굴해낸 일 등과 같은 의미 있는 과정이 이어져 취재 기간 내내 보람찼고 행복했다.

"5·18 왜곡 보도, 속죄하는 마음으로 취재한다"

광주MBC는 5·18 때 왜곡 보도로 시민들에 의해 불탄 기억이 있다. 그 사건은 5·18의 공식 역사에도 기록돼 있는 바다. 광주MBC 구성원들은 광주 시민들, 5월 영령들에게 진 빚이 있고 그걸 갚는 마음으로 뉴스 취재와 프로그램 제작에 임하고 있다. 나 또한 마찬가지다. 아직 다 풀리지 않은 5·18의 진실을 풀어내고 민주주의가 착근할 수 있도록 취재를 계속해나갈 의지를 다진다. _2016년 6월

2016 5·18 언론상 수상 후기

그들의 죽음은 지나간 추억이 아니다

그동안 수많은 기획보도를 해봤지만 이번 기획만큼 걱정이 많았던 아이템은 없었던 것 같다. 무릇 꾀하고(企) 계획하는(劃) 바가 대상자들에게 제대로 통할지 자신이 없었다는 말이다.

우선 광주 시민들이 이 기획을 어떻게 볼지가 가장 두려웠다. '5·18은 아직도 갈 길이 먼데, 앞에서 내리찍고 뒤에서 발목 잡는 이들이 얼마나 많은데, 그런 자들의 반성을 촉구하는 보도를 하지는 못할망정 되려 광주 시민의 자성을 촉구하는 방송을 계획하다니', 이런 의문이 끊임없이 떠올라 매일 밤 자문하고 또 고민했다.

또 하나의 고민은 5·18 기획에 등장하는 인물 대부분이 스스로 목숨을 끊은 이들이라는 사실이었다. 한국기자협회 윤리강령과 방송사 제작가이드라인의 권고 기준에 따르면 분신과 투신한 이들의 이야기로 채워진 이번 기획은 시작조차 할 수 없는 아이템이었다. 하지만 엄혹했던 시절, 그것 말고는 광주의 진실을 알릴 수 없었기에 충돌하는 두 개의 가치 중 하나를 선택할 수밖에 없었다. 그러면서도 과연 독자들이 '자살' 이면에 흐르는 맥락을 봐줄 것인가 걱정하고 또 걱정했다.

그런데 나의 그 걱정은 기우(杞憂)였음이 드러났다. 오늘 5·18 기념재단과 광주전남기자협회가 '5·18 언론상'을 주며 그런 걱정일랑 말고 더 높고 깊게 고민하라고 하지 않은가 말이다. 5·18 기획 〈그들의 광주, 우리의 광주〉를 준비할 때 알게 된 김남주 시인의 시 한 편은 아직도 내 사무실 책상에 붙어 있다. 그 시의 제목으로 수상 소감과 함께 앞으로의 나의 각오를 갈음한다. "그들의 죽음은 지나간 추억이 아니다". _2016년 8월

'만인보'로 이 땅 민중의 삶을 기록해오고 있는 고은 시인이 이 책에서 소개하는 열사 10명 가운데 여덟 명의 시를 썼고 이를 『만인보 별편』에 실었다는 것을 알게 되었다. 구구절절 백 마디를 하는 것보다 시 한 편이 그들의 삶을 더 잘 전할 것 같아 인용을 부탁했는데, 흔쾌히 허락해주셨다. 김의기와 김태훈, 홍기일 열사 편에서 인용한 기사와 법정 문서, 판화 등의 사용을 허락해주신 유재철 씨와 홍성담 화백, 이

상호 화백, 유시민 작가에게 감사드린다. 5·18의 두려운 현장을 취재한 용기 있는 언론인 나경택 기자와 광주의 진실을 밝히기 위해 동분서주하는 김양래 5·18 기념재단 상임이사에게도 감사드린다. 스토리펀딩의 후속 작업인 유족들의 심리 치료를 흔쾌히 맡아주신 광주트라우마센터 강용주 전 센터장과 강문민서 부센터장, 명지원 팀장, 김찬호 팀장께는 특별한 감사를 드리지 않을 수 없다. 열사들의 기념사업에 팔을 걷어붙이고 나서준 윤장현 광주시장과 김수아 광주시 인권평화협력관, 정순복 광주시 건강정책과장께도 감사하다. 부족한 글을 좋은 책으로 만들어준 한울엠플러스(주)에 감사한 것은 물론이다.

방송 취재의 처음과 끝을 함께한 광주MBC 김영범 기자와 김지연 작가, 온주현 씨에게 감사하다. 친구 이학수 기자는 책의 초고를 살펴주었고, 선배 윤행석 PD는 스토리펀딩 아이디어가 실현될 수 있도록 도와주었다. 안준철 기자와 이승준 기자, 박대용 기자와 도성진 기자, 김인성 기자와 권혁태 기자, 홍석준 기자와 양현승 기자의 성원이 없었다면 이 책의 출간은 어려웠다. 해직 언론인들은 우리 사회 언론 자유의 리트머스 시험지 같은 존재다. MBC 최승호 PD와 박성제·이용마·박성호 기자, YTN 현덕수·조승호·노종면 기자 등 이명박·박근혜 체제에서 해직된 언론인들에게 그동안 돕지 못한 미안함과 언론 자유를 위해 싸워준 데 대해 감사의 마음을 전한다. 열사들의 이야기를 기획할 때 용기를 불어 넣어준 이상석 공익재정연구소장과 오승용 전남대 교수, 서해성 작가, 김정호 변호사, 노병하 기자에게는 특별한 감사를 보낸다. 취재와 집필 과정을 성원해준 정용욱 기자, 선윤식 감독, 이원석 PD, 이창원 감독을 비롯한 광주MBC 동료 기자들에게도 감사한다. 지난 2년 동안 주말과 휴일을 반납했음에도 이해해준 아내와 아이들에게는 고맙고도 미안할 따름이다.

취재에 착수했을 때 광주와 광주 시민들을 위해 목숨을 바친 인물을 추려보니 50명을 훌쩍 넘길 정도로 많았다. 기록이 없는 인물들도 있을 테니 알아보면 그 수는 훨씬 더 많아질 것이다. 분명히 해둘 것은 죽은 이들만 광주를 위해 싸운 것은 아니라는 점이다. 그보다 훨씬 더 많은 살아 있는 이들이 싸운 덕분에 5·18은 오늘날 '광주민주화운동'이라는 이름을 부여받을 수 있었다. 우리 역사에서 어떤 지역의 시민들이 이 같은 사랑을 받아봤을까. 생각해보건대 광주 시민들은 국민들로부터 지독히도 슬픈 사랑을 받아온 셈이다.

시간과 분량의 제한으로 방송이나 책에서 모두 다 소개하지 못했지만 이들의 삶과 죽음은 반드시 기록되고 연구되어야 할 주제다. 그들 중 살아남은 이들과 일부 유족들은 5·18이 민주화운동으로서 이름을 되찾은 지금도 세상 밖으로 나와 자신을 드러내기를 꺼리고 있다. 정신적인 상처가 여전히 깊은 탓이다. 5월 영령과 이 책에서 소개한 순교자들, 더불어 아직도 세상 밖으로 나오지 못하고 있는 생존자들에게 이 책을 바친다.

김철원

'약자에게는 따뜻하게, 강자에게는 엄하게'를 생각하며 사는 광주의 방송기자다. 권력의 횡포를 견제하고 광주의 진실을 밝히는 데 특별한 관심을 갖고 있다.

수사기관이 국민들의 개인 정보를 불법 조회하고 유출하는 실태를 고발한 보도로 한국방송대상과 인권보도상, 국제앰네스티 언론상을 받았다. 또 전라남도 F1 사업의 허상을 고발한 보도로 한국방송대상을 수상했으며, 〈그들의 광주, 우리의 광주〉로 5 · 18 언론상과 미국 휴스턴국제영화제 국제정치 부문에서 심사위원특별상을 수상했다.

그들의 광주

광주항쟁과 유월항쟁을 잇다

지은이 김철원

펴낸이 김종수

펴낸곳 한울엠플러스(주)

편　집 최진희

초판 1쇄 발행 2017년 5월 27일

초판 2쇄 발행 2017년 8월 25일

주소 10881 경기도 파주시 광인사길 153 한울시소빌딩 3층

전화 031-955-0655

팩스 031-955-0656

홈페이지 www.hanulmplus.kr

등록번호 제406-2015-000143호

Printed in Korea.

ISBN 978-89-460-6345-7 03800

* 책값은 겉표지에 표시되어 있습니다.